사또님 말씀이야
늘 옳습지

김학철 문학 전집 제6권

사또님 말씀이야
늘 옳습지

보리

일러두기

1. '김학철 문학 전집'은 김학철이 남과 북, 그리고 중국에서 쓴 글을 모두 모아 보리출판사에서 전집으로 다시 펴내는 것입니다.

2. 작가가 살았던 광복 초기 서울, 북녘과 중국에서 쓰이던 말, 비표준어들을 원전에 따라 그대로 표기했습니다. 현행 한글 맞춤법과 다른 부분이 있지만 우리말이 지역과 시대에 따라 다양하게 쓰이는 모습을 볼 수 있도록 했습니다.

   예) 고르롭다, 낙자없다, 내리꼰지다, 때벗이, 말째다, 맥살, 생일빠낙, 권연(궐련), 말라꽹이(말라갱이), 안해 (아내), 엉뎅이(엉덩이), 우습강스럽다(우스꽝스럽다), 장졸임(장조림), 쪼각(조각), 네(네), 반가와서(반가워서)

3. 독자들이 읽기 쉽도록 한글 맞춤법에 따라 고친 것도 있습니다.
   ㉠ 한자말은 두음법칙을 적용했습니다.
   예) 란리→난리, 래일→내일, 력사→역사
   단, 인명 표기와 고유명사는 두음법칙을 적용하지 않고 원전을 따랐습니다.
   예) 이→리, 유→류, 임→림, 인→린
   ㉡ 사이시옷, 된소리 따위도 적용했습니다.
   예) 바줄→밧줄, 혼자말→혼잣말, 배군→배꾼, 잠간→잠깐, 되였다→되었다
   ㉢ 외국에서 들어온 말은 외래어 표기법을 따랐습니다.
   예) 그로뽀뜨낀→크로폿킨, 뽀트→보트, 라지오→라디오, 뻐스→버스, 샴팡→샴페인, 씨비리→시베리아.
   단, 중국 고유 인명과 지명은 외래어 표기법을 따르지 않고 한자음대로 표기했습니다.
   예) 모택동(마오쩌둥), 장개석(장제스), 북경(베이징), 연안(옌안), 태항산(타이항산)

상해 홍구공원에 있는 로신 묘지를 찾은 김학철.
김학철은 평생 로신의 의지와 사상을 자기 신념으로 굳게 지켰다.

2005년 태항산 기슭 호가장 전투 격전지에 세운 '김학철 항일 문학비'.
뒤로 '호가장 보위전 항일 열사 기념비'가 보인다.

김학철은 1952년부터 1955년 사이 로신의 중단편 소설(18편)을 모두 번역했다.
우리나라 사람으로는 처음으로 로신의 작품을 번역한 것이다.

2009년 중국소수민족문학관에
세운 김학철 동상.

중국 작가 정령(丁玲) 부부와 김학철 부부(1981년 연길)

김학철은 정령의 《태양은 상건하를 비춘다》를 우리말로 번역하였다.
《태양은 상건하를 비춘다》는 '스탈린 문예상'을 받은 작품이다.

중국 작가 서광요(徐光耀)와 김학철 일가(1952년 북경 이화원)

정령이 《호야빈 선집(胡也頻選集)》과 함께
김학철에게 보낸 편지.
호야빈은 국민당 정부에 총살당한 작가로,
정령의 전남편이자 동지였다. 정령은 직접
호야빈의 글을 정리, 출판하였다.

(사진 제공 ⓒ 김해양)

추천사

혁명적 낙관주의자 김학철

신경림 시인

김학철 선생은 정통 사회주의자이고 인류가 가야 할 길은 사회주의라는 생각을 한 번도 버린 적 없다. 끝내 권력과 타협하지 않고 자신의 길을 꿋꿋이 걸어간 사람이다.

내가 이런 김학철 선생의 작품을 처음 읽은 것은 1948년 〈담뱃국〉이라는 소설이었다. 김학철 선생은 사회주의자이지만 그가 쓴 소설에서는 인간의 여러 가지 모습, 사람 사는 기쁨이 고스란히 담겨 있었다. 그 뒤 그 작품에 대해 서평을 쓴 인연으로 연변에서 김학철 선생을 여러 차례 만나게 되었다. 내가 본 김학철은 정직하고 겸손한 사람이었다. 또 소설 쓰는 것을 매우 즐겨했다.

김학철 선생의 글은 한국 문학을 매우 풍부하게 만드는 중요한 한국 문학의 한 갈래라고 본다. 그가 쓴 글들이 〈김학철 문학 전집〉으로 나온다니 참으로 기쁘다. 혁명적 낙관주의자 김학철 선생을 다시 만나게 되었다.

〈김학철 문학 전집〉 발간을 축하하며

오무라 마스오 와세다 대학 명예교수

한국의 보리출판사에서 〈김학철 문학 전집〉 전 12권이 출판된다고 합니다. 정말 반갑습니다.

김학철은 불요불굴의 사회주의자였습니다. 그가 평생 지향한 것은, 그의 말을 빌리면 '인간의 얼굴을 한 사회주의'였습니다. 그것은 어려움 속에서도 마음은 넉넉했던 팔로군 생활에서 나온 것입니다. 그에게는 인간의 얼굴을 하지 않은 사회주의는 있을 수 없고, 사회주의가 되려면 인간적이어야만 하는 것이었지요.

2001년, 김학철의 유해는 태어난 고향인 원산에 닿도록 두만강에 띄워 보내졌습니다. 원산에 닿은 유해는 한국에 와서 〈김학철 문학 전집〉으로 태어났고, 동해를 건너 일본으로 가서 〈김학철 선집〉이 되었습니다. 이제 더 나아가 태평양, 대서양, 인도양을 건너 전 세계로 퍼져 나갈 것입니다.

김학철 선생을 기리며

이종찬 우당교육문화재단 이사장

김학철 선생이란 어른의 성함을 처음 들은 것은 1980년대이다. 내가 국회에서 선배로 모신 송지영 선생이 "김학철이란 분이 계시는데 그분이야말로 진정한 휴머니스트이고 오염되지 않은 순수한 공산주의자이시지. 그분은 한 번도 지조를 꺾지 않으셨고 올곧은 그대로 삶을 사셨다."고 소개했다.

최후의 독립군 분대장 김학철 선생은 일찍부터 독립운동에 가담해 태항산에서 일본군과 전투 중 총격을 당해 다리를 다치고 일본군에 붙잡혔다. 일본에 협조했다면 치료라도 제대로 받았을 테지만, 그것도 거부하여 평생 다리 하나가 없는 불구가 된 채 일본 감옥에서 해방을 맞이했다.

김학철 선생은 전 생애를 레지스탕스로 일관하셨다. 그분이 누리고 바라는 삶은 간단하다. 필수품으로 원고지와 펜, 그리고 간단한 옷가지, 누울 자리만 있으면 그것으로 족했을 것이다. 왜 우리는 마하트마 간디를 찾아야 하나? 우리의 스승은 바로 김학철 선생인데!

이제라도 김학철 선생의 작품을 모아 전집을 낸다고 하니 매우 반갑다. 김학철 선생의 해학과 유머가 있는 여유로운 필체를 독자들도 함께 느끼길 바란다.

혁혁한 투사, 진솔한 문인 김학철

김학철이 없었다면 우리의 굴욕적인 식민지사의 한 부분은 어찌 되었을까. 그 굴욕이 한결 비참하고 수치스럽지 않았을까. 우리의 독립 투쟁사 말기에 '조선의용대(군)'라는 다섯 글자가 박혀 있다. 그런데 그 독립군이 어떻게 결성되고, 어디서, 어떻게 싸웠는지 실체적인 명확한 기록이 없었다. 그 역사 망실의 위기를 막아낸 사람이 바로 김학철이다.

김학철은 바로 조선의용군의 '최후의 분대장'으로 싸우다가 왼쪽다리에 총상을 입었고, 치료를 받지 못해 상처가 썩어 들어가다가, 일본의 나가사키 형무소까지 끌려가 결국 절단당하고 말았다.

그 후 그는 불편하기 짝이 없는 '외다리 인생'을 살아 내면서 총 대신 펜을 들고 문인의 삶을 개척했다. 그리고 소설을 창작하기 시작했다. 그의 고결한 영혼 속에서 탄생한 진솔한 작품이 바로 《격정시대》이다. 그는 그 소설을 통해 작가의 진정한 소임이 무엇인지를 보여 주었다. 작가는 민족사에 기여하고, 인류사를 보존해 가는 존재다.

이제 그분의 모든 작품들이 전집으로 묶여 우리 문학사에 크게 자리 잡으며 많은 독자들을 만나게 되었다. 기쁘고 보람스러운 일이다. 선생께서도 특유의 잔잔한 미소를 지으실 것이다.

한국판에 부쳐

《김학철 문학 전집》이 드디어 고국에서 출판된다. 김학철은 이 땅의 자유와 독립을 위하여 피 흘리며 싸웠고 다리 한쪽을 이국땅인 일본의 나가사키 형무소 무연고 묘지에 파묻었다. 그리고 평생을 쌍지팡이(목발)에 의지해 살아야 했다. 그러나 그는 행복했다. 그의 피 흘림이 고국의 독립과 자유를, 동아시아의 평화를 가져왔고 고국의 번영과 민주주의 실현을 보았다. 그러나 아픔도 안고 갔다. 고국의 분단이, 고향 동포의 배고픔과 신음 소리가 그를 평생 괴롭혔다. 그 땅에서도 자유와 민주를 실현하기 위하여, 권력에 아부하는 타락한 좌익 위선자들과는 달리 일생을 몸과 붓으로 독재 권력과 싸우며 고군분투했다. 그의 호소와 날카로운 비판이 이 《김학철 문학 전집》에 고스란히 스며 있다.

김학철은 《격정시대》에서 어린 시절 본 충격적인 사건을 신나게 서술하였다. 20세기 초 고향 원산대파업이다. 그 당시 어린 김학철이 이해할 수 없는 것은 조선 부두 노동자들의 대파업에, 원산항에 정박한 일본 선박들이 일제히 고동을 울리며 성원을 하는 것이다. 이것이 인류의 공동체 의식이, 세계 각국의 노동자들이 같은 정의의 가치를 공유함을 어린 김학철은 알 리가 없었다.

그러나 훗날 김학철은 평생을 이 공통된 정의의 가치관을 위하여 피흘려 싸웠다. 그 흔적은 중국 대륙의 치열한 항일 전장에, 일본 감옥에, 조선 반도 남과 북에 어려 있다. 그것은 조선 민족의, 일본 민족의, 중국 민족의, 동아시아 모든 민족의 자유와 독립과 민주주의 권리를 위하여, 모든 피압박 민중과 약자의 권리를 위하여, 정의와 자유를 갈망하는 투사들과 함께 파쇼와 전제주의를 향해 싸우고 피 흘리며 돌진하였다. 그의 사상과 작품은 그 어느 한 민족의 것이 아니고 자유와 정의를 위한 모든 분들께 속한다. 이것이 한국에서 〈김학철 문학 전집〉 출판이 가지는 의미라고 본다.

이번 출판을 위하여 여러 한국 학자, 지성인들이 심혈을 경주하였다. 보리출판사와 유문숙 대표님, 윤구병, 신경림, 김경택, 김영현 등 선생님들과 편집인 여러분께, 또한 수년간 지원을 아끼지 않은 한국문화예술위원회에 감사드린다. 그리고 그동안 김학철 작품을 한국에서 출판한 창작과비평사, 실천문학사, 문학과지성사, 풀빛출판사 등 출판 부문 여러 선생님들께 다시 한번 충심으로 감사드린다.

우리 세대가 만든 분열과 아픔의 벽을 넘어 동아시아 여러 민족의 정상적인 교류와 공동 번영을 위하여 〈김학철 문학 전집〉 한국판 출판이 기여하기 바란다.

마지막으로 이 〈김학철 문학 전집〉 한국판을 치열한 항일 전장에서 희생된 김학철의 친근한 전우들인 석정, 김학무, 마덕산 등 수십 명 전사자들께 삼가 드린다.

김해양

2022년 8월 중국 연길에서

차례

사색하는 동물

여름철이면 의례건으로 따라다니는 홍보—사람이 물에 빠져 죽었다는 소식—에 접할 적마다 나는 애석한 마음을 금할 수 없다. 어린것들이 물속에서 허우적거리며 애를 쓰다가 끝내 숨져 버렸다는 따위 소식에 접할 때면—나는 속이 얼얼해서 세상이 딱 싫어나곤 한다. 그러나 격류 속에 뛰어들어 거의거의 죽게 된 사람을 건져 냈다는 용사들에 관한 보도에 접할 때는—저도 모르게 어깨를 으쓱거리며 쾌재를 부른다.

"잘했다! 잘했어! 영웅이다!"

파선 사고로 물에 빠진 사람들을 셋씩, 넷씩 건져 내고 자신은 힘이 진하여 물속에 가라앉았다는 것 같은 고상한 인간의 이야기에 접했을 때는—통탄과 애절에 잠기어 한동안씩 헤어나지를 못한다. 그 가족들의 비탄을 생각하고 수심에 싸여서 시간 가는 줄 모르고 명상에 잠기곤 한다.

내가 어렸을 적에 우리 고향(아름다운 항구 도시 원산)에서 있은 일이다.

한번은 사람 네댓이 탄 작은 고깃배가 고기를 잡아 가지고 돌아오다가 태풍을 만나서 잔교를 지척에 바라보면서도 가라앉게 되었다. 숱한 사람들이 방파제에 나와 서서 그 위급한 정경을 지켜보면서도 산더미같이 밀려드는 파도에 눌리어 아무도 감히 구조의 손을 뻗칠 엄두를 내지 못하였다. 그때 자신심 있는 자본가로서 어업조합의 이사장을 지내는 분이 인명이 경각에 달린 것을 보다 못하여 모여 선 사람들을 둘러보며 큰소리를 외쳤다.

"저 사람들을 구해 내는 분에게는 상금 50원을 드리리다!"

말이 떨어진 그 즉시에 한 젊은 배꾼(고기잡이꾼)이 마닐라로프를 허리에 감고 물에 뛰어들었다. 그는 필사적으로 악전고투하다가 마침내 로프를 파선 촌전(寸前)의 배에 비끄러매는 데 성공을 하였다. 한 절반 가라앉은 배는 잔교 끝에서 운력다짐으로 잡아당기는 로프에 끌려 나와서 아슬아슬하게 난을 면하였다. 고기잡이꾼 넷이 다 죽었던 목숨을 건졌다.

사후에 어업조합 이사장이 현상한 대로 상금 50원(쌀 예닐곱 가마니 값에 해당함)을 주려고 하니까 그 배꾼 총각은 돈을 받지 않고 피해 달아나면서 "아닙니다, 아닙니다. 전 상금을 바라구 한 일이 아닙니다." 하고 도리머리를 흔들었다.

나중에 그 부모가 살림이 구차해 죽을 지경인데 이사장 어른께서 내리시는 상금을 왜 받지 않았느냐고 사설을 하니까 그 총각은 도리어 "누가 치사스레 상금을 바라구 목숨을 건단 말이요!" 하고 못마땅스레 대꾸질을 하더라는 것이다. 그러니까 그가 물에 뛰어든 것은 이사장의 상금하고는 아무 관련도 없는, 순전한 자기 나름으로서의 인도주의적 행동이었던 것이다.

이 세상에는 이런 고상한 영혼의 소유자가 얼마든지 있다. 그러기에 인간 세상은 언제나 어디를 가나 항상 아름다운 것이다. 하긴 아름답지 못한 것도 더러는 있다. 아주 없는 것은 아니다. 며칠 전 〈인민일보〉에 두드러지게 보도된 바 있는 '성도 수영장에서 있은 일' 따위가 바로 그것이다. 그 보도 기사를 읽어 보고 나는 너무도 한심하여 차탄을 금치 못하였다. 정말로 세상이 딱 싫어났다.

'인간의 넋이 이 지경까지 타락을 할 수가 있단 말인가!'

열다섯 살 먹은 여학생이 물에 빠져 죽게 되자 같이 온 고 또래의 동창생들이 구원을 청하니까 뚝 위에 모여 서서 구경을 하던 삼사십 명의 어른들이 하나도 응하는 것이 없는 가운데 "건져 주면 얼마를 줄 테냐?" 값부터 따지는 사람이 있더라는 것이다. 값이 틀린다고 종시 건져 주지를 않아서 여학생이 죽으니까 "인구가 너무 많은데 더러 좀 죽는 것두 해롭잖지 뭐." 하고 비양거리는 사람까지 있는 중에 급보를 받고 진동한동 달려온 여학생의 어머니가 시체라도 좀 건져 달라고 애원을 하니까 "천 원 주겠소?" 또다시 흥정을 벌리어 결국에는 오백 원에 낙착이 되어 시체는 겨우 건졌으나 이번에는 또 근처에 있던 리어카꾼이 시체를 실으면 재수가 달아난다고 방색을 하는 바람에 시체를 날라 올 길마저 막연하더라는 것이다.

팔짱을 끼고 서서 어린 여학생이 빠져 죽는 것을 구경만 한 그 몇십 명의 냉혈동물들을 멸시한 나머지 나는 "에, 이 개돼지만두 못한—사람 기와깨미들!" 하고 눈앞에 없는 그들에게 욕을 하고 또 침을 뱉었다. 그러나 다시 또 가만히 생각해 보니 '내가 너무 좀 가혹한 평을 하잖았나?' 하는 의심이 들었다.

'사람을 죽이고 돈을 빼앗은 놈보다야 그래도 좀 낫잖을까?'

'강간을 하고 나서 핸드백을 빼앗고 또 죽이기까지 한 놈에 비한다면—이런 것쯤은 신사가 아닌가!'

이렇게 석탄층을 캐내려 가듯이 바닥으로 바닥으로 도덕의 층을 캐내려 가다 보니 '성도 수영장의 그 사람 기와깨미들도 맨 밑바닥은 아니었구먼!' 하는 필연적인 결론에 도달하게 되었다.

성도 수영장의 냉혈동물들이 맨 꼴찌에서 약간 부상하여 끝으로 서너 번째쯤 되었다. 그러니까 맨 밑바닥은 면한 셈이다. 맨 밑바닥의 '영예'는 강간, 강도, 살인을 한꺼번에 저지른 놈에게 돌아갔다.

'가만있자, 또 뭐 다른 건 없는가? 오 참, 마이너스라는 게 또 있지! 맨 밑바닥의 영예를 수여하는 것은 잠시 보류하고 더 파헤쳐 보자.'

인간이란 사색하는 동물이므로 그 평면도 위에서 춤을 추는 데 그치거나 만족하지는 않는 법이다. 강간, 강도, 살인을 한꺼번에 저지른 악귀 같은 놈도 자신이 악한 일을 하였다는 자각심이나 어느 정도의 자책감은 느낀다고 보아야 할 것이다. 다소간의 수치감도 느낀다고 보아야 할 것이다. 그러기에 "내가 바루 그 강간, 강도, 살인을 해제낀 장본인이요! 어서들 나와서 나를 영웅 맞듯이 맞아들이시오!"하고 외치며 다니는 놈이 한 놈도 없지!

그자들은 자신이 저지른 죄행을 어떡해서든 가려 덮으려고 신경을 쓰거나 애를 쓰는 것이 보통이다. 이것이 바로 '맨 밑바닥의 영예'가 그들에게 차례지지 않는 유일한 까닭인 것이다.

그와는 달리 자신이 저지른 야비하고 더러운 범죄적 소행에 대하여 아무러한 자각심도 없고 또 추호의 자책감이나 수치감 같은 것도 느끼지를 못하는 철면피한 동물도 이 세상에는 있다.

예컨대 어떤 철면피한 동물은 무슨 '운동'의 틈을 타서 숱한 사람을 물어먹고 그 '감투'들을 하나하나 벗겨서는 몽땅 다 제가 겹쳐 썼었다. 그런데 여러 해가 지나서 그자는 뻔뻔스럽게도 지난날을 회고하면서 "내가 무슨 '감투'와 무슨 '감투'와 또 무슨 '감투'를 겹쳐 썼을 때 어쩌구어쩌구……." 하고 마치 무슨 불멸의 공훈이라도 기리듯이 자랑스레 내세우는 것이다. 물론 그자는 '벗겨서 썼다'는 원래의 다섯 글자에서 '벗겨서'라는 석 자만은 슬쩍 가무려 버릴 것을 잊지 않았다.

우리가 중국 지도의 단면도를 펼쳐 놓고 들여다본다면 흥미 있는 사실 하나를 발견하게 될 것이다. 세계의 지붕마루라는 에베레스트봉(쵸몰랑마봉)은 해발이 무려 8,848,13미터인데 비하여 투루판 분지는 해평면보다도 154미터 낮은 것이다. 그러니까 마이너스 154미터인 것이다. 장백산은 해발 2,744미터, 세상에 소문이 높이 난 태산은 해발이 겨우 1,535미터!

그런데 등차가 이렇게 많고 심한 것은 지리적 현상뿐이 아니다. 인간의 도덕적 풍모에도 역시 그런 등차가 존재한다. 그런 등차가 그저 있기만 한 게 아니라 있어도 아주 많고 또 심하다.

성도 수영장의 냉혈동물들은 그만했으면 그래도 괜찮은 축이다. 강간, 강도, 살인범도 마이너스까지는 안 된다. '마이너스'의 '영예'를 지닐 자는 상술한 바와 같은 그런—남의 '감투'를 빼앗아 쓰고도 수치를 모르고 자랑을 늘어놓는—철면피한 동물이다.

사색하는 동물 중에서도 작가라는 동물은 보다 많이 또 보다 깊이 사색하는 동물이어야 할 것이다. 왜냐면 인간의 도덕적 풍모에 대한 섬세하고도 심각한 분석이 없이는 진짜 작품은 써낼 재간이 없기 때문이다.

자기 주위에 강간, 강도, 살인범보다도 더 질이 낮은, '도덕적 투루판 분지'의 '영예'를 지니면 마땅할 '마이너스'가 버젓이 살고 있다는 것도 모른다면―그것은 깊이 사색해야 하는 계층에 속하는 동물에게 있어서는 하나의 비극이 아닐 수 없다.

1987년 8월

이상 현상

하기방(何其芳, 1912~1977)과 내가 자주 내왕한 것은 1951년 봄에서 가을까지였는데 당시 그는 엠엘(ML)학원(고급당교)에서 교편을 잡고 있었다. 내가 살고 있던 이화원에서 엠엘학원은 엎어지면 코 닿을 데 였으므로 피차에 오가기가 아주 편리하였다.

당시 하기방은 바야흐로 비단결같이 기려한 시인에서 마르크스주의적인 문예평론가로 변신(몸의 모양을 바꿈)을 하는 중이었다. 그 후 중국 문단에서 심각한 문제로 된 '하기방 현상'은 아직 혼돈세계 또는 맹아적 단계에 처해 있었다. '하기방 현상'이란 사상적인 면에서는 진보를 하는 대신에 창작적인 면에서는 퇴보를 한다는 이상 현상을 말하는 것이다. 즉 사회주의 시대의 중국 문단에 나타난 이상 현상을 말하는 것이다.

한번은 하기방이 곤명호에서 애청(艾靑), 력양(力揚)과 더불어 뱃놀이를 하는데 나더러도 가자고 끌어서 나는 개밥에 도토리 격으로 축에 한번 끼여 보았다. 당시 애청과 나는 이화원에서 이웃하여 살았고 또 하기방과 력양은 동료였으므로 엠엘학원 안에서 이웃하여 살고 있었다. 그들 셋은 다 뜨르르한 시인들이었으나 나만은 한낱 문학연구소의 연구원, 정말 아무것도 아니었다.

지난해 여름 〈민족문학〉의 한창희 씨가 마라 친부하고 같이 와서 한담들 하다가 애청의 이야기가 났을 때의 일이다. 한창희 씨의 말이 언젠가 애청을 만났을 때 김학철의 이야기가 나니까 애청이 웃으면서 말하기를 이화원에서 이웃해 살던 조선 친구 김학철이 외다리로 헤엄을 잘 치더라고 하더라는 것이다. 한창희 씨가 옮기는 말을 듣고 우리는 그때 다 같이 한바탕 웃었다. 내가 개밥에 도토리 격으로 축에 한번 끼여 보았다는 그 뱃놀이 때에도 나는 뽐을 내느라고 외다리로 헤엄을 쳐서 배를 따라다니는 '재주'를 피워 보였었다. 그들이 속으로 웃는 줄도 모르고.

그때 하기방이 배 위에서 애청과 력양을 보고 하소연 비슷하게 "내 몸속에서는 묵은 하기방하고 새 하기방이 밤낮없이 쌈질을 하구 있소. 서루 맞지 않아서 사사건건 틀개를 놓구 있소." 말하고 쓴웃음을 웃는데, 나는 수준이 워낙 낮았던 탓으로 그게 무슨 뜻인지 알아듣지를 못하였었다.

그 후 한 20년 잘 지나서야 나는 비로소 새삼스레 깨도가 되어서 "오, 그런 뜻이었구나!" 하고 혼자 고개를 끄덕끄덕하며 감복을 하였다. 모진 정치 풍파를 겪는 통에 나도 급작스레 성장을 하였던 것이다. 그러니까—바꾸어 말하면—하기방은 지능적으로 나보다 적어도 한 20년은 앞섰다는 말이 되는 것이다. 나이로 말하면 그가 네 살이 맏이였을 뿐이지만. 천재적인 조숙과 범재적인 만숙의 차이라고나 해야 할 것이다.

하기방은 북경대학 철학과 재학 중에 벌써 이채로운 시와 산문을 각 간행물들에 발표하기 시작하였는데 졸업한 이듬해인 1936년에는 그 첫 작품집이 간행되어서 사회적으로 공인을 받은 바 있는 그야말로 재화가 흘러넘치는 시인이며 산문가였다.

그가 연안에 들어간 것은 1938년. 정풍 운동 중에 그는 자기의 지난 날의 문학적인 주장을 근본적으로 뒤집어엎음으로써 이번에는 또 개조된 지식인의 전형적 인물로 공인이 되었다.

하기방은 시인, 산문가로 문학 활동을 개시하여 종국에는 문예평론가로 끝을 맺었다. 1977년 그가 서거할 때의 신분은 중국고전문학연구소(현재의 중국 사회과학원 문학연구소)의 소장이었다. 그는 그 연구소에서 재직하는 24년 동안에 시와 산문을 거의 한 편도 발표한 것이 없다. 세상에서는 그를 자각적인 무산계급의 문예 전사라고 일컫는다. 그러나 그와 동시에 시인, 산문가로서의 그의 생애는 종말을 고하였다. '문예는 정치를 위해 복무해야 한다'는 용의(용렬하고 보잘것없는 의사)의 처방을 무조건적으로 또 열정적으로 받아들인 나머지 그 흘러넘치던 재화가 다 잦아들어 버렸던 것이다.

이런 비극적인 이상 현상, 즉 '하기방 현상'은 유독 하기방의 신상에만 나타난 것이 아니고 다른 거물급 작가들의 신상에도 다 예외 없이 나타났다.

그들은 진실한 창작적인 형태로 '사상적인 진보'를 체현할 대신에 이론적인 또는 추상적인 '진보'—기형화한 '진보'를 하였다. 그리하여 그것은 우리나라 해방 후의 문학 창작상에 괴이한 이상 현상을 초래하였다. 모순, 파금, 정령, 조우 같은 현대 문학사상의 뛰어난 작가들이 개개

다 맥이 식어서 즘즘해진 것이다.

이상은 〈문학 평론〉 제6기에 실린 응웅(應雄)의 평론 문장에서 발췌한 것인바 우리들의 깊은 사색을 불러일으키지 않을 수 없는 한 대목이다.

문학사에서 중요한 자리를 차지하고 있는 대가들이 다 '문예는 정치를 위해 복무해야 한다'는 그릇된 처방을 곧이곧대로 받아들여서 그를 실현해 보려고 모지름을 쓰고 또 안간힘을 쓰다가 모두들 기진맥진해 쓰러지는 판에 우리 따위 졸병급 작가들이 공연히 허우적거리기만 하다가 찐 붕어가 되어 버리는 것쯤은 말할 거리도 못 된다고 해야 할 것이다. 그러니까 우리는 다들 자기 신상에 나타난 '하기방 현상'을 자각하지 못하는 동안에 치렀거나 또는 현재 치르고 있다는 말이 되는 것이다.

문학예술의 목에다 정치의 멍에를 억지로 메우려고 수효가 엄청난 중국의 문학예술 대군이 수십 년 동안 심각하게 참답게 헛애를 써 왔다는 것은 일대 비극이 아닐 수 없고 또 일대 희극이 아닐 수 없다.

조설근이《홍루몽》을 쓴 것은 정치를 위해 복무하려고 한 노릇이 아니란 것을, 그리고 톨스토이가《전쟁과 평화》를 쓴 것도 역시 정치를 위해 복무하려고 한 노릇이 아니었음을―우리는 다들 잘 알고 있는 터이다.

문학예술이 정치하고는 아무런 인연도 없다거나 또는 수화상극이라고 한다면 그것은 편파적인 견해, 편파적인 논조일 것이다. 그러나 창작을 하기 전에 우선 정치 노선이나 정책에다 제일차적 관심을 돌린다면 필연적으로 또 '하기방 현상'이 나타날 거니까 그 작품에는 유감스러운 '불합격증'이 날아와 붙을 게 대개 틀림이 없을 것이다.

작가의 뜨거운 심장으로 느껴 받는 것을 추호의 허식도 없이 예술적으로 재현을 하는 것이 가장 무난한 방법이라고 생각이 되는데 물론 거기에는 명확한 경향성이라는 게 있어야 할 것이다.

광의적으로는 인류의 생활을 보다 아름답게 만들려는 염원, 협의적으로는 자기 민족의 처지를 보다 좋게 고치려는 염원, 이런 따위가 다 지향성의 내용으로 될 수 있을 것이다. 피압박자나 피착취자에 대한 동정, 압박자나 착취자에 대한 증오, 부정의에 대한 분노, 허위에 대한 멸시, 그리고 숭고한 정신이나 영웅적인 행동에 대한 찬미, 이런 따위도 다 지향성의 내용으로 될 수 있을 것이다.

하기방이 세상을 뜰 때 나는 추리구 감옥에서 반혁명 현행범으로 복역을 하고 있었던 까닭에 조전(弔電) 한 통도 치지 못하고 말았다. 그러나 세월이 흐를수록 점점 더 그의 형상은 나의 마음과 눈앞에서 커 가기만 한다. 북경에서 그와 가까이 상종을 할 때 나는 솔직히 말해서 그를 자기 또래의 인물로만 여겼었다. 하룻강아지 범 무서운 줄 몰라도 이만저만 아니지. '눈은 있어도 망울이 없다'는 말은 나를 두고 한 게 아닌가 싶다.

하기방은 자기 신상에 나타난 '하기방 현상'을 역사적인 국한성 때문에 살아생전에 종시 해결을 못 하고 말았다. 그는 자기가 사상적으로는 진보를 하면서도 창작적으로는 자꾸 퇴보를 한다고 통탄을 하면서 그날그날을 초조하게 살다가 그대로 종언을 맞이하였다. 해탈을 못 한 채 불귀의 객으로 되었다. 그러나 우리들의 가슴은 지금 각자의 신상에 나타난 '하기방 현상'을 극복해 낼 신심으로 가득 차 있다. 정치적인 기후가 일대 변화를 일으켜서 사람들이 다 자기의 머리로 사고를 할 수 있게 되었기 때문이다.

　나의 존경하는 벗이며 또 대선배인 하기방이여, 지하에서 고이 안식하시라.

1989년 1월

나의 참회

1951년 가을의 일이다. 북경 영화 촬영소에서, 히틀러 집정 시기 독일에서 찍은 〈차이콥스키전〉과 역시 제2차 세계대전 이전에 프랑스에서 찍은 〈베토벤전〉, 이 두 편의 영화를 한꺼번에 감상하는 모임을 가진 적이 있다. 초대된 사람은 아주 적어서 30명도 채 못 되었다. 러시아의 음악가를 독일에서, 그리고 독일의 음악가를 프랑스에서 다루었다는 것이 신기로워서—나는 제백사하고 이화원에서 달려 들어와 참석을 하였다.

그때 초대된 이들 가운데는 무용가 안성희, 전한(田漢) 부인 안아(安娥) 그리고 호풍(胡風) 같은 이들이 들어 있었다. 그중의 안성희는 구면이었다. 그리고 안아도 역시 구면이었다.

일찍이 1940년 봄, 우리가 제5전구(호북성 수현) 전선에서 대적군 공작을 하고 있을 때 안아는 〈진중일보(陣中日報)〉의 여기자 하나를 대동하고 최전선에서 활약하고 있는 우리 분대를 전위해 탐방한 일이 있었다. 사령장관 리종인이 친히 내린 명령이라고 광서 부대의 대대장 양반이 대단히 긴장하여 1개 중대의 병력을 풀어서 안아 일행—두 여자—를 보호하는 바람에 우리는 모두 어이가 없었다. (당시 우리 분대의 성원들로서 현재 생존한 이들은 서안의 홍순관과 심양의 조소경.) 우리는 적의 진지 바로 턱밑까지 접근을 해야 하지만 그녀들은 우리 후방 100미터 거리에서 관찰을 하니까 상당히 안전한데도 대대장은 마음이 안 놓여서 '1급 전비(戰備)'를 하였었다. 물론 밤이었다. 낮에는 저격수가 무서워서 적진 앞에 그림자도 얼씬을 못 하는 형편이었으니까.

안아는 우리들에 대한 인상이 무던히 좋았던 모양으로 탐방을 마치고 돌아가는 길로 〈진중일보〉에다 '국제 반파쇼 전사들'이 어찌고어찌고 잔뜩 붙여서 보도 기사를 실었다. 여성의 몸으로 최전선—적진 300미터—까지 체험하였다는 제 자랑도 갈피갈피 풍기는 글이었다.

이런 내력이 있었던 까닭에 안아는 나와의 11년 만의 해후상봉을 여간만 반기지 않았다. 나도 물론 반가워하였다. 피차간 반기는 수작이 일단 끝이 난 뒤에 내가 그저 지나가는 말로 넌지시 "저기 저 대머리 벗어진 뚱뚱한 분은 누굽니까?" 하고 물어보았더니 안아는 "호풍. 시인, 평론가." 하고 귓속말로 소곤소곤 알려 주었다.

"오, 저분이 호풍이구면요. 난 또 호리호리한 분인 줄 알았지."

"별명이 후팡쯔(胡胖子)라구요."

안아가 말하고 킥 웃어서 나도 물색없이 한번 킥 따라 웃었다.

내가 일생 동안에 호풍을 본 것은 그것이 처음이자 곧 마지막이었다. 그때 호풍이야 물론 나를 '저건 또 어디서 난 절름발이야'쯤 생각했었겠지.

나중에 나는 중앙문학연구소에서 로신의 저작들을 파고들다가 이런 구절을 발견하였다.

"호풍은 너무 대발라서(주견이 철저하고 세다) 남의 불감(不堪)을 사기가 쉽다. 그렇지만 가까이할 수 있는 사람이다."

일부 극좌적인 문인들이 호풍을 헐뜯는 것을 변호해 주는 말이었다.

'아하, 그러구 보니 그 후팡쯔두 간단찮은 인물이었구나!'

당시 나는 혼잣속으로 이렇게 수긍을 하였었다.

내가 연변에 와서 이태 후인 1954년에 '호풍 반혁명 사건'이라는 것이 전국에 큰 파문을 일으켰다. 나는 그때까지도 중앙에서 내리먹이는 것이라면 무어나 다 절대적으로 받들어 모셨으니까, '아하, 이제 보니까 그놈의 후팡쯔가 멀쩡한 놈이었구나!' 당연스레 분개를 할밖에 없었다.

그러기에 당시 〈길림일보〉의 연변 주재 기자가 찾아와서 호풍을 성토하는 글 한 편을 쓰라고 동원을 할 때도 언하에 선뜻 "쓰리다. 써야지요. 안 쓰면 되나요!" 응낙을 하고 곧 붓을 들어서 사정없이 호풍을 내리깎고 두들겨 패고 하였다. 그 장관의 문장이 며칠 후 〈길림일보〉에 버젓이 나타난 것은 더 말할 것도 없는 일이다.

그 일이 있은 뒤 불과 3년 후에 나 자신도 또 우리 작가협회의 다른 여덟 명의 동료들(김순기, 최정연, 고철, 주선우, 채택룡, 김용식, 심해수, 박상일)과 함께 '반당 반사회주의'라는 죄를 짓고 '인민의 적'으로 되어 버렸다. 물론 아무 죄도 지은 것이 없이 생판으로 두들겨 맞는다는 것을 우리는 알고 있었다. 그렇지만 아주 이성을 잃은 광란자들 앞에서 논리라는 게 설 리가 만무하였다. 그리하여 우리는 모두 십자가를 걸머지고 비참한 운명의 가시밭길을 더듬어 나가야 하였다―22년 동안. 그런 기막힌 판국이건만 나는 의연히 견결히 '우리는 억울한 누명을 뒤집어썼다. 호풍과는 다르다. 호풍은 진짜 반혁명이지만―우리는 아니다!' 이와 같이 명확하게 계급의 계선을 가를 것을 잊지 않았다. —세상에 이보다 소가지 없는 인간이 어디에 또 있을 것인가! 가랑잎이 솔잎더러 바스락거린다고 한다는 말은 바로 이를 두고 한 말이 아닌가 싶다.

그 후 다시 몇 해가 지나서 초특급 태풍 '문화대혁명'이 들이닥치는 바람에 나는 의외롭게도 영광스러운 승급을 하게 되었다. 반혁명 현행범이라는 것이 되어 가지고 마침내 감옥으로 끌려가게 된 것이다. 그제야 비로소 그는 '어, 호풍두 이랬구나! 별게 아니었구나!' 도를 깨치고—뒤늦게나마 도를 깨치고—혼자 어이없이 나오는 너털웃음을 웃었다. 웃으면서 계면쩍이 아래턱을 쓰다듬었다. 골기(骨氣) 있는 한 문학 선배를 숱한 매질꾼들이 모다들어서 뭇매질하는 판에 나도 한 몫—수치스럽게 한몫—끼였던 것이다!

나의 참회, 뼈저린 뉘우침.

대는 마디마다 자라고 사람은 경난(經難)을 할 적마다 자란다고 한다. 그래서 나도 자랐다. 각성을 하고 그리고 크게 비약을 하였다!

그때부터 나는 맹종과 인연을 끊었다. 깨끗이 끊었다. 일도양단을 하였다. 다시는 누가 시키는 대로 맹목적으로 따라가지 않았다. 워낭 소리 듣고 따라가는 눈먼 망아지 노릇을 하지 않았다.

그때부터다, 내가 오직 당 강령만을 지남침으로 삼게 된 것은.

그때부터다, 당 강령을 벗어난 어떠한 지시에도 내가 복종을 하지 않게 된 것은.

그때부터다, 가장 철저하고 가장 혁명적인 미사여구에도 내가 귀를 기울이지 않게 된 것은.

1989년 8월

이 생각 저 생각

그전 세월에도 지방 학생들이 서울에 올라와 진학을 하려면 입학시험이라는 귀문관(鬼門關)을 반드시 거쳐야 했는데 그 7대 1이요, 8대 1이요 하는 경쟁률에 지지눌려 수험생들은 다 기름이 내렸었다. 조선 팔도의 수재들이 기를 쓰고 모여드는 판이었으므로 우리같이 무무한 축들은 한판 끼여들어 볼 엄두도 내기가 어려웠다.

나는 소학교 6년 동안에 우등이라는 걸 단 한 번도 해 본 적이 없는 모범생이었다. 그런 나더러 입학시험에 합격을 하라는 것은 낙타더러 바늘구멍으로 빠져나가라는 거나 마찬가지의 난사(難事)였다. 하지만 그런 난사에도 뒷문이라는 게 있어 가지고 낙타보다 더한 코끼리라도 능히 무사통과를 시킬 묘리가 있음을 나는 그때 깨닫게 되었다.

이 조카를 가장 사랑하던 우리 작은이모가 여학교 때 선배를 통해 그 남편에게 공작을 하여 시험 성적 여하에 관계없이—떼놓은 당상으로—나를 받아들이게끔 해 주었던 것이다. 그 남편이란 곧 내가 통과해야 할 바늘구멍을 넓힐 수도 있고 좁힐 수도 있는 권력자, 즉 그 학교의 교무주임이었다. 그래서 결국 나보다 성적이 우수한 치 하나가 당당히 합격을 해 놓고서도 내게 밀려 낙방거자(落榜擧子)로 되지 않을 수 없었다. 어느 귀신이 씌어 그런지도 모르는 상태에서.

만약 남의 발등을 디디고 올라선 놈이 두고두고 자책감에 시달리지 않는다면 그건 사람이 아니라 곧 짐승일 것이다. 불행하게도 나는 짐승이 아니었던 까닭에 그런 씁쓸한 뒷맛을 톡톡히 보았다. 비열성과 열등감이 혼합된 것 같은 야릇한 기분으로 하여 사람이 곧 우울병에 걸릴 지경이었다.

무정(武亭) 부인 김영숙(일명 리란영)은 나와 동갑이다. 1941년 가을, 태항산에서 그녀가 무슨 병으로 입원을 했을 때 우리 선전부원 셋(미술 담당 장진광, 음악 담당 류신, 문필 담당 김학철)이 문병을 가는데 돈들이 한 푼도 없는 까닭에 셋이 다 빈손으로 가야만 했었다. 매우 계면쩍은 문병 행이었다.

당시 그녀는 아직 무정과 대면을 해 본 적도 없는 상태. 그들의 결합은 그 후 일 년 이상 지나서 이루어진 것, 우리에게 있어서 그녀는 언제나 그저 '란영 동무'였다.

한데 사달은 어디서 났는가 하면 우리를 반겨 맞은 그녀가 태항산의 명물인 감 하나를 깎아서 내게다 건네준 데서 났다. 그러잖아도 계면쩍은 데다가 의외의 일을 당하고 보니 스물다섯 살 먹은 총각인 나는 주눅이 들어 가지고 '싫다'고 사양할 용기마저 사라져 버린다는—비참한 상태에 놓였다. 그래서 장진광과 류신이 부정적인 눈초리로 지켜보는 가운데 나는 수치스럽게도 그 감을 그대로 받았다. 울며 겨자 먹기였다. 매국 조약에 조인을 하고 이등박문에게서 5만 원을 받아먹었다는 리완용이 바로 이러잖을까 싶었다.

내가 선코를 뗀 이상은 장진광과 류신도 사양할 묘리가 없던지 체념적으로 순순히 하나씩 다 받아먹었다. '굳은 고기 먹은 것 같다'는 속담이 과연 위대한 진리였다는 것을 나는 그때처럼 그렇게 통감해 본 적이 일찍이 없었다. 셋이 다 바늘방석에 앉은 것 같은 기분으로 한동안 어실프게 앉아들 있다가 가는 인사 하고 총총히 병원 문을 나서자 성깔 있는 류신이 겨우 참아 왔다는 듯이 나를 타박하는 것이었다.

"이놈아, 숫제 그걸 받아먹는단 말이냐? 네가 그러는 바람에 우리까지 망신했다!"

나는 얼굴이 지지벌개져 가지고 아무 대꾸도 못 하였다. ―애당초 발명할 여지가 없잖은가!

영국 신사의 풍도를 지닌 장진광이 나를 궁지에서 건져 주었다.

"허허, 학철이가 그렇게까지 숫된 줄을 난 오늘 처음 알았다니까."

그때 당한 곡경을 생각하면 십 년 후에도 나는 얼굴이 붉어졌다.

1949년 봄, 내가 로동신문사에서 일할 때의 일이다. 나는 그저 예사 손님이겠거니만 여기고 '어서 모셔 드리라'고 했더니 의외롭게도 들어온 것은 나이 지긋해 보이는 웬 부인네였다. 내가 좀 의아스레 바라보니까 그 부인네는 단도직입적으로 "당신이 김학철이요?" 묻고 내가 그렇다고 대답하자 다시 얼른 다가와 내 손을 덥석 잡으며 "내가 김정희의 에미요." 하는 것이었다. 나는 어지간히 놀라 그 손을 마주 꽉 잡으며 "아 네 그렇습니까? 그러세요." 할 뿐 뒷말을 잇지 못하였다.

김정희는 태항산에 묻힌 조선의용군의 전우였었다.

"내 자식이 당신처럼 그렇게 돼서라두 살아 왔더라면 내가 얼마나 영광스러웠겠소."

김정희의 어머니가 내 하나 남은 다리를 가리키며 이렇게 하는 말을 듣고 나는 정말이지 몸 둘 바를 몰랐다. 김정희가 나 때문에 죽은 것같이 죄송스러웠다. 그가 살아 왔어야 할 마당에 공연히 내가 살아 온 것같았다.

반세기가 거의 흘렀건만 김정희의 무덤이 어디 있는지도 나는 아직 모르고 있다. 한 맺히는 일이 한두 가지가 아니다. 풀어야 할 매듭이 너무도 많다.

우리나라에서 작가들을 몇 급이니 몇 급이니 하고 등급을 매기는 데 대해 나는 어쩐지 거부감을 느낀다. 정일품, 종이품 하는 것 같기도 하고 또 백작, 자작, 남작 하는 것 같기도 해서다. 톨스토이, 디킨스, 발자크, 헤밍웨이가 다 몇 급인지 모르겠다. 조설근, 로신도 다 몇 급인지 모르겠다. 왕몽, 류심무, 장현량, 류소당…… 이런 작가들은 또 몇 급인지, 추측하건대 일급 이상은 없다니까 아마 다 일급이겠지. 그런데 나더러도 일급이란다.

나는 자비심에 찌들린 비굴한 인간이 결코 아니다. 그러나 왕몽, 장현량 들과 동등한 필력을 가졌다고 자부해 본 적은 한 번도 없다. 그들에게 훨씬 못 미친다는 것을 잘 알고 있기 때문이다.

전에 어느 농업사의 실농군이 '워리워리나 꼬독꼬독이나 매한가지 개값'이라며 일할 맥이 나잖는다고 불평하던 일이 생각난다. 잘하는 놈이나 못하는 놈이나 다 공수(工數)를 어슷비슷하게 매긴다는 뜻이었다. 문학을 알고 또 공정한 평가도 할 줄 아는 사람치고 리원길의 소설을 우리 문단의 정상급이라고 안 하는 사람은 없다. 하건만 그는 일급이 아니란다. 어떤 연유인지는 모르지만 하여튼.

한데 그 이급이라는 사람의 필력이 일급을 까맣게 능가한다면 이건 천하의 웃음거리가 아니고 또 무엇겠는가. 그러게 나는 일급 작가 운운하는 소리만 들으면 언제나―위아래가 다 맞히는 까닭에―꺼림직한 생각이 들어서 심기가 다 불편할 지경이다. 더구나 지난해 가을 서울 나들이를 갔다가 그곳 작가, 출판상들이 '연변의 일급 작가분들이 다녀가셨다'고 하는 것을 듣고는 더 정이 떨어졌다.

내가 아무에게도 자신을 일급 작가라고 말하잖는 것은 바로 이 때문이다.

60년 전에 내가 뒷문을 통해 바늘구멍을 넓히고 들어가던 옛일이 또 한 번 되풀이되잖는지 모르겠다. 집단적으로.

1990년 11월

공식 세계

　해방 후 한 십 년 동안을 우리 문예계는 눈에 보이지 않는 공식의 지배하에 그럭저럭 어렵사리 세월을 보냈었다. 예컨대 연극에서 등장인물들의 갈등을 설정하는 데는 으레 당서기는 진보적 사상을 대표하기 마련이고, 또 공장장이나 촌장은 낙후한 사상을 대표하기 마련이다. 그러니까 결과적으로 볼 때 당서기는 언제나 백전백승의 '영장'이 되는 것이다.

　그럼 설정된 갈등은 어떻게 해결을 하는가. 당서기의 대공무사한 인격과 탁월한 식견과 날카로운 비평 및 절대적인 정확성 앞에 크게 깨달은—또는 눈을 번쩍 뜬—낙후분자가 자신의 잘못을 통절히 뉘우치고 극적인 전변을 한다. 당서기보다 조금 못할 정도의 유능자로 승화 또는 비약을 한다. (아무리 극적인 전변을 하더라도 당서기를 능가해서는 아니 됨.) 등장인물들의 성명도 제각각이고 시간과 장소도 같지 않고 또 사건의 내용도 다르지만 그 '기승전결'만은 반드시 이런 공식을 따라야 했으니 참으로 야릇한 노릇이다.

당 중앙의 무슨 지시가 있은 것도 아니고 또 선전부에서 꼭 그렇게 하라고 시킨 것도 아니었다. 그렇건만 각본을 쓰는 놈이나 연출을 하는 놈이나 다 그렇게 해야만 직성이 풀렸으니 참 조화가 붙은 일이었달밖에. 하긴 제물에 오금들이 저려서 그랬을지도 모를 일이다. 아 왜 무당들이 푸닥거리를 할 때도 귀신에게 먼저 고수레를 하잖는가. 공연히 노염을 사서 버력을 입을까 봐. 그 무당들과 비슷한 심리 상태에서 나온 것 같긴 하지만 딱히는 모르겠다.

아무튼 나중에 하도 천편일률적이니까 싫증들이 나서 '이렇게 공식에만 매달리는 것은 문제'라며 '실제 생활을 떠나서 억지로 만들어 내는 건 좋지 않다'고 뒤늦은 비평들이 쏟아져 나오니까 한때 확실히 그런 기풍이 고개를 숙이고 좀 뜨음해졌었다.

한데 요즈음 그 묵은 병이 또 도지는 것 같은 기미가 보여서 일부 식자들이 몹시 염려스러워 하는데 그도 무리는 아니라고 해야 하겠다. 예컨대 신문이나 잡지에 실리는 만화들을 볼작시면 그 풍자의 대상 수회자(受賄者)는 거의 다 'X국장'으로 돼 있다. 우연한 일치인지는 모르겠지만 아무튼 '부장'이나 '과장' 같은 것은 거의 볼 수가 없다. '서기'쯤은 더군다나 희귀해서 매 76년마다 한 번씩 나타난다는 핼리혜성을 보기만큼이나 어렵다.

이런 기이한 현상이 나타나는 원인을 헤아려 보건대, '과장'이나 '과원' 따위는 벼슬이 너무 낮아서 풍자의 대상으로 삼을 나위가 없어서인 것 같다. 그리고 '부장'이나 '서기'는 벼슬이 너무 높아서 공연히 잘못 건드렸다가는 모가지 뎅겅이 가려(可慮)라서―의식적으로 기피하는 게 아닌가 싶다.

이와는 달리 '국장'은 그 벼슬이 하찮을 정도로 낮지도 않고 또 모가지 조심을 해야 할 정도로 그렇게 높지도 않다. 풍자의 대상은 될 만하면서도 위험도가 낮아서 생명보험부터 먼저 들어 놓고 대들 필요가 없다. 미리 유서를 써 가지고 공증인을 찾아다닐 필요 또한 없다. 그래서 다들 '국장'을 죽여 내는 모양이다. 덩치는 커 보여도 비교적 만만한 것 같으니까. 이를테면 호랑이나 곰은 무서워서 잡을 엄두가 아니나고 또 오소리나 다람쥐 따위는 하찮아서 마음이 당기지를 않으니까 자연히 사슴이나 노루에다 눈총을 쏘게 되는 것과 비슷한 이치일 것이다. 사슴이나 노루는 수렵물로써 버젓은 하면서도 물려 죽을 위험은 전무하다는 것을 삼척동자도 다 알고 있는 터이다.

이제 이만하면 너도나도 모다들어 잿독에 말뚝 박기로 '국장'님네만 죽여 내는 까닭은 규명이 된 셈이다. 이것도 물론 당 중앙의 지시가 있다거나 선전부에서 그렇게 하라고 시켜서 하는 일은 아니다. 어디까지나 자원적이고 또 자발적인 창작 활동이라는 게 어쩌다 보면 그 모양이 돼 버리는 것이다. 제물에 그렇게 되는 것이다. 참으로 조화가 붙은 노릇이랄밖에 없다.

하지만 눈을 닦고 귀를 후비고 맑은 마음가짐으로 추리를 한다면 이것도 그리 난해한 수수께끼는 아니다. ─기후 풍토가 자연히 사람들을 그렇게 만들어 주는 것이다.

신록이 무르녹는 6월의 창문처럼 마음의 문을 활짝 열어 놓고 살 수가 없는 것이다. 어디서 무슨 바스락 소리만 좀 나도 다들 긴장해서 '혹시나' 하고 의구심을 품으며, 게가 아닌 사람들이 게걸음을 치고 또 가재가 아닌 사람들이 가재걸음을 치는 것이다. 성큼성큼 앞으로 내디디를 못하는 것이다. 이러한 기후 풍토가 개변되지 않는 한 애매한 우리의 '국장'님네는 계속 죽어날 것이다. 동네북처럼 얻어맞다가 볼

일을 못 볼 것이다.

　자연스럽게 또는 자연스럽지 못하게 형성된 이런 공식 세계에서는 건전한 사회주의적 사실주의가 활개를 펴기는 어려울 것이다.

1991년 4월

구태의연

'구태의연'이란 옛날의 모양이나 묵은 상태가 변함이 없고 발전한 데가 없이 여전하다는 뜻으로써 그리 고무적인 말은 아니다.

나는 일찍이 우리의 일부 문인들을 설치류(齧齒類)라고 부른 적이 있는데 그 설치류들이 그 상이 장상으로 아직도 계속 쏠고 있으니 너무 한심해서 하는 소리다. 설치류의 생리적 특징은 끊임없이 자라는 앞니 때문에 잠시도 무엇을 쏠지 않고서는 목숨을 유지할 수가 없는 것이다. 앞니가 너무 빨리 자라는 바람에 주둥이를 다물 재간이 없어서 굶어 죽은 쥐를 나도 전에 한두 번 본 적이 있다. 그러니 본능적으로 쏠고 쏠고 또 쏠고 해야 할밖에. 우선 살고 봐야겠으니까.

우리의 재화 있는 소설가 정세봉(鄭世峰)도 이번에 그러한 설치류의 '설화(齧禍)'를 입었다. 〈장백산〉에 발표된 그의 한 편의 소설이 횡래지액(橫來之厄)을 당한 것이다. 하마터면 반당 반사회주의적 '독초'로 생매장을 당할 뻔했기 때문이다.

원칙론이긴 하지만 아무튼 창작의 자유와 더불어 비평의 자유도 보장이 돼 있다고 우리는 다들 믿고 있는 터이다. 물론 어느 일정한 한도 내에서이긴 하지만. 그러니까 어떤 작품이거나 다 읽어 보고 나서 이견이 있을 때나 얼마든지(기본적으로) 비평을 할 수가 있는 것이다. 하물며 정세봉쯤이야 무슨 '장(長)' 자가 붙은 대단한 인물도 아닌데, 따라지목숨―밑바닥 인생에 불과한데. 하건만 이 설치류 씨는 편집부에 평론 문장을 써 보낼 대신에 역적 고변(告變)을 하듯이 한 것이다.

봉건 사회에서 역적 고변을 하면 조정에서 푸짐한 상급이 내릴 뿐더러 먹을알이 탁탁한 벼슬까지 한자리 얻어 하게 되므로 도박치고는 큰 도박―한번 해 볼 만한 도박이었다. 구태여 봉건사회까지 거슬러 올라갈 것도 없다. 우리나라의 현대사에 속하는 50년대의 '반우파 투쟁'이나 60~70년대의 '문화대혁명' 때도 역시 그랬으니까. 그때도 아무 놈이나 일단 걸고 들어서 물고 늘어지기만 하면 그놈은 으레 끝장이 나기 마련이었으니까. 불독에게 물린 도둑놈 꼴이 돼 버리기 마련이었으니까. 그렇게 해서 숱한 놈이 어마한 벼슬자리에 올라 부귀영화를 누리잖았었나. 어느 무슨 공장의 한낱 과장에서 일약 당 중앙 부주석으로 뛰어오른 놈까지 있지 않잖았었나.

그런데 놀랍고도 통탄할 일은 '문화대혁명'과 더불어 영원히 사라져 버린 줄 알았던 그 '역적 고변'의 악습(못된 버릇)이 이 밝은 하늘 아래서 되살아나 우리 민족의 사업에 해독을 끼치고 있다는 사실이다.

지난날 국민당 통치 시기에 비열한 문인들은 적수를 거꾸러뜨리는 데 쓸 효험 100퍼센트짜리 비방 하나씩을 다 갖고 있었다. 국민당 당부(黨部)에다 '아무개는 빨갱이올시다'고 한마디 꽂아 넣기만 하면 됐던 것이다. 그러면 그놈은 영락없이 저승 행차를 하기 마련이었으니까. 총살을 당하잖으면 생매장을 당하기 마련이었으니까.

이 얼마나 손쉬운 제거 수단인가!

이 얼마나 철저한 제거 수단인가!

정령의 남편 호야빈(胡也頻)도 다 그렇게 총살을 당했던 것이다.

정직한 문학도들이여, 한번 좀 물어보자. 정세봉을 꽂아 넣은 그 설치류 씨의 행위가 상술한 국민당 시기의 비열한 문인들의 행위와 그래 무엇이 다른가! '빨갱이올시다'를 '반당 반사회주의올시다'로 바꿔 놓은 것 외에 또 뭐가 다른가?

또 다른 한 극히 노회한 설치류 분은 지금 도처에 돌아다니며 쏠아먹고 있다.

"김철(金哲)이는 장사꾼이다. 시인이 아니다."

쏠아 먹기는 벌써 30여 년째 일관하게 꾸준히 쏠아 먹고 있지마는 근자에 와서 탄알만 좀 바꾼 것이다. 보다 치명적인 덤덤탄으로 바꾼 것이다. 그 결과 김철은 우리 민족시단에서 파문을 당해 버렸다.

'헤, 제놈이 이제야 장사밖에 더 해 먹을 게 있을라구!'

그런데 지난번에 뚱딴지같이 문학지 〈아리랑〉이 그 장사꾼 김철에게 시 부문의 상을 주었다. 잘했다고 준 것이지 못했다고 준 것은 아닌 것 같았다. 상업국에서 준 게 아니라 분명 출판사에서 준 것이다.

우리가 다 알다시피 문학상이란 어느 한 사람이 주고 싶으면 주고 말고 싶으면 마는 게 아니다. 반드시 심사위원들의 합의를 거쳐야만 수상자는 결정이 되는 법이다. (물론 더러는 불순분자의 영향을 받아서 불공정한 판정을 내리는 경우도 있기는 하지마는.) 그렇다면 그 심사위원 선생님네는 김철이가 이미 파문을 당하고 장사꾼이 돼 버린 것도 몰랐던가?

'참으로 한심한 심사위원들이로군!'

이리하여 그 노회한 설치류 분은 30여 년을 내리 쏠아 먹다가 이번에 또 한번 보기 좋게 귀싸대기를 얻어맞은 셈이다. 제 입으로 벌어서 얻어맞은 셈이다. 일껏 갈아 꽂은 덤덤탄도 그리 신통한 보람을 나타내지는 못했으니까. 끝내 〈아리랑〉의 시상을 막아 내지는 못했으니까.

'복통을 할 노릇이지. 아이구 배야!'

'그 상은 응당 내가 받았어야 할 건데…… 그 잘난 장사꾼 놈을 주다 니. 아이구 배야!'

이와 같이 우리 문단에서 설치류들은 현재 구태의연히 설치고 있다.

그 설치류들을 절멸하자면 아무래도 비상한 구제법이 강구돼야만 하겠다. 예컨대 낯을 봐주지 말고 가차 없이 지명해서 폭로를 하는 따위, 그 추악한 몰골을 백일하에 드러내 보이는 따위.

1991년 6월

미학의 빈곤

싱가포르가 아름다운 화원 도시란다. 프랑스의 파리는 지난 세기부터 벌써 '천하의 기적'이니 하는 절찬을 받아 왔다. 현하 어느 나라에서나 다 아름다운 도시를 건설하기 위해 힘들을 기울이고 있는데 아마도 세계적인 풍조라고나 해야 하겠다.

미국 정부가 한번 특별 조처로 일부 인디언들을 현대식 주택에다 입주를 시켰더니 그 인디언들이 모두 집 안에다는 딸린 '식구'—닭, 거위, 개, 염소 따위를 들이고 자신들은 마당에다 따로 허술한 막사 하나씩을 짓고 그 속에서 살며 모닥불을 피워 놓고 구워 먹고 끓여 먹고 하더라는 것이다.

우리 집 안늙은이가 그 좋은 흡진기를 원두쟁이 쓴 외 보듯이 하며 죽어라 하고 전통적인 청소 도구—빗자루에만 매달리는 것과 맥락을 같이하는 것으로 보아야 하겠다. 우스운 일이다.

그러나 아무튼 낡은 습관이란 떼어 버리기가 무척 어려운 모양이다. 점쟁이들이 아직도 돈벌이를 짭짤하게 잘하고 있다는 사실만 보아도 알 일이 아닌가. 요즘 서울에는 서점 거리, 고물상 거리 아닌 '철학관' 거리라는 게 다 생겨났단다. 철학관이란 점쟁이가 인간들에게 점을 쳐 주고 돈을 우려내는 합법적인 영업장소다.

이야기가 가리산지리산이 되었다. 원 줄거리로 돌아가자.

대도시들에서는―특히 외국에서는―호텔도 그렇고 아파트도 그렇고 경관을 여간만 중시하지 않는다. '경관보전학', '경관형성학' 같은 전문적인 학문이 있는 것만 보아도 알 일이다. 호텔에서는 보다 좋은 경치를 바라볼 수 있는 객실일수록 숙박료가 비싸다. 아파트에서도 마찬가지, 바라보이는 경치에 따라 집값이 많이 달라진다.

요전날 우리 맞은편 새로 지은 층집에 집들이한 사람이 "새루 든 집이 좋긴 좋아두 아래층이 돼 나서 강을 바라볼 수 없는 게 흠이에요." 하고 아쉬워하는 것을 듣고 나도 동감이었다. 우리는 그네보다 한 층이 위인 2층에 살고 있다지만 앞을 보나 뒤를 보나 바라보이는 것은 벽돌집과 굴뚝과 창고 지붕과 쓰레기 동산뿐―단 한 그루의 나무도 눈에 들어오는 것이라곤 없다. 트인 경치를 점수로 매긴다면 100점 만점의 최저 점수―1점쯤 될 것이다. 가히 막막한 주거 환경이라 할 만하다.

전에는 늘 공원을 찾아 숲속을 거니는 것으로 자연에 대한 그리움을 달래 왔는데 하남으로 이사한 뒤부터는 여건의 부족으로 강변의 유보도(遊步道)나 거니는 것으로 만족을 하지 않을 수 없게 되었다.

자 이제부터는 요긴목을 잡아든다.

"우리 애기 고웁지."

와르릉―삐이걱―좌아악!

"엄마, 엄마두 곱다."

이상은 강변 유보도에 놀러 나온 젊은 엄마와 어린 딸이 정답게 주고받는 말을 녹음한 것.

철버덩—와르릉—삐이걱—좌아악!

"난 당신 없인 단 하루두 살 수가 없다구요."

삐이걱—철버덩—와르릉—삐이걱—좌아악!

"나두 그래요. 어쩌면 좋죠?"

철버덩—와르릉—삐이걱—좌아악!

이상은 한창 열이 오른 청춘 남녀가 강변 유보도에서 사랑을 속삭이는 장면을 몰래 녹음한 것.

"어이구 박 선생, 언제 뵈어두 저렇게 정정하시다니까. 아하하!"

뿡뿡—털털털털—통통통통—덜컹—왈가닥!

"최 선생이야말루 점점 더 젊어지시네요. 아하하!"

이상은 강변 유보도에서 만난 두 노인이 한담하는 것을 공개적으로 녹음한 것.

그런데 대화들의 사이사이 괴상한 소음이 반주처럼 끼어든 것이 몹시 귀에 거슬린다. 하지만 어쩔 수 없는 노릇이다. 왜냐면 그것은 강변 유보도에 둘러싸인 골재 채취장에서 간단없이 울려 퍼지는 소리니까 말이다. 골재란 건축에 쓰이는 모래, 자갈 따위. 육중한 준설기가 굉음을 울리며 강바닥을 파 올려 피라미드같이 쌓아 놓으면 화물자동차, 트랙터들이 뻔질나게 드나들며 모래, 자갈을 실어 나르는 판에 누구의 대화인들 소음의 반주를 모면할 수가 있을 것인가.

하느님, 우리 죄 많은 백성들은 언제까지 이런 시달림을 받아야 합니까? 오, 야속한 하느님! 설마 한들 이것이 저희들의 타고난 숙명이야 아니겠습죠?

시내 한복판에다 골재 채취장을 설정한 도시가 이 지구상에 우리 연길시를 빼놓고 어디 또 있는지―나는 모른다. 어디서나 다 골재 채취장은 도시에서 썩 멀리 떨어진 곳에다 설정하는 것으로―나는 알고 있을 따름이다.

우리 연길시가 유보도를 함부로 뚝 끊어 살풍경스러운 건널목을 만들고 또 거기다가 보기 흉한 파수막까지 하나 턱 지어 놓아 미관 지구를 일색에 언청이로 만든 것은 몰상식한 처사라고밖에 달리는 더 어떻게 표현할 수가 없다. 눈에 덮인 골재 채취장을 한번 좀 나와 보라. 무덤들로 뒤덮인 황량한 고전장(옛 싸움터)을 방불케 하잖는가. 그런 데다 우리더러 마음을 붙이고 살라는 말인가.

강변 유보도는 마땅히 시민들의 즐거운 휴식처로 되어야 할 것이다. 예쁜 엄마와 귀여운 애기들에게, 불같은 사랑을 고백하는 청춘 남녀들에게 그리고 조용한 곳을 찾아 헤매는 석양길 나그네들에게―우리의 현명한 시 당국은 마땅히 강변 유보도를 돌려주어야 할 것이다.

하느님이여, 미학의 빈곤으로 고생하는 우리의 시 당국을 관서(寬恕)하시고 보다 많은 복을 내려 주소서. 그들의 소원대로 돈벼락을 콱 안겨 주소서.

1991년 1월

판도라의 궤

'판도라'란 그리스 신화 중의 미녀로서 인류 최초의 여성, 하늘에서 불을 훔쳐 간 인류에게 벌을 주기 위해 최고신 제우스가 흙으로 만들게 했다는 여성이다. 그녀가 할 일은 제우스가 주는 상자를 인류에게 내리는 일이었다.

'판도라의 궤'라고 불리는 그 상자 속에는 인생의 모든 죄악과 재화(災禍)가 가득 들어찼었는데 판도라가 호기심에서 그 뚜껑을 열어 보는 통에 온갖 불행이 다 쏟아져 나왔단다. 하지만 그녀가 깜짝 놀라 뚜껑을 도로 닫는 바람에 '희망'만은 끝까지 그 상자 속에 그대로 남아 있다는 얘기다. 이 '판도라의 궤'는 희랍의 전설 '트로이의 목마' 등과 함께 인류 사회에서 지금도 무슨 비유를 할 때 널리 쓰이고 있는 말이다.

가령 여기 한 회사가 있다고 하자. 사업이 순리롭게 잘 돼서 형세가 불 일듯 한다. 문어발같이 사면팔방으로 뻗어 나가면 숱한 자회사들을 거느리게 된다. 그러니 자연 원근에 소문이 뜨르르할밖에. 이쯤 되면 으레 신문, 잡지, 방송, 텔레비전이 앞을 다투어 홍보 선전을 해 주는 것은 물론이요, 무슨 전기를 써 주느니 무슨 창업사를 펴내 주느니 또 무슨 텔레비전 드라마를 엮어 주느니 하고 시끌벅적하기 마련이다. 돈줄이 튼튼하니까 누이 좋고 매부 좋고 하는 판이다. 홍성홍성한 기분에 뉘 집 도낏자루가 썩는지도 모를 판이다.

그러나 세상사는 매화도 한철 국화도 한철이라잖는가. 그러니 쥐구멍에 볕이 드는 날도 있을 게고, 또 돌절구가 밑이 빠지는 날도 있을 게 아닌가. 기세 좋던 회사가 갑자기 기울어질 수도 있을 게고, 또 갤갤하던 회사가 기적적으로 기사회생을 해 가지고 크게 떨칠 수도 있을 게 아닌가.

운수불길하게 회사가 일단 파산을 하기만 하면 '오냐 기다리고 있었다'는 듯이 정신 못 차리게 들이덮친다. 위에서 말한 그 '판도라의 궤'에서 쏟아져 나온 것들이다. 그렇게 되면 창업의 거인―전기의 주인공은 삽시간에 박을 켠 놀부 꼴이 돼 버린다. 탈세에 증회(贈賄)에 사기에 횡령에 밀수에 밀매에 계약 위반에 허위 신고에…… 구색 갖춘 범죄가 다 들이닥친다. 까딱 잘못하면 화간(和姦)에다 강간까지 겹쳐서 타락분자로 낙인찍혀 신세를 아주 망치기 십상이다. 쇠고랑을 차고 이 밝고 좋은 세상에서 꺼지기 십상이다.

이렇게 되면 돈줄의 혜택을 받아 오던 분들은 볼 장 다 보았음을 깨닫고 떼새처럼 우 날아오른다. 우 날아올라서는 미리 물색해 두었던 다른 나무, 다른 가지로 옮겨 앉는다. 재치 있게 옮겨 앉는다. 들입다 추어올릴 때는 온통 황금투의 삐까가 번쩍이지만 일단 몰락을 하게 되면 대번에 뚜껑 열린 '판도라의 궤'가 돼 버리는 게 아마 우리 인간 세상의 법칙인가 보다. 타고난 숙명일지도 모른다.

이와 같이 복잡다단한 세상을 살아오는 동안에 나는 하나의 깨달음을 얻었다. 즉 삼라만상을 투철히 꿰뚫는 데는 유물변증법의 '본질과 현상'에 관한 부분이 가장 과학적이고 또 가장 유력한 메스(수술칼)라는 것을 깨달은 것이다. 물론 여기에는 '가상'도 포함이 된다. 군더더기 설명이 될지는 모르지만 '가상'이란 '사물 현상의 본질이 사람들의 감각기관에 왜곡되게 나타나는 현상'을 일컬음이다. 허위 선전에 속아서 낭패를 보지 않으려는 사람들에게 있어서 이 공부는 게을리할 수 없는 '필수 과목'이 아닌지 모르겠다.

금박으로 빛나는 불상 앞에 분향을 하기 전에 먼저 '부처 밑을 기울이면 삼거웃이 드러난다'는 속담을 떠올릴 만한 슬기가 우리에게는 필요하잖을까.《조선말 속담 사전》에 이 속담은 '겉은 훌륭해 보이나 속은 너절한 인물이나 지배계급의 허위 정책을 폭로한 말'이라고 새겨져 있다.

국가 사회주의를 표방했던 아돌프 히틀러. 그 국가 사회주의 독일 노동당(나치스)의 고혹적인 선전에 속아서 수백만 독일 청년들이 침략 전쟁의 제물로 됐던 사실을 우리는 아직도 생생히 기억하고 있다. 그 대단한 것 같던 '야마토다마시(大和魂)'도 일본 군국주의가 일단 패망을 하니까 거지발싸개만도 못하던 것을 우리는 이 눈으로 똑똑히 보았다. 그리고 이탈리아의 무솔리니는 총살을 당하고도 또 부족해서 거꾸로 매달리기까지 하잖았던가.

제아무리 휘황찬란한 구호라 할지라도 신중히 분석해 봐서 백성들의 뜻에 어긋나는 것이라면 덩달아 춤을 추는 꼭두각시 노릇은 아예 말아야 하겠다. 그러려면 우선 먼저 사물을 분석하는 지혜가 필요하다. 그러니까 유물변증법의 '본질과 현상' 특히는 '가상'을 파고들어

연구해야 한다는 이야기가 되는 것이다. 남에게서 '바지저고리만 다 닌다'는 비아냥을 듣지 않으려면 이 공부는 절대로 게을리해서 안 된다는 이야기가 되는 것이다.

1991년 9월

고문 바람

    소학교 4학년인가 5학년 때의 일이다. 당시는 아직 샤프 연필이라는 게 지금처럼 이렇게 보급이 되지를 않았던 까닭에 우리는 누구나다 그냥 연필을 썼었다. 그 연필을 깎아 쓰기 위해 주머니칼도 대개 하나씩 갖고 다녔었는데 그 주머니칼은 물론 책상에다 낙서를 새기는데도 널리 쓰였었다.

    당시 나하고 한 책상에 같이 앉았던 아이는 별명이 '굴장수'였다. 그 나이 처먹도록 굴 같은 코를 질질 흘렸었기 때문이다. 이 자식이 그리 묽지도 않은 콧물을 두 줄기씩이나 입술 위에까지 길게 드리웠다가 후룩 들이마시면 그 많은 분량의 콧물이 눈 깜박할 사이에 온데간데없이 사라져 버린다. 그랬다가 60초 후에 다시 서서히 드리우곤 하는데 그 경관의 기이함은 미국 황석 공원인가 어딘가에 있다는 그 유명한 간헐천(間歇泉)과도 가히 비길 만한 것이었다. 그러니까 그 자식하고 같이 앉아 있는 나는 돈 한 푼 안 들이고 날마다 황석 공원을 유람하는 셈이었다. 공비(公費) 관광이니 유산(遊山) 여행이니 하는 따위의 지청구를 듣지 않으면서도 날마다 기분 좋게 공짜배기 유람을 하는 셈이었다.

어느 날 수업 시간에 나는 연필을 깎고 그 깎아 낸 쓰레기를 입으로 솔솔 불어서 '황석 공원' 경내로 들여보냈다. (나는 워낙 수업 시간에 보스락장난을 안 치면 몸살이 나는 성질이었다.) 나로서는 친구에게 변변치는 못하나마 선물을 한 셈이었으나 간헐천 굴장수 쪽에서는 달리 해석을 한 모양이었다. 경계를 넘어 들어온 '쓰레기 공해'로 해석을 한 모양이었다. 그래서인지 그 자식은 푸르죽죽한 콧물을 한 번 후룩 들이마시더니 곧 입을 뾰조록하게 동그랗게 만들어 가지고 그 쓰레기를 솔솔 불어서 원래 위치로 되돌려 보내는 것이었다.

나는 어려서부터 초지일관—한번 먹은 마음은 끝까지 관철하는 성질이었으므로 곧 다시 그 쓰레기를 맞받아치기로 솔솔 불어서 그 자식의 통치 구역으로 들여보냈다. 다시 들여보내는 데 거의 성공을 했을 즈음 느닷없이 내 왼쪽 귀때기를 어느 놈이 와 잡아당겼다. 깜짝 놀라 하던 일을 중동무이하고 고개를 비틀어 쳐다본즉 '아, 이런' 노총각 담임선생이 눈을 부라리고 서 있잖은가! 담임선생은 곧 내 귀를 행랑방 문고리 다루듯 함부로 다루며 교단까지 끌고 나갔다. 그리고는 "네놈이 얼마나 잘 부는가 어디 한번 좀 보자."고 땅땅 벼르면서 그 우악스러운 손으로 내 입을 꽉 틀어막고 또 남은 손으로는 콧방울을 꼭 집어서 내 숨통을 아예 전면 봉쇄, 완전 밀폐해 버리는 것이었다.

호기심으로 가득 찬 근 50쌍의 눈이 지켜보는 가운데 나는 질식사를 해야 할 비참한 운명에 처해졌다. 이 생벼락 같은 재액은 전적으로 그 굴장수 놈이 내 선물을 고깝게 해석하고 되돌려 보낸 데서 유래한 것이었다. 급살을 맞을 놈 같으니라구!

훗날 같으면 죽기 전에 의당 '조선 독립 만세'를 불렀어야 할 것이나 그때는 아직 철부지 소년이라 정치가 뭔지 계급 투쟁이 뭔지 다 몰랐던 까닭에 나는 대고 외곬을 파고들었다.

'엄마를 못 보고 죽으면 어떡하나? 엄마를 못 보고 죽으면 어떡하나?'

죽어도 엄마를 봐야 한다는 일념으로 나는 혼신의 힘을 다해 "흐으응!" 코를 울리며 막힌 숨을 내불었다. 그 기세가 어찌나 맹렬했던지 끈적끈적한 콧물을 동반한 기체가 터져 나가며 노총각 선생의 손을 온통 콧물 범벅을 만들어 놓았다.

"이키나!"

노총각 선생이 초풍하는 통에 해방을 받자 나는 잽싸게 교단을 뛰어내려 교실문을 박찼다. 탈토(脫兎)와 같이 복도를 내달았다. 운동장을 가로질러 교문을 벗어났다. 걸음아 날 살려라 줄행랑을 놓았다. 나중에 어머니가 내 대신 책보를 찾으러 가니까 노총각 선생은 아무 소리 없이 그저 책보만 건네주더라는 것이다. (그때도 책가방이라는 게 있기는 있었을 테지만 보급이 되지를 않아서 너나없이 모두들 책보에다 책을 싸 가지고 다녔었다.)

나는 혼이 나서 학교라는 데는 영원히 다시 가지 않을 생각이었으나 어머니가 호떡 사 먹으라고 5전짜리 백통전 한 잎을 쥐어 주며 달래는 바람에 할 수 없이 또 그놈의 노총각 선생 치하로 들어갔다. 한동안 딜된 녀석들에게 '두 굴장수가 한 책상에 앉았다'고 놀림을 받기도 했으나 얼마 안 가 원상회복이 됐다. 그러니까 간헐천 굴장수만이 '독야청청'을 하게 됐던 것이다.

그 후 노총각 선생은 장질부사(장티푸스)에 걸려 두어 달 동안 출근을 못 했다. 그때 나는 별 악의 없이 그저 "콱 죽어나 버리지." 한마디를 뇌까렸는데 그걸 어느 고자쟁이 놈이 일러바쳐서 나는 또 한번 곡경을 치러야 했다. 머리털이 빠져서 성깃성깃한 노총각 선생이 다시금 교단에 서 가지고 "내가 앓는 동안 너희들 가운데 내가 죽기를 바란 아이가 있었단 말을 듣구 난 몹시 섭섭했다. 그래두 난 너희들이 잘돼 주길 바라는 마음으로 그랬었는데……." 하고 눈을 씀벅씀벅할 때 나는 양심의 가책을 받았다. 곧 달려 나가 마룻바닥에 엎드려서 '선생님 잘못했습니다. 용서해 주세요' 빌고 싶었으나 말이 목구멍에 딱 걸려 나와 주지를 않아서 못하고 말았다. 선생님은 끝내 내 이름을 짚지는 않았다. 나도 고자쟁이가 어느 놈인지를 짚고는 있었으나 내색을 하지는 않았다.

수업을 다시 시작해 가지고 두어 주일가량 지나서의 일이다. 일어 시간에 선생님이 흑판에다 '곡자(曲者)'라고 써 놓고 "이걸 읽을 줄 아는 사람 손 들어라." 하는데 선뜻 손을 든 아이들이 다 틀리게 읽고 또 뜻도 다 왕청되게 해석을 하니까 선생님은 약간 실망한 얼굴로 우리를 죽 둘러보며 "또 누구 없나?" 허허실실로 물어보는 것이었다. 그제야 나는 자신 있게 손을 들고 일어났다.

"구세모노."

"뜻은?"

"악인 또 범인."

선생님은 너무도 좋아서 손뼉을 딱 치며 "맞았다!" 하고 칭찬의 말씀을 아끼지 않았다.

나는 학교 공부는 제쳐 놓고 일본 잡지만 탐독을 했던 까닭에 그까짓 '구세모노'쯤은 식은 죽 먹기였으나 선생님은 그런 속내평을 알 턱이 없었으므로 나를 우등생 후보쯤으로 착각을 했을지도 모를 일이다. 넓고도 좁은 게 인간 세상이고 또 알고도 모를 게 인간 세상이라더니 이태 후에 그 노총각 선생이 우리 육촌 누나와 결혼을 해서 나하고 인척간이 될 줄이야.

'고문 바람'이라는 제목을 내걸고 본제와 무관한 딴소리를 장황하게 늘어놓았으니 아마도 노망이 나서 붓이 굴레 벗은 말이 돼 제멋대로 굽을 놓으며 달아 다니는 모양이다.

요즘 심심찮을 정도로 문화계 인사들이 찾아와 무슨 고문이라는 게 돼 달라고 청을 들곤 한다. 나는 물론 나이와 신체 조건을 초들어 사절을 한다. 그래도 자꾸 진드기를 붙이면 "아 왜 정판룡 선생을 찾아가잖구 그러는가. 쩍말없는 적임잔데." 하고 떠넘기기가 일쑤다.

내가 그를 천거하는 것은 사실상 그가 우리 문화계에서 가장 신망 높은 인물이기 때문이다. 쩍말없는 적임자라고 믿어서 의심을 하잖기 때문이다. 내가 만약 "아 왜 〈연변일보〉의 리임원을 찾아가잖구 그러는가." 한다든가 또는 "〈천지〉의 조성희가 쩍말없는 적임자라니." 한다면 그것은 무책임한 '떠넘기기'밖에 더 될 게 없을 것이다. 내가 연필 깎은 쓰레기를 남에게 선사하던 거나 마찬가지의 처사가 될 것이다. 왜냐면 리임원, 조성희 또래는 한 20년 후에나 그런 관록을 지니게 될 거니까 말이다.

아무 쓸모없는 나를 굳이 고문으로 끌어내려는 데는 그들 나름의 의도가 있음을 나도 모르는 바는 아니다. 나를 바람막이 방풍장으로 써먹자는 것이다. 그러니까 쓸모가 아주 없지는 않은 셈이다.

─바람이 얼마나 거셌으면 방풍장부터 마련을 해야 한단 말인가!

'시청휴창태평가(時淸休唱太平歌)'란 세월이 워낙 태평하면 태평가도 부르지를 않는다는 뜻이다. 태평가를 부른다는 것은 벌써 태평치가 못하다는 걸 의미한다. 단결을 부르짖는 것은 단결이 안 됐기 때문이다. 정말 단결이 잘 됐으면 미쳤다고 단결 타령을 하겠는가. 무슨 자유가 보장됐고 또 무슨 자유가 보장됐고 하는 따위도 다 마찬가지다. 여자가 '안 돼요' 하는 것은 '돼요'라는 뜻이고 또 '싫어요' 하는 것은 '좋아요'라는 뜻이라고 어느 분이 말했던가.

일전에 정판룡 선생이 마침 출국 중이어서 할 수 없이 나는 임시 대판(代辦) 격으로 어느 모임에 얼굴을 내놓았었는데 한마디로 몹시 어려운 지경—곡경을 치렀다. 팔구 명 모인 사람 중에 담배를 안 피우는 것은 나하고 또 하나 '만록총중홍일점'—여성 한 분뿐 그 나머지는 다 골담꾼들. 날씨 때문에 창문을 열지 않는 회의실은—늘어놓은 소파 따위만 없다면—곧 숯가마 속이었다. 방독마스크를 미리 준비 안 한 게 후회가 날 지경이었다. 숨을 쉬기 어려운 걸로 말하면 소학교 때 노총각 선생에게 숨통을 전면 봉쇄, 완전 밀폐당했을 때보다 별로 나을 게 없는 상황이었다.

'이 지경 혼탁한 공기 속에서 나는 기껏해야 일 년에 몇 시간 동안 견뎌 내면 되지만 저 친구들은 일 년 열두 달 삼백예순다섯 날을 이런 속에서 살고 있을 테니—저치들이 사람인가. 어딘가에 이산화탄소를 마시며 사는 무슨 하등 동물이 있다더니—저치들도 그 족속이 아닌가?'

이런 생각이 들면서 나는 저도 모르게 머리가 가로흔들어졌다. 그리고 장탄식이 절로 나오는 것이었다.

'내가 전생에 무슨 죄를 지었길래 늘그막에 이런 시달림을 받아야 하나. 그 빌어먹을 놈의 고문 바람에 훈제품 신세가 되다니!'

숄로호프의《고요한 돈》제1부에 이런 구절이 있다.

(털실로) 양말을 뜨는 것 같은 말본새다. 처음에 코들을 만들 때는 그게 뭣에 쓰려는 건질 모른다. 그러나 차차차차 알게 된다. 그 식이다.

그러니까 내가 이 글의 앞부분에서 연필 깎은 쓰레기를 떠넘기다 들켜 가지고 숨이 막혀 혼이 난 이야기를 장황하게 늘어놓은 것도 다 제 나름대로의 의도가 있는 것이다. 양말의 코처럼 차차차차 그 용도를 알게 되는 것이다.

"고만 내용을 서술하는데 그렇게 오뉴월 엿가락처럼 늘궈 빼는 게 잘한 일인가?"

물론 이런 지적을 받을 수도 있다. 하지만 그렇다고 또 짧게 쓰기만을 위주로 하는 것도 문제가 아주 없지는 않을 것 같다.

"고문을 맡아 달라고 해서 마지못해 끌려 나갔더니 담배질꾼들이 모다들어 죽어라고 피워 대는 바람에 나는 불행하게도 질식사 직전의 상태에 놓였었다. 당국에서는 어째 이런 자들을 취체(取締)하지 않는가. 끝."

이렇게 간단명료하게 써도 뜻은 물론 전달이 될 것이다. 그러나 어쩐지 무슨 포고문을 읽는 것 같아서 맛이 좀 덜한 게―이를테면 양념 안 한 불고기를 먹는 것 같잖은가. 잘은 모르겠다.

1991년 10월

담근 날짜

일전에 일본 어느 출판사의 사장이 포장이 굉장한 양주 한 병을 선물로 가져왔는데 그 레테르에는 '스카치위스키, 1979년'이라고 명시가 돼 있었다. 그러니까 12년 전에 위스키의 본고장인 스코틀랜드에서 담근 거란 뜻이다. 나폴레옹이 살아 있을 때 담근 보르도(포도주) 한 병이 150년 이상이 지나서 몇만 프랑이라는 엄청난 값에 매매됐다는 소문도 들리는 세상이니까 고작 12년쯤은 뭐 이야깃거리도 별로 될 게 없다.

하지만 아무튼 이름 있는 술─명주에다는 다 그 담근 날짜를 명시하는 게 동서양 양조업자들의 여적까지 지켜 내려온 관습임에는 틀림이 없는 성싶다.

예전에 궁궐에서는 숱한 비빈─황제의 첩들이 다 따로따로 거처를 하고 있었다. 한데 살았다간 시앗 싸움에 춘추 전국 시대가 재연될 것을 염려해서였을지도 모를 일이다. 그 비빈들의 궁실로 황제가 밤을 지내러 가는데─오늘은 누구 내일은 누구…… 차례차례 배급을 주듯이 밤을 지내러 가는데—매번 다 내시들이 그 배급품—황제를 모시고 다녔었다. 모시고 다니면서 '모년 모월 모일 모시에 황상께서 어느 비 어느 빈의 궁실에 드옵시다'고 빈틈없이 꼭꼭 기록을 했었다. 나중에 그 비나 빈이 잉태를 했을 때 그게 진짜 용종(용의 씨)인지 아닌지를 감별하기 위한 조치였던 것이다. 잡종이 섞여 들었다가는 세습군주제에 차질이 생긴다기보다는 아예 큰 난리가 날 거니까 말이다.

봉건 통치배는 물론 변증유물론자들이 아니다. 하지만 성모 마리아가 동정녀의 몸으로 예수 그리스도를 잉태했다는 따위 비과학적인 신화는 애당초에 믿지 않을 만한 총명 예지쯤은 지니고들 있었다. 그러게 동침한 날짜를 공식적으로 꼭꼭 적바림해 두었던 것이다.

이와는 달리 우리 일반 백성들은 그저 자신의 생년월일만 알면 고만이다. 이력서를 쓰거나 무슨 등록을 하는 데도 생년월일만 명백히 적어 넣으면 고만이다. '모년 모월 모일 모시에 드옵시다'는 필요가 없는 것이다. 따라다니며 그런 적바림을 해 줄 내시도 없거니와 그렇게 해서 세습할 정권 또한 갖고 있지를 않기 때문이다.

그러다 보니 이름 있는 술에다 담근 날짜를 명시하는 거나 황제께서 동침하신 연월일시를 일일이 적어 두는 거나 다 비슷한 무엇이 있는 것 같다. 일맥상통하는 게 있는 것 같다.

한나라의 명장 마원(馬援)이 그 아우를 타이른 말에 이런 게 있다. '양공불시인이박(良工不示人以朴)'—이름난 장색(匠色)은 거칠게 만든 작품을 발표하지 않느니라. 두보의 시에도 '갱각량공심독고(更覺良工心獨苦)'라는 구절이 있다. 마원의 말과 비슷한 뜻으로써 창작의 어려움을 일깨워 주는 것이라 하겠다.

그러니까 한마디로 문학 작품의 창작이란 뼈를 깎는 것 같은 고심으로 썼다가는 지우고 지웠다가는 고치고 또 썼다가는 지우고 지웠다가는 고치고…… 이런 한심한 지랄을 끝이 없이 반복하는 과정인 것이다. 형상적으로 표현한다면 수개 과정이란 곧 창작도상의 하나하나의 발자국인 것이다. 수레바퀴가 지나간 자국—궤적인 것이다.

톨스토이의 《안나 카레니나》 제1장은 160 몇 번인가 170 몇 번인가 수개(修改)를 거친 거란다. 남편의 원고를 모두 맡아 정서를 한 그 부인의 술회에서 드러난 것인바 '말끔히 정서를 해 놓으면 또 새까맣게 고쳐 놓고 다시 정서를 하면 또 새까맣게 만들어 놓고' 하더라는 것이다.

우리 같은 범재도—범재니까 더군다나 그럴지 모르지만—아무튼 1만 자를 발표하자면 적어도 4~5만 자는 끄적거려야 한다. 그러니까 수개 과정은 우리 작가들의 일상생활의 한 부분으로써 밥 먹고 잠자고 세수하고 산책하는 거나 마찬가지의 극히 평범한 일—항다반(恒茶飯)인 것이다. 말하자면 우리들의 필수 불가결적인 본분인 것이다.

일기를 쓰는데 밥 2공기 반 먹었음, 잠 6시간 15분 잤음, 비누 세수 안 하고 맹물 세수를 했음, 산책을 하다가 그 망할 놈의 개똥을 밟는 바람에 화가 잔뜩 났었으나 25분 후에 마침내 가라앉혔음, 이런 식으로 일기를 쓰는 놈은 아마 이 세상에 없을 것이다. 그렇게 지지콜콜 일일이 다 적다가는 365페이지짜리 일기장이 2월 초순께도 채 못 가서 다 차 버릴지도 모를 일이다.

그런데 어떤 작품들을 볼작시면 맨 끝에다 '모년 모월 수개', '모년 모월 탈고'라고 분명히 밝힌 것들이 눈에 띈다. 심지어 어떤 것은 '제1차 수개', '제2차 수개' 하고 편년체로 명기한 것까지 있는 형편이다.

—봐라, 내가 얼마만큼 공력을 들였는가!

—봐라, 이런데도 돌파작이 아니라겠는가!

이런 뜻인가? 아니면 명주에다 담근 날짜를 명시하는 것과 같은 뜻? 그런 뜻도 아니라면 그럼 생년월일 위에다 '모년 모월 모시에 드옵시다'를 밝히는 것과 같은 뜻?

아무튼 무슨 생각이 있어서 하는 일임에는 틀림이 없을 터이니—꼭 알아맞히기는 좀 어렵다. 어림짐작으로는 값을 좀 올려 보자는 속셈인 듯싶은데 딱히는 모르겠다. 전날에 구루마꾼(손수레꾼)들이 삯짐을 으레 "길이 어찌나 험한지 생전 애를 먹었습니다요. 쥔님, 술값이나 좀 얹어 줍쇼." 하기 마련이다. 그와 비슷한 속셈인 듯싶으나 역시 딱히는 모르겠다.

하지만 톨스토이의 《안나 카레니나》에도 '1차 수개', '10차 수개', '100차 수개', '165차 수개'라고 밝히진 않잖았는가. 우리 일반 백성들은 그저 수수하게 생년월일만 적어 넣는 게 무난할 것 같다. 구태여 제왕가의 흉내를 내느라고 '모년 모월 모일 모시에 드옵시다'까지 적어 넣을 건 없을 것 같다.

'뱁새가 황새걸음을 걸으면 가랭이가 찢어진다'는 속담이 있다. 그러나 작가는 뱁새가 아니므로 가랭이가 찢어질 리는 만무하다. 다만 얕은 속이 빤히 들여다보일 수는 있을지도 모른다.

인간은 흉내 내는 동물이란 말을 어디서 들은 것 같다. 그럴 바엔 나도 흉내나 한번 내 보자.

> 1991년 11월 8일 제1차 수개
> 1991년 11월 9일 오전 10시 제2차 수개
> 1991년 11월 9일 오후 10시 제3차 수개
> 1991년 11월 10일 탈고

비유와 직설

'비유'란 사물을 설명함에 있어서 그와 비슷한 다른 사물을 빌어 표현하는 일. 그리고 '직설'이란 맞대고 곧이곧대로 말하거나 또는 있는 그대로 말하는 것. 그러니까 험난한 인생을 '가시밭길'이라는 것 따위는 비유가 되겠고, 또 정치적으로 견해가 다른 사람을 '너 이 반동분자야, 어디 좀 죽어 봐라'는 것 따위는 직설이 되겠다.

나는 글을 쓸 때 비유와 직설을 섞어작으로 사용하는데 제 나름대로의 효과가 상당히 있는 것 같기도 하고 또 상당히 없는 것 같기도 하다. 예컨대 무대 위에서 관중석을 내려다보는 장면을 '천여 개 좌석에 사람들이 잘 여문 옥수수알 박히듯 했다'고 표현하는 것은 이해를 쉽게 하기 위한 수법이다. 이와는 달리 겁이 나서 부들부들 떨리는 바람에 감히 직설을 못 하고 구렁이 담 넘어가듯 '최고 분께서' 어쩌고저쩌고하는 것은 도깨비감투를 써 보자는 수작이다. 섣불리 한번 건드렸다가 십 년 동안 감옥살이를 한 까닭에 '국에 덴 놈 물 보고도 분다'는 격으로 몸을 사리느라고 하는 수작이다. 도깨비감투란 쓴 사람의 몸이 남의 눈에 보이지 않는 거라니까 굉장히 편리한 물건이다.

그나저나 이번에 나는 '기는 놈 위에 나는 놈이 있다'는 속담이 지리 명언(至理名言)임을 새삼스레 깨닫게 됐다. 제 딴에는 가장 멋진 비유라고 생각이 돼 '벤츠 자동차가 성능이 아무리 출중하다 하더라도 미숙한 운전사나 난폭한 운전사를 만나면 역시 사고는 저지르기 마련'이라는 말로써 사회주의를 옹호하는 것과 동시에 경종을 울렸었다. 그런데 어제 어느 외국 신문을 보니까 '베토벤론'이라는 기사가 실렸었다. 그 내용을 간추리면 대개 아래와 같다.

베토벤의 작품이 후대의 서툰 지휘자나 연주자의 잘못으로 불협화음이 빚어졌다고 해 그 작품을 만든 베토벤의 위대함이 의심받아서는 안 된다. 이와 마찬가지로 스탈린과 브레즈네프 등 후계자들의 운용 잘못으로 생긴 사회주의의 문제점을 위대한 사상가였던 마르크스와 레닌의 책임으로 돌려서는 안 된다.

이 '베토벤론'에 밀려서 나의 그 대단한 것 같던 '벤츠론'은 무색해졌다. 납작해졌다. 해를 본 별처럼 빛이 바래 버렸다. 하물며 그 '베토벤론'을 내놓은 이가 나보다 나이가 퍽 아래인 여성이라 함에랴. 하지만 아무튼 내 지론도 옳기는 옳다. '베토벤론'만큼 멋들어지지를 못해서 그렇지 옳기는 역시 옳다.

이상은 '비유' 부분. '직설' 부분은 이제부터다.

니카라과의 한 좌익 지도자는 단언하기를,

"마르크스주의는 실패하지 않았다. 사회주의는 실패하지 않았다. 실패한 것은 교조주의, 관료주의, 독재 및 창조성에 대한 공포감이다. 진정한 사회주의는 반드시 승리할 것이다. 자본주의는 종국적으로 철저히 실패할 것이다."

이 글은 직설적인 까닭에 매우 통쾌하다. 속이 다 후련할 지경이다. 하지만 결국은 '베토벤론'이나 '벤츠론'과 같은 맥락의 마르크스레닌주의 옹호론, 사회주의 옹호론이다. 단 삼자가 다 무턱대고 옹호하거나 맹목적으로 옹호를 하고 있지는 않다. 어떤 이는 서툰 지휘자, 연주자 탓이라고, 또 어떤 이는 미숙한 운전사, 난폭한 운전사 탓이라고, 또 어떤 이는 교조주의, 관료주의, 독재 및 창조성에 대한 공포감 탓이라고 각각 주석을 달고 있다.

그러니까 바꾸어 말하면 서툰 지휘자, 연주자를 제거하지 않고서는 교조주의, 관료주의, 독재 및 창조성에 대한 공포감을 떨어 버리지 않고서는 마르크스레닌주의를 실현할 수가 없다는 얘기가 되는 것이다. 사회주의를 성공적으로 건설해 낼 수가 없다는 얘기가 되는 것이다. 그러므로 현시점에서 마르크스레닌주의의 정확성을 내세우려면 우선 먼저 제거할 대상, 추방할 대상, 떨어 버릴 대상부터 일소를 해야 하겠다. 깨끗이 말끔히 반반히 해치워야겠다. 그럭하잖고 맹탕 정확성만을 외쳐 대면 아무도 '과연 지당하올시다'고 소인을 개올리지는 않을 것이다.

문제는 바로 여기에 있다. 썩어 문드러진 부위를 철저히 수술해 치워야만 기사회생을 하겠는데 그 부위는 엉성하게 그대로 놔둔 채 목청을 돋우어 "끝까지 견지! 끝까지 견지!" 하고 외쳐만 대니 문제가 없을 리 없다. 사회주의가 특급열차처럼 힘차게 내닫자면 우선 먼저 정비부터 잘 해야겠다. 닦고 죄고 기름 치기를 잘 해야 하겠단 말이다.

직설을 하기는 켕기니까 맨 비유투성이다. 도무지 통쾌하지가 못하다. 그러나 어쩌겠는가. 양해를 비는 바이다.

끝으로 한마디 부언할 것은 니카라과 지도자의 '자본주의는 종국적으로 철저히 실패할 것'이라는 논단, 이는 지당한 논단이다. 자본주의가 2백 년 동안에 만들어 놓은 부익부, 빈익빈의 세계, 부자의 천당과 빈자의 지옥, 이래도 실패가 아니라고 우기겠는가. 사회주의가 종국적으로 승리하리라는 것은 의심할 나위도 없는 일이다.

1991년 12월

산문 수업

늦깎이로 산문의 세계에 뛰어든 지도 어언 육칠 년, 발표한 글이 이미 200편을 넘었으니 내 나름대로의 일가견도 있을 법도 하건만 막상 붓을 들고 보니 안개 자욱한 골짜기에 들어선 나그네 모양 갈피를 잡기가 어려울 지경이다.

모방자들

당도(唐韜)는 본시 상해 우정국의 직원으로서 우편물 분간하는 일을 하던 사람이다. 우편물 분간하는 일을 하면서도 그는 짬짬이 각 간행물에 발표되는 로신의 글들을 읽어 봤다. 그러다가 마침내 그 문풍에 심취하고 경도해 죽어라 하고 그 문풍을 모방하기 시작했다. 당시 로신은 국민당 정부의 검열의 눈을 피하기 위해 매 편의 글을 다 각기 다른 가명으로 발표했었다. 이런 판국에 당도가 어찌나 모방을 잘했던지 그의 글을 읽어 본 사람들은 다 "이것두 로신이 쓴 거야, 가명으루." 하고 긍정을 할 지경이 돼 버렸다. 후일 로신을 찾아뵙고 그 지도를 받은 뒤부터 그의 글은 정궤(正軌)에 올라 마침내 당당한 일가를 이루기에 이르렀다.

당도는 1931년생이니까 나보다 세 살이 많다. 그의 저서는 전집을 내도 될 만큼 그 분량이 방대하다. 당도의 한어 발음은 '탕타오'.

내가 왜 서두에 느닷없이 당도를 끄집어냈는가 하면 거기엔 그럴 만한 까닭이 있다. 나도 죽어라 하고 로신의 문풍을 모방하는 사람의 하나이기 때문이다. 말하자면 당도의 아류이기 때문이다.

모방하는 것을 수치스러운 일로 안다면 그건 잘못이다. 희세의 웅변가 키케로도 젖먹이 때는 '엄마', '아빠', 걸음발을 타면서는 '맘마', '쉬이'…… 어른들의 입내를 내는 것으로 말을 배우기 시작했었다. 글도 마찬가지. 아무리 불세출의 문호일지라도 젖 떨어지면 곧 불후의 명작을 척척 써내뜨리지는 못하는 법이다. 그러니까 한마디로 모방이 없이는 창조도 있을 수 없다는 얘기가 되는 것이다.

유치원에서 적목(積木)을 가지고 치졸한 장난감집을 지어 놓고 대견해 손뼉을 치던 어린아이들이 커서 대학을 나온 뒤에 그 복잡한 잠수함을 설계하고 또 우주 왕복선을 제조해 내는 따위가 다 말하자면 모방에서 창조로 비약하는 과정이 아니겠는가.

나는 로신의 글만을 모방하는 게 아니라 《림껑정》도 모방하고 《고요한 돈》도 모방하고, 심지어는 《홍루몽》까지 모방을 한다. 그 수법(솜씨)을 잘 배워다가 제 글쓰기에 활용을 하는 것이다. '문화대혁명' 때 림표가 붉은 어록을 쳐들어 보이며 간특스레 강조해 대던 '활학 활용(活學活用)'이 바로 이것인바 엉뚱한 야심가인 림표는 정치적 음모를 하는데 이 '활학 활용'을 써먹었던 까닭에 신세를 조졌던 것이다. 그러나 나는 아무런 정치적 음모도 하지 않고 정당하게 '활학 활용'을 하니까 아무 뒤탈이 없는 것이다. 뒤탈만 없는 게 아니라 아주 유익한 것이다.

로신의 방향

로신은 중국 문화혁명의 주장(主將)이다. 그는 비단 위대한 문학가일 뿐 아니라 위대한 사상가이며 또 위대한 혁명가이다. 로신의 뼈는 가장 굳고 가장 딱딱하다. 그에게는 추호의 비굴도 아첨도 없다. 이것은 식민지, 반식민지 인민에게 있어서 가장 귀중한 성격이다. 로신은 문화 전선상에서 전민족의 대다수를 대표해 적진으로 돌격, 이를 무찌르는 데 가장 정확한, 가장 용감한, 가장 견강한, 가장 충실한, 가장 열렬한 미증유의 민족 영웅이다. 로신의 방향은 곧 중화 민족 새 문화의 방향이다.

이와 같이 모택동은 최대의 찬사로써 로신을 평가했다. 지당한 평가다. 나는 로신의 글솜씨만을 따라 배우려고 하는 게 아니라 그 성격, 사상, 행동까지도 다 따라 배우려고 노력한다. 음주와 흡연만을 빼고는 몽땅 다 따라 배우려고 애를 쓰는 것이다. 그 결과는 어떠한가. 호랑이를 그린다는 게 잘 되지 않아 고양이를 그려 놓기는 했을망정 형태만이라도 좀 비슷하기는 비슷해졌다. 아닌 게 아니라 좀 비슷해졌다.

현시점에서 나는 로신보다 20년을 더 산 셈이다. 로신이 56세에 타계한 데 비해 나는 76세, 아직 이렇게 글을 쓰고 있으니까. 하건만 로신은 아직도 아슬아슬하게 치솟은 고산준령, 도저히 기어오르기 어려운 구름 위의 존재. 배움의 길은 아직도 멀기만 하다.

'사물을 관찰할 때는 그 본래의 면모를 제대로 파악해야 한다'는 뜻을 로신은 이렇게 표현한다.

북경의 한 부자 양반이 어떡하다 갑자기 골동품 바람이 나서 춘추 전국 시대의 물건이라는 구리 주발(식기) 하나를 구입했는데 오랜 세월 땅속에 묻혀 있던 것이라서 고색창연—옛날의 풍치가 그윽했다.

그런데 이 양반이 무슨 생각이 들었던지 불시로 동장(銅匠) 하나를 불러다가 그 고색창연한 곰팽이며 동록(銅綠)이며를 싹 다 긁어 버렸다. 그런 연후에 다시 반들반들하게 대우를 내 가지고 객실에다 버젓이 모셔 놨다. 사실 말이지 그렇게 삐까번쩍하는 고동기(古銅器)라는 걸 나는 평생 처음 봤다.

이 소식을 전해 들은 골동품 수집가들은 개개 다 허리가 끊어지게 웃었다. 나도 처음엔 몹시 놀란 나머지 실소를 금치 못했다. 그러나 곧 숙연해졌다. 무슨 계시라도 받은 것 같아서였다.

식기로 쓰이던 당시의 주발이란 바로 이렇잖았겠는가? 식기란 날마다 끼니마다 깨끗이 씻어 쓰기 마련이다. 일 년 내내 씻지 않고 쓴다는 법은 없을 것이다. 그렇다면 춘추 전국 당시의 주발도 이렇게 깨끗하고 반들거렸을 게 아닌가.

우리의 골동품을 보는 눈이 워낙 잘못된 것이다. 옛날의 그윽한 풍치만을 추구하다나니 이렇게 돼 버린 것이다.

이상은 알기 쉽게 뜻만을 대강 옮긴 것이지만 그 통찰력이 얼마나 투철한가. 그 혜안(사물을 밝혀 보는 총명한 기운이 서린 눈)을 눈앞에 보는 것만 같다.

바로 이런 점을 따라 배우려고 나는 애를 쓰고 있는 것이다.

통치배들이 잘 알지도 못하는 공자의 교리를 들고 나와 기만정책을 펼 때 사람들은 그 기만정책에 이용되는 공자까지를 미워하게 된다. 그래서 그를 타도하고 싶은 욕망이 불 일듯 하는 것이다. 중이 미우면 가사(袈裟)까지 밉다잖는가. 그런 까닭에 통치배들이 공자를 굉장히 떠받들 때마다 짓궂게 그 결점을 폭로하는 논문이나 작품들이 나오는 것이다.

……특권 계급이 공자를 등에 업고 행패를 부리는 꼴이 하도 뇌꼴스러워서 젊은이들이 짓궂게 공자가 연애하는 내용의 각본을 썼던 것이다. 성인이라는 공자가 보통 사람처럼 연애하는 내용의 각본을 써서 공연을 했다가 그렇게 한바탕 난리를 겪었던 것이다.

이것도 역시 알기 쉽게 뜻만을 대강 추려서 옮긴 것이다. 하지만 로신의 반항적이고 전투적인 풍모가 역력히 드러나는 대목이다.

20여 년 전에 나도, 살아 있는 사람을 신처럼 떠받들고 치켜세우는 게 뇌꼴스러워서 분연히 반발을 했다가 십 년 동안 감옥살이를 하기는 했지만 로신의 이 글(연애하는 공자)이 내게다 화를 빌어다 줬다고 탓을 하지는 않는다.

로신의 글재주

어느 시골에서 소인극(素人劇, 비직업 연극)을 무대에 올리는데 레퍼토리(연출 목록)는 《수호전》의 호걸 무송(武松)이 맨주먹으로 호랑이를 때려잡는 대목. '갑'이 무송 역을, '을'이 호랑이 역을 각각 맡았는데 극중에서 갑이 진짜로 주먹세례를 마구 퍼붓는 바람에 흠씬 얻어맞은 을은 대불만. 막이 내린 뒤에 항의를 한즉 갑이 하는 소리가 "안 그랬다간 너한테 잡아먹힐 것 아냐, 넌 호랑이잖아."

을의 요구에 따라 다음번에는 역을 바꿔 맡기로 했다. 그런데 이번에는 또 갑(호랑이)이 죽어라 하고 을(무송)을 물어 놔서 을은 또 대불만. 막이 내린 뒤에 항의를 한즉 갑이 말하기를, "안 그랬다간 너한테 맞아죽을 것 아냐, 넌 무송이잖아."

로신의 이 글은 우리 속담의 '던져 마름쇠'를 떠올리게 한다(마름쇠는 어떻게 던지든지 한끝이 꼭 위를 향하기 마련). 적극적인 사람은 어떤 승부에서나 다 이기기 마련이라는 뜻을 로신은 이렇게 재미스레 서술함으로써 한번 읽으면 종생(終生) 잊지 못하게끔 해 주는 것이다.

예컨대 용사도 사람이니까 전투도 할 거고 휴식도 할 거고 음식도 먹을 거고 또 성교도 할 것이다. 그런데 이 마지막 한 가지만을 따로 떼내 화상을 그려 가지고 기생방에다 걸어 놓고 성교 대사라고 모신다면 어떠할까. 물론 그렇게 하더라도 근거가 아주 없다고는 말할 수 없을 것이다. 그러나 이 얼마나 억울한가!

전면적으로 취사를 하고 단장취의를 해 온통으로 된 사물을 쪼각을 내거나 일그러뜨려서 진실을 왜곡하는 행위를 로신은 이런 식으로 반대하고 또 공박했다.

'반우파 투쟁' 때와 '문화대혁명' 때 사람잡이에 피눈이 됐던 분들이 즐겨 쓴 수법이 바로 이 '성교 대사로 모시기'였다. 멀쩡한 사물을 의도적으로 쪼각을 내서는 그중의 한 쪼각을 무한정으로 확대해 가지고 "이놈아, 너는 반동이다!" 들입다 몰아세우면 천하 없는 장사라도 반동파가 아니 되지를 못했었다.

로신의 글에는 훈계도 없고 설교도 없다. 있다는 것은 오직 갑(무송)과 을(호랑이) 따위가 있을 뿐. 기생방에 모셔진 성교 대사 따위가 있을 뿐. 문학이 신부님의 강론이나 목사님의 설교와 다른 점이 바로 이것이 아닐까.

로신의 글재주야말로 천하무쌍이랄밖에 없다. 이 천하무쌍을 모방하느라고 나는 이 나이에도 밤낮으로 노심초사를 하고 있는 것이다. 도무지 잘 돼 주지를 않아서.

칼 쓰고 춤추기

로신은 자신의 창작활동을 '칼 쓰고 춤추기'라고 자조적인 비유를 했다. 칼은 죄인의 목에 씌우던 형구로써 두껍고 기름한 널빤지 한쪽 끝에 목이 들어갈 만한 구멍이 나 있다. 이런 거추장스럽기 짝이 없는 것을 쓰고 춤을 출라니 오죽하랴. 국민당 정부의 엄밀한 언론 통제하에서 글을 써서 발표한다는 게 얼마나 어려운 일인가를 형상적으로 표현한 말일 것이다.

한 정권이 존속의 위기에 처해지면 처해질수록 언론의 통제란 으레 강화되기 마련이다. 그러니까 역설적으로는 안정이 되면 될수록 언론의 문이 넓어진다는 얘기가 되겠다. 그 좋은 예가 영국 정부. 19세기 40년대에 마르크스와 엥겔스의《공산당 선언》등의 언론을 통제하지 않았던 영국의 부르주아 정권은 150년이 지난 지금도 끄떡없이 존속을 하고 있잖은가. 작가, 언론인들을 홍수(洪水), 맹수(猛獸)로 보는 건 정권을 더는 지탱할 신심이 없어진 자들뿐인 것이다. 그러므로 사람들은 언론의 자유가 있느냐 없느냐로 그 정권의 수명을 점칠 수 있는 것이다.

국민당 정권은 죽어라 하고 언론 통제에 매달렸지만 결국은 별 보람 없이 무너져 버리고 말았다. 입을 틀어막아도 진리의 목소리는 새어 나오기 마련이기 때문이다. '귀 막고 방울 도둑질', '가랑잎으로 눈 가리고 아웅' 따위의 속담들은 다 저간의 소식을 말해 주는 것으로써 언론의 통제란 곧 마지막 모지름―최후의 발악인 것이다.

로신은 간행물에 발표할 때 검열관에게 삭제당한 부분들을 단행본으로 낼 때는 전부 원문대로 복원을 하고 그 부분에다 밑줄을 그어 표시를 해 놓는다. 그 삭제됐던 부분들을 읽어 보면 어떤 것은 검열관이 신경을 곤두세울 만도 하지만 대부분은 별문제도 될 게 없는 것들이다.

'그놈들이 돌지 않았나? 이런 걸 다 깎아 버리게!'

처음에 나는 의아스레 생각했었다. 그러나 곧 깨달았다.

'도둑이 제 발이 저리다잖는가!'

그자들은 병적으로 신경과민이 돼 항시 사면초가인 듯한 착각과 초목개병(草木皆兵)인 듯한 환각 속에서 불안한 나날을 보내고 있었던 것이다. 그래서 어느 글이나 다 맞갖잖기만 하고 또 어느 구절이나 다 불온하게만 여겨졌던 것이다.

홍명희의 《림꺽정》에 이런 대목이 있다.

며칠 지난 뒤 어느 날 아침에 한온이가 건넌방에 와서 무슨 문서를 꺼내려고 하다가 문서궤 위에 이 한 마리가 기는 것을 보고 다시 살펴본즉 기는 놈 외에 엎드린 놈도 있는데 마릿수가 하나둘이 아니라 한온이는 이도 잡지 않고 궤도 열지 않고 큰 소리로 상노 아이를 불렀다. 상노 아이가 밖에서 들어오자 한온이가 곧 궤 위를 가리키며 "이리 와서 이거 좀 봐라. 이게 무어냐!" 하고 소리를 질렀다.

"이올시다."

"누가 이를 몰라서 묻느냐? 이놈아, 이 이가 대체 어디서 퍼진 게냐?"

"모르겠습니다."

"모르다니, 너 외에 또 이 방에 드나드는 사람이 누구냐?"

상노 아이는 여직 로밤이를 대려다가 영이 되거든 대려고 아무 소리 아니 하였다.

"이가 궤 위에까지 올라왔으니 다른 데 없을 리가 있나." 하고 한온이가 가만히 보료를 들여다보더니, "이거 봐라, 여기 전판이로구나!" 하고 벌떡 일어섰다.

왕니 가랑니가 보료 바닥에서 슬슬 기고 보료 가장자리에 줄줄이 맺혔었다. 한온이가 온몸이 군실거리며 눈앞에 해끔해끔한 것이 모두 이로 보였다.

"누가 이를 갖다 방에다 뿌렸단 말이냐! 이게 대체 웬일이냐!" 하고 한온이는 옷자락을 떠느라고 한참 정신이 없었다.

이렇게 왕니 가랑니에 놀란 한온이 모양 국민당 검열관 나리들의 눈에는 보이는 게 다 반동으로만 보였던 것이다. 다 빨갱이로만 보였던 것이다.

수술칼 정신

도끼는 나무를 찍거나 장작을 패는 데 쓰이는 쟁기다. 낫은 곡식이나 풀을 벨 때 없어서는 안 될 쟁기다. 그러나 복잡하고 섬세한 수술을 하는 데는 용도가 별로 닿지들 않는다. 수술을 하는 데는 역시 수술칼이 제일이다.

사회의 병폐를 적시에 도려냄으로써 새살이 돋게 하는 수술칼로써의 붓, 로신의 손에 쥐여진 붓은 바로 이런 붓이었다. 그러므로 로신은 정신 분야의 외과 의사였으며 사회 개혁 분야의 집도 의사였다. 로신은 처음에 의학 공부를 하다가 사회 개혁을 하는 데는 의학보다 문학이 더 적합하다고 생각이 돼 문학으로 방향 바꿈을 한 분이다.

나는 총을 들고 정치 이상을 실현해 보려다가 적탄에 다리 한 짝이 잘리는 통에 막부득이 문학으로 방향 바꿈을 한 사람이다. 그러나 아무튼 갖은 곡절을 다 겪으면서도 근 반세기 동안을 불요불굴하게 견지해 온 것만은 사실이다. 그동안에 배워온 글솜씨 한둘을 피력한다면 대개 이런 것들이다.

'문화대혁명' 시기에 나는 반혁명죄로 공판을 받은 적이 있는데 그때 당국에서는 방청자를 천여 명씩이나 청해 오면서도 유독 피고인의 가족은 하나도 방청을 시키지 않았었다. 방청만 시키지를 않은 게 아니라 공판을 한다는 사실조차 아예 알리지를 않았다. 아마 세계 공판 사상에서 유례를 찾아보기가 힘들 횡포일 것이다. 그러나 이러한 횡포를 폭로하고 비판할 때 내가 쓴 수법은 견책이나 규탄이 아니었다. 내가 쓴 수법은 함축성 있는 풍자였다.

"500년 전에 에스파냐의 약탈자들은 아메리카 대륙에서 원주민(인디언)들을 무수히 학살했다. 부모 형제와 처자식들이 지켜보는 앞에서 호주 되는 사람을 무참히 살해하는 것쯤은 보통이었다.

이에 비하면 가족에게 알리지 않고 공판을 하는 것은 문명스러운 행위일지도 모른다. 처참한 광경을 가족들에게 보이지 않으려는 자비심의 발로였을지도 모르는 일이니까."

이런 식으로 치부(남에게 보이면 부끄러운 곳)를 찌르는 방법을 로신에게서 나는 배운 것이다.

또 하나.

바르셀로나 올림픽에서 중국 선수들은 선전(善戰)해 16개의 금메달을 따냈다. 신나는 일이고 또 경사로운 일이다. 며칠 동안 긴장해서 텔레비전을 지켜보느라고 모두들 잠을 설칠 지경이었잖은가. 그러나 올림픽이 끝나자마자 매스컴(대중매체)들이 떠들썩하게 '스포츠 대국이라고 운운'하는 것은 좀 맞갖잖았다.

독일 33(인구 8천만), 중국 16(인구 11억), 쿠바 14(인구 1천만).

인구가 8천만밖에 안 되는 독일의 절반도 못 따고 또 인구가 1천만의 작은 나라 쿠바보다 겨우 2개를 더 땄을 뿐인데 11억의 인구를 가진 맘모스 대국이 어떻게 스포츠 대국이라고 제 떡을 춘단 말인가. 창피하지도 않은가.

'대약진' 때 걸핏하면 '위성을 쏴 올렸다'고 법석을 떨고 또 '문화대혁명' 때 세계 혁명을 한 어깨에 짊어진 듯이 떠벌여 대던 그 버릇, 밤낮없이 허풍 치는 것으로 밥을 먹고 또 그것으로 벼슬이 오르던 그 버릇, 그 너절하고 못된 버릇이 여직껏 남아 있단 말인가.

그러나 내가 이것을 글로 쓸 때는 이렇게 직설적으로 쏴붙이지는 않는다. 이럴 때도 역시 쓰는 수법은 함축성 있는 풍자. "이거 일흔에 죄암질 아냐?" 또는 "이거 여든에 도리질 아냐?" 이렇게 가볍게 넘겨 버리는 것이다. 그래도 거두는 효과는 직설보다 나으면 나았지 못하지는 않을 것이다. 그렇게 나는 믿고 있다.

이상은 산문을 수업하는 과정에서 내가 터득한 것들의 일부분이다. 그 옳고 그름은 세상이 판단을 내릴 것으로 안다.

1992년 9월

통한

KHK의 경우

시인 KHK의 수필 한 편이 이번에 한국에서 발간되는 수필 전문지 〈수필공원〉에 전재가 됐다.

그 경개인즉 '문화대혁명' 때 홍위병의 신분으로 친아버지와도 계급의 계선을 가른다며 대의멸친(大義滅親)의 기개를 떨쳤던 한 아들(필자)이 십 년 뒤에 면례(무덤을 옮기어 장사를 다시 지냄)를 하다가 두개골이 쪼각이 나고 갈빗대들이 부러진 아버지의 참혹한 시신―무지막지한 폭력의 자취가 역력한 시신―을 눈앞에 보고 통한의 눈물을 흘리며 울부짖는 인간 비극을 글로 옮겨 놓은 것이다.

"아버지, 이 무정한 아들을 용서해 주십시오!"

하지만 무슨 소용이 있으랴. 전비를 뉘우친 아들의 이 비통한 부르짖음을 그 아버지는 듣지를 못하는데.

이러한 통한은 죽는 날까지 풀래야 풀 길이 없고 또 떼쳐 버릴래야 떼쳐 버려지지도 않는 그야말로 운명적인 고통 덩어리인 것이다. 일 년 열두 달 삼백예순다섯 날을 두고두고 정수리를 지지누르는 고통의 돌덩어리인 것이다.

하지만 이처럼 통한에 울고 고통에 지지눌리는 사람이 어찌 KHK 하나뿐이랴. 수천수만의 그러한 불초자제들이 영원히 벗어 버릴 수 없는 고통 덩어리들을 짊어지고 현재 이 땅에 살고 있다는 게 우리의 슬픈 현실이 아니겠는가.

KYK의 경우

KYK의 경우는 그 정도가 비교적 가벼워서 거의 해피엔드(주인공이 행복해지는 것으로 끝맺는 일)에 가깝다. 다행한 일이다.

KYK가 고중 때 K선생의 사랑을 가장 많이 받았었는데 후에 '반우파 투쟁'이 터져서 K선생이 투쟁의 대상으로 되자 당국자의 종용(부추김)을 받은 KYK는 프롤레타리아적 비타협성을 유감없이 발휘해서 우파분자 K를 만신창이 되도록 맹공격.

세상이 다 알다시피 K선생은 그 후 장장 22년 동안을 이 사회에서 완전히 생매장을 당했었다. 나중에 '문화대혁명'이 끝이 나고 K선생도 복권이 돼 다시 학교에서 제2의 삶을 시작했을 무렵에는 KYK도 이미 산전수전 다 겪어 봐 세상이 어떤 것을 잘 아는 터였으므로 양심의 가책을 아니 받을래야 아니 받을 수가 없었다. 그래서 KYK는 그 남편과 함께 K선생을 찾아가 얼굴을 붉히며 다리아랫소리로 용서를 빌었다. K선생이 옛 제자의 철모르던 시절의 잘못을 웃으며 용서했을 것은 더 말할 것도 없는 일이다.

이렇게 용서를 빌고 또 용서를 할 사람이 안성맞춤으로 구색 맞쳐 살아 있어 주는 경우라면 천만다행으로 마음들이 거뜬해질 터이나—축제일에 띄우는 고무풍선처럼 마음들이 거뜬해질 터이나—그렇지가 못한 경우에는 부득불 죽는 날까지 그 무거운 부담을 떠메고 다녀야 할 판이니 이 어찌 고된 운명이 아니랴.

하긴 남을 까닭 없이 해치고도 (심지어 때려죽이기까지 하고서도) 추호의 뉘우침이 없는 인간들도 있기는 하다. 하지만 그런 것들은 인간 이하의 짐승들—인면수심들이니까 우리가 거론을 할 거리가 못 된다. 어떠한 소설가도 변소나 시궁창을 소재로 한 소설을 쓰지는 않잖는가. 어떠한 미술가도 더구나 구정물통을 소재로 한 그림을 그리지는 않잖는가. 그와 마찬가지다.

HJY의 경우

HJY가 생전에 안도로 정배를 가서 겪은 고초도 하나의 전형이라면 전형이랄 수가 있을 것 같다.

그 아들이 대학에를 가겠다니까 무산계급의 용맹스런 수호신들이 코웃음을 치기를 "뭐가 어쩌구 어째? 반혁명분자의 새끼가 대학에를 가겠다구? 야 거참! 너 이제 보니까 상판대기가 꽹과리 같두 이만저만이 아니구나!"

그럼 군대라도 보내 달라니까 "뭐야? 반혁명분자의 새끼가 군대를 가겠다구? 아니, 너 대체 해방군을 뭘루 알구 하는 수작이냐? 썩 물러나지 못할까!"

도처에서 퇴짜를 맞고 또 핀둥이를 쏘이는 바람에 눈앞이 캄캄해진 아들이 터덜터덜 돌아와 "아버지 때문에 난 이제 살길이 아주 막혀 버렸다"고 원망을 늘어놓으며 행악질을 해대니 그러잖아도 억울하던 HJY의 가슴에서는 억장이 무너져 내렸다.

'에라 내가 이제 더 살아선 뭘 할 거냐. 어서 속 시원히 죽어나 버리자!'

밤이 되기를 기다려 그는 낮에 미리 살펴 두었던 밧줄을 사려 들고 뒷산으로 올라갔다. 나뭇가지에 줄을 걸어 놓고 가만히 생각해 보니 '그냥 이렇게 죽어 버리면 그놈들이 필시 나를 지은 죄가 두려워서 자살을 한 거라구 떠벌여 대겠지?' 죽으면 반혁명의 죄명을 그냥 들쓰게 될 것 같아서 죽을 수도 없었다.

이와 같이 죄명을 들쓸까 봐 죽지 못한 사람이 몇백만이나 되는지! 몇천만이나 되는지! 그 정확한 숫자는 오직 하느님께서나 알고 계실 것이다.

김학철의 경우

나 자신의 경우는 좀 특이하다.

'문화대혁명'이 터지자 나는 곧 아들을 불러다 앉혀 놓고 단단히 타일렀다.

"또 개지랄을 시작했다. 이건 혁명이 아니라 반혁명이다. '반우파 투쟁'의 확대판이다. 사람잡이 운동이다. 우린 일체 참견을 말아야 한다. 덩달아 미쳐 날뛰는 건 어리석은 짓이다. 멍청이들이나 할 노릇이다."

첫 시작부터 그놈의 본질을 꿰뚫어 보고 엄격히 단속을 했던 까닭에 우리 집에선 부자간의 모순이란 게 하나도 없었다. 따라서 무슨 대립이나 갈등 따위도 있을 수가 없었다. 우리 집 세 식구는 처음부터 끝까지 시종일관하게 '문화대혁명'을 외면하고 또 증오했다. 그리고 악의에 친 냉소를 던졌다.

"정신병자들이 또 논다! 잘들 논다!"

내가 추리구 감옥에서 만 십 년 만에 형기 만료로 풀려날 때도 반혁명의 딱지는 그대로 붙어 있었다. 나와도 반혁명분자인 것이다. 하건만 출옥을 맞으러 온 우리 아들은 나를 마치 개선장군이라도 맞듯이 맞아 주었다. 내가 간수들과 무장한 수위(해방군)들이 지켜보는 가운데 삼엄한 철문 밖으로 절뚝거리며 걸어 나오자 먼저 와서 기다리던 아들이 달려 나왔다. 우리 부자는 눈에 덮인 길 위에 마주 서서 손길을 잡고 승리적으로 또 시위적으로 한바탕 앙천대소를 했다.

─이놈들, 어디 좀 봐라!

이런 뜻이었다.

때는 1977년 12월 19일 오전 9시 정각이었다. 내 나이 예순두 살!

1993년 2월

한 총리와 두 대통령

잉그바르 칼손(60세)은 스웨덴의 전 총리. 레흐 바웬사(52세)는 폴란드의 전 대통령. 그리고 지스카르 데스탱(70세)은 프랑스의 전 대통령이다.

오뉴월 겻불도

지난 3월 17일, 잉그바르 칼손 총리는 '후배 정치인들에게 기회를 주기 위해 용퇴(勇退)하겠다'고 지난해 8월에 한 약속을 지켜 총리 자리에서 스스로 물러났다.

그는 사회민주당 전당대회에서 신임 총리에게 국정 운영과 당수직(黨首職)을 넘겨주며 '나도 내 할 일을 다 했다'고 떳떳하게 말했다. 아무 미련 없이 권력을 내주는 그의 결단에 참석자들은 일제히 기립해 우렁찬 박수로 장내를 뒤흔들어 놓았다.

임기를 일 년 반 이상이나 남긴 채 퇴임을 하는 스웨덴의 칼손 총리, 그야말로 혼탁한 정치 무대에 신선한 바람을 불어넣어 주는, 새 타입의 정치인이 아닐 수 없다. 정치인의 귀감―진정한 애국자가 아닐 수 없다.

지난 3월 2일, 전 폴란드 대통령 레흐 바웬사가 그의 옛 직장인 그단스크 조선소에 전기공으로 복직을 했다. 그는 본래 이 조선소의 전기공이었는데 자유 노조를 억세게 잘 이끌어서 마침내는 폴란드의 정치 체제를 아예 바꿔 놓기에 이르렀었다. 그 공로를 인정받아 그는 영예의 노벨 평화상까지 받았다. 그러한 그가 이날 한 전기공의 신분으로 옛 일터에 첫 출근을 한 것이다. 그가 받을 월급은 650즈워티(우리 돈으로 약 2,000원). 동방 나라의 존귀하신 전직 대통령더러 '다시 펜치를 차고 전기공 노릇을 하라'고 한다면 아마 게거품을 물고 휘뚝 나가자빠져 아예 까무러쳐 버렸을 것이다.

노벨 평화상의 수상자다운 풍격의 사나이―레흐 바웬사!

싱글싱글 웃으며 출근 카드를 찍는 그의 사진을 나는 신문에서 오려 내 책갈피에 끼웠다. 출근 카드에는 시, 분, 초가 찍혀 나온다. 퇴근 때도 역시 마찬가지다. 전기공 출신의 대통령도 멋이 있지만 대통령 출신의 전기공은 더더욱 멋이 있다.

재임 시절 국민들로부터 '서민 대통령'이라고 추앙을 받았던 발레리 지스카르 데스탱, 전 프랑스 대통령인 그는 지난달 31일, 프랑스민주동맹 전당대회에서 당수직을 프랑수아 레오타르 전 총리에게 넘겨주고 40년 동안 몸담았던 정계를 떠났다.

하지만 대통령 재임 때와는 달리 국민들에게 철저히 외면을 당한 노정치인의 말로(마지막 길). 영예롭지 못하게 정계를 떠나는 그의 초라한 모습은 보는 사람들에게 쓸쓸한 느낌마저 들게 했단다. 그는 프랑스 정치사에서 '물러날 기회를 놓친 정치인의 전형'으로 기록이 될 모양이다. 프랑스의 언론들은 '지스카르는 젊은 세대에게 산소를 공급하기는커녕 그들의 부상을 막기에 급급했고 또 퇴장을 요구받아도 그대로 눌러앉는 실수를 거듭했다'고 일제히 비난을 했다. 대통령을 한 번 더 해 보겠다는 욕심에 눈이 어두워 그는 무원칙하리만큼 정치 노선을 자주 바꾸어 당을 혼란에 빠뜨렸었다. 그 당연한 결과로 그의 인기는 급전직하―당원들은 그에게 등을 돌렸던 것이다.

최연소(48세) 대통령으로 한때 인기의 절정에 올랐던 지스카르 데스탱. 하지만 그는 고질적인 '대권욕(大權欲)' 때문에 22년 후의 전당대회에서는 당수 후보에도 끼이지 못하고 정치생명에 종지부를 찍고 만 것이었다.

'오뉴월 겻불도 쬐다 나면 서운하다'는데 하물며 대통령, 총리의 존귀하고 막중한 권력의 자리임에랴. 비록 그렇긴 하지만서도 우리는 '물러날 때 못 물러난 지스카르'하고 같은 종류라는 소리는 듣지를 말아야잖겠는가. 그만도 못한 종류라는 소리는 더더욱 듣지를 말아야잖겠는가.

암살 미수 사건

1944년 7월 20일, 경비가 삼엄한 히틀러의 작전 지휘부에서 시한폭탄이 터진다는 불의지변(不意之變)이 돌발했다. 전쟁에 눈이 뒤집혀 아예 환장지경에 이른 히틀러가 하마터면 여느 장령들과 함께 지옥으로 직행을 할 뻔했으나 악운이 뻗쳐서인지 아슬아슬하게 죽음을 면했다.

그 모살 사건의 주모자는 기갑 부대의 사단장 출신인 37세의 스토펜베르거 백작. 그는 전쟁에서 한쪽 눈과 한쪽 팔 그리고 남은 손의 두 손가락마저 잃은 사나이. 그러니까 손가락이 모두 해서 세 개밖에 없는 사나이였다. 스토펜베르거는 파멸 직전에 놓인 독일을 구하자면 전쟁 광란자 히틀러를 제거하는밖에 다른 도리가 없음을 깨달았던 것이다.

증오에 차서 치를 떠는 히틀러가 가공할 보복을 시작했다. 사건에 연루된 장령과 장교들을 깡그리 잡아내서 처형을 하는데 그냥 죽여서는 분풀이가 되지 않는지라 아예 피아노 줄로 목들을 매달아 죽였다. 그뿐만 아니라 그 참혹한 광경을 낱낱이 기록영화로 찍어서 장교들의 교육용으로 쓰기까지 했는데 어떤 장교는 너무도 끔찍해서 얼른 고개를 돌려 버리더란다.

나도 그 저주할 살인 영화를 본의 아니게 한번 본 적이 있다. 1951년 가을 북경 영화촬영소 영사실에서였다.

매달린 사람들이 너무 괴로워 최후의 안깐힘으로 두 다리를 버둥거리는 참상은 사람이 차마 눈을 뜨고 볼 수가 없었다. 그야말로 아비규환의 인간 생지옥이었다. 그나마 발목에다 묵직한 추를 달아 주었으면 (일본 감옥에서는 달아 주었음) 절명(絕命)하는 시간이 짧아져서 고통이 좀 덜하련만 히틀러는 이를 허용치 않았던 것이다. 고통받는 시간이 길어질수록 분풀이가 더 잘 될 터이므로.

이즈음 일부 묵은 세대들이 쥐뿔도 해 놓은 일은 없으면서도(잘못을 수태 저질러 놓고서도) 고 깨알만 한 '벼슬자리'에 연연해 내놓지 않겠다고 아득바득 매달려 발버둥이치는 꼴을 볼라치면 매양 엉뚱한 연상이 떠오르곤 한다.

─반히틀러파 장령(장교)들의 버둥거리는 두 다리.

성질이 완전히 서로 다른 이 두 광경이 왠지 자꾸 오버랩이 돼서 눈앞에 떠오르는 것이다. '오버랩'이란 영화의 표현 기교의 하나로써 어떤 화면이 아직 끝나기 전에 다음 화면이 겹쳐서 비추어 차차 선명해지면서 먼저 화면이 사라지는 일.

이 세상에는 스웨덴의 전 총리 잉그바르 칼손같이 멋진 남자들도 있고 또 폴란드의 전 대통령 레흐 바웬사같이 배포가 유한 남자들도 있다. 그리고 프랑스의 전 대통령 지스카르 데스탱 모양 몹시 치뜰게 사라져 버리는 남자들 또한 비일비재이다.

우리 주변에서는 '버둥거리는 두 다리'를 연상케 하는 추태가 좀 덜 벌어져 줬으면 하는 바람이다.

1996년 4월

전사든 자살이든

임진왜란 때 대거(大擧)해 내습한 일본 수군(해군)을 철저히 무찔러 조국을 보위하는 데 불후의 위훈을 세운 리순신 장군(1545~1598). 이 리순신 장군의 죽음에 대해 우리 역사학계에는 끈히 하나의 설이 나돌고 있다.

─전사가 아니라 자살이다.

전사든 자살이든 그의 순수함과 위대함에는 아무런 하자(흠)도 없다는 것을 전제로 하고 이야기를 한번 풀어 나가 보자.

이설의 근거

"리순신은 임진왜란을 종결짓는 마지막 대첩인 노량해전(1598년 11월)에서 장렬히 전사했다."

이러한 정설에 대해 이설은,

— 평소와 달리 갑옷을 벗고 일반 군복을 입었다.

— 안전한 지휘석을 이탈해 적의 눈에 잘 띄는 뱃머리에서 지휘를 했다.

— '방패로 앞을 가려서 내 죽음을 알리지 말라'는 유언은 사전에 준비했다는 인상을 강하게 준다.

이러루한 내용의 논문—리순신이 의도적으로 죽음을 선택했다는 내용의 본문—이 자그만치 20여 편이나 되는데, 그 근거인즉 '왜선(적선)이 60척도 안 남은 승리의 순간에 돌연 갑옷을 평복으로 바꿔 입고 지휘석을 이탈, 총탄이 빗발치는 뱃머리에서 지휘하다 총탄에 맞았다'고 한, 숙종 때의 학자 리민서의 기록. 이 기록에 따르면 리순신은 국왕 선조가 자신에 대한 백성들의 신망을 시기하고 있음을 감지한 데다가 유일한 후원자였던 류성룡이 실각을 한 까닭에 전쟁이 끝난 뒤에 숙청당할 것을 우려, 명예로운 죽음을 택했다는 것이다.

실제로 리순신의 저서 《난중일기》에도 '죽고 싶다'는 말이 여덟 번이나 나오며 또 그 한 측근의 '행장(行狀)'에도 '적이 물러나는 날 죽어 유감스런 일이 없게 하겠다'고 했다는 기록이 있다. '행장'이란 사람이 죽은 뒤에 그 평생에 지낸 이력과 업적을 적은 글.

그리고 또 숨지는 순간 주위에 부하들이 많았음에도 사망했다는 사실을 안 이는 아들과 조카 단둘뿐이라는 납득하기 어려운 기록과 감동적인 유언의 내용 등은 자살을 미화하려는 후대의 창작일 가능성이 높다는 것이다.

어쨌거나 그가 노량해전에서 적선을 거의 다 무찔러 승전이 눈앞에 닥쳐온 시점에서 진두지휘를 하다가 적의 총탄을 맞고 갑판 위에서 숨진 것만은 사실이다.

치욕의 역사

이에 앞서 리순신은 야심가 원균의 무함으로 군직을 박탈당하고 옥에 갇히는 몸이 됐었다. 무함을 한 '공'으로 리순신의 수군통제사(해군사령관) 자리를 차지한 원균이 군무에 태만하다가 적군에게 대패해 조선 수군(해군)이 복멸(覆滅)의 위기에 처하자 다급해난 조정(정부)은 할 수 없이 다시 리순신을 기용해서 적을 물리치게끔 했다.

그러니까 나라가 '누란지위(累卵之危)'에 처했어도 남의 공을 시기(새암)해 물어먹기를 일삼는 소인배는 예나 지금이나 다 우리 민족 내부에 끼어 있기 마련인 모양이다. 사면발니처럼 진드기처럼. '누란지위'란 '쌓아 놓거나 포개 놓은 알 모양 금세 무너질 듯이 몹시 위태롭다'는 뜻.

경적(勁敵)에 맞서 수사전(殊死戰)을 벌이고 있는 총수(총지휘관)가 싸움이 끝난 뒤에 자국 정부에 의해 숙청당할 것을 우려해야 하는 세상. 그놈의 세상은 도대체 무슨 놈의 세상인가!

리조(리씨 조선) 500년간 끊임없이 되풀이됐던 무슨 '옥(獄)', 무슨 '화(禍)'. 이런 '옥'이나 '화'들을 살펴볼라치면 한심하게도 거개가 다 통치 계급 간의 파쟁(파벌 싸움)이 빚어낸 것이었다. 그리고 그런 '옥'이나 '화'가 터질 때마다 가벼우면 귀양살이, 무거우면 사형, 좀 더 심하면 가족끼리 몰살을 당하는 것으로 일이 일단 끝이 나곤 했었다. 이른바 노론, 소론, 남인, 북인이라는 네 개 당파가 죽기내기로 패싸움을 벌이다가 그중 어느 한 파가 흐리멍텅한 왕에게 접근을 해 "저 무리가 역적모의를 하는 줄로 아뢰오." 귀띔을 하면 "괘씸한지고!" 진노한 왕의 말 한마디로 대번에 피바람이 불어치기가 일쑤였다.

그 전형적이면서도 또 특이한 예로 신구의 갈등이 빚어낸 기묘사화를 한번 들어 보자.

조선조 11대 중종 14년(1519)에 일어난 '사화', 홍경주(洪景舟), 남곤(南袞), 심정(沈貞) 등 사장파(詞章派)의 훈구 재상이 '이상 정치'를 주장하던 조광조(趙光祖), 김정(金淨) 등 젊은 신진파를 몰아낸 사건. 조광조가 현량과(賢良科)를 설치, 신진 사류를 대거 등용해 요직에 앉힘으로 이에 훈구파의 불만이 커지던 중 조광조가 정국((靖國) 공신 중에 '자격 없는 자가 많다'며 심정, 남곤을 포함한 76명의 '공신호(功臣號)'를 박탈하자, 훈구파는 마침 홍경주의 딸이 임금의 총애를 받는 것을 기화로 임금에게 접근하는 한편 갖은 음모를 써서 '조광조가 반역을 꾀한다'고 무고를 해 조광조는 사사(賜死)되고 70여 명에 달하는 신진 사류들은 참화(慘禍)를 당했다.

꼴이 얼마나 보기가 좋은가. 제 딸이 임금의 굄(총애)을 받는 것까지 다 놓칠세라 이용을 해 상대편을 물어먹고 있는 것이다. 소위 왈 '훈구 재상'이란 것들이! 참으로 이리떼같이 무섭고 또 구데기같이 치사한 인간들이라 아니 할 수가 없다.

역코스의 뒤탈

나는 일본이 패망한 뒤에 거의 숙명적으로 역코스를 걸어야 했다. 남들은 중국에서 조선으로, 조선에서 한국으로, 한국에서 다시 미국 또는 일본으로…… 모두들 순코스로 빠져나가는데 나만은 정반대였다. 그러니까 일본에서 한국으로, 한국에서 조선으로, 조선에서 다시 중국으로······ 거슬러 들어왔던 것이다.

정직한 마르크스주의자라면 누구나 으레 걸었을 길을 걸은 것에 불과하건만 그 뒤탈은 결코 만만치가 않았다. 소인배(간사하고 도량이 좁은 인간이나 그 무리)들이 나를 물어먹는 데 이를 더없이 좋은 재료로 악용을 했기 때문이다. 그들 모두 나를 '기어든 일본 특무', '기어든 한국 특무'로 모느라고 피눈들을 까뒤집었던 것이다.

야심가 원균은 리순신 대신에 '수군통제사'가 돼 가지고 한때 상투가 국수버섯 솟듯 했었다. 그러나 얼마 아니 가서 그는 일본군에게 여지없이 패배를 당하고 목숨까지 잃었다. 원균이 패사(敗死)한 뒤에 남아 있는 병선(兵船)은 고작 10여 척에 불과했다. 그렇건만 왕명으로 백의종군을 한 리순신은 원망하는 말 한마디 없이 서둘러 뒷수습을 함으로써 조선 수군을 다시 한번 일떠세웠다.

그러니까 인간쓰레기들이 무책임하게 대사를 그르쳐 놓으면 정인(正人)들은 서둘러 뒷수쇄를 해 이를 바로잡아 놓는 것이 아마도 인류 역사의 발전 과정 그 자체인 모양이다.

적군과 결사전을 벌이면서도 싸움이 끝난 뒤에 숙청당할 일을 우려안 할 수 없었던 리순신 장군. 그 기막힌 처지를 생각하면 비록 400년 전 옛날에 있었던 일이긴 하지만 새삼스레 가슴이 아파나는 느낌이다.

1996년 6월

거짓말쟁이의 아버지

탈레랑(1754~1838)은 프랑스의 외교가로서 나폴레옹 1세와 루이 18세의 외무대신을 역임했던 인물, 그의 별명이 바로 이 '거짓말쟁이의 아버지'다. 워털루 대회전에서 나폴레옹의 군대가 대패를 해 프랑스가 패전국이 됐음에도 탈레랑은 유럽의 장래를 결정하는 중대한 국제회의에서 전승국들을 상대로 교활하기 짝이 없는 외교술을 구사, 마침내 회의의 주도권을 잡기에 이르렀다. 그리하여 그는 자국의 영토를 보전하는 데 성공을 하고야 말았다.

'탈레랑적 교활'이란 신조어는 이때부터 생겨났다. 하긴 일부 역사가들은 탈레랑을 '근대 교회의 조(祖)'라고 높여서 부르기도 하지마는.

기발한 협회들

이 지구상에는 기발한 협회들이 많고도 많다. 특히 독일에는 그런

협회가 유난스레 많아서 온 나라가 온통 협회투성이란다.

난쟁이협회(난쟁이들의 친목 단체), 담낭결석환자협회, 독신주의자협회, 맥주애음가협회, 채식가협회(고기나 생선이 들지 않은 반찬만 먹는 사람들의 단체, 히틀러도 채식가였음), 드라이브애호가협회, 요트애호가협회, 뚱뚱보협회.

일일이 쥐어치다가는 끝이 없어 긴긴해를 다 지우기가 쉽다. 하지만 빠뜨리지 말고 꼭 주워섬겨야 할 협회 하나가 있다.

'거짓말쟁이협회.'

이 협회만은 절대로 빼놓을 수가 없는 것이다. 한데 기발한 것은 이 협회의 회명(會名)보다도 그 약관이 더 이채로운 것이다.

—무릇 정치가란 다 '프로(직업적) 거짓말쟁이'이므로 이를 회원으로 받아들이지 않음. 순수한 '아마추어(비직업적)'만 받아들임.

그러니까 남의 돈을 떼먹고도 '그런 일 절대로 없다'고 딱 잡아떼는 놈은 무조건 받아들여도 대통령 선거 때 '나랏일을 위해서는 이 한 목숨 기꺼이 바치겠다'고 공약을 하는 놈은 비대발괄을 해도 받아 주지를 않는단 얘기가 되는 것이다.

그러고 보니 탈레랑도 그저 동류 중에서(프로들 가운데서) 거짓말의 단수가 엄청 높았을 뿐 무슨 특이한 별종까지는 아니었던 모양이다.

워터게이트 사건

'워터게이트 사건'이란 1972년 6월 17일, 미국 대통령 선거를 앞두고 닉슨의 재선 위원회가 워싱턴의 '워터게이트'라는 빌딩 6층에 있는 민주당 본부에서 열린 전당대회 준비회의의 내용을 도청한 사건.

닉슨은 그런 비열한 수단을 써서 일단 재당선에 성공을 하기는 했으나 얼마 아니 가 들통이 나는 바람에 그는 아예 망신살이 뻗쳤다. 그리하여 결국은 추풍낙엽의 신세, 낙동강 오리알의 신세가 되고 말았다. 국회의 탄핵을 받고 창피스레 대통령의 자리를 내놓아야 했던 것이다 (1974년 8월 8일).

이 '워터게이트 사건'으로 대판가리싸움을 해 그 어마한 초대국의 대통령을 보기 좋게 메어꽂은 인물은 〈워싱턴포스트〉지의 정치부 기자 밥 우드워드. 우드워드가 이 도청 사건을 탐지해 내 곧바로 보도를 하자 미국은 온 나라가 일시에 들끓어 났다.

청천벽력 같은 맹타(猛打)를 받고 다급해난 백악관은 서둘러 '사실무근한 테마'라고 반박 성명을 내고 또 잇달아서 '악질적인 음해에 대해서는 단호히 법적으로 대응하겠다'고 위협을 할 것도 잊지 않았다. 그리고 한편으로는 증거를 인멸하기 위해 상하가 한통속이 돼 가지고 갖은 추태를 다 연출했다. 녹음테이프의 요긴한 대목을 지워 버리지 않나, 서류의 긴요한 부분을 솎아 내서 태워 버리지 않나…… 한마디로 백악관 전체가 하나의 거대한 은폐 공작의 기기(機器)로 변해 버렸다.

그러니까 거짓말쟁이의 우두머리와 그 충실한 졸개들이 2억 이상의 인구를 가진 문명 대국(혹자는 '종이호랑이'라고도 함) 아메리카 합중국의 심장부─백악관을 차지하고 고봉(높은 봉급)을 타 먹으면서 집단적인 범죄를 저지르고 있었던 것이다.

목이 달아날 각오를 하고 용감하게 이 사건을 보도한 밥 우드워드는 나중에 극히 영예롭게 퓰리처상을 받았다. '퓰리처상'이란 매년 한 번씩 저널리즘 및 문학 등 10개 부분에서 대중에게 가장 공헌이 큰 미국

인에게 수여하는 상.

대통령의 권좌에서 굴러떨어진 닉슨이 후일 뉴욕의 한 고급 아파트에를 들려니까 환영을 할 줄 안 놈의 주인(건물의 소유자)이 되려 난처스레 방색을 하기를,

"죄송하지만 다른 데나 가 보시지요."

"아니, 내가 돈을 안 낼까 봐 그러는 거요?"

닉슨이 의외로워 불쾌한 기색을 감추지 못한즉,

"천만 말씀이올시다. 선생님께서 드시면 다른 분들이 다 '이웃해 살기가 싫다'고 이사를 가 버릴 테니까 그러는 겁니다."

정직한 시민들이 천하의 거짓말쟁이하고 이웃해 살기를 꺼리는 것은 어떠한 힘으로도 밀막을 수가 없는 노릇이다.

프랑스의 탈레랑도 그렇고 미국의 닉슨도 그렇고 다 '거짓말쟁이협회'의 회원 자격을 취득할 '복'은 타고나지를 못했던 모양이다.

귀여운 거짓말

한 색시의 어머니가 사윗감의 됨됨이를 한번 떠보려고 "자네 술 마시지?" 하고 물어본즉 요놈의 사윗감이 가장 얌전한 체 고개를 살래살래 저으며 대답을 올리기를,

"술은 아예 접구(接口)도 못 합니다요."

"그럼 담배는 피우겠지?"

"담배는 연기만 좀 맡아도 금세 머리가 지끈지끈해 나는 걸입쇼."

"그럼 노름은? 노름은 즐길 테지."

"천만에요, 이날 여적 화투짝 한 장 손에 쥐어 본 적이 없잖고 뭡니까."

"그럼 도대체 자네는 이 세상을 무슨 재미로 사나?"

"예, 그야 요렇게 거짓말하는 재미로 삽지요."

이런 따위의 거짓말은 그래도 애교나 있지. 하물며 인간 사회에 무슨 해독을 끼치는 것도 아닐 게고. 급을 매긴대도 기껏해야 미꾸라지급이나 붕어급밖에 더 될 게 없을 게고.

문제는 덩치가 엄청나게 큰 상어급, 고래급들이 대의명분(떳떳이 한 명목)을 내세우며 황당무계한 거짓말을 만고의 진리인 양 마구 내리먹이는 것이다. 그럴싸한 거짓말을 당당하게 마구 내리먹이는 것이다.

1996년 7월

작가와 조방구니

'작가'라는 말은 다들 알고 있어도 '조방구니'란 말은 어쩌면 잘 모르기들도 쉽다. 특히 해방 후 세대들에게는 생소한 말이기가 쉽다. '조방구니'란 주색잡기 판에서 일을 주선하거나 여자를 소개하는 사람.

홍명희의 《림꺽정》에도 추월색, 홍련화 두 기생이 젊은 오입쟁이 한온이를 놀리느라고 "이 양반이 오늘 조방구니 노릇을 썩 잘하시는군." "오입쟁이 날이 나면 건달이 되고 건달이 배고프면 조방구니가 된다지." 하고 서로 보며 껄껄대는 장면이 있다. 이 '조방구니'를 일본에서는 '다이코모치(太鼓持)'라고 하고 또 중국에서는 '방셴(幇閑)'쯤으로 부르잖는지 모르겠다.

베토벤의 자존심

베토벤(1770~1827)은 종래로 신분이나 재부(財富)에 바탕을 둔 어떠한 특권도 인정을 하지 않았다. 그는 언제나 떳떳이 자신의 품위를 높게 지켰다. 그리하여 예술가를 웬만한 하인쯤으로 여기는 데 아예 습관이 돼 버린 귀족들도 그(베토벤)만은 존경을 아니 하지 못하게 만들었다.

황태자 루드비히 페르디난트가 평소에 사숙해 온 베토벤이 순회공연차로 베를린에를 들르자 그는 곧 베토벤을 궁중으로 모셔 들였다.

루드비히는 황태자였으면서도 음악에 조예가 깊은 일류 음악가였다. 그는 베토벤 앞에서 가장 자신 있는 한 곡을 연주하고 나서 정중하게 거장 베토벤의 평을 청했다.

"전하의 연주는 한 왕자의 연주 같지를 않고 진짜 음악가의 연주 같으십니다."

베토벤의 이 엄청난 평가에 놀란 만조백관은 모두들 벌린 입을 다물지 못했다. '천재와 예술은 존귀한 신분보다 더 우월하다'는 것을 베토벤이 너무나 명확히 표시를 했기 때문이다.

1812년 여름, 음악계의 거인 베토벤과 문학계의 거인 괴테가 체코의 유명한 휴양지 테플리츠에서 만나 약 한 달 동안 함께 피서를 했을 때의 일이다. 어느 날 둘이서 팔을 끼고 산책을 하고 있노라니까 앞길에서 황실의 온 성원이 뭇 신하들의 옹위를 받으며 마주 오고 있는 것이 바라보였다. 괴테가 당연스레 황송해하며 몸 둘 바를 몰라 하니까 베토벤은 맞갖잖이 볼멘소리를 했다.

"아이참, 우리가 쩔쩔맬 게 뭐 있어요."

황실 성원의 행차가 가까이까지 오자 괴테는 베토벤에게 잡힌 손을 뿌리치고 얼른 모자를 벗어 들며 길섶으로 비켜서서 공손히 허리를 굽혔다. 화가 난 베토벤은 괴테를 타박했다.

"이보세요. 길은 우리가 비킬 게 아니라 저 양반들이 비켜야 하는 거예요."

그래도 괴테가 미동도 안 하고 그냥 서 있으니까 베토벤은 그를 그대로 내버려두고 저 혼자 행동을 취했다. 일부러 모자를 푹 눌러쓰고 상의의 단추를 단단히 채우고 그리고 뒷짐을 지고 고개를 꼿꼿이 쳐들고 황족과 대신들을 향해 저벅저벅 걸어간 것이다.

하나의 기적이 나타났다. 황태자 루돌프가 먼저 모자를 벗고 베토벤에게 경의를 표했다. 황후와 대신들도 다 그의 본을 따 베토벤에게 경의를 표하며 길들을 비킨 것이다.

괴테는 불세출의 위대한 문학가였지만 그 인격에 걸맞지 않은 비속한 면도 더러는 있었던 모양이다. 그러나 베토벤에게는 추호의 비굴성도 아첨기도 다 없었다.

내가 평소에 베토벤을 더없이 숭모하는 까닭이 바로 여기에 있는 것이다.

숄로호프의 품격

80년대 후반부터 숄로호프(1905~1984)를 스탈린의 '앞잡이'라고 비방하며 그의《개간된 처녀지》를 소련 농업 집단화에 대한 '찬미가'라고 비난하는 바람이 불기 시작했었다. '그러므로 농업 집단화 과정에서 수백만의 농민이 굶어 죽은 데 대해서는 숄로호프도 책임이 있다'고 그들은 일제히 숄로호프에게 집중 사격을 퍼부어 댔다.

그러나 사실은 어떠했던가. 파제예프, 판피로프 같은 사람들이 '농업 집단화의 위대한 성과'라는 것을 소리 높이 외쳐 댈 때 오직 숄로호프 한 사람만이 '합창단'에 끼이지를 않았다.

1988년에 〈프라우다〉가 통계를 낸 데 따르면 1932년에서 1933년 겨울 사이에만도 굶어 죽은 사람이 300만에서 400만 명에 이르렀다는 것이다. 상황이 이토록 엄중하건만 스탈린은 아무도 '아사자(餓死者)가 났다'는 말을 철딱서니 없이 입 밖에 내지 못하게 마구 내리눌렀다. 그러니까 괜히 한마디 지껄였다간 대번에 '인민의 적'으로 돼 버리는 판이었다. 까딱하면 끄떡하는 판국인지라 각 주의 당서기들도 감히 진실을 반영할(보고할) 엄두들을 내지 못했다. 그래서 그들은 그저 눈치 보아 가며 이른바 '집단 농장의 행복한 생활'이란 것을 대고 외쳐 대기만 했다. 이러한 상황하에 오직 숄로호프 한 사람만이 스탈린에게 아무도 감히 입 밖에 내지 못하는 '비참한 현실'을 있는 사실 그대로 반영을 했다.

1933년 4월 4일, 숄로호프는 장장 15매에 달하는 장문의 편지를 스탈린에게 띄웠다.

—보센스카야구(區)도 이웃 구들과 마찬가지로 곡물 징수 계획을 완수 못 했을 뿐 아니라 종자(씨앗)도 확보를 못 했습니다.

—어른이고 아이고 다 부황이 들었으며 먹는 것이라곤 다 사람이 먹을 수 없는 것들입니다. 폐사한 짐승의 고기나 피나무 껍질 그리고 진펄에서 자란 풀뿌리 따위로 연명들을 하고 있습니다.

—보센스카야구가 곡물 징수 계획을 완수 못 한 것은 '부농들의 파괴 활동 때문이 아니라' 변구(邊區) 당 일꾼들의 불찰 때문입니다.

—이러한 극좌적인 시책에 대해서는 응당 모스크바가 책임을 져야

할 것입니다. 우선 당사자인 몰로토프(제2인자)부터 책임을 져야 할 것입니다.

숄로호프의 이러한 논조는 스탈린이 누누이 강조해 온 '부농들의 파괴 활동 때문'이라는 주장에 정면으로 맞서는 것으로써 다른 사람이었다면 벌써 총살을 당한 지도 옛날이었을 것이다.

당시 아직 서른 살 안짝의 신진 작가였던 숄로호프. 검은 구름이 온 국토에 짙게 드리웠던 암울한 세월에 감히 일떠나 돈강 유역의 농민들을 위해 목숨을 걸고 호소를 했던 숄로호프.

이러한 숄로호프를 죽어라 하고 헐뜯는 자들의 인격을 온 세상의 정직한 사람들은 다 의심을 하지 않을 수가 없었을 것이다.

어용 문인

중국의 로신(1881~1936)이 어떤 인물이었는지는 우리가 다들 잘 알고 있는 터이다. 그러나 방효유(方孝孺, 1357~1402)에 대해서는 아는 이가 그리 많지가 않은 것 같다.

방효유는 명나라의 산문가로서 절강 영해(寧海) 태생, 황제에게 경전을 강의하는 시강(侍講)의 벼슬까지 지냈다. 훗날 그 황제의 동생인 연왕(燕王)이 군사 정변을 일으켜 형을 뒤엎고 새 황제가 되면서 명성 높은 방효유를 회유해 써먹을 요량으로 항복을 권유하고 또 등극 조서(登極詔書)를 기초하라고 명했다. 그러나 방효유는 붓을 들어 등극 조서를 쓸 대신에 '연적찬위(燕賊篡位)'라는 네 글자를 써 내던졌다.

'임금의 자리를 찬탈한 역적 놈이 뻔뻔스레 무슨 수작을 하느냐'고 통통히 꾸짖은 것이다. 그 당연한 결과로 방효유가 당장에 목을 잘리우고 그 가족이 몰살을 당한 것은 더 말할 것도 없거니와 애꿎은 일가친척, 친우, 제자들까지 무려 870여 명의 생령이 그의 언걸을 입어 참살을 당했다.

황제 노릇을 형 놈이 해 먹든 아우 놈이 해 먹든 일반 백성하고는 별 상관이 없는 일이다. 하지만 방효유가 한 신하로서 절개를 굳게 지키며 감히 새 황제를 서슬이 푸르게 꾸짖은 것은 장하다 아니 할 수가 없다.

사람이 이 세상에 한번 태어났다가 기왕 작가라는 게 된 마당에는 좀 작가다운 작가 노릇을 하다가 저세상으로 가는 게 좋지 않을까. 870여 명의 생령을 도륙을 당하게 만들면서까지 항거를 한 방효유에는 못 미치더라도 그 무서운 스탈린에게 감히 진상을 밝혀 가며 호소를 한 숄로호프의 선까지는 한번 좀 접근을 해 보아도 좋지 않을까.

돈 냄새를 풍기는 일부 어쭙잖은 기업가 따위에게 빌붙어 가지고 '전기'니 뭐니 하는 따위를 써 주면서 낯 간지러운 송사(頌辭)로 하늘 꼭대기까지 추켜세우는 것만으로는 오히려 부족해 유명지인(有名之人)들의 제사(題辭)까지 구걸해다가 권두(卷頭)에 더덕더덕 붙여 주는 행위, 거기다가 작자(지은이)의 대명(大名)까지를 버젓이 밝혀 놓는 대담성 또는 파렴치성, 정말이지 억이 질려 말문이 막혀 버릴 지경이다. 어쩌다가 우리 문단의 직업적 도덕관념이 이 지경으로까지 타락을 했을까.

자본주의 나라에서도 재벌 총수들의 '전기'나 '자서전'을 휘황찬란하게 대필해 준 문인들은 실익(알속, 뭉테기돈)만 챙기고 자신의 이름은 절대로 밝히지를 않는 법이다. 수치라는 것을 알기 때문이다. 빈축을 사거나 면매(面罵)를 당할까 봐 겁들이 나서인 것이다. 족제비도 낯짝이 있다고 발바리, 삽살개 노릇을 하기는 하더라도 백주대낮에 사람들이 보는 데서 하기는 좀 창피하니까 신경들을 쓰지 않을 수가 없는 것이다.

그래도 이쯤이면 최저한 수치라는 것은 아니까 인간으로서는 점수가 영점까지는 떨어지지를 않는다.

비고

이 글의 소제목을 '어용 문인'이라고 단 것은 '조방구니'라는 표현이 너무 좀 직설적이라 듣기에 거북할 것 같아서 내 딴에는 신경을 쓴답시고 한 노릇이다.

우리의 문단이 정상적인 궤도를 따라 나아가 주기를 기대해 본다.

1996년 9월

가면무도회

'가면무도회'란 영어의 '매스커레이드(Masquerade)'를 우리말로 옮긴 것으로써 '가장무도회'라고도 한다. 춤을 추는 남녀가 제각기 가면을 쓰고 한데 어울려 한바탕 즐겁게 춤판을 벌이는 모임을 일컬음이다.

셰익스피어의 희곡《로미오와 줄리엣》의 남녀 주인공도 이런 가면무도회에서 처음 만나 가지고 깊은 사랑에 빠졌다가 끝내는 비극적인 죽음들을 맞이하게 된다.

이러한 비극적 종말은 이탈리아의 명문 몬터규 가의 아들 로미오가 원쑤지간인 캐퓰렛 가의 딸 줄리엣를 만난 것으로 발단이 됐는데 만약 본색을 알리지 않는 가면무도회가 아니었던들 로미오는 애당초부터 원쑤의 가문에서 열린 그 무도회에 참가를 하기가 불가능했을 것이다.

볼기 맞은 놈의 감격

'누가 그대의 왼뺨을 때리거든 오른뺨까지 내대라'고 예수 그리스 도께서는 설교를 하셨단다. 그러나 우리같이 범상한 인간들은 그럴 때 오른뺨 대신에 오른 주먹을 내밀기가 일쑤다. 수양들이 부족한 탓이 다. 반면 고매한 인격의 소유자들은 볼기를 즉사하게 맞고서도 풀어 줄 때는 감격에 몸을 떨며 '황감하오이다'를 연호한다. 오랜 세월 두고 두고 수양들을 쌓았기 때문이다. 하지만 이러한 비범성은 여러 갈래로 한번 세밀히 짚어 보는 게 보다 타당할지 모른다.

A: "망할 자식들, 아무 죄도 없는 나를 이렇게 모질게 두들겨 패 놓 고…… 어디 두고 보자." 속으로는 이렇게 모주 먹은 돼지 벼르듯 잔뜩 벼르면서도, 체면에 몰려서 또는 더 모질게 얻어맞을까 봐 겁이 나서, 겉치레로 눈물을 짜며 '황공무지로소이다'며 소인을 개어올리는 형.

B: "이 죄 많은 인간을 죽을 때까지 강제 노동에 내몰지 않으시고 불 과 22년 만에 이렇게 은총을 베푸시니…… 이 하해지은(河海之恩)을 어 이 다 갚으오리까." 정말로 이렇게 감격이 뼈에 사무쳐 닭의 똥 같은 눈물을 뚝뚝 떨구며 오열을 하는 형.

C: "무릇 익은 밥을 먹고 사는 이 나라 백성이라면 다 이런 경우, 꼬 리를 드리우고 눈물범벅이 돼야 하는 게 아마 조상 전래의 법도인가 보 다."쯤 여기고 원숭이 흉내 내듯 그저 남이 하는 대로 덩달아 하는 형.

대략 이런 몇 가지 유형으로 나눌 수가 있을 것 같다.

그중의 'B형'은 죽어야만 떨어질 고질병에 걸린, 온갖 약이 효험을 못 보는 가련한 인생이니까 거론할 나위도 없다. 십 년이 여일하게 그 저 그러다가 때가 되면 스르르 눈을 감는 게 제일 편하다. 'C형'은 아예 태어나면서부터 독립적으로는 사고라는 것을 할 줄 모르는 재미스러운 족속이므로 한평생 남이 치는 장단에 엉뎅이춤이나 추다가 아무 미련 없이 유쾌하게 저세상으로 떠나면 그만이다.

문제가 되는 것은 맨 첫머리의 'A형'이다.

무시무시한 환경 속에서 거의 날마다같이 어마어마한 '마녀재판'에 걸려 멀쩡한 사람들이 무더기로 녹아나는 것을 눈앞에 보아 온 터라 무리도 아닐 것이다. 모두들 자라 보고 놀란 가슴 솥뚜껑 보고 놀라는 격으로 마음들을 죄며 사는 판이었으니까. 일단 '반동'이라는 죄명을 뒤집어쓰기만 하면 모든 게 끝장이 나 버리는 판이었으니까.

'마녀재판'이란 중세기 유럽(구라파) 여러 나라의 교회가 이단 박멸과 관련해 특정 인물을 마녀라는 명목으로 탄압, 재판에 회부, 분형(焚刑)에 처했던 일. 17세기에는 미국 대륙에까지 파급이 돼 가지고 수많은 사람이 애매하게 목숨들을 잃었음.

그러니까 실낱같은 목숨을 부지하기 위해서는 '벌레들의 보호색과도 같은 무슨 위장물 따위가 필요하다'는 논리가 성립될 법도 하다.

그 결과 횡액에 걸려 죽기를 원치 않는 사람들은 너 나 할 것 없이 모두 다 도깨비감투 같은 위장물 하나씩을 뒤집어쓰게 돼 그 본바탕은 절대로 드러나지를 않는다. 그러니까 진면목은 구중심처에 그윽하게 비장(秘藏)이 돼 있다는 얘기가 되는 것이다.

그래 놓으니 자연적으로 사회의 구성원들이 모두 가장무도회에 참가해 서로를 어디서 굴러온 소 뼈다귀인지 말 뼈다귀인지도 모르는 상황하에 맞붙안고 춤을 추며 돌아가는 형국이 돼 버린 것이다. 그러니까 사회 전체가 하나의 매머드(맘모스)적인 가면무도회로 변해 버렸다는 얘기가 되는 것이다.

그러게 아무 잘못도 없이 22년 동안(한 인간이 일을 할 수 있는 기간의 거의 절반)을 강제 노동에 내몰리고도 '용서'를 해 준다는 소리만 들으면 걷잡을 수 없는 감격의 눈물을 폭포수처럼 내리쏟는(또는 내리쏟는 체하는) 기괴한 만물의 영장들이 출현을 하는 것이다.

트롯을 추든, 왈츠를 추든, 탱고 폴카를 추든, 또는 블루스 지르박을 추든, 그 어떤 류의 춤을 추든 가면무도회의 엄연한 범주는 절대로 벗어나지를 못하는 게 우리 죄 많은 백성들의 사주팔자적인 운명이다.

언젠가 소설가 리모 씨가 쓴웃음을 웃으며 내게다 하소연을 한 적이 있다.

"뒤로 돌아다니며 갖은 험담을 다 늘어놓고서도 제가 막상 북경서 돌아오니까 글쎄 사람들이 보는 앞에서 그 큰 목청으로 환성을 올리는 거예요. 그리군 저를 얼싸안더니 뺨을 마구 비비대는 거예요. 정말이지 그런 '연극쟁이'하고 한 하늘 아래서 살아야 한다는 걸 생각하면 서글프기까지 하지 뭡니까."

이런 것도 역시 가면무도회의 미리 정해진 레퍼토리의 하나로써 그 난숙한 명배우적 연기를 감안하면 평점을 적어도 '탱고급'쯤은 줘야 잖을까 싶다.

최삼룡의 '원죄론'

여기까지 써 내려왔을 즈음 느닷없이 전화의 벨이 울렸다. 문학예술 연구소의 최삼룡 씨였다. 그로 인해 예기치 못한 일이 일어났다. 그가 일사천리적으로 전류에 실어 보내는 '원죄론'에 밀리어 나는 마침내

이 글의 이미 써 놓은 일부 단락을 대폭 수정(다듬기)을 아니 하지 못하게 됐기 때문이다. 그러니까 위에다 적은 바의 'B형'과 'C형'에 대한 원래의 논지를 번복하고 새 판으로 다시 써야 하게 됐다는 얘기인 것이다.

"우리는 몇십 년 동안 줄곧 '자신이 비(非)프롤레타리아'라는 원죄에 지지눌리고 또 시달려 왔다."고 우리의 최삼룡 씨는 역설을 하고 있다. 그렇다면 그 '원죄'란 대체 어떤 것인가.

기독교에서 인류의 조상인 '아담'과 '이브'가 하느님의 명을 어기고 금단의 열매를 따 먹은 탓으로 범한 인류 최초의 죄. 사람은 모두 '아담'의 자손이라니까 자연적으로 태어나면서부터 '원죄'를 지니고 있는 셈, 이 '원죄'를 '인류의 죄'라고도 함.

그러니까 우리들(사회주의 사회의 구성원들)의 '원죄'는 '아담'이나 '이브'와는 관계없이 태어날 때 그 저주받을 '비프롤레타리아적 핏줄'을 이어받은 '죄'인 것이다. 하지만 그런 못된 핏줄을 물려준 부모를 탓한들 무슨 소용이 있으랴. 그렇다고 엄마 뱃속으로 도로 들어갈 수도 없는 노릇이고 하니깐 자연 "에라 모르겠다, 회의가 있을 때마다 죽어라 하고 자기비판이나 해 보자. '프롤레타리아 사상으로 개변(개조)을 못해 죄송만만'하다는 말을 염불 외듯 외다나면 무슨 끝장이 나도 날 테지. '태산이 높다 하되 하늘 아래 뫼'라니 뭐니 하는 시조붙이도 있잖은가. 그 시조붙이마따나 사람이 오르고 또 오르면 못 오를 리 있을라구. 그러니 그저 자나 깨나 '프롤레타리아 사상을 씨벌여 대는 게 장땡이렸다. 하긴 머릿골에다 빨간 물감을 들여서 잘 익은 수박 속처럼 새빨갛게 만들었으면 좋기는 제일 좋겠지만 그럴 수도 없는 노릇이고."

최삼룡 씨의 논지를 부연하면 대개 이와 같은 형태가 될 것 같은데

꼭은 모르겠다. 어쨌든 간에 한마디로 요약을 한다면 '우리는 지나간 몇십 년 동안 쓸데없는 죄의식에 사로잡혀 괜히 모대기를 쳐 왔다'가 되는 것 같다.

이상과 같이 풀이를 해 놓고 보니 나의 'B형'과 'C형'에 대한 논조는 당초에 잘못됐다는 게 명백해졌다(유감스럽게도).

'B형'을 '죽어야만 떨어질 고질병에 걸린, 온갖 약이 효험을 못 보는 가련한 인생'이라고 몰아세운 것은 극히 독단적이고 또 극히 천박한 논조다.

'C형'에 대해서도 역시 마찬가지. '남이 치는 장단에 엉덩이춤이나 추다가 아무 미련 없이 유쾌하게 저세상으로 떠나가면 그만'이라고 비웃은 것은 나의 잔인한 본성을 여지없이 드러낸 일종의 옹졸하고도 수치스러운 저주다.

그러니까 'A', 'B', 'C'형이 다 '비프롤레타리아 원죄설의 억울한 희생양들' 또는 '경직된 이념의 불쌍한 희생양들'이라고 정의를 내려야 마땅하잖을까 싶다.

그나저나 우리의 지긋지긋한 '가면무도회'는 아직도 끝이 나지 않았다. '지긋지긋하다'란 '생각만 해도 진저리가 치일 만큼 아주 싫고 괴롭다'는 뜻이다.

글을 쓰다가 걸려 온 전화 한 통에 필봉을 이렇게 대전환을 해 보기는 이번이 처음이다.

1996년 11월

로신 위대

"로신은 중국 문화혁명의 주장이다. 그는 비단 위대한 문학가일 뿐만 아니라 위대한 사상가이자 또 위대한 혁명가이기도 하다."

모택동은 이와 같이 로신을 평가했다. 평가를 했다느니보다는 아예 극구 찬양을 했다. 과연 옳은 평가이고 또 옳은 찬양이다. 나도 완전히 동감이다.

그러나 로신의 이러한 위대함은 그저 평탄하게, 아무런 가탈도 없이, 조발석지(朝發夕至)로 이루어진 것은 아니었다.

로신은 번갈아들기로 덤벼드는 우파 문인들과의 필전(筆戰)에서 무비의 용감성을 발휘, 억척스레 내내 선전 분투를 했다. 그리하여 의도적인 망설(妄說)들을 하나하나 맞받아쳐 치명타를 안겨 줌으로써 그 위명(威名)을 만천하에 떨쳤다.

하지만 불행하게도 로신은 그 가열한 전투 마당에서 아무리 신경을 써도 좀처럼 막아 내기가 어려운 암전(暗箭)들에 줄곧 시달려야 했다. 그러니까 등 뒤에 숨어서 쏘아 대는 비열한 화살들에 맞아 어처구니

없는 상처를 거듭거듭 입어야 했던 것이다.

'프롤레타리아 용사'들

이 글에서는 정면으로 공격을 해 왔던 우파 문인 제씨는 하나도 다루지 않기로 한다. 이 글에서는 등 뒤에 숨어서 비열한 화살을 쏘아 대던 '암전의 명궁수'들만을 소개하기로 한다.

그 '명궁수'들의 명단을 간추려 적으면 대개 아래와 같다.

전한(田漢), 주양(周楊), 하연(夏衍), 양한생(陽翰笙), 곽말약(郭沫若), 고장홍(高長虹), 전행촌(錢杏村, 즉 아영(阿英)), 서무용(徐懋庸), 성방오(成仿吾), 리초리(李初梨), 풍내초(馮乃超), 반재년(潘梓年), 료말사(廖沫沙)……
(이상은 대표적인 인물만을 추린 것임).

이들은 당시 다 진보적 진영에 속하는 프롤레타리아 문인이었다(그 중 대부분은 중공 당원이기도 했다). 하건만 해괴스레도 그들은 우파 문인들과 고군분투하고 있는 로신을 성원을 하기는커녕 도리어 배후에서 '암전'을 쏘아 대기에만 급급들 했다. 그러니까 로신을 물어먹기 위해 천방백계로 야비한 비방과 중상을 일삼았다는 얘기가 되는 것이다.

곽말약은 두첨(杜籤)이라는 가명까지 써 가며 그 유명짜한 '명문장'에서 로신에 대해 사형선고 쉼직한 결론까지 지었다.

로신 선생의 시대성과 계급성은 이로써 완전히 결정이 됐다. 그는 자본주의 이전의 봉건 잔당이다. 자본주의는 사회주의에 대해 반혁명이다. 그러므로 봉건의 잔당은 사회주의에 대해 이중적인 반혁명으로 되

는 것이다. 따라서 로신 역시 이중적인 반혁명인 것이다. …… 한마디
로 로신은 뜻을 이루지 못한 파시스트다!(원문은 영어로 Fascist라고 적었다.)

1928년 8월 10일 〈창조 월간〉 제2권 제1기

그때로부터 29년 후에 터진 '반우파 투쟁' 그리고 다시 9년이 지나
서 터진 '문화대혁명', 그 '반우파 투쟁'과 '문화대혁명' 기간에 미쳐
날뛰던 새 중국의 '프롤레타리아 용사'들. 양자의 모습이 어쩌면 요다
지도 신통스레 닮았을까. 다른 게 있다면 오직 한 가지.

곽말약은 당시 아직 집권당을 등에 업지 못했던 까닭에 로신을 강제
노동수용소에 내려보내지 못하고 또 감옥에다 가두지도 못했다는 것
뿐이다. 하긴 후일 집권당을 등에 업은 뒤에 곽말약은 '호랑이하고 한
침대에서 잤다'고 괴성을 지르며 호풍을 25년 동안 꼬박이 감옥에다
가둘 수가 있긴 했다.

전한과 주양 그리고 하연과 양한생. 이 당시의 '프롤레타리아 용사'
넷은 로신이 그들을 '의기양양한 네 사나이'라고 지칭을 하는 바람에
아예 '30년대의 4인방'으로 돼 버렸었다.

전한이 소백(紹伯)이라는 가명을 써서 로신을 비방한 글― '조화(調
和)'가 1934년 8월 31일 자 〈대만보(大晩報)〉 횃불란에 발표되자 로신
은 즉시 반박을 가했다.

한 진영에 속해 있다는 사람이 변장을 하고 등 뒤에서 칼부림을 한
다면, 그에 대한 나의 증오와 멸시는, 정면으로 대드는 적들에 대한 그
것보다 훨씬 더 강렬할 것이다.

같은 시기에 하연은 또 하연대로 로신을, '당의 항일 민족통일 정책이라는 게 뭔지를 모르는 인물'이라고 내리깎았다. 그러나 제일 한심하게 촐랑댄 것은 역시 주양(본명 주기응(周起應))이었다.

"……그러게 나는 주기응(주양)처럼 남을 물어먹기를 좋아하는 젊은 이를 되려 의심하고 또 증오하게 되는 것이다."

로신의 이 한마디만으로도 당시의 정형을 우리는 능히 짐작을 할 수가 있다.

다음의 한 토막 에피소드는 가히 정직한 사람들의 속마음을 단적으로 드러내 보인 거라고 하겠다.

해방 후 로신의 유해를 홍구공원에다 면례를 할 때의 일이다. 당시의 문화부장이었던 모순(茅盾)과 부부장이었던 주양이 각기 관머리를 한쪽씩 갈라 메고 앞서는데 뒤에 잇달린 행렬 가운데서 누군가가 한마디를 혼잣말로 중얼거렸다.

"주양이 저렇게 관머리를 메는 줄 알았으면…… 관 속에 누워 있던 로신이 벌떡 일어나 따귀를 한 대 후려갈겼을걸, 아마."

이 중얼거림을 나중에 입빠른 소인배가 주양의 귀에까지 실어 날랐다.

훗날 '반우파 투쟁' 때 그 지각없이 중얼거렸던 장본인은 꼼짝없이 '우파분자'로 몰려 22년 동안의 강제 노동에 뼛골이 말랐다. 당연한 일이었다. 서슬 푸른 당 중앙 선전부 부부장 겸 문화부 부부장인 주양이 점을 찍어 놓았는데 제놈이 무슨 용뺄 재주로 액운을 면할 것인가.

풍내초가 로신을 '늘 어스크레한 술집에서 거나하게 취한 눈으로 창밖의 인생을 바라보는 로 선생'이라고 비꼴 때 전행촌은 또 전행촌대로 《아Q정전》의 기교도 아큐와 함께 죽어 버렸다. 이 질풍노도의

시대는 오직 질풍노도적인 혁명 정신을 지닌 작가들만이 표현해 낼
수 있다.”고 로신을 아큐와 함께 묻는 순장감으로 만들어 버렸다.

한편 서무용은 더욱 ‘용감무쌍’하게 정면돌파식으로 로신을 질타했다.
“호풍, 황원(黃源) 따위 협잡꾼, 아첨꾼들에게 둘러싸여 가지고 이젠
아예 우상연(偶像然)하게 돼 버렸다.”

반지빠른 마르크스—레닌주의로 두뇌를 어설프게 무장한 ‘프롤레
타리아 용사’들의 이와 같은 협공 작전은 로신이 56세를 일기로 타계
를 할 때까지 줄기차게 또 끈질기게 계속이 됐다.

그러게 로신의 삶이야말로 복배수적(腹背受敵)의 전국(戰局) 속에서
단창필마(單槍匹馬)로 연속부절히 좌충우돌을 한, 힘에 겨운 전투의 일
생이었다.

되풀이되는 역사의 비극

중화인민공화국 건국 이후 근 30년 동안에 중국 대륙에서 연속부절
히 벌어졌던 ‘계급 투쟁’들. 그 실질을 한마디로 요약한다면 ‘극좌파
들이 정도를 가고 있는 마르크스주의자들을 마구 때려잡은, 거국적인
광란’이었다.

내가 왜 이미 지나간 지도 오랜 ‘호랑이 담배 먹을 적 이야기’를 자
꾸 되풀이하는가. 여기엔 그럴 만한 연유가 있다.

하긴 주기응(주양)에게도 다른 무슨 우점들이 없지는 않을 것이다. 앞
으로 다시는 이런 짓을 하지 않고 진정한 혁명가로 될 수도 있을 것이

다.   《로신전집》제6권 438페이지)

 주양이 생사람을 잡는 데 대해 날카롭게 지적은 하면서도 로신은 그
가 개과자신(改過自新)을 해 장차 훌륭한 사람이 돼 주기를 은근히 기
대했었다. 해방 후 주양노 자신의 잘못을 뉘우치고 로신을 '백대 종사
(百代宗師)'라고 칭송을 하기에 이르렀다. '종사'란 모든 사람들이 높이
우러러보는 스승.

 하지만 '개꼬리 삼 년 두어도 족제비 꼬리 못 된다'는 속담마따나,
'세 살 적 버릇이 여든까지 간다'는 속담마따나 주양의 해묵은 버릇은
끝내 고쳐지지를 않고 말았다.

 '반우파 투쟁' 때 주양은 평소에 제 눈에 거슬리던 사람들을 모조리
때려잡았다. 소설가 정령을 때려잡아 강제 노동에 내몰고 또 시인 애
청을 때려잡아 강제 노동에 내몰았다. 눈에 든 가시 같은 존재인 풍설
봉(馮雪峰, 시인 겸 문예평론가)도 빼놓지 않았고 또 30년대에 한 패거리가
돼 로신을 협공했던 그 '용감무쌍'한 서무용(徐懋庸)까지도 '우파분자'
로 두들겨 만들어 속 시원히 처치를 해 버렸다.

 이 밖에도 이루 헤아릴 수 없이 많은 사람들이 당 중앙 선전부 부부
장 주양의 눈 밖에 나 강제 노동의 멍에를 들쓰게 됐다. 개중에도 제
일 비참한 것은 장정(長征) 간부인 풍설봉이었다. 다른 사람들은 22년
후에 거의 다 복권이 돼 뒤늦게나마 살아생전에 명예들을 회복했는데
유독 풍설봉만은 끝내 반동의 누명을 뒤쓴 채 감기지 않는 눈을 감아
야 했다(타계한 뒤 3년 지나서야 당적과 명예가 회복됐다).

 이와 같이 생사람잡이로 얼룩진 20~30년대의 역사는 50년대에 와
가지고 또다시 고스란히 되풀이가 됐다. 그리고 60년대에 와서는 더

욱더 심해져 아예 수백만, 수천만의 사람을 마구 때려잡는 대광란, 대공포의 형태로 되풀이가 됐다.

그렇다면 개혁, 개방의 시대에 이르러 낡은 '프롤레타리아 용사'들은 다 찬 서릿바람 앞의 누리 떼 모양 멸종들이 돼 이 땅 위에서 사라져 버렸는가?

대답은 부정적이다. 지금 일이 돼 가는 꼴을 볼라치면 일찍이 '반우파 투쟁' 때 숱한 사람을 물어먹어 소문이 사나울 대로 사나웠던 일부 '프롤레타리아 용사'들이 이날 이때까지 아무러한 반성의 기미도 보이지 않을 뿐더러 도리어 버젓하게 공로자 행세를 하려 들기까지 하고 있다.

지나간 잘못에 대한 철저한 비판이 없으면 그 잘못은 아무 때 가서라도 꼭 다시 되풀이되고야 만다는 것을 우리는 알아야 하겠다. 역사의 비극은 영원히 되풀이되지 말아야 한다. 그러기 위해서는 악랄한 '프롤레타리아 용사'들이 발을 붙일 단 한 치의 땅도 내주지를 말아야 한다.

가증스런 '프롤레타리아 용사'들의 비열한 협공 작전 속에서 운명하는 그날까지 무소위(無所謂)의 정신으로 선전 분투한 로신, 그는 우리 진보적 작가들의 영원한 귀감이다. 그리고 또 우리들이 항시 우러러 받드는 위대한 스승이다.

1997년 3월

홍명희 문학, 그 놀라운 글재주

　나는 홍명희 선생을 만나 뵌 적이 없다. 하지만 그 아드님 기문 씨와 는 잘 아는 사이다. 더구나 쌍둥이 따님 중의 동생인 무경 씨와는 그저 보통으로 잘 아는 정도가 아니게 잘 아는 사이다.

　홍명희 선생의 대하소설 《림꺽정》은 본 세기 20~30년대에 〈조선 일보〉에 연재가 되던 때부터 나하고 인연을 맺었다. 당시 중학생이었 던 내가 목도(木刀)를 들고 림꺽정의 검술을 흉내 낸다고 세 살 맏이 외삼촌하고 가로등 밑에서 격검(擊劍)을 하다가 순찰 돌던 일본인 순 사에게 주의를 받던 일이 바로 어제 같다. 65년 전 서울에서 있었던 일이다.

　이 근년 나이를 먹어 가며 점점 더 《림꺽정》에 심취를 해 그 진수(속 고갱이)에 근접을 하면 할수록 매료가 돼 아예 시공 세계를 잊어버릴 지경이다.

　우리 다 같이 그 놀라운 글재주를 한번 감상을 해 보자.

마루 끝에 섰던 애기는 앞으로 나와서 납신 절하고 마루 아래 섰던 백손이는 올라와서 꾸뻑 절하였다.

이 간결함, 그 생동감, '납신'과 '꾸뻑' 속에 한 장(場)이 살아서 숨을 쉬고 있다.

이때까지 싱글싱글 웃고만 있던 오가가 "여게 오주." 하고 불러 놓고, "자네는 지금 여편네 맛이 단 줄로 알 테지만 그것이 본맛이 아닐세. 여편네는 오미 구존한 것일세. 내 말할 게 들어 보려나. 혼인 갓 해서 여편네는 달기가 꿀이지. 그렇지만 차차 살림 재미가 나기 시작하면 여편네가 장아찌 무쪽같이 짭짤해지네. 그 대신 단맛은 가시지. 이 짭짤한 맛이 조금만 쇠면 여편네는 시금털털 개살구루 변하느니. 맛이 시어질 고비부터 가끔 매운맛이 나는데 고추 당추 맵다 하나 여편네 매운 것을 당하겠나. 이 매운맛이 없어지게 되면 쓰기만 하니." 하고 오가가 너덜거리는데 오가의 마누라까지도 다른 사람과 같이 웃었다.

입심 좋고 흥감스러운 오가의 너덜거리는 모습이 눈앞에 선한 중에 인간 생활의 기미(機微)가 엿보인다. 피(被)묘사 대상인 '오가의 마누라도 다른 사람과 같이 웃었다'는 가히 화룡점정이랄 수 있을 것이다.

한 짐을 풀으니 그 짐에는 상어, 광어 등속이 차곡차곡 재여 있었다. 포교(경찰)들이 들척들척해 보고 또 한 짐을 풀으니 그 짐에는 오징어, 가오리 등속이 가로세로 넣어 있었다. 포교들이 쑤석쑤석해 보고 다시 또 한 짐을 풀으니 그 짐에는 전복 꼬치와 홍합 줄이 상자에 그들먹하게 들어 있었다.

이것은 청석골패가 어물장들로 변장을 하고 옥을 깨러 가다가 나루터에서 포교늘에게 기찰(검문)을 당하는 장면이다.

'차곡차곡 재여 있는 건 들척들척해 보고', '가로세로 넣어 있는 건 쑤석쑤석해 보고', 그리고 또 한 짐에는 '상자에 그들먹하게' 들어 있다. 놀라운 세부 묘사라 아니 할 수 없다. 음미하면 할수록 경탄성(敬歎聲)을 자아내는 대목이다.

방 밖에 섰던 졸개 계집들이 "대장께서 듭십니다." 외치는 바람에 방 안의 여러 사람이 일시에 모두 일어났다. 혹은 웃간에서 대청으로 나가고 혹은 아랫간에서 웃간으로 내려갔다.

꺽정이가 이야기를 하려고 돌아서니 황천왕동이는 리봉학이 뒤에 섰다가 옆으로 나서고 신불출이와 곽능통이는 황천왕동이 섰던 자리로 들어섰다.

이 두 장면에서는 다들 각자의 신분에 따라 적합한 자리로 옮기고 있다. '웃간에서 대청으로' 나간 것은 신분이 자칫 낮은 축이요, '아랫간에서 웃간으로' 내려간 것은 자칫 높은 축이다. '웃간'은 말하자면 '이등 칸'인 셈이니까 '내려가는' 것이다. 그러니까 '아랫간'이 '일등 칸'인 셈.

황천왕동이는 리봉학이의 동생뻘이니까 그 뒤에 섰다가 '옆으로 나서고' 또 신불출이와 곽능통이는 황천왕동이보다 신분들이 낮으니까 '황천왕동이가 섰던 자리로' 들어선다.

이상의 두 장면에서는 행동하는 사람들의 신분의 고하(높음과 낮음)나 친소를 구태여 밝히지 않더라도 저절로 그것이 다 알려진다.

사직단 위에 지는 달이 걸리고 성산(城山) 허리에 자는 구름이 둘렸는데 어디서 개 짖는 소리가 나다가 그치고 인적은 괴괴하였다.

화살은 빨래줄같이 건너가고 팔맷돌은 별똥같이 흘러갔다.

서너 놈은 칼 맞고 거꾸러지고 네댓 놈은 칼 무서워 들고뛰었다.

한바탕 싸움이 벌어지기 전의 정적과 죽기를 기 쓰며 맞붙어 싸우는 장면이 멋지게 어울려 마치 한 편의 교향시를 연주하는 것과도 같다.

꺽정이가 천왕동이하고 동행한단 말에 애기 어머니는 "그럼 죽산(竹山)은 언제 갈라고." 하고 꺽정이더러 말하니, 그 말속에는 청석골을 가는 것이 부질없단 뜻이 숨겨 있고, 백손 어머니는 "갔다 와선 가지 못해요." 하고 꺽정이 대신 말하는데, 그 말속에는 동생을 봉산까지 데려다 주었으면 좋겠단 뜻이 들어 있었다.

애기 어머니 말속에는 청석골을 가는 것이 부질없단 '뜻이 숨어' 있고 백손 어머니의 말속에는 동생을 봉산까지 데려다주었으면 좋겠단 '뜻이 들어' 있다. 애기 어머니가 노숙한 여인인 반면 백손 어머니는 길이 들지 않은 생매와 같은 요량이 부족한 여자인지라 전자의 말속에는 완곡하게 '뜻이 숨어' 있고 후자의 말속에는 그저 예사롭게 '뜻이 들어' 있는 것이다.

이 얼마나 섬세한 구분인가. 성격에 따라 말을 하는 투도 다 제각각인 것이다.

봉산 이백십 리를 곧 해지기 전에 갈 것같이 말들을 빨리 몰리었다. 우봉(牛峰)땅 들어와서 흥의(興義) 역마 갈아타고 평산땅 잡아들며 김암(金岩) 역마 갈아타고 평산 읍내 언뜻 지나 보산(寶山) 역마 들어오니 해는 한낮이 이미 지났고 금교서 온 리수(里數)는 팔십 리밖에 안 되었다.

이 단락은 게거품을 물고 질주하는 역마들의 계주(이어달리기)를 대구법으로 처리한 한 악장의 템포가 빠른 '행진곡'이다. '대구법'이란 수사법의 한 가지로써 뜻이 상대되는 글귀나 또는 어조가 비슷한 문구를 병렬적으로 묘사해 문장의 미를 더하는 한편 뜻을 똑똑하게 하는 방법.

꺽정이가 리춘동이를 맞아들이느라고 자리에서 일어서니 아래, 웃간에 열좌하였던 여러 두령들도 모두 따라 일어섰다. 서림이, 박유복이, 배돌석이 세 사람 이외 다른 두령들이 김산이를 보고 잘 다녀왔나 인사를 하는 동안에 꺽정이는 방문 맞은편 첫자리에 앉았던 박유복이를 리봉학이 옆으로 올라앉게 하고 그 자리에 리춘동이를 청하여 앉히었다. 아랫간에는 꺽정이와 리봉학이와 박유복이가 느런히 앉고 박유복이 앞에 모꺾어서 리춘동이와 서림이가 어깨를 견주고 앉고 웃간에는 배돌석이, 길막봉이, 김산이 세 사람과 황천왕동이, 곽오주, 한온이 세 사람이 두 줄로 마주들 대하고 앉았다.

이 석차(席次)의 정정(井井)함과 그를 여실히 묘사한 필치의 노련함, 우리는 몇백 번을 죽었다 나야 이렇게 한번 써 보겠는지 생각만 해도 아득하다.

좌정한 뒤 꺽정이로부터 시작하여 아래웃간의 여러 두령이 김산이만 빼놓고 면면이 리춘동이와 초면 인사들을 하는 중에 리춘동이가 한온이의 얼굴을 물끄러미 바라보며 "서울 남소문 안 한 첨지 영감의 자제 아니시우." 하고 물어서 "네 그렇소." 하고 한온이가 대답하였다.
"우리는 구면인데 나를 몰라보겠소."
"전에 보였던지 의사무사한데요."
"내가 서울 있을 때 동무 반연으루 댁에두 놀러 갔었소."
"네, 그러셨던가요."
"별명으루 암맹꽁이란 사람은 잘 아시겠구려."
"아다 뿐이오. 그 사람이 내 유모의 큰아들이오."
"그래서 그 사람이 난전을 벌일 때 댁 첨지 영감이 밑천을 대주셨습니다."
"옳지, 인제 알겠소. 댁이 맹꽁이 난전에 있던 리서방이구려."
"그렇소. 내가 서울 있을 때 제일 사이좋게 지낸 동무가 맹꽁이였소."
"연못골 맹꽁이 집에서 우리가 만난 생각이 나우."
"그때 댁은 초립동인데 까불까불하더니."
"예, 여보, 점잖은 사람더러 그게 무슨 소리요."

"지금은 점잖지만 그때야 어디 점잖았소."

"하여튼 반갑소. 나는 당초에 못 알아보겠는데 용하게 나를 알아보셨소."

이 난락을 읽노라면 흡사 나 자신도 껑정이네 사랑방 한구석에 앉아 있는 것 같은 환각에 빠져들 지경이다.

대화의 자연스러움, 그 대화에서 흘러나오는 인간미 그리고 우리 민족 특유의 해학성, 홍명희 문학의 포근함이 읽는 이들을 아늑하게 감싸 주는 연유가 바로 여기에 있는 것이다.

억석이 딸 이야기가 난 뒤로 좌중의 여러 사람이 모두 지껄여도 입 한 번 뻥긋 아니 하고 앉았던 곽오주가 서림이의 하는 말을 듣고,

"우리가 거북할 게 무어 있담. 아비는 졸개루 대접하구 딸은 제수루 대접하면 그만이지."

하고 말하였다.

오가가 웃으면서 "배 두령의 안해를 제수루 대접하다니 배 두령이 자네 아운가." 하고 오주의 말을 책잡으니 오주가 콧방귀를 뀌며 "그럼 나이 어린 기집애를 형수 아주머니 대접하겠소." 하고 오가의 말을 뒤받았다.

"나이 어린 기집애라두 형 되는 사람이 데리구 살면 형수 대접해야지."

"형수루 대접하구 싶거든 하시우. 누가 말리우."

"자네는 제수 대접하구 나는 형수 대접하면 을축갑자루 셈판이 잘 되겠네."

오가의 말에 다른 두령은 고사하고 돌석이까지 웃었다.

이 한 단락은 데설궂고 무뚝뚝한 곽오주의 성격과 산전수전 다 겪어 능갈칠 대로 능갈친 데다가 입심까지 좋은 오가의 성격이 한바탕 어울려서 엮어 내는 코미디릴리프다. '코미디릴리프'란 연극, 영화에서 긴장된 대목에 우스운 장면을 섞어 지나친 긴장감을 늦추는 수법.

일반적으로 우리 소설의 대화 장면은 이런 아기자기한 맛이 덜한 게 흠이라면 흠이다.

리춘동이가 의관을 차리고 나와서 김산이와 같이 뜰아래 내려설 때 어떤 사람 하나가 허둥지둥 들어오며 "지금 이사 오신 줄 알구 뵈러 오는데 어딜 가십니까. 부리나케 오길 잘했구먼요." 하고 떠벌거리고 리춘동이 앞에 와서 허리를 한 번 굽신하였다. 리춘동이는 그 사람이 누구인지 언뜻 생각나지 않아서 김산이를 돌아보고 "누군가?" 하고 물으니 "뱀이를 몰라보십니까?" 하고 그 사람이 제 이름을 말하였다. 다시 보니 애꾸눈이가 유표한 로밤이었다.

"오 너냐. 저승사자가 눈이 없어서 너를 아직두 잡아가지 않구 놔뒀구나!"

"반가와서 하시는 말씀이라두 그런 방소 꺼리는 말씀은 아예 맙시오."

"너 같은 놈이 급살 맞아 죽지 않는 걸 보면 천도가 무심한 거야."

"듣기 싫어하면 더 하실 줄까지 뻔히 알며 자발없이 방소 꺼린단 말씀을 했지. 지금 앞으로 한 오십 년 더 살아 봐서 세상이 길래 신신찮으면 급살이라두 맞아 죽을랍니다."

김산이가 나서서 "예끼 미친눔, 저리 가거라." 하고 로밤이를 꾸짖고 "미친눔 데리구 실없은 소리 그만하구 어서 가세." 하고 리춘동이를 재촉하였다.

"여러 사람이 미쳤다구 놀리면 성한 놈두 미친단 말이 괴이찮은 말입디다. 여러분이 모두 나만 보면 미친눔이니 성한 눔이니 놀리시는 까닭에 내 마음에두 내가 성하지 않지 하는 생각이 드는 때가 있습니다."

하고 로밤이는 씨빌거리며 두 사람의 뒤를 따라오다가 고샅길 갈림에서 "틈 있는 대루 또 뵈러 옵지요." 리춘동이가 큰 소리에 놀라서 돌아보도록 소리 질러 인사하고 휘적휘적 다른 데로 가 버렸다.

강직하고 호방한 성격의 화적패 부(副)괴수 리춘동. 언제나 시퉁거리며 타고난 말재주로 한몫을 톡톡히 보는 옛 부하 로밤이. 이 두 사람이 주고받는 독특한 인사말. 들을수록 감칠맛 나는 우리말의 향연이랄밖에 달리는 더 어떻게 표현을 할 재간이 없다.

'갑'이 해도 그만 '을'이 해도 그만, '병', '정', '무', '기' — '경', '신', '임', '계'…… 누가 해도 다 그만인 말, 개성이 없는 말, 내용은 있어도 맛이 없는 말, 이런 말들을 쓸어버리기 전에는 아무도 세계 무대에 진출을 하겠다는 꿈은 꾸지를 말아야 한다.

우리는 자신이 '지방 작가'라는 것을 항시 잊지 말아야 한다. 외국에서 책 몇 권쯤 펴냈다고 자신을 중앙급이나 국제급으로 오인을 한다면 기필코 큰코를 다치게 될 테니까 말이다. 그러게 눈만 뜨면 '말'을 갈고 닦고 갈고 닦고…… 노상 말과 씨름을 하며 살아야 한다. 우리의 '말'은 그저 보통 아무나 하는 그런 '말'이 아니라 죽어라 하고 닦달질을 해 영롱한 광채가 나는 '문화적 언어'여야 하기 때문이다.

　얼마 있다가 한온이는 저의 아버지를 보러 가고 황천왕동이는 의관을 벗고 자리에 누웠다. 누운 뒤 얼마 아니 있다가 바로 잠이 들어서 자는 중에 "이 사람 일어나게." 한온이가 와서 깨웠다.

　"왜 일어나라나?"

　"술 먹으러 가세."

　"단야(短夜)에 무슨 술인가, 나는 잘라네."

　"오래간만에 만나서 술 한잔 같이 안 먹을 수 있나. 어서 일어나게."

　황천왕동이가 일어앉았다.

　"어디루 가잔 말인가?"

　"우리 작은마누라가 술상을 차려 놓구 기다리네."

　"그 술상 갖다가 여기서 먹세."

　"왜, 내 첩의 집은 더러워서 못 가겠나?"

　"쓸데없는 소리 고만두고 이리 가져오라게."

　"글쎄 왜 이리 가져오란 말이야?"

　"벗어 놓은 옷을 다시 주워 입기 귀찮거든."

　"쭉 찢어질 의관 다 고만두구 그대루 가자."

　"어딜 상투 바람으루 가잔 말이야."

　한온이가 황천왕동이를 잡아 일으켜 세우며 귀에 입을 대고 "도적놈의 주제에 의관은 다 무어냐?" 하고 웃으니, 황천왕동이도 지지 않고 "너는?" 하고 마주 웃었다.

　……

　한온이가 술을 마시고 잔을 가득 채워서 황천왕동이를 주며 "도적놈

도학군자 이 술 한잔 잡으시오." 권주가 흉내를 내었다.

"어른을 놀리면 종아리 맞는 법이야."

……

"술은 얼마든지 있네. 우리 실컷 먹어 보세."

"자네 술이 늘었네그려."

"전에 통히 접구두 못 하던 술을 지금은 한자리에 이삼십 배 예사 먹으니 굉장히 늘었지. 이게 선생님(림꺽정)한테 배운 술일세. 꺽 자 정 자 분이 검술 선생님이 아니라 검 자 빼구 술 선생님이야."

"우리 형님이 남의 집 자식을 버려 놨군."

남소문안패의 젊은 괴수 한온이와 청석골패의 젊은 두령 황천왕동이가 오래간만에 만나서 술판을 벌인다. 그 스스럼없는 사이에 얼기설기 서린 우정이 읽는 이의 가슴에 따스하고 아늑한 느낌을 보드랍게 안겨 준다.

"도둑놈의 주제에 의관은 다 무어냐."니까 "너는?" 하고 마주 웃는 장면, 술을 따라 주며 "도적놈 도학군자 이 술 한잔 잡으라."고 권주가 흉내를 내는 장면, 그리고 "검술 선생님이 아니라 검 자 빼고 술 선생님이라."고 너덜거리는 장면. 어느 하나 읽는 이의 미소를 자아내지 않는 데라곤 없다.

'문화대혁명' 시기 내가 추리구 감옥에서 '반혁명 현행범'으로 징역을 살던 때의 일이다. '망나니죄(유맹죄(流氓罪))'로 들어온 젊은 녀석들은 곧잘 "어이, 왕청 망나니, 요즘 지내는 재미가 어떤가?" "오, 연길 망나닌가? 재미 그저 쏠쏠하지. 배가 고픈 것만 빼놓군." 이런 식으로 수작을 하고는 친근스레 마주 보며 재미스럽게 웃는 것이었다.

도적놈도 그렇고 망나니도 그렇고 '갈 데까지 간' 처지들이니까 저네끼리는 피차간 예사 직업에 종사하는 양민으로 보이는 모양이었다. 하긴 정치범들도 역시 마찬가지였다. 우리 '반혁명분자'끼리는 다들 그 어마한 죄명을 별로 대수롭게 여기지를 않았었다.

꺽정이가 한나절 김 씨와 같이 있다가 밤에 다시 오마고 말하고 의관을 차리고 원 씨의 집으로 왔다. 오래간만에 원 씨가 만든 맛깔진 음식으로 점심을 먹고 원 씨와 둘이 방에 앉아서 이야기를 할 때 동자치가 열어 놓은 방문 앞에 와서 원 씨를 들여다보며,

"아씨, 심미실이가 선다님 오신 걸 알구 보이러 왔다는데 어떡해요?" 하고 물었다. 꺽정이는 심미실이란 사람이 누구인지 몰라서 "누가 왔어?" 하고 채쳐 물은즉 원 씨가 웃으면서 "담 너머 집 하인이 보이러 왔나 봐요." 하고 말하었다.

"담 너머 집 하인이라니?"

"로가 말씀이오."

"그놈이 왔으면 그대루 들어올 게지 무슨 연통이람."

"로가가 사람이 하두 흉물스럽다기에 내가 집안에 들이지 말라구 일러두었어요."

꺽정이가 고개를 끄덕이고,

"그런데 심미실이란 무어야. 로밤이가 변성명을 했나?"

"집의 할멈이 자살궂게 그런 성명 같은 별명을 지어 놨어요."

"심미실이란 성명에 무슨 뜻이 있나."

원씨가 마루에 앉아 있는 할멈쟁이를 내다보며,

"할멈, 심미실이 무슨 뜻이냐고 물으시네."

별명 지은 사람더러 그 뜻을 말하라고 하니,

"아씨가 잘 아시면서 왜 할멈을 끌어대시여? 할멈은 정신이 사나와서 잊었습니다."

할멈쟁이가 딴청을 썼다.

"무슨 말하기 어려운 뜻인가."

꺽정이 묻는 말에 원 씨는 아니라고 고개를 가로흔들었다.

"그럼 왜 서루 미루구 말을 안 해."

"심은 심술망나니, 미는 미치광이, 실은 실본이라나요."

꺽정이가 심미실의 뜻을 듣고 한바탕 껄껄 웃은 뒤 동자치를 보고 "심미실이를 들어오라구 그러게." 웃음의 소리로 말을 일렀다.

동자치가 밖으로 나간 지 한참 만에 먼지 케케앉은 갓을 쓰고 툭툭한 무명 홑두루마기를 입은 로밤이가 가장 틀을 짓고 뚜벅뚜벅 걸어 들어오더니 마당에도 서지 않고 뜰에도 서지 않고 바로 마루 위로 올라왔다.

"어디루 올라가!" 동자치가 뒤따라 들어오며 나무라고 "천둥했나!" 할멈쟁이가 한옆으로 피해 앉으며 욕하는데, 로밤이는 모두 못 들은 체하고 안방 문앞에 가까이 와서 내다보는 꺽정이에게 공손히 문안을 드렸다.

"잘 있었느냐?"

"네, 덕택으루 잘 지냅니다."

"네 처에게 구박이나 맞지 않느냐?"

"제 첩년이 저라면 끔뻑 죽습니다. 구박이 다 뭡니까? 그리구 사내쳇것이 기집년에게 구박을 맞구야 갓철대를 이마에 붙이구 다닐 수가 있습니까."

"저놈이 첩이라구 하다가 기집에게 뺨을 안 맞을까."

"처나 첩이나 기집은 마찬가집지요. 저두 선다님을 본받아서 적서(嫡庶) 분간을 않습니다."

"누굴 본받아? 이 미친눔아!"

"선다님께서 저를 데리구 실없이 하시느라구 미친눔 패호를 채워 주셔서 치마 두른 사람들까지 저를 아주 미친눔으로 돌립니다. 창피해서 죽겠습니다. 제발 덕분에 이제부턴 실없는 말씀이라두 미친눔, 성한 눔 하지 맙시오."

"저눔이 아주 미치잖았나."

"선다님 야속두 하십니다."

"고만 가거라."

"네."

로밤이가 그제야 돌아서서 할멈쟁이를 보고,

"각 골 아전은 원님 있는 동헌 마루에 못 올라가지만 장교들은 장막의(將幕儀)를 차려서 올라가는 법이요. 나두 선다님의 막하(幕下)니까 마루에 올라와서 문안을 드린 것이요. 아무리 여편네들이라두 그런 것쯤은 알아야 하우."

말하고 뜰 위에 내려서다가 머리를 돌이켜서 원 씨를 보고 "제가 업어 뫼실 때보다 퍽 수척하셨구먼요." 말하는 것을 "이눔." 꺽정이가 호령하니 "아니올시다." 하고 목을 자라같이 움츠리고 허둥지둥 밖으로 나갔다.

이 한 장면의 묘사를 나는 우리 민족 문학(조선, 한국, 중국, 러시아, 일본 및 미국에서 지금까지 발표된 모든 한글로 쓴 작품을 망라한) 중의 절정이라고 서

습없이 단언을 하련다.

　이 한 장은 의심할 바 없이 꺽정이, 원 씨, 할멈, 동자치 그리고 로밤이가 빈틈없이 한데 어우러져서 멋들어지게 펼쳐 놓은 우리말과 우리 풍속의 제전(祭典)인 것이다. 조금 달리 표현을 한다면 민족의 언어와 전통적인 생활 양식의 페스티벌, 곧 사람을 '죽여주는' 페스티벌인 것이다. '페스티벌'이란 지금 세계에서 널리 쓰이고 있는 말로써 '행사' 또는 '축제' 따위를 일컫는 말이다.

　우리가 실제의 생활에서 여러 사람이 한 테이블에 둘러앉을 때 보통은 그저 빙 둘러앉기 마련이다. 그러나 연극이나 영화에서는 반드시 관중 쪽으로 향한 한 면을 터놓는다. 실생활과는 좀 다르다. 하지만 우리는 이를 하등의 무리도 없이 받아들인다. 부자연스럽게 느끼지를 않는다. 왜냐면 그것은 필경 '예술'이기 때문에.

　이런 면에서 한국 영화 〈장군의 아들〉은 철저한 실패작이다. 알쭌한 깡패들을 애국자, 반일투사로 둔갑시킨 그 내용은 애당초에 이야기할 거리도 못 되므로 각설하고 그 용어(언어)에 대해서만 몇 마디 언급을 하고자 한다.

　우리 중국에서는 영화나 텔레비전 드라마에 나오는 일본인들이 '빠가야로(멍텅구리)', '요시(좋다)' 따위 짤막한 말 몇 마디만 일본말로 하고 그 나머지는 다 중국말로 한다. 미국 영화 〈쉰들러의 리스트(명단)〉에 나오는 독일인, 유태인들도 모두 본국 말이 아닌 영어를 구사한다.

　실제의 생활에서는 도저히 있을 수 없는 일들이다. 하지만 우리는 아주 자연스럽게 이를 받아들인다. 왜냐면 그것은 필경 '예술'이기 때문이다.

　반면 〈장군의 아들〉에 나오는 일본인, 중국인들은 제각각 제 나라 말을 한다. 그런데 문제는 그 말들이 너무나 서툴고 또 어색해 마치 엉성하게 조립한 로봇(기계 사람)들이 하는 말처럼 아무 감정이 없다. 억양도 없고 악센트도 없다. 그뿐더러 말 그 자체가 현실과 너무나 동떨어져 도대체 무슨 귀신이 우는 소리인지 알아들을 재간이 없는 것이다.

감독 양반의 본의(본뜻)는 실감을 내기 위해 한 노릇일 테지만 결과적으로는 '혹 떼러 갔다가 혹 붙인' 격이 돼 버렸다. 이는 관중의 감상력을 믿지 않았거나 너무 얕잡았기 때문에 빚어진 후과일 것이다.

《림꺽정》에서 작가는 언어 예술의 거장으로서의 놀라운 재능을 유감없이 발휘했다.

이렇게 쓰다 보니 불현듯이 떠올려지는 한 작가가 있다. 다름아닌 러시아의 안톤 체호프다. 그는 '나폴레옹 법전'만큼이나 한 점의 군더더기도 없는 정갈한 언어 체계를 구사한 인물이다.

연극에서 무의미한 장면은 없다. 1막에서 주인공이 기침을 하면 3막에서는 결핵에 걸려야 하고 또 벽에 장총이 걸려 있으면 반드시 총격이 따라야 한다.

이것이 체호프 희곡론의 요체다.

이는 소설에서도 마찬가지다. 군더더기가 필요 없고 무의미한 장면이 필요 없기는 소설도 역시 마찬가지다.

벽초(碧初, 홍명희 선생의 호)도 역시 체호프처럼 '한 점의 군더더기도 없는 정갈한 언어 체계를 구사'한 작가다. 그리고 그의 소설에서도 '기침'은 으레 '결핵'에 연결이 되기 마련이고 또 '장총'에는 반드시 '총격'이 따르기 마련이었다.

'나폴레옹 법전'이란 프랑스의 나폴레옹 1세가 재위 중에 제정한 법전. 그 구성의 엄밀, 정확함과 그 표현의 간결, 명료함은 근대적 법전의 모범이 돼 근대 여러 나라 법전의 본보기로 됐음.

　홍명희 문학은 우리 민족 문학의 금자탑―불멸의 금자탑이다. 이상으로 그 편린이나마 소개를 한 게 된다면 다행이다.

1997년 6월

이와의 전쟁

이 '이'는 '이(蝨)'다. '이(齒)'가 아니다. '이 잡듯 한다'의 '이', '이가 칼을 썼다'의 '이'다. 한문자를 섞어 쓰면 이런 까다로운 설명은 필요가 없으련만. 때로 맥도 모르고 '순한글'만을 붙좇다나니 이 모양 이 꼴이다.

항일 전사

반세기도 더 지난 지금에 와서는 어지간히 다 식어 버렸지만 해방 직후나 건국 초기에는 그래도 '항일 전사'라면 좀 뜨르르했었다. '항일의 봉화 타오르는 태항산' 운운하면 혁명적 낭만주의가 마치 순주 (醇酒)인 양 일부 젊은이들을 도취시키기도 했었다.

이러한 '항일 전사'의 하나였던 내가 오늘 이 글에서 다루려는 것은 좀 몰풍류스러운 소재로써 '이'에 관한 것이다. 다시 말해 '이'하고

'전쟁'을 벌이던 이야기인 것이다. 내 경험에 따르면 전쟁과 '이'는 공생(함께 삶)을 하는 사이로서 시종일관 붙어 다니기 마련이다.

미하일 숄로호프의 《고요한 돈》에 이런 단락이 있다.

몸에 맞는 깨끗한 군복들을 입고 담배를 피우며 병사들의 교련을 지켜보고 서 있는 장교들, 그리고리는 그들과 자신 사이에 넘을 수 없는 장벽이 가로막혀 있음을 피부로 느꼈다. 그들에게서는 카자크답지 않은 화려한 생활이 규칙적으로 맥박 치고 있었다. 불결을 모르고 '이'를 모르고 그리고 하사관들의 기합의 공포를 모르고 규칙적으로 맥박을 치고 있었다. '기합'이란 비공식적인 체벌.

그러니까 일반 병사들은 불결과 '이'와 기합의 공포 속에 그날그날을 살아야 하는 것이다. 무서운 것은 적군의 총탄, 포탄만이 아니었던 것이다.

그리고리가 무릎을 꿇었다. (전란 중에 피난을 다니다가 티푸스에 걸려서 사망을 한) 아버지의 얼굴을 마지막으로 한 번 자세히 들여다보고 그리고 영원히 잊지 않기 위해서였다. 그러나 그는 곧 두려움과 혐오감으로 저도 모르게 몸서리를 쳤다. 밀랍같이 창백해진 아버지의 얼굴에는 '이'들이 한 겹 폭 덮여 가지고 오글거리며 기어다니고 있었던 것이다. 움푹 꺼진 안확(눈구멍)에도 그리고 뺨과 턱의 주름살들에도 '이'들이 꼴딱 들어차 있었다. 그 '이'들은 마치 한 폭의 움직이는 거즈 모양 얼굴을 뒤덮고는 수염 속으로 기어들어 가기도 하고 또 눈썹으로 기어오르기도 하는 것이었다. 그리고 외투의 꽛꽛한 깃에까지 잿빛의 '이'들이 한 겹 쫙 깔려 있는 것이었다.

‘이’와 전쟁의 공생 관계를 이보다 더 극명하게 재현을 해낸 작가는 아마 이 세상에 둘도 없을 것이다. 프랑스의 반전(反戰) 작가 바르뷔스의 제1차 세계대전을 다룬 장편소설 《포화(砲火)》에도 ‘이’에 시달리는 프랑스 병사들의 모습을 리얼(실제적)하게 묘사한 단락이 있다.

그러나 아직까지 ‘항일 전쟁’과 ‘이’의 공생하는 상황을 소재로 다룬 작품은 내가 알고 있는 한 있는 것 같지가 않다. 우리는 태항산 시절 몸에 ‘이’가 들끓으면 시냇가에 나가 빈 석유 초롱을 모닥불에다 올려놓고 안팎옷을 몽땅 벗어서 ‘팽(烹)’을 했었다. ‘팽’이란 옛날에 죄인을 끓는 물에 삶아 죽이거나 또는 끓는 기름 가마에 들이뜨려 튀겨 죽이던 형벌.

겨울에는 ‘이’투성이의 속옷들을 맹물에 헹궈서 내다 널어 얼궈 죽이기도 했다. 그러나 모진 놈은 감기 고뿔 하나 아니 걸리고 포동포동 살아남아서 애를 먹이는 까닭에 전과가 그리 혁혁하지를 못했다. 전멸을 시키기에는 역부족이었던 것이다.

이 몰풍류스러운 ‘이’ 이야기는 항일 전사(戰史)에 에피소드나 한 측면 묘사쯤으로 수록을 하는 것도 과히 해롭지는 않을 성싶은데 사학자 분들의 의향이 어떠신지를 모르겠다.

이런 감옥 저런 감옥

나는 타고난 팔자 탓인지 아무튼 군복무라는 것도 이 군대 저 군대 여러 군대에서 나눠 한다는 영광을 지녔었다. 국민당 군대에도 있어 보고, 신사군에도 있어 보고, 팔로군에도 있어 보고, 또 조선 인민군에까지 있어 봤으니까 말이다. 어디 그뿐인가. 징역을 살아도 한군데 붙박혀 살지를 아니하고 여기저기 떠다니면서 살았다. 일본 감옥에서도 살아 보고(4년), 중국 감옥에서도 살아 보고(10년) 했으니까 말이다.

일본 감옥에서는 한 주일에 두 번씩 목욕을 시켰었다. 태평양 전쟁 말기, 패색이 짙은 가운데 날마다같이 미군의 폭격기들이 날아와 폭탄 세례를 퍼부어 대는데도 이 '한 주일에 두 번씩'은 변함이 없었다. 8월 15일에 무조건 항복을 한 뒤에도 역시 마찬가지로 이 '한 주일에 두 번씩'은 변함이 없었다.

그뿐만 아니라 복역수들의 안팎 수의는 몽땅 구내 세탁소가 적시에 세탁을 해 주는 까닭에 애시당초 '이'라는 게 생겨날 여건이 존재하지 않았다. 말하자면 원천적으로 봉쇄를 해 버린 셈이다.

반면 중국 감옥에서는 최저한 내가 복역을 했던 추리구 감옥에서는 일 년 열두 달 삼백예순다섯 날 아예 목욕이라는 걸 시키지를 않았다. 목욕을 하는 설비 자체가 없었던 것이다.

그리고 구내 세탁소라는 건 아무도 들어 본 적이 없는 상황이었으므로 안팎 수의를 다 복역수들이 제 손으로 빨아 입어야 했다. 한데 예상 밖으로 그게 그리 여의치가 않았다. 감방 동료들이 '냄새 난다, 더럽다'며 종주먹을 들이대야 겨우 꿈지럭거려 빨아 입는 시늉을 하는 녀석들이 얼마든지 있었기 때문이다. 그나마 고작해야 일 년에 몇 번쯤 마지못해.

이런 '이'를 양산해 내는 가공할 온상들하고 배좁은 통칸(60명씩 수용하는 감방)에서 빽빽이 끼여서들 자야 하기에 때를 만난 '이'들이 거침새 없이 넘나드는 바람에 제아무리 몸 간수를 잘하는 놈일지라도 별수 없이 똑같은 '이'꾸러기로 돼 버리기 마련이었다.

감옥 당국도 이런 사정을 잘 알고 있는 터라서 두어 달에 한 번꼴로 '이약'이라는 잿빛 가루를 내줬었다. 그 잿빛 가루를 몸에다 바르면 아닌 게 아니라 한 닷새쯤은 그 극성스럽던 '이'들이 싹 자취를 감추곤 하는 것이었다. 정말 신통스러울 지경이었다.

그러나 한 주일쯤 지나면 일시 피난들을 갔다가 돌아왔는지 어쨌는지 아무튼 모두 컴백들을 해 도로아미타불이 돼 버리곤 하는 것이었다. 그리고 또 한 주일가량이 지나면 다시금 지난날에 조금도 못지않은 전성기로 접어들곤 하는 것이었다. '컴백'이란 회복 또는 돌아옴.

《아Q정전》 보정판(補正版)

로신의 《아Q정전》에 이런 단락이 있다.

햇빛받이 담 밑에서 왕털석부리가 옷통을 벗고 앉아 '이'잡이를 하고 있었다. 이것을 보자 아큐도 갑자기 몸이 근질근질해 나는 것 같아서 바로 그 옆에 가 앉아 옷통을 벗고 '이'잡이를 시작했다. 그런데 웬 까닭인지 아무리 애를 써도 잔다란 '이' 서너 마리밖에 더 잡혀 주지를 않았다. 반면 왕털석부리는 쉼 없이 한 마리 또 한 마리, 때로는 두 마리씩 세 마리씩 입 안에다 들이뜨리고는 자끈자끈 기세 좋게 씹어 대고 있잖은가.

이에 크게 실망한 아큐가 저도 큰 놈을 몇 마리 좀 잡아 보려고 눈이 화등잔이 됐으나 천신만고 끝에 잡았다는 게 고작 중치가 한 마리뿐. 그나마 입 안에 집어넣고 한번 꽉 깨물었더니 기껏 난다는 소리가 픽. 왕텁석부리의 기세 좋은 자끈자끈 소리에는 못 미쳐도 한참을 못 미쳤다.

추리구 감옥 제3중대(정원 120명)에서 내게 배정이 된 것은 정치범 조 맨 끝의 자리였다. 한데 유감스럽게도 그 자리는 파렴치범 조의 맨 끝과 서로 맞닿은 바로 접경선상에 위치했었다. 그리하여 나는 구태현(九台縣)의 농민 류사곤(劉士坤, 한족, 30대 초반)하고 느런히 누워서 자야 했는데 그 자리란 게 또 어찌나 배좁았던지 자다가 한 번 돌아눕기도 힘이 들 지경이었다.

류사곤은 무슨 병인가로 갓 죽은 동넷집 처녀를 데리고 살 욕심에 매장을 한 당야(그날 밤)에 무덤을 파헤치고 시체를 업어온 죄로 징역 십 년의 판결을 받았었다. 그러니까 정신이 온전치가 않다는 얘기가 되는 것이다. '문화혁명' 시기만 아니었던들 감옥으로 들어올 대신에 정신병원 행이 됐었을 위인이었다.

그런 위인더러 "찬물로라도 몸을 좀 닦아라." "제발 속옷 좀 빨아 입어라." 아무리 촉구를 해 봤자 '말 귀에 염불'이지 먹혀들 리가 없잖은가. 하물며 빨아 입을 속옷 자체가 없음에랴. 알몸에다 솜옷을 걸치고 긴긴 겨울을 나고 있음에랴. 그는 워낙 속옷을 차입해 줄 사람이 하나도 없는 고아의 신세였다.

이런 천하의 괴물딱지하고 근 3년 동안을 찰떡같이 딱 달라붙어서 살았으니 나 이 이른바 문화인족의 꼴이 뭐가 됐겠는가. 현명하신 독자 여러분께서 미루어 헤아리시라.

그렇긴 하지만 류사곤과의 접촉에서 의외의 소득도 바이없지는 않았다. 우리의 속담마따나 '상전의 빨래를 해도 발뒤축이 희어진다'는 걸까. 왕텁석부리와 아큐는 '이'를 잡아서 '자끈자끈' 씹어 먹거나

'팍' 하고 깨물어 먹지만 우리의 친애하는 감옥 친구 류사곤 씨는 그렇지가 않았다. 우리의 류 씨는 '이'를 온새미로 먹어 버리는 게 아니라 피만 빼먹고 껍데기는 톡톡 뱉어 버리는 것이었다. 흡사 해바라기 씨라도 까 먹는 것 같은 그 숙련되고도 또 재치 있는 입놀림, 한마디로 그것은 절기(絶技)랄밖에 없었다.

"임마, 더럽게 좀 굴지 마."

"더럽긴 뭐가 더러워? 내 피 내가 도루 찾아 먹는데!"

"'이' 피하구 사람의 피가 어떻게 같으냐, 이 멍텅굴아. 그럼 빈대두 잡아먹어얄 게 아냐."

"(눈방울을 굴리며) 먹은 밥알이 곤두서나? 웬 참견질이야!"

비록 남의 충고라는 걸 받아들이는 법은 절대로 없다지만서도 그래도 우리의 류사곤 씨가 왕텁석부리나 아큐보다는 인격적으로 한 단이 높은 것만은 틀림이 없는 것 같다. 왜냐면 미욱스레 '이'를 온새미로 다 먹어 버리지 않고 피만 빼먹고 껍데기는 톡톡 다 뱉어 버리니까 말이다.

1977년 12월 19일, 나의 지긋지긋하던 '이'와의 '전쟁'은 일단 휴전 상태에 들어갔다. 그 휴전 상태도 어느덧 20년.

제발 덕분 이런 '무슬(無虱) 상태'가 이내 몸이 세상을 뜨는 날까지 주우욱 지속이 돼 주기를. 동해물과 백두산이 마르고 닳도록 천년만년 주우욱 지속이 돼 주기를.

1997년 6월

우리 손녀

우리 집 유치원짜리 손녀더러 "할머니하고 할아버지하고 누가 더 고우냐?"고 물어보면 그 대답은 으레 "할머니가 더 곱습니다." "으으응?!" 내가 대번에 사자 울음을 하며 눈을 크게 뜰라치면 송구스러워진 손녀는 곧 눈을 내리깔고 "할아버지가 더 곱습니다." 속에서 끌어당기는 소리로 경정(更正)을 하게 마련이다.

일전에 장정일 씨의 첫 칼럼집 《사색의 즐거움》 출판기념회에 참석을 했다가 우리 손녀의 이 '경정' 이야기를 하고 '아마 어느 나라 언론인들을 본받은 모양'이라고 한마디를 덧붙였더니 다들 피식하니 회심처(會心處)가 있는 웃음들을 웃었다.

컵 속의 폭풍

—우리의 칼럼집이 찬송가책 같은 걸로 돼서는 안 되잖을까.

―칼럼이란 사회의 불합리한 현상을 비판하는 데다 보다 큰 비중을 둬야잖을까.

(그 모임에서) 이러한 취지의 발언을 하다가 나는 언론의 자유에 대해서도 언급을 했는데 그 골자인즉 대개 아래와 같다.

지금으로부터 150년 전에 영국의 수도 런던에서 독일인 망명가들인 칼 마르크스와 프리드리히 엥겔스가 《공산당 선언》을 발표했다. 이는 자본주의 나라 영국의 국시에 배치되는 것으로써 그냥 내버려두면 자산계급 정부의 존립을 위협할 가능성도 바이없지가 않은 사안이었다. 그러나 영국 정부는 사태를 지켜보기만 했을 뿐 구태여 간섭을 하려 들지는 않았다.

그리하자 사태는 점차 더 엄중해져 마침내는 국제공산당(제1인터내셔널)을 결성하고 세계 각국의 프롤레타리아 혁명가들과 노동운동가들을 불러 모아 성세가 호대(浩大)한 정치 활동을 벌이기에 이르렀다. 동방의 나라들 같았으면 벌써 비상이 걸려 계엄령을 내리고 군대와 경찰이 출동을 한 지도 옛날이었을 것이다. 하건만 영국 정부는 계속 사태를 지켜보기만 했을 뿐 해산 명령도 국외추방령도 내리지를 않았다. 한마디로 일체 간섭이라는 것을 하지를 않았던 것이다.

―너희들 어디 한껏 좀 날뛰어 봐라. 이 대영제국의 기반이 움쩍이나 하는가. 너희들의 그건 하잘것없는 '컵 속의 폭풍'이야.

자신만만한 영국 정부의 배포 유한 속셈이었을 것이다.

그때로부터 한 세기 반―150년이란 세월이 흘러간 지금 국제공산당은 제1인터내셔널, 제2인터내셔널, 제2반(半)인터내셔널 그리고 제3인터내셔널까지 다 이 지구상에서 자취도 없이 사라져 버렸다. 반면 연합왕국(영국)은 전보다 더 번성하게 더 강성하게 끄떡없이 존속을 하고 있다. 그러니까 정권을 장악하는 데 자신이 있는 정부일수록 언론에 대한 통제나 결사(結社)에 대한 통제를 덜 한다는 얘기가 되는 것이다. 국민당 정부를 좀 보라. 언론의 통제를 그 지경 극성스레 해 대더니 결국은 망해서 대만으로 도망질을 쳐 버리잖았나.

우리 칼럼니스트들의 사명이 나변(那邊)에 있는지는 이제 더 설명을 아니 해도 짐작들이 갈 줄로 안다. 제발 덕분 우리 유치원짜리 손녀처럼 말 바꾸기를 좀 하지를 말자. 우리 모두가 자란 이들이 아닌가. 고등 교육을 받은 엘리트들이 아닌가.

지난여름 두어 달 동안 허리앓이를 해 일을 할 수가 없어서 '에라 차라리 잘됐다'며 벌써부터 읽어 보고 싶던 책들을 적잖이 읽어 봤는데 그중에는 《일본공산당사》를 읽어 보고 적이 놀란 것은 제3인터내셔널 시기에 그 당의 명칭이 '일본공산당'이 아니고 '국제공산당 일본 지부' 였다는 점이다. 그리고 지구 저편 수만 리 밖에 있는 모스크바에서 먼 장질로 띄워 보내는 지령들이 시시각각 변화하는 일본의 국내 정세에 전혀 맞지를 않았다는 점이다.

마지막 국제공산당 제3인터내셔널이 해체가 된 것은 필연적인 귀결이었다. 출발점부터 벌써 비뚤어졌었기 때문이다. 더구나 십 년에서 20년 내에 일본도 반드시 사회주의 제도를 확립하게 된다는 주관주의적인 낙관론, 이 비현실적인 낙관론이 일본의 공산주의 운동에 끼친 해독은 심대한 것이었다. 그 한 예로 당시 어느 일본 회사원의 술회를 한번 들어 보자. 이 회사원인즉 비당원으로서 일본공산당의 기관지 〈아카하타(赤旗)〉를 애독하는, 다만 사회주의를 동경하고 있을 뿐인 20대 후반의 기혼 남성이다.

"부모님네는 월급을 타면 꼭꼭 얼마씩 저금을 해야 한다시지만 멀지 않아 사회주의 사회가 될 걸 생각하니까 그게 잘 돼 주지를 않는구먼요. 이제 곧 네 것 내 것을 가리지 않고 다 같이 잘 살게 될 텐데요 뭐."

'3년 동안만 간고 분투를 하면 공산주의 사회로 진입을 한다'며 들볶아 때리던 것과 똑같은 맥락의 몹시 들뜬 현상이었다고 할밖에 없다.

나도 한국의 지성인들을, 그러니까 작가, 교수, 언론인들을 적잖이 알고 있다. 한데 그들 가운데 리승만의 독재 시기나 박정희, 전두환의 군사 정권하에서의 감옥살이를 해 보지 않은 이라곤 거의 없었다. 이로서도 알 수 있는바 언론의 자유란 어느 자비로운 분께서 베풀어 주시는 게 아니라 지성인들 스스로가 쟁취를 해야 한다는 것이다.

이상이 기억을 더듬어서 간추려 본 발언의 요지다. 80여 년 동안을 줄곧 만가동(滿稼動)을 해 온 두뇌가 이젠 워낙 낡아져서 제대로 기능을 발휘해 주기나 했는지 모르겠다.

정말 팔로군이구먼요

"제발 나들이옷으로 좀 갈아입고 가세요. 볼썽사납게 그게 뭐예요. 헌털뱅이를 걸치고…… 아이 참."

"괜찮아요. 마대 쪼각을 걸쳤더라도 김학철인 줄이야 못 알아볼라구."

집사람이 안달하는 것을 대수롭잖게 받아넘기고 나는 최룡관 기자를 따라 록원호텔(출판기념회장)로 향했었다. 호텔들의 조명이 다 밝지 못하고 어둑시그레해 번번이 짜증을 내는 터라 아무렇게나 걸치고 가도 무사통과할 것으로 넘겨잡았던 것이다.

그러나 나의 이 안일한 속셈은 곧 빗나갔다.

"아 이거 정말 팔로군이시군요!"

바로 곁에 앉았던 정판룡 教授가 눈결에 내 상의의 겨드랑이가 해어져 너덜너덜한 것을 발견했던 것이다.

'로신도 옷차림을 너무 허술하게 하고 다니다가 은행원에게 사기꾼으로 오해를 산 적이 있잖은가. 이왕 로신을 따라 배울 바에는 옷차림새까지 다 따라 배우자꾸나.'

이런 생각으로 그러는 건 아니다. 다만 검소한 생활 습관이 워낙 몸에 밴 까닭에 시체(時體)에 뒤지는 '팔로군식'이 아예 천성처럼 돼 버린 것뿐이지.

연회가 끝난 뒤에 나는 호텔의 여주인이자 소설가인 박향숙 씨의 덕분으로 난생처음 가라오케라는 데를 한번 들어가 보았다. 원시인들의 동굴 속같이 어둑시그레한 실내에 남자들과 여자들이 수상스레 웅게 중게 모여 앉아 있는 게 볼만하기도 하고 또 볼만하기가 못 하기도 했다. 천장의 요란스런 조명등이 조신하게 좀 박혀 있지를 못하고 자꾸 빙글빙글 돌아가는 바람에 눈앞이 어른거려서 나는 곧 관청에 잡아다 놓은 촌닭 꼴이 돼 버렸다. 집에 가 손녀하고 뽀뽀나 하는 게 더 나을 것 같아서 나는 결례를 무릅쓰고 일찌감치 퇴장을 했다.

'우리 손녀'라는 귀염성스러운 제목을 달아 놓고 엉뚱한 '정치 논문'을 발표하는 행위는 '도저히 용납을 할 수가 없다'며 팔소매를 걷어붙이고 나서는 분들이 계실까 봐—아무래도 좀 걱정이다.

1997년 10월

활동 자금

비밀히 제공되는, 특히 대량으로 제공되는 '활동 자금'에는 언제나 무슨 위험이나 불상사 따위가 따르게 마련이다.

한국, 일본 등 나라의 정치인들이 정치 헌금(즉 활동 자금)을 잘못 받았다가 불명예스러운 옥살이를 했거나 또는 하고 있다는 사실을 우리는 익히들 알고 있는 터이다.

코민테른

'코민테른'이란 '제3인터내셔널' 즉 '제3차 국제공산당'을 일컬음이다. 코민테른은 모스크바에 설치된 그 집행위원회가 전 세계 57개 나라의 공산당들을 지도하다가 결성이 된 지 25년 만인 1943년에 해산이 됐다. 그러니까 세계 공산주의 운동은 벌써 반세기 이상이나 '국제당'이라는 통일된 조직이 없는 여건하에서 제각기 나름대로의 정치 활동을 전개하고 있는 것이다.

이는 하나의 최고 사령부가 6대주 5대양에 걸쳐 있는 수많은 정치 단체들을 일괄적으로 총지휘를 하겠다는 것은 복잡다단한 실정에 맞지를 않아 그 실현이 도저히 불가능한 발상이었음을 뒤늦게나마 깨닫게 해 준 역사적 교훈이었다.

머리말은 이쯤 해 두고─.

20년대와 30년대에 걸친 초창기의 일본공산당. 그러니까 국제공산당 일본 지부 시절의 일본공산당, 그 궤적을 한번 더듬어 볼라치면 우습기도 하고 또 한심스럽기도 한 일들이 여간 많지가 않다.

당시 일본공산당의 활동 자금은 거의 다 모스크바(코민테른 집행위원회)가 제공을 했었다. 한데 그 금액이 엄청나게 많아 때로는 몇천 달러, 또 때로는 몇만 달러에까지 이르렀다. 이를 지금의 시세로 환산을 한다면 적어도 오륙십 배는 잡아야 할 테니까 그 규모를 헤아리기는 과히 어렵지가 않다. 중앙위원 도쿠다 규이치(德田球一)가 모스크바에서 받은 운동 자금 2만 5천 달러를 수행원 고바야시 스스무(小林進)에게 맡겼더니 그런 뭉칫돈을 휴대하고 본국의 세관을 통과할 일이 곧 저승만 해 고바야시는 마침내 그 돈뭉치를 귀국하는 선상(船上)에서 바다에 처넣고 말았다. 그리고 그는 영영 종적을 감춰 버렸다. 1922년 5월의 일이었다.

이 사건은 75년이 지난 지금까지도 해명이 제대로 되지 않고 있다. 진상이 밝혀지지 않은 것이다. 그 녀석이 정말 겁이 나서 바다에 처넣고 도망을 쳐 버렸는지 아니면 돈을 송두리째 착복을 하고 허튼수작을 했는지 아무튼 영원한 수수께끼로 남아 버렸다.

운동자금을 허무하게 몽땅 날려 버린 일본 지부의 곤란은 어떠했을까. 더구나 그 돈이 다 소련 인민의 피땀이었을 것을 감안할 때 양심이 있는 사람이라면 그 누구도 가슴이 아프지가 않을 수 없었을 것이다.

일본 공산주의 운동의 선구자의 하나였던 곤도 에이조(近藤榮藏)는 상해에 설치돼 있던 코민테른 극동 지부에서 활동 자금 1만 3천 달러를 받아 가지고 귀국하던 도중 시모노세키에서 도쿄행 급행열차를 기다리는 동안 고급 요정에 들어가 기생들을 불러다 놓고 농탕을 치느라고 두 번씩이나 기차 시간을 놓쳤다. 그가 돈을 물 쓰듯 하는 데 의심을 품은 경찰이 그를 잡다가 "도대체 이 많은 돈이 다 어디서 났느냐."고 족친즉 "정치 헌금으로 외국인에게서 받았다."는 대답이 그의 입에서 나와 경찰은 새삼스레 아연할밖에 없었다.

일본 지부와 코민테른 사이를 오가던 연락원 기타하라 다츠오(北原龙雄)는 코민테른에서 건네준 당 재건 비용 5천 달러(현재의 시세로 약 25만 달러)를 받아 가지고 곧 행방불명이 돼 버렸다.

나중에 당원들이 그 녀석을 붙들어다가 족친즉 "자금을 늘이려고 미두(米豆)에 손을 댔다가 몽땅 날려 버렸다." 이런 터무니없는 대답이 나왔을 뿐 단돈 한 잎도 게워 내지는 않았다. 그 날도둑놈을 고소를 해 감옥맛을 한번 보여 줬으면 분이 좀 삭을 것 같기는 했으나 워낙 돈의 성질이 성질인 만큼 어디 가 고소를 해 볼 수도 없는 형편이라서 공산당은 그냥 묵새길밖에 별도리가 없었다. '미두'란 현물이 없이 쌀을 대상으로 해 거래하는 일. 현실의 거래를 목적으로 하는 게 아니고 미국의 시세를 이용해 거래하는 일종의 투기업.

현재의 일본공산당은 외국의 정치자금을 한 푼도 받지 않는다. 자체로 여러 가지 사업을 운영해 막대한 돈을 벌어 여유작작하게 쓰고 있기 때문이다. 현재 해당(該黨)의 활동 자금은 연간 백억 엔을 웃돈다. 이는 여당(집권당)인 자민당의 자금량을 능가하는 거액이다. 한마디로 지금의 일본공산당은 각 정당들 가운데서 가장 자금이 많은 부자 당이다.

1929년 10월 6일, 당시의 일본공산당 위원장 와타나베 마사노스케(渡邊政之輔)가 대만의 기륭(基隆)에서 경관을 사살하고 자살을 한다는 사건이 발생했다. 와타나베는 상해에서 코민테른 극동 지부 책임자 얀손을 만나고 귀국하는 길에 경찰의 눈을 피하기 위해 일부러 대만으로 에도는 루트를 택했었다.

수상 경찰서의 형사(일본인)가 배에 올라와 선객들을 임검(臨檢)하다가 와타나베의 거동이 아무래도 좀 수상한 것 같아서 그 소지품을 검사했더니 일본 돈 150엔, 미국 돈 800달러, 중국 돈 약간 등이 드러나는지라 형사는 그를 괴대(拐帶) 범인으로 감을 잡고 수상서(水上署)까지 동행해 줄 것을 요구했다. 그들이 탄 모터보트가 안벽(岸壁)까지 왔을 때 와타나베는 돌연 호주머니에서 소형의 브로닝 권총을 꺼내 형사를 사살했다. 그리고 안벽에 뛰어올라 약 50미터가량 뛰었으나 곧 육칠 명의 경찰관들에게 추격을 당해 도저히 몸을 빼칠 수가 없게 되자 그는 권총을 자신의 관자놀이에 대고 방아쇠를 당겼다. 그의 나이 29세였다. 거금을 휴대하지 않았더라면 혹시 걸리지 않았을지도 모를 일이었다.

있어서 탈 없어서 탈

코민테른에서 활동 자금이 계속 푸지게 흘러들어 오니까 당 중앙 지도자들 사이에 있어서는 아니 될 일─한심스러운 일이 일어났다. 지도자급 간부들이 비밀한 당 회의를 매번 다 고급 요정에 가 하고 또 회의가 끝나면 으레 술잔치를 벌이게 마련. 그리고 밤에는 꼭꼭 기생들을 불러다가 동침 동금(同枕同衾)을 했던 것이다.

5월에서 9월까지 다섯 달 동안에 요정 출입이 무려 90여 차례, 사흘에 한 번꼴로 드나든 셈이었다. 제일 많이 드나든 이는 훗날 기류에서 권총 자살을 한 위원장 와타나베 마사노스케로 모두 53회. 이를 필두로 33회짜리, 29회짜리, 홑 6회짜리 등등…… 창피스러운 통계 숫자가 지금까지도 문서로 남아 있다.

기생들 데리고 자는 것을 못마땅하게 여겨 단 한 번도 이에 동참을 하지 않은 지도급 간부는 단둘─나베야마 사다치카(鍋山政親)와 이치카와 세이치(市川正一)뿐이었다.

이에 관한 나베야마 사다치카의 술회를 한번 들어 보자.

"당의 회의 때문에 부득이 고급 요정을 이용하는 거라고 굳이 합리화를 하기는 했으나 역시 유흥의 비중이 컸던 것만은 사실이다. 정작 회의는 간단히 해치우고 서둘러 술판을 벌이거나 기생들을 데리고 자는 일이 많았던 것은 사실이다. 당시 모두가 20~30대의 젊은 이들이었으니까 악풍에 물들기가 쉬웠던 데다가 내일 어떻게 될지를 모르는 처지들이기까지 하다 보니 자연 그렇게 되지를 않았나 싶다."

이상은 있어서 탈, 다음은 없어서 탈.

불시에 들이닥친 검거선풍으로 당 중앙의 지도자들이 속속 검거를 당해 중앙위원 중에서 남아 있는 이라곤 하카마다 사도미(袴田里見) 단 한 사람뿐이고 보니 사정은 처량할 수밖에 없었다.

경찰의 눈을 피해 숨어서 살아야 하는 데다가 설상가상으로 코민테른이 제공하던 활동 자금마저 끊어져(여러 가지 복잡한 사정으로) 하카마다는 절체절명의 궁지에서 허덕여야만 했다. 게다가 평소에 끈히 운동 자금을 의연(義捐)해 주던 심퍼(협력자, 지지자)들까지 모두 앉은벼락을 맞아 풍비박산—잡혀가거나 숨어 버린 까닭—사태는 더욱더 암담해져 그야말로 적막강산이었다.

요행으로 검거망을 벗어난 당원 간부 셋이 한 아지트에 숨어서 사는데 외출복이 단 한 벌밖에 없어서 어디 외출을 할 때는 그 단벌옷을 셋이서 엇갈아 가며 입어야 했다. 게다가 먹을 것까지 아주 바닥이 나 버려 굶주리다 못한 나머지 고양이를 붙들어다가 삶아 먹어야 한다는 사태까지 벌어졌다.

하카마다의 저서《당과 더불어 걸어온 길》의 한 단락을 옮겨 보기로 하자.

　　이젠 당 중앙이래야 한 줌밖에 안 되는 사람들이 겨우 남았을 뿐, 활동 자금도 완전히 들나 버렸다.

　　세타가야(世田谷)로 몰래 이사를 온 뒤부터 안해는 삯바느질을 시작했다. 그리고 〈아카하다(赤旗)〉의 인쇄를 맡아보던 여동지 다니구치 미도리(谷口綠)는 우데나 화장품 공장에 여직공으로 취직을 했다.

　　안해가 버는 품삯은 한 달에 육칠 엔가량 그리고 다니구치 동지가 받는 월급은 15엔, 모두 해서 20엔이 조금 넘는데 집세 8엔을 떼고 나머지로 세 식구가 밥을 먹어야 했다.

　　이런 형편에서도 〈아카하다〉만은 계속 내야 하겠기에 나는 개목도리를 만드는 내직(內職)을 구해 매달 칠팔 엔씩을 벌어들였다.

　　이렇게 해서 10월 3일에 복간이 된 〈아카하다〉는 이듬해 3월에 내가 체포될 때까지 모두 7호를 발행했다.

이상이 '없어서 탈'이다.

어떠한 역경 속에서도 절대로 굴하지 않는 공산당원, 신념을 위해 개목도리를 만들어 가면서까지 끝끝내 분투를 하는 공산당원, 하카마다 사도미. 그의 숭고한 모습에는 고개가 절로 숙어진다. 그리고 그의 안해, 여동지 다니구치 미도리 다들 얼마나 고상한 인간들인가. 얼마나 사랑스러운 인간들인가.

1935년 3월 4일에 체포된 하카마다(전에도 감옥살이를 한 상습 정치범)는 10년 7개월 후인 1945년 10월 9일에 맥아더 사령부의 정치범 석방 명령으로 비로소 그 지긋지긋한 징역살이에서 풀려났다.

필자도 역시 같은 날 출옥을 해 3주일 걸려서 서울로 돌아왔다. 꼭 십 년 만의 서울이었다.

현재 일본공산당은 그 나라에서 유일하게 뇌물성적인 정치 헌금을 받지 않는, 받을 필요도 없는 깨끗한 정당─광명정대한 정당이다. '있어서 탈'도 없고 또 '없어서 탈'도 없는 자랑스러운 정당이다.

1997년 10월

학도병 아저씨

　'왜 우리의 절박한 생활 문제를 좀 다루지 못하고 밤낮 그런 호랑이 담배 먹을 적 얘기만 늘어놓느냐'고 분개한 독자분의 경멸 섞인 항의가 들어왔다. 지당한 말씀이다. 발명은 않겠다. 그러나 '절박한 생활 문제를 다룬' 졸고들이 이미 네댓 편이나 신문사와 잡지사 편집부들에 깔려 있어 질식사(숨막혀 죽음) 직전의 상태에 놓여 있다는 게 오늘의 현실이기도 하다. 어찌됐는가?

　30여 년 전에 쓴(홑 3년이 아님) '절박한 생활 문제를 다룬' 한 편의 소설 때문에 나는 지금 뒤숭숭한 나날을 보내고 있다. 30여 년 전에 쓴 소설 때문에 말이다. 강산이 세 번도 더 바뀐 이 시점에 와서까지도 말이다. 내가 부득이 '호랑이 담배 먹을 적 얘기'로 세월을 보내는 건 바로 이 때문이다. 시간이 아까워 곧 죽을 것 같지만—어떡할 건가!

　에라 모르겠다, 인생 백년에 시름 잊고 웃는 날이 몇 날이나 될 거라구. 듣기야 싫든 말든 '호랑이 담배 먹을 적 얘기'나 또 한 자루 해 보련다.

팁 50전

때는 1946년 3월, 곳은 서울의 장곡천정(長谷川町), 즉 지금의 소공동. 당시는 아직 거리 이름들을 바꾸지 않았었기에 일본식을 그대로 쓰고 있었다. 그리고 돈도 식민지 시대의 '조선은행권'을 그대로 쓰고 있었다. 물론 화폐 가치는 곤두박질을 쳐 원래 30전씩 하던 이발 요금이 3원쯤으로 껑충 뛰었다.

어느 날 자그마한 대중 양식점에 들러 늦은 아침을 먹는데 카레라이스 하나와 우유 한 잔을 주문했더니 계산서가 2원 50전으로 나왔었다. 나올 때 1원짜리 석 장을 식탁 위에 놓고 나왔더니 얼마쯤 왔을 때 등 뒤에서 "아저씨, 아저씨." 부르는 소리가 났다.

나하고는 상관이 없겠거니 여기고 그냥 뚜걱뚜걱 협장(脅杖)을 드던지며 걷는데 이번에는 그 들떼어 놓은 '아저씨'에 관형사 하나가 더 붙어서 '학도병 아저씨'로 변하는 것이었다. 무슨 일인가 해 걸음을 멈추고 뒤를 돌아본즉 스무 살 안팎의 양식점 웨이터(당시는 아직 '보이'라고 불렀었다)가 종이돈 한 장을 내흔들어 보이며 부지런히 나를 쫓아오고 있는 게 아닌가.

"거스름돈요, 아저씨."

고지식스레 50전을 굳이 건네려는 그 녀석의 상기한 얼굴을 쳐다보는 순간 나는 야릇한 느낌이 들었다.

"그냥 받아 둬요."

웃는 얼굴로 한마디를 던지고 다시 포도(鋪道)를 걸으면서 나는 생각이 많아졌다.

─학도병 아저씨라.

무리도 아니었다. 백만 장안에, 일본군에 끌려 나갔던 학도병이 아닌 부상병은 나 하나밖에 없었으니 그 녀석이 왜 '학도병 아저씨'라고 부르지를 않았으랴.

'허술한 차림차림으로 보아 가난한 학도병 아저씨가 틀림이 없는데…… 그런 이의 팁을 내가 어떻게 받는담.'

딱히는 몰라도 대개 아마 이런 속생각에서였을 것이다.

그 마음결 곱던 보이 녀석도 그 후 불과 4년 뒤에 들이닥친 전쟁에서 요행수로 살아남았다면 아마 이젠 손자, 손녀들의 재롱받이를 하는 칠십객이 됐기가 쉬울걸. 무정한 세월이 많이도 흘렀구나.

문득 떠오른 '학도병 아저씨'가 또 하나의 '팁 이야기'를 자아낸다. 어느 먼 나라의 짧은 글 한 편을 대충 한번 옮겨 보기로 하자.

이런 신사

지난번 과일아이스크림 값이 뚝 떨어졌을 때의 일이다. 한 열 살쯤 돼 보이는 사내아이 하나가 어느 호텔의 커피숍에 들어와 식탁 앞에 앉았다. 웨이트리스가 곧 다가와 서비스로 음료수 한 컵을 그 앞에다 놓아 주었다.

"과일아이스크림 일 인분 얼마죠?"

"50센트예요."

웨이트리스가 값을 알려 주었다.

사내아이는 호주머니에서 동전들을 꺼내 가지고 모두 얼마나 되나 세어 보았다.

"보통 아이스크림은요?"

빈자리가 나기를 기다리는 손님들이 여럿이 서 있는지라 웨이트리스는 좀 짜증스레 한마디를 흘뿌렸다.

"35센트요."

사내아이가 다시 한번 동전들을 세어 보고 나서,

"그럼 보통 걸로 하나 주세요."

웨이트리스는 보통 아이스크림 한 접시와 계산서를 한꺼번에 갖다 놓아 주고 서둘러 다른 손님들께로 가 버렸다.

사내아이가 아이스크림을 다 먹고 나서 셈을 치른 뒤 곧 커피숍을 나갔다.

이윽고 웨이트리스가 총총걸음으로 뒷거둠을 하러 왔다. 순간 그녀는 목안이 얼얼해 나는 것을 느꼈다. 눈앞에 벌어진 일이 믿어지지가 않았다. 반반히 먹어치운 빈 접시 바로 옆에 5센트짜리 동전 두 잎과 1센트짜리 동전 다섯 잎이 소복이 쌓여 있었던 것이다―그녀에게 주는 팁으로!

점보팁

'점보팁(jumbo tip)'이란 내가 만들어 낸 합성명사다. '점보'는 '초대급(超大級)'을 의미하고 또 '팁'은 물론 '계산밖에 따로 주는 돈'이다.

미국의 영화감독 스티븐 스필버그의 거작 〈쉰들러 리스트(명단)〉에 이런 장면 하나가 있다.

독일군의 장교 거트 소위가 게슈타포(나치스의 비밀경찰) 요원에게 청을 드는데 그 녀석이 성질이 깐깐해 청을 잘 들어주지를 않으니까 슬쩍 한번 타진을 해 본다.

"뭐가 문젠가, 돈 때문인가?"

"내게다 뇌물을 먹일 작정이요?"

게슈타포 녀석은 대뜸 안색을 변하며 시비를 차리려 든다.

그러자 거트 소위는 유들유들하게 "뇌물이 무슨 뇌물이야, 선물이지." 하고 얼렁뚱땅 넘겨 버린다.

이 거트 소위는 유태인들을 수용하는 강제노동수용소의 소장이다. 그는 수용한 유태인들을 독일인 기업가(공장주)들에게 노동력으로 제공을 하는데 뇌물을 받지 않고 거저 제공을 하는 법은 절대로 없다. 최고로 100마르크짜리 지폐가 그들먹한 트렁크를 송두리째 받아 챙기기까지 한다. 거트 소위는 이를 일컬어 '선물'이라고 한다. 그러므로 그는 일생 동안 단 한 푼의 '뇌물'도 받은 적이라곤 없다.

'뇌물'이든 '선물'이든 간에 '물' 자가 붙는 건 다 온당치가 못한 것 같으니 그럴 바엔 차라리 '팁'이라고 하는 게 어떨까. 액수가 적은 것은 그저 '팁'이라고 하고 또 액수가 굉장히 많아서 네 자릿수나 다섯 자릿수 이상이 되는 것들은 '점보팁'이라고 하는 게 어떨까. 만 원도 점보팁, 10만 원도 점보팁, 이렇게 하면 무난하지 않을까.

이제부터 우리 다 같이 우중충한 '뇌물 놀이'를 하지 말고 어엿하고 버젓한 '팁 놀이'를 하자. '점보팁 놀이'를 하자.

1997년 10월

가서(家書) 15행

　'가서'란 제 집에서 보내온 편지 또는 제 집에다 보내는 편지, 그러고 이 경우 '행'은 물론 '글줄'을 의미한다.

　이 글의 제목으로 된 '가서 15행'은 명나라의 시인 원개(袁凱)의 작으로 그 원문은―강수삼천리 가서십오행(江水三千里 家書十五行), '강에 가로막힌 삼천리 밖의 고향에서 보내온 편지가 고작 열다섯 줄'이라는 뜻이리라. 그 아쉬움을 시인은 이렇게 간결하게 단 열 글자로 표출을 했던 것이다.

　'가서'를 다룬 시는 동서고금에 헤아리기 어려울 만큼 많으나 그중 유명한 것은 아무래도 두보의 '춘망(春望)'이 아닌가 싶다.

　　봉화연삼월 가서저만금(烽火連三月 家書抵萬金)

　'난리를 알리는 봉홧불이 석 달을 이어 끊일 사이가 없으니 고향집 소식은 천만금을 주어도 값이 쌀 만큼 얻어 보기가 어렵다'는 뜻일 것이다.

옛날에는 전화나 전보 따위는 물론이요 애당초에 '우편'이라는 통신제도 자체가 없었으니까 편지란 으레 인편에 부치게 마련이었다. 그리고 마땅한 인편이 없을 때는 아예 전인(專人)을 띄워야만 했었다. 그리게 '무소식이 호소식'이란 말까지 생겨나지 않았나. 변고가 없으면 편지도 띄우지를 않으니까. 피차에 소식을 알리기가 이 정도로 어려운 시대에 살고 있는 사람들이었으니 어찌 '가서 15행'이 아쉽지가 않았으랴.

─만장지설(萬丈之說)을 좀 써 보내지 못하구!

더구나 난리판에 집 소식이 감감하니 '가서 한 통이 천만금 맞잡이'라고 탄식을 왜 아니 했으랴.

서두가 너무 좀 길어졌다.

볼펜족과 컴퓨터족

몇 해 전 서울에서의 일이다. 어느 문인들의 모임에 참석을 했다가 궁금증을 풀기 위해 '집필하실 때 주로 어떤 붓들을 쓰시느냐'고 한번 물어봤더니 그 대부분의 대답이 '볼펜을 쓴다'는 것이었다. 개중에는 장난조로 몇몇 동료들을 가리켜 보이면서 '우린 다 영원한 볼펜족'이라고 싱글거리는 이까지 있었다.

컴퓨터를 쓰고 있다는 이른바 컴퓨터족은 그리 많지가 않았다. 대하소설을 쓰는데도 꼭꼭 철필에다 잉크를 찍어서 써야 직성이 풀린다는 괴짜도 하나 있긴 있었다. 《객주(客主)》의 작가 김주영이 바로 그였다.

나 자신은 물론 해묵은 볼펜족이니까 동호자들이 많을수록 좋았다. 손으로 원고를 쓴다는 것은 한 글자 한 글자 손바느질하듯 해야 하니까 힘이 들긴 하지만 그래도 좋은 면이 아주 없지는 않다.

컴퓨터로 소설을 쓰는 이들은 토드락토드락 키를 두드리기만 하면 글자가 거저먹기로 찍혀 나오니까 그놈의 소설이 자연 호박 덩굴 뻗듯이 자꾸 늘어날밖에. 하지만 필요 이상 길어진 글에는 으레 정가표가 붙는 법—실패작.

미국 작가 헤밍웨이(1899~1961)가 소설을 쓸 때 한 다리로만 서서 쓴다는 것은 유명한 이야기다. 힘이 들어 더 길게 쓸 수가 없게 하는 방법이었다. 이와 같이 되도록 빨리(외다리의 부담을 덜어 주기 위해) 쓴 소설을 퇴고(글다듬기)를 하는 단계에서는 아주 편안히 앉아서 천천히 다듬는 게 그의 일관한 작품이었다.

—노벨 문학상도 그렇게 한 다리로 서서 썼다고 줬는지 모르겠다. 스웨덴 한림원에다 한번 좀 알아봐야겠다.

편지부터 한번 좀 잘 써 보자

한 통의 편지를 읽어 보면 그 사람의 글재주를 대강 짐작을 할 수가 있다. 그뿐만 아니라 그의 문화적 소양까지도 대개 짐작을 할 수가 있다. 나아가서는 장래성 여부까지도 점칠 수가 있다(고 나는 생각을 한다).

'존경하시는 김학철 선생님에게' 이런 편지를 받을 적마다 나는 속이 썩어 "아이고, 이를 어쩌노!" 차탄을 해 마지않는다. 더구나 '글'을 쓴다는 친구들이 그런 식으로 썼을 때는 실망감에 지지눌리는 바람에 아예 이 세상에 살고 싶지가 않을 지경이다. '존경하시는'은 결과적으로 자기 자신을 높이는 게 되지 않는가. 그리고 '선생님에게'는 또 뭔가. '선생님께'야지. '께', '게' …… '께'도 모르는가! 이래 가지고 어떻게 글들을 쓰겠다고 하는가? 말부터 좀 배워요. 우리말부터 좀 배우라구. 제발 덕분 우리의 말부터 좀 배우라구요.

그리고 편지는 될수록 좀 짧게들 써요. 그렇게 길게 써 놓으니까 중간쯤 읽으면 벌써 첫머리는 다 잊어 먹는단 말요. 그리고 끝머리를 읽다나면 중간 토막까지 다 잊어 먹구요.

프랑스 국왕 루이 14세(1638~1715, 재위 1643~1715)는 프랑스의 번영을 가져와 문예의 황금시대를 출연한 것으로 역사에 남았다. 이러한 그의 최고의 취미가 뭐였던고 하니(영화도 텔레비전도 다 없는 세월이었으므로) 신하들의 써 바치는 짧은 편지를 읽어 보는 거였단다. 숱한 토막 소식들에 접할 수가 있었기 때문일 것이다. 사치하고 부패한 귀족 사회에 희한한 스캔들인들 좀 많았으랴!

나도 (지금은 영화에 텔레비전에 비디오, CD까지 다 있는 세월이지만) 루이 14세처럼 짧은 편지를 좋아한다. 이 글의 제목처럼 '가서 15행'을 좋아한다. 읽은 뒤에 끈히 아쉬움이 남는 편지를 좋아한다.

─그 친구 좀 더 길게 쓰지 못하구. 요게 뭐야!

이런 아쉬움을 남겨 주는 편지를 좋아한다.

우리 다 같이 한번 좀 노력해 보자. 멋진 단신(短信)들을 쓰는 것으로 글쓰기의 기초를 한번 좀 탄탄히들 닦아 보자.

《하희 춘추(夏姬春秋)》라는 고서가 있다. 춘추 시대의 절세미인 하희의 음란하고 방탕한 생활을 상세히 적어 놓은 것으로써 일종의 야사다. 그 일본어판에 이런 대목이 있다.

"하희의 넓적다리를 세우고 두 무릎을 짝 벌린 다음 가랭이 사이의 음문을 향해……."

한 교수가 이를 타박해 나섰다.

"'가랭이 사이의 음문'이라는 표현은 너무나 분석적이어서 순수한 현대 일본어 조(調)다. 한문적인 표현을 하려면 구태여 '가랭이 사이의 음문'이란 꾀까다로운 표현을 하지 말고 그저 한마디 '옥문' 하면 된다."

'옥문'은 곧 '보지'다. 한어로도 그렇고 또 우리말로도 그렇다. 일본어에서도 역시 마찬가지다.

우리도 일본어판《하희 춘추》처럼 '무슨 사이의 무슨 문'이라고 꾀까다로운 표현을 하지 말고 그저 한마디 '무슨 문' 하기로 하자. 간단명료하게 또 단도직입적으로 '무슨 문' 하기로 하자.

졸저《격정시대》에 이런 단락이 있다.

쌍년이가 앞서 들어와 전등불을 켜놓고 곧 옷장 서랍을 뒤져서 꺼내 주는 편지를 받아 들고 피봉을 보니 편지를 부친 곳은 중국 봉천(심양)으로 되어 있었다. 그런데 그 내용인즉 세상에 짝이 없을 단마디명창이었다.

"무사하오. 변함없소. 기다리시오."

씨동이의 편지는 고대 로마의 명장 케사르의 보고문—'왔노라. 보았노라. 이겼노라'에 비길 만한 명문장이었다.

그렇건만 바닷가 생장의 천식인 두 여자는 못내 부족해하고 또 아수해하는 것이었다.

"이거 전보 아니야?"

하고 정실이가 어이없는 웃음을 웃으니 쌍년이는 애모쁘고 야속하여 "글자가 많으면 우표를 더 붙여야 하는 줄 아는 모양이지?"하고 비꼬아 말한 뒤 "촌놈!"하고 내뱉듯이 한마디 욕을 하였다.

'가서 15행'을 찜쩌먹을 편시라고 해야 하겠다. 그래도 오뉴월 무엇 늘어나듯 하는 따분한 편지보다는 뒷맛이 제법 개운해 지겹지가 않아서 좋다.
짧게 짧게 또 짧게, 모두 다 앞으로!

1997년 10월

부록 1

김학철 선생님께:

단풍이 물드는 기색이더니 벌써 강원도에서는 얼음이 얼고 텔레비전 화면에서는 만주 지방이 영하 7, 8도인 것을 알리고 있습니다. 이 환절기에 선생님 건강은 어떠하신지요. 그리고 사모님께서는 건강하신지요. 오래 글을 올리지 못한 것 용서하십시오. 다음 작품 취재로 외국을 서너 차례 다녀왔고《태백산맥》과 연관된 속상하는 일로 심신이 약간 고달프기도 했습니다. 1998년 1월 1일부터 〈한겨레〉 신문에 연재하기로 했던 다음 작품(10권 분량)도 일 년을 연기하기로 했습니다.

선생님께서 주고 가신 작품집은 정성을 바쳐 읽었습니다. 작가로서 선생님의 고단하면서도 의미 깊은 삶을 반추하고 또 반추하며 제가 가야 할 길의 등불로 삼고 있습니다.《태백산맥》과 다르게《아리랑》을 선생님께서 읽으시는 것이 두렵기만 합니다. 선생님께서 직접 젊은 생애를 바치신 그 시대를 주제넘게 쓴 죄스러움 때문입니다.

여기는 대통령 선거로 벌써 반년 넘게 시끌시끌하고 어지럽습니다. 제가 소설 연재를 일 년 연기한 것도 정치, 사회 상황의 정돈과 무관하지 않습니다. 이 나라는 여러 국면에서 전환기적 위기에 처해 있는 것이 아닌가 합니다.

선생님과 사모님 늘 건강하시고 집안이 두루 평안하기를 함께 기원합니다. 집사람의 안부도 함께 드립니다. 안녕히 계십시오.

1997. 10. 15.

조정래 드림

부록 2

남영전 선생:

오늘 마침 조정래 씨의 편지를 받았습니다. '가서 15행'의 부록으로 실으실 의향이 계시다면 한번 실어 보시는 것도 무방할 것 같습니다.

편지 사연 가운데의 《태백산맥》과 연관된 속상하는 일'이란 곧 《태백산맥》의 내용이 이적 행위에 해당한다'고, 리승만의 양아들 등에게 고소를 당해, 벌써 여러 해째 검찰에 불려다니며 조사를 받고 있는 사건을 가리키는 것입니다.

작가 노릇도 못 해먹을 놈의 세상입니다.

김학철

1997년 10월 23일

드레퓌스 사건

알프레드 드레퓌스(1859~1935)는 유태계 프랑스인이다. 사건 당시 그는 국방부에 근무하고 있는 한 포병 대위였다.

1894년 12월에 드레퓌스는 '독일 무관에게 군사기밀을 팔아넘겼다'는 날벼락 같은 무고를 당해 종신 감금의 형을 받았다. 그가 갇힌 곳은 아프리카 근해의 악명 높은 외딴섬 마도(魔島)였다. 12년 뒤인 1906년에 드레퓌스는 엄청난 곡절 끝에 무죄를 선고받고 소좌로 진급을 하는 것과 동시에 퇴역을 했다.

공개장

드레퓌스 사건은 프랑스의 우익 민족주의자들이 유태계를 배척하기 위한 음모의 일환이었다. 나중에 진범인이 드러났음에도 불구하고 무지막지한 군사 법정은 진범인에게 무죄를 선고했다. 반면 드레퓌스에게 들씌운 '반국가죄'는 원판결을 그대로 재확인했다.

이러한 부정의가 공공연히 자행이 되는데 분격을 한 유명지인(有名之人)들 가운데《목로술집》의 작가 에밀 졸라(1840~1902)가 있었다.

졸라는 참다 참다 못해 공화국 대통령에게 보내는 공개장을 썼다. 그 공개장을 클레망소(급진 사회당의 당수, 후일의 수상)가 운영하는 진보적 신문 〈로로르(서광신문)〉의 제1면에다 대대적으로 발표를 했다. 이 공개장이 바로 그 유명한, 온 세상을 진감한 '나는 탄핵한다'였다.

이 공개장의 발표로 국론이 물 끓듯 하는데도 눈이 뒤집힌 군사 법정은 도리어 졸라에게 1년의 징역형과 3천 프랑의 벌금형을 아울러 언도했다. 졸라는 당일로 도버해협을 건너 영국으로 망명을 했다.

지나간 30년대에 내가 서울 집을 뛰쳐나와 독립운동의 대열에 뛰어든 것도 이 '나는 탄핵한다'에 힘입은 바가 컸다. 이 '나는 탄핵한다'를 읽어 보고 '부정의를 보고도 가만히 앉아 있는 인간은 사람값에 못 간다'는 생각이 더욱 강하게 들었기 때문이다.

후일 졸라의 무덤 앞에서 한 연설에서 아나톨 프랑스(1921년도 노벨 문학상 수상자)는 졸라의 인격을 찬양하면서 "드레퓌스 사건에서 그가 보여 준 용기는 '인류의 양심의 절정'이었다"고까지 극찬을 했다.

한 작가가 밤낮, 계집 사내가 들러붙었다 떨어졌다 하는 이야기, 또는 삼각 관계가 됐다 사각 관계가 됐다 하는 이야기, 이런 따위 시시껄렁한 이야기를 엮는 데만 열중을 한다면 그게 무슨 꼬락서니일 건가. 한국의 마광수, 장정일 들처럼. 그런 작가들을 우리는 '하수도 작가'라고 부른다. 그리고 그 이른바 작품이라는 것들을 우리는 '하수도 문학'이라 일컫는다.

졸라의 '나는 탄핵한다'를 한번 읽어 보면 작가라는 칭호가 얼마나 소중하고 또 자랑스러운 것인지를 깨닫게 된다. 동시에 천근 같은 사명감 또한 양어깨에 느끼게 된다.

이러한 사명감을 느끼지 못하는 작가는 사이비 작가다. 아니면 허깨비 작가다. 지푸라기처럼 훅 불면 날아가 버릴 그런 작가다.

고매한 인격자들

드레퓌스 사건이 터지기 43년 전, 그러니까 1851년에 루이 나폴레옹이 정변을 일으켜 프랑스 공화국은 또다시 군주제로 뒷걸음질을 칠 위기에 직면했다. 이를 저지하기 위해 공화파들이 반정부 의거를 감행하자 《레미제라블》의 작가 빅토르 위고(1802~1885)도 서슴없이 그 대열에 뛰어들었다.

나중에 거사가 실패로 돌아가니 의거자들은 반동 정부의 박해를 피해 분분히 국외로 탈출들을 해야 했다. 그들과 마찬가지로 빅토르 위고도 역시 망명길에 오르지 않을 수가 없었다. 하지만 어찌 알았으리, 그 망명 생활이 장장 19년에 걸칠 줄을.

망명 기간 중에 마구잡이로 정권을 탈취해 가지고 제위에 오른 나폴레옹 3세가 정국의 안정을 위해 모든 정치범들에게 대사령을 내렸다. 그러나 위고는 이에 응하지 않고 그대로 국외에 머물렀다.

—우리가 무슨 죄인이냐, 같잖게 대사령은 다 뭐야. 주제넘은 놈!

이런 배짱에서였을 것이다.

19년 후에 나폴레옹 3세가 보불 전쟁에서 패해(황제라는 게 수치스럽게도 적군에게 사로잡히는 바람에) 제정(帝政)이 무너지자 위고는 곧바로 귀국을 해 프랑스 국민들의 열광적인 환영을 받았다.

아무 지은 죄도 없이 억울하게 22년 동안이나 강제 노동을 당하고도 개정(改正, 즉 복권)을 시켜 준다니까 나무나 감사해 닭똥 같은 눈물을 뚝뚝 떨어뜨리며 '만세'를 외쳐 대던 추물들을 우리는 아직도 기억하고 있다. 그런 추물들은 골백번을 죽어도 빅토르 위고 같은 고매한 정신의 세계에는 도달을 못 해 보고 말 것이다.

러시아 작가 코롤렌코(1853~1921)는 새로 즉위(등극)한 차르 황제 알렉산드르 3세에게 충성을 선서(서면으로)하기를 거절했기 때문에 시베리아로 강제 추방을 당했다(1881년).

—시베리아에 유배를 당해 고역살이를 할지언정 그깟 놈의 황제에게 충성의 선서는 안 한다.

이런 배짱이었을 것이다.

그때로부터 9년 후인 1900년에 코롤렌코는 러시아 과학원의 명예원사로 선출이 됐다. 그러나 이태 후인 1902년에 그는 과학원 당국이 막심 고리키가 명예 원사에 당선된 것을 비법적으로 무효화하는 데항의해 안톤 체호프와 함께 자신들의 명예 원사 칭호를 포기한다는 성명을 발표했다. 그러니까 이번에는 또 동료 작가(고리키)에 대한 당국의 부당한 처사에 항의해 영예로운 명예 원사의 칭호를 헌신짝 버리듯 했던 것이다(체호프와 함께). 이 얼마나 고상한 행위들인가.

깨알만 한 권력이나마 제 손아귀에 한번 좀 쥐어 보겠다고 아득바득 애를 쓰는 졸장부들의 용렬하고 치사스러운 행태를 볼 적마다 나는 구역질이 나 못 견딜 지경이다. 하물며 작가라는 영예로운 칭호를 이마빡에 붙이고 다니는 사람들까지 이래서야 쓰겠는가.

러시아의 혁명가이자 작가이며 또 평론가이기도 한 체르니셉스키

(1828~1889). 그는 차르 러시아의 부패한 정치 제도와 경제 제도를 철저히 비판하며 감연히 이와 맞서 싸우는 것으로 일생을 마친 사람이다. 장장 21년 동안을 감옥살이와 시베리아 유배로 보냈으니까 말이다.

체르니셉스키를 장기간 유배해 고역살이를 시키는 데 대해 세론이 분분하자 차르 정부는 그의 유배지로 여러 차례 특사를 파견해 권유를 했다. 차르 황제에게 '사면 청원서'를 써 바치라는 권유였다. 그러나 체르니셉스키는 번번이 고려할 여지없이 단마디로 거절을 했다.

─사면? 내가 뭘 잘못했다고 사면을 청원해? 싹 걷어치우시오!

이러한 체르니셉스키에 대해 레닌은 다음과 같이 평가를 했다.

"그는 혁명적 정신으로 그 시대의 모든 정치 사건에 훌륭하게 영향을 끼쳤다. 우편 검열망의 온갖 장애를 무릅쓰고 농민 혁명의 사상을 선전하고 또 낡은 권력을 송두리째 뒤집어엎는 군중적 투쟁의 사상을 전파했다."

그런데 우리는 어떤가? 우리 작가들은 어떤가?

서울의 한 문화 단체의 초청을 받고 나간 사람이 '이 기회에 돈벌이나 좀 해 보자'며 불법 체류와 불법 취업을 해 창피한 범법자로 전락을 했다. 그리하여 그는 지금 우리 작가협회와 우리 작가들의 명예를 공공연히 훼손을 하고 있다. 이 정도로 후안무치한 이른바 '작가'들이 우리 대오에 계속 끼어 있다면 우리의 순결한 작가 대오가 오염이나 되지 않을지 심히 염려스럽다.

한국 작가들이 우리를 과연 어떻게 볼 건가. 작가의 탈을 쓴 '돈벌레'들이라고 멸시를 하지나 않을지 아무리 궁리를 해 봐도 앞서는 건 걱정뿐이다.

편안히 살려거든 불의에 외면을 하라.

그러나 사람답게 살려거든 불의에 도전을 하라.

나의 이 모토의 유효 기간은 죽는 날까지다. 그래서 이 글도 쓴 것이다.

1997년 10월

악마 부스

    존 월크스 부스(1838~1865)는 이 세상에 태어나 스물일곱 해를 겨우 살다가 죽은 악마다.

    '악마'라면 흔히들 머리에 뿔이 돋치고 송곳니가 입아귀로 뿌죽하게 내민 흉악한 몰골을 떠올리기가 쉽다. 그러나 이 부스는 전혀 그렇지가 않다. 부스는 특히 여자들에게 인기가 있는 미남자로서 유명한 무대 배우였다. 하긴 당시는 아직 영화라는 것도 텔레비전이라는 것도 다 없는 세월이었으니까 배우라면 으레 무대 배우이게 마련이었다.

    부스는 미국의 남부 사람으로 18세 때 볼티모어에서 첫 무대에 오르며부터 벌써 비범한 연기를 보여 줘 그 장래가 크게 촉망이 됐던 인물이다. 그는 1859년 버지니아주 리치몬드에서 셰익스피어 극단에 입단, 이듬해 남부 각 주를 순회 공연할 때는 관중들의 열광적인 환영을 받았었다.

존 브라운

존 브라운(1800~1859)은 미국의 노예 해방 운동가로 그 출신은 농민이었다.

그는 백인이었지만 굳이 온 가족을 데리고 흑인 거주 구역에 정착을 했었다. 그리고는 밤낮으로 흑인들에게 정당한 대우를 받게 해 주려고 망쇄(忙殺, 정신 차릴 사이도 없이 몹시 바쁨), 아주 당연하게도 흑노(黑奴) 해방 운동의 명망 있는 영수로 떠올랐다. 그는 흑인들의 무장봉기를 준비하기 위해 1859년 10월 16일 밤, 버지니아주와 메릴랜드주 사이의 소도시 하퍼스페리에 있는 연방 정부의 무기고를 기습, 전광석화로 이를 점령해 버렸다. 이 기습 작전에 참가한 인원은 모두 23명, 브라운 자신 외에 세 아들과 두 사위 그리고 다섯 명의 흑인, 나머지는 다 노예 해방 운동에 헌신하는 백인들이었다.

브라운은 기습에 성공을 하는 즉시 부하들을 파견해 인근 각 농장의 흑인 노예들을 전부 해방을 시켰다. 그리고 못된 백인 농장주들과 지방 유지 60여 명을 붙잡아다 볼모로 삼았다. 이튿날은 급보를 받고 달려온 국민경위대와 온종일 총격전을 벌였다.

사흘째 되는 날, 정부군의 해군 육전대(陸戰隊)가 증원을 오는 바람에 중과부적으로 브라운의 부대는 완패를 당했다. 그리고 중상을 입은 브라운 자신은 생포가 됐다. '민주'를 표방하는 연방 정부의 '신성'한 법정은 들것에 실려 들어와 재판을 받는 브라운에게 서슴없이 극형—교수형을 선고했다. 교수대에 오르기 전 존 브라운은 그 유서에다 이렇게 썼다.

"나 존 브라운은 이제야 철저히 깨달았다. 이 죄악의 구렁텅이에 꼭

뒤까지 빠져들어 간 나라의 하늘에 사무치는 죄행은 오직 피로써만 씻을 수가 있다는 것을."

존 브라운은 전 생애를 오로지 노예 해방을 위해 바쳤다. 그 고상한 품성으로 해 그는 인류의 역사에 높은 명망을 길이길이 남겼다. 그리고 그의 의로운 행동은 의심할 바 없이 남북 전쟁(노예 해방 전쟁)의 도래를 가속화하는 데도 기여를 했다.

존 브라운이 교수형을 당하자 그 소식을 전해 들은 흑인 노예들이 전국 각지에서 일떠났다. 노예주들을 반대해 도처에서 떨쳐나섰던 것이다.

이 의거들에 대해 칼 마르크스는 다음과 같이 평가를 했다.

"현 시기 전 세계적으로 가장 큰 사건은 존 브라운 사후에 벌어진 아메리카의 노예 운동이다. 그리고 또 하나는 러시아의 노예 운동(농노들의 의거)이다."

에이브러햄 링컨

미남자 인기 배우 존 월크스 부스는 광신적인 노예제 옹호자였다.

"흑노들은 타고난 열등 종족이다. 그것들이 우리 백인을 위해 한평생 노동을 해야 한다는 깃은 곧 전지사연의 이치다."

이런 확고한 신조가 부스의 머릿속에는 마치 무슨 콘크리트 구조물이나처럼 꽉 들어차 있었다. 그러므로 그가 존 브라운의 부대를 토벌하는 군대─리치몬드 국민경위대에 자원병으로 입대를 한 것은 너무나도 당연한 일이었다. 그리고 또 존 브라운이 교수형을 당하자 환성을 올리며 축배를 든 것도 역시 괴이할 게 하나도 없는 일이었다.

'문화혁명' 시기 우리 연변에서도 이와 비슷한 일이 벌어졌었다. 대학 교수인 남편이 박해를 받아 죽자 절망감에 사로잡힌 그 부인이 자살을 해 남편의 뒤를 따라갔다. 그러자 일부 광신적인 '프롤레타리아 용사'들이 '그 여편네 잘 뒈졌다'며 환성을 올리고 축배를 들었던 것이다.

남북 전쟁(1861~1865)은 노예 제도의 존속을 주장하는 남부와 그 폐지를 주장하는 북부 사이에 벌어졌었다. 이 전쟁에서 북군이 승리를 함으로써 비로소 그 말썽스럽던 흑인 노예들의 해방이 이루어졌던 것이다. 이 남북 전쟁이 진행되는 약 5년 동안에 존 월크스 부스는 자원해서 남군의 간첩(군사 정탐)으로 돼 북군의 군사 기밀을 탐지해 내느라고 글자 그대로 혈안이 됐었다. 죽도록 싸웠으나 결국은 남군의 참패로 전쟁이 끝나자 부스의 불타는 증오심은 북군의 총수이자 대통령인 에이브러햄 링컨에게로 집중이 됐다.

미국의 16대 대통령 에이브러햄 링컨(1809~1865)은 켄터키주의 한 가난한 농민의 아들로 태어났다. 그는 독학으로 사법 시험을 치러 변호사의 자격을 취득한 뒤 다시 정계에 진출, 마침내는 대통령에 당선이 되는 영예를 지닌 비범한 인물이었다(1861~1865).

링컨은 흑인 노예의 해방을 위해 남북 전쟁을 일으켜 가지고 이를 휘황한 승리에로 이끌었다. 그리고 전쟁이 끝나자 곧 해방령을 내려 수백만의 흑인 노예들을 비인간적인 고역에서 전부 풀어놓아 주었다.

당시 영국 런던에서 프리드리히 엥겔스와 함께 세계 공산주의 운동을 지도하고 있던 칼 마르크스는 미국의 흑노 해방을 열렬히 환호, 즉각에 열정이 넘쳐흐르는 서한을 링컨 대통령에게 보냈었다.

링컨이 정의한 '인민의, 인민에 의한, 인민을 위한 정치'라는 민주주의 이념은 널리 회자(膾炙, 칭찬을 받으며 사람들의 입으로 퍼져 전해짐)돼 지금까지도 진보적인 정치가들의 모토로 되고 있다.

서술이 좀 가닥이 지기는 하나 꼭 한번 짚고 넘어가야 할 사연이 있다. 30년대의 상해에서 내가 받은 공산주의 교양은 이제 와 생각하면 참으로 '극좌 중의 또 극좌'였다.

—링컨은 진정으로 흑인 노예들을 동정해 이를 해방하려고 남북 전쟁을 일으킨 게 아니다. 발달한 북부의 공업이 값싼 노동력을 필요로 했기 때문이다. 흑인 노동력은 '싸구려'가 아닌가. 링컨은 북부 자본가들의 대리인(대변인)에 불과한 인물이다.

—지금도 일부 흑인들은 링컨을 정말 해방의 은인인 줄 알고 그의 동상의 구두를 정성들여 반들반들하게 닦아 주고 있단다. 어리석은 짓이다. 각성이 안 된 탓이다. 공산주의 사회가 되면 그런 동상들을 다 녹여서 무슨 공업 원료 같은 걸로 유용하게 쓰일 것이다. 등등 등등…….

이러한 역사적인 연원이 있는 까닭에 나 자신도 50년대 말께까지는 한심한 '극좌분자'였다. 참으로 부끄러운 일이다.

비열한 암살

링컨은 1865년에 대통령으로 재선이 됐다. 그러나 불행하게도 그는 바로 그 이듬해—.

―링컨 대통령이 엊저녁(1865년 4월 14일) 워싱턴 포드 극장에서 관극(觀劇) 중 한 남부 출신의 괴한에게 저격을 당했다.

―링컨 대통령이 오늘 아침(4월 15일) 7시경, 엊저녁에 입은 총상으로 인해 불행하게도 서거했음을 전 국민에게 알린다.

―범인의 성명은 존 윌크스 부스(27세), 배우 출신, 공모자가 있는지 없는지, 있다면 몇 명이나 있는지…… 아직까지는 분명하지가 않다.

이상은 당시의 신문 기사들에서 간추린 것이다.

부스는 링컨 대통령을 철천지원수로 여기는지라 1864년 가을께부터 어벌이 크게도 링컨 대통령을 납치해 보겠다는 엄청난 음모를 꾸미기 시작했었다. 그리하여 몇몇 공모자와 함께 밀모를 거듭해 여러 가지 방안을 세우기는 했으나 막상 실행 과정에서는 모두 다 실패로 돌아가고 말았다. 부아가 터진 부스는 마침내 '어떠한 대가를 치르더라도 링컨 대통령을 꼭 없애 치우겠다'는 사악한 결의를 다지기에 이르렀다.

이러한 부스가 1865년 4월 14일 아침 드디어 링컨 대통령이 이날 저녁 포드 극장에서 희극 〈우리의 미국 외사촌〉을 관람할 예정이라는 정보를 입수했다. 그는 즉시 공모자들을 불러 모아 각자의 임무를 포치했다. 그리고 대통령을 저격하는 임무는 쾌히 자담(自擔)을 했다.

"그자는 꼭 내 손으로 죽여야 하오."

오후 6시경, 부스는 미리 극장 안에 들어가 암살할 준비 공작을 했다. 희극의 상연이 제3막에 이르렀을 때 링컨이 경호원들을 거느리지 않은 것을 확인하자 부스는 곧바로 발코니(극장의 2층 특별석, 즉 포상(包廂))로 들어가 링컨 대통령의 뒷머리를 겨냥하고 죄악의 총탄을 내쏘았다.

그런 연후에 부스는 재빨리 난간을 넘어 무대 위로 뛰어내렸다. 뛰어내리는 통에 왼쪽 다리뼈가 부러졌으나 이 독종은 절뚝절뚝하면서도 그대로 내빼, 극장 밖에다 미리 대기시켜 두었던 말을 잡아타자 곧 내굽을 놓았다. 오금아 날 살려라 뺑소니를 쳐 버린 것이다.

12일 후, 흉수(凶手)를 추격하는 연방 군대가 버지니아주의 한 농장에 도달했다. 부스가 담배 창고 안에 숨어 있다는 농민들의 제보를 받고 연방 군대는 즉시 그 창고에다 불을 질렀다. 그러나 불길을 피해 나올 줄 알았던 부스는 끝내 나오지를 않았다. 지니고 있던 권총으로 자살을 했는지 아니면 분격한 연방군 병사에게 사살을 당했는지…… 아무튼 그는 총을 맞고 죽어 자빠진 시체로 발견이 됐다.

연방군은 그 신원을 딱히 알 수 없는 시체를 워싱턴으로 옮겨다가 부스의 몇몇 친구들에게 확인을 시켰다. 하지만 '틀림없다'는 증언과 '아닌 것 같다'는 증언이 서로 엇갈려 확인 과정이 도무지 석연치를 못했다. 그래서 결국 '꼭 부스가 아닐지도 모른다'는 의혹이 끈히 남게 됐다.

에이브러햄 링컨이나 존 브라운 같은 고상한 인물들에 비하면 존 윌크스 부스는 사람 기와깨미도 못되는, 그야말로 사람의 허울을 쓴 야수였다.

1997년 11월

층층시하

'층층시하'란 '아버지와 어머니, 할아버지와 할머니가 다 살아 있어 그들을 위에 모시고 있는 아랫자리 또는 그런 형편에 있는 사람'이란 뜻이다.

친정나들이를 온 우리 사촌 누이가 그 어머니를 보고 "상전 많은 종이나 마찬가지라니까요. 층층시하에 사람이 곧 눌려 죽을 지경이에요." 하소연을 하고는 주르르 눈물을 흘리면서 "엄마 나 왜 그런 데다 시집보냈어?" 원망을 하는 것을 총각 시절에 나도 본 적이 있다. 모녀가 마주 앉아 하염없이 눈물을 흘리는 정경은 사촌 오래비인 나까지 몹시 언짢게 만들어 주었다.

> 고추 당추 맵다 하나
> 시집살이보다 더 매우랴.

이런 무슨 노래를 어디서 들었던지 아무튼 한번 들은 적이 있다. 우리 그 사촌 누이의 신세타령을 듣는 것 같아 마음이 몹시 언짢았던 모양으로 여러 해가 지났는데도 좀처럼 잊혀지지를 않는다.

똑똑한 며느리

지금 우리 간행물들의 일부 기자들, 그들을 대할 적마다 나는 왠지 우리 그 사촌 누이를 떠올리게 된다. '엄마 나 왜 그런 데다 시집보냈냐'며 눈물을 흘리던 그 사촌 누이를 말이다. 이는 참으로 엉뚱한 연상이다. 혹시 정신분열증 같은 게 나타날 조짐이나 아닌지 모르겠다.

'허허, 그렇다면 이거 큰일 났는걸!'

만약 그게 아니라면 혹여 이런 걸지도 모른다.

한 기자로서 마땅히 기사화해야 할 사안임에도 부득이 '귀머거리 3년, 벙어리 3년'을 해야 하는 고충. 그런 괴로운 심정을 털어놓는 기자들을 여럿 대하다 보니 아마 그런 환각 같은 연상이 떠올랐는지도 모를 일이다.

어쨌거나 이 글에서는 잠시 그런 기자들을 층층시하에서 시집살이하는 며느리에다 비기기로 한다.

지난봄, 어느 신문에 실린 형편없이 너절한 글 한 편을 읽어 보고 하도 뇌꼴스러워 구역이 나길래 나는 앉은자리에서 글 한 편을 써냈다. 자가류(自家流)의 '깎아치기'로 사정없이 내리까는 글, 짓조겨 대는 글이었다. 단숨에 써 갈긴 그 글을 나는 당일로 T신문의 여기자 H씨에게 보냈다. 그녀와 나는 주파수가 꼭 맞아떨어졌기에 이번에도 으레 득돌같이 발표를 하겠거니 태평으로 믿으면서.

그러나 아니었다. 나의 이 안일한 계산은 보기 좋게 빗나가 버렸다. 그 원고가 억울하게도 횡액을 입어 '지하 감방' '18층 지옥'에 갇히는 신세가 돼 버렸던 것이다.

이하는 나의 순전한 추측이다. 이 추측이 만약 추호라도 빗나간다면 그 책임은 당연히 내가 져야 할 것이다.

─H씨는 두말없이 그 원고를 편집해 올려 보냈다.

─그러나 불행하게도 꼭대기에 앉아 계신 분이 마침 소문난 '보신주의자'였던 까닭에 일이 엉뚱하게 뒤틀리기 시작했다. 이 '보신주의자'분이 그 글을 발표했다간 제 신상에 해로울 것 같으니까 불문곡직하고 '깔아뭉개기'는 그분의 장기─관용 수단이었다.

이상이 바로 나의 추측이다. 빗나간다면 책임을 져야 할 바로 그 추측이다.

'보신주의'란 제 한 몸의 안전이나 지위를 유지하려고 사업에 열성과 적극성을 내지 않으며 일이 잘못돼도 본체만체하는 개인이기주의적인 사상이나 태도.

일이 이쯤 비꼬이자 나는 곧 같은 원고를 〈은하수〉의 김순금 씨에게로 보냈다. 가탈 많은 연변의 통치 범위를 멀찍이 좀 벗어나 보자는 의도에서였다. 기대했던 대로 원고는 위불없이 활자화돼 나왔다.

나는 성패를 가지고 영웅을 논하고 싶지 않다. 그러므로 대담하게 발표를 해 버린 김순금 씨가 여장부라면 발표를 하려다 못 한 T신문의 H씨 또한 그에 못지않은 여장부라고 나는 평가를 하고 싶다.

그렇다면 도대체 그놈의 글이 얼마나 못되게 생겨 먹었길래 그리도 말썽스러웠는지 독자들에게 그 몰골을 한번 구경시켜 드릴 필요가 있을 것 같다.

이 지구상에는 어느 나라에나 다 '어용 변호사'란 것들이 꼭꼭 있게 마련이다. 눈치 봐 가며 권력에 달라붙어 대단한 분들이 듣기 좋아할 소리를 줴쳐 대고 그 공로로 턱찌끼를 얻어먹는 게 그자들의 생계 수단 즉 '담반지도(啖飯之道)'다. 이 '담반지도'란 말은 로신의 글에서 따온 것이지 내 창작이 아니다. 그러니까 '무단 차용'을 한 셈이다.

식모살이를 하는 한 처녀에게 주인의 사위 녀석이 어지러운 속옷 뭉치를 훌쩍 던져 주면서 "이걸 빨앗!" 명령을 하니까 그 처녀가 "내가 노예냐?"며 야무지게 항변을 했단다.

이 한 사례에서 어떤 양반이 '사회주의는 정말 인권을 존중한다'는 결론을 끌어냈다. 논거치고는 참으로 빈약하기 짝이 없는 논거다.

현재 세계에서 유일한 초강대국인 미국의 현직 대통령 클린턴. 이 클린턴 씨가 주지사 시절에 한 여직원을 희롱했단다. 그 희롱당한 여직원이 현직 대통령을 법에다 고소를 해 클린턴 씨가 지금 곡경을 치르고 있단다. 한마디로 망신살이 뻗친 것이다.

'내가 노예냐'며 항변을 하는 것하고 현직 대통령을 법에다 걸어 곡경을 치르게 하는 것하고 어느 것이 더 '인권적'인가.

지난해 미국에서 한 대법원 판사가 피차에 잘 알고 있는 사이인 여교수를 괜히 한번 집적거렸다가(엉덩이를 좀 만져 봤던 모양) 고소를 당해 극히 불명예스럽게 법복을 벗었단다. 목이 떨어져 나간 것이다.

이거하고 '내가 노예냐'하고는 또 어느 게 더 '인권적'인가.

내가 아직 소학생이던 때의 일이다.

우리 이웃에 사는 몹시 가난한 집 아들(다 큰 총각)이 목숨을 걸고 성난 바다에 뛰어들어 파선 직전의 고깃배에서 꼼짝없이 죽게 됐던 사람 넷을 간신히 구해 냈었다. 한 유지가(有志家)가 이를 '가상할 선행'이라며 돈 50원(쌀 여덟 가마니 값)을 상급으로 주었다. 그런데 의외롭게도 그 총각은 '상급을 바라고 한 게 아닙니다'며 주는 돈을 한사코 받지 않았다.

그 광경을 나는 이 눈으로 분명히 보았다. 그렇다면 이건 무슨 '인권'에 속하는 걸까. 자본주의적 인권에 속하는 걸까, 아니면 식민지적 인권에 속하는 걸까.

그 잘난 '식모 처녀 인권론'을 마치 무슨 참신한 깃발인 양 크게 내세운 양반. 그 양반의 또 한 논거—첩을 두고 거들먹거리며 살던 악한이 도망을 친 것으로 새 사회의 우월성을 증명해 보이려는 기도, 그 기도 또한 유치하기가 짝이 없다. 고작 소학교 삼사 학년 정도다.

55만여 명의 무고한 노간부들과 지식인들이 '우파분자'로 몰려 22년 동안 강제 노동에 내몰렸던 사실. '문화대혁명' 시기 이루 헤아릴 수 없이 많은(근 1억 명) 사람들이 까닭 없이 박해를 받고 또 목숨들을 빼앗긴 사실. 그리고 정년퇴직을 한 노종업원들이 연로 연금이 한 푼도 나오지를 않아 마지막 수단으로 앉아버티기들을 하고 있는데도 언론 매체들이 모두 '귀머거리 3년, 벙어리 3년'으로 외면을 해야 하는 오늘의 현실. 이런 기막힌 사실들은 다 멋대로 '취소'를 해 버리고 "인권을 유린한다는 곡조도 장송곡으로 끝날 때가 오래지 않았다." 게목을 지르며 호언장담을 하시는 양반.

우리들 만천하의 정직한 사람들은 그런 양반들을 일컬어 '어용 변호사'라고 한다. 상판대기가 꽹과리 같은, 백주대낮에 잠꼬대를 하고 있는—파렴치한이라고 한다.

읽어 보면 별것도 아니다. 그런데 왜 우리 연변 땅에서는 요만한 것도 발표를 못 하게 하는가. 료녕, 흑룡강, 길림(연변 자치주를 제외한)도 다 같은 중화인민공화국에 속하지 않는가. 거기서는 발표를 할 수 있는 글들이 왜 우리 연변에서만은 금기시돼야 하는가.

연변을 '극극좌 특별구역'으로 만들어서는 안 된다. 자행 자지(自行自止)를 하는 '극극좌 독립 왕국'으로 만들어서도 안 된다. 연변은 어디까지나 '중앙에 나란히!'를 하는, 완전한 평등을 누리는—중화인민공화국의 일부분이어야 한다!

가련한 며느리들

지금 우리의 언단(言壇)은 대략 3층 구조로 돼 있다.

며느리(하층), 시어머니 겸 며느리(중층), 시할미(상층).

이번에 T신문에서 '깔아뭉개기'를 한 양반이 바로 이 중층인 '시어머니 겸 며느리'다. 이 승상접하(承上接下)의 요긴목에 '보신주의자'가 둥지를 틀고 앉으면 만사휴의(萬事休矣)다. 모든 일이 헛수고로 돌아간단 말이다. '승상접하'란 윗사람을 받들고 아랫사람을 잘 거느려 그 사이를 잘 주선한다는 뜻.

우리 연변이 근 50년째 이런 '극극좌'의 고질에 시달리고 있는 데는 '가련한 며느리'들 자신의 몫도 들어 있다는 사실을 우리는 부인할 수가 없다.

'가련한 며느리'들이 허구 긴 나날 눈치 보기로만 세월을 보내고 있으니 무슨 뾰족한 개변이 있을 것인가.

한 사회의 진보란 자연적으로 거저 이루어지는 게 아니다. 한 사회의 진보란 반드시 투쟁으로써 쟁취를 해야 하는 것이다.

애기불행 노기부쟁(哀其不幸 怒其不争)

이는 로신의 말로써 '그들의 불행은 슬퍼하지만 그들이 쟁취할 염을 않는 데는 성이 난다'는 뜻이다.

'시어미 겸 며느리'들도 그 무서운 '시할미'의 눈치를 보지 않았다간 당장에 목이 달아날 판이니까 어려움은 있을 터이나 그렇다고 죽는 날까지 그렇게 흘끔거리며 살 수만은 없는 노릇이 아닌가. 그렇게 밤낮 마음을 죄며 구차스레 살 수만은 없는 노릇이 아닌가.

'가련한 며느리' 노릇을 수걱수걱 늙어 꼬부라질 때까지 하는 것은 못난이들이나 할 짓이다.

1997년 11월

'쌘다피'

　손녀가 유치원에서 돌아온 것을 보니 기색이 여느 때와 달랐다. 기분이 없는 듯 그저 덤덤히 와 안기기만 했다. 의아스러워 이마를 짚어 보니 덥지 않고 오히려 차가웠다.

　"유치원에서 누구하고 싸웠습니까?"

　"아니."

　"그럼?"

　"쌘다피했습니다."

　"쌘다피? 쌘다피란 게 뭐야?"

　"이력하는 거."

　손녀가 가냘픈 두 손가락으로 엑스(X) 자를 만들어 보였다.

　"그게 무슨 뜻이지?"

　"같이 안 노는 거."

　그러니까 '쌘다피'란 곧 '절교', 나라와 나라 사이라면 곧 '국교 단절', 약차(若此)하면 중형 폭탄을 탑재한 장거리 폭격들이 굉음을 울리며 날아오를 판이다.

"누구하구?"

"영단이하구."

"영단이하구…… 저런!"

"설매하구두."

"설매하구두!"

"조훈이두."

"조훈이까지!"

3대 1로 '쎈다피'를 했다면 그럼 사면초가가 아닌가. 영국, 프랑스, 러시아와 동시에 맞붙었던 나치스 독일 꼴이 아닌가. 그러나 필경은 유치원. 이튿날 저녁때 깡총거리며 돌아온 손녀의 해맑은 얼굴에는 '쎈다피'의 그림자도 남아 있지를 않았다.

그러니까 유치원생들의 '쎈다피'란 하룻밤 자고 나면 자연적으로 소멸이 되는, 시효 불과 하룻밤짜리 '국교 단절'인 모양이다.—참으로 고마운 일이다.

'괴이한 물질'

〈은하수〉 5기(1997년)에 실린 글 한 편(필자 엄정자)을 읽어 보니 우리 문단에도 "헐뜯고 꼬집고 비꼬는 걸 재미로 삼는 '괴이한 물질'이 있다."는 것이다. 그래서 "모든 것이 오염되고 병태적인 시대에 유일한 오아시스—낙토로 남은 것은 문학계라고 생각해 왔던" 꿈이 무참스 레 깨졌다는 것이다.

그러니까 우리 문단에도 '쌘다피' 현상이 만연하고 있다는 얘기가 되겠다. 물론 그 시효는 유치원식으로 '하룻밤'이 아닌 '백 밤' 또는 '천 밤'쯤, 심하면 한 '만 밤'쯤까지 될 걸로 대략 추정이 된다. 참으로 답답한 노릇이다.

비록 그렇기는 하더라도 "문학 창작과 문학 연구가 중단될 리는 없다."며 "머리카락이 그을고 코피가 터지기는 했지만 의연히 문학을 사랑하는 문학인으로 남겠다."고 결의를 표명한 것은 불행 중 다행이라 아니 할 수가 없다.

사실 말이지 우리 문단이 '5호16국' 꼴이 돼 버린 지는 벌써 오래다. 어제오늘의 일이 아니다. 자질구레한 이해관계로 바람개비처럼 분주살스레 돌아치며 여기 와 달라붙었다 저기 가 달라붙었다 하는 좀스럽고 가벼운 행태들―이게 그래 불알을 달았다는 녀석들이 할 노릇인가. '5호16국'이란 서진 말엽부터 북위의 통일에 이르기까지 5호와 한(漢) 민족이 중국 북부에다 뒤죽박죽 세웠던 열여섯 나라.

상술한 그 이른바 '괴이한 물질' 중에는 간혹 이런 것들도 있단다.

'주붕당(酒朋黨)'을 무어 가지고 우두머리 노릇을 하면서 저보다 수가 높은 작가들을 헐뜯는 것을 업으로 삼다시피 하는 '괴이한 물질' 하나가 있었다. 그러던 어느 날 갑자기 저를 추종해 오던 똘마니(부하, 졸개) 하나가 '떠오르는 별'이 되면서 저를 까맣게 능가해 버렸다. 이 불의(不意)의 변화에 질투심이 이글이글 타오르는 바람에 이성을 잃은 '괴이한 물질'은 제 그 충실한 똘마니를 노골적으로 짓씹고 헐뜯고 하기 시작했다. 이를 견디다 못해 똘마니는 아예 도망을 쳐 반대파 진영에 '귀순'을 해 버렸다.

이에 부아통을 터뜨린 '괴이한 물질'은 "너 이 배신자야, 어디 좀 두고 보자."며 그 달아난 똘마니를 모주 먹은 돼지 벼르듯 잔뜩 별렀다. 잔뜩 벼르기는 했으나 실지로 무슨 뾰족한 수가 있을세 말이지. 그래 결국은 닭 쫓던 개 지붕 쳐다보는 꼴밖에 더 될 게 없었다.

대관절 이게 무슨 놈의 판국인가. 지성인들의 세계에서 이런 일이 벌어질 수가 있는가. '우두머리'는 뭐며 '똘마니'는 또 뭔가. '지성인의 자존심'이란 말도 모르는가. '인간의 존엄성'이란 말도 모르는가. '우두머리'도 부끄러운 것이고 '똘마니'도 부끄러운 것이다. 둘 다 부끄러운 것이다.

우리 제발 좀 이러지를 말자.

작가들의 우정

독일의 위대한 작가 괴테(1749~1832)와 실러(1759~1805)의 우정은 두고두고 내려오며 독일 국민의 자랑거리로 돼 왔다. 괴테가 실러 사후에도 무려 27년이란 긴 세월을 더 살았건만 독일 국민은 그들의 무덤을 굳이 한군데다 써서 아예 '괴테와 실러의 무덤'으로 만들어 버렸다. 그리하여 그 '무덤'은 너무나 당연하게 관광 명소로 떠오르게 됐다. 그리고 바이마르 민족 극장 앞에 우뚝 서 있는 실러와 괴테의 동상은 둘이 정답게 손을 맞잡고 있는 것으로 전 세계에 널리 알려져 지금도 가장 인기 있는 관광 명소로 각광을 받고 있다.

괴테와 실러는 한 과학 보고회에서 처음 만난 뒤부터 서로 사귀어 날로달로 가까워지게 됐었다. 이들 양대 시인의 결합은 독일 민족문학에 거대한 공헌을 했다. 괴테의 쇠강(衰降)해 가던 창작적 정력은 실러의 격탕(激蕩)으로 말미암아 다시금 왕성해짐으로써 '제2차 청춘기'에 접어들게 됐다. 실러는 또 실러대로 괴테의 도움을 받아 유심론적 철학의 탐구에서 벗어나 현실을 정시(正視)하게 됐다.

두 사람 사이에 주고받아진 서신은 무려 천여 통에 달하는바 괴테는 이를 일킬어 '독일에 증여한, 심지어는 인류에 증여한 큰 선물'이라고 했다. 두 사람은 당시 문예계의 그릇된 흐름을 바로잡아 볼 목적으로 《문예연감》에다 짧고 날카로운 글들을 숱하게 발표했다. 그러한 형식의 글을 '경어시(警語詩)'라고 하는바 그 '경어시'들은 당연하게 반대파들의 열띤 반론을 불러일으키기도 했다. 두 사람은 또 동시에 서사시들을 쓰기 시작했다. 그리하여 세상에서는 1795년을 '서사시의 해'라고 부르기에 이르렀다.

우리 민족 문단에는 언제나 이런 위대한 우정이 나타날 것이며 또 손을 마주잡는 두 작가의 동상이 건립돼 관광 명소로 각광을 받게 될 것인지…… 아직까지는 그 전망이 막연하기만 하다.

"고골(1809~1852)의 창작과 푸시킨(1799~1837)의 창작은 서로 배합을 함으로써 19세기 러시아의 비판적 리얼리즘의 기초를 닦아 놓았다. 그들은 러시아 문학에서의 '자연파'의 창시자들이다."

막심 고리키(1868~1936)는 두 작가의 멋진 합작에 대해 이와 같이 평가를 했다.

"푸시킨이란 이름만 들어도 우리는 대번에 러시아의 민족 시인을 떠올리게 된다. 그는 마치 하나의 사전이나처럼 우리말의 모든 보고(寶庫)와 역량, 그리고 영활성(靈活性)을 갖추고 있다. 그의 몸에는 러시아의 대자연과 러시아의 영혼, 그리고 러시아의 언어와 러시아의 성격이 더없이 순결하고 더없이 아름답게 반영이 되고 있다. 마치도 볼록 거울에 비친 풍경이나처럼."

고골은 절친한 벗이며 문우인 푸시킨을 이와 같이 칭송을 했다. 이 얼마나 아름다운 우정인가. 고상한 인간들에게는 '우두머리'니 '똘마니'니 하는 따위의 저열하고 추잡한 관계가 그 체질상 애당초에 형성이 되지를 못하는 법이다.

세계문학사상의 찬연한 보석인 영국 시인 바이런(1788~1824) 그리고 그와 같은 반항문학파 시인 셸리(1792~1822), 이 두 시인의 사이는 또 어떠했는가.

1818년 3월, 보수파들이 통치하고 있는 '더러운' 영국을 마지막으로 떠난 셸리는 이탈리아로 향했다. 그는 바이런과 같이 지중해변에다 거처를 잡고 둘이 함께 배젓기와 말타기 그리고 총 쏘기 등을 즐겼다. 그들은 또 열렬히 시담(詩談)을 나누기도 했다. 셸리는 바이런의 시재(詩才)에 탄복을 하고 또 그 호방한 성격에 매혹이 돼 버렸다. 한편 바이런은 또 바이런대로 셸리의 순결함과 무사(無邪, 사심이나 악의가 없음) 함을 더없이 사랑했다.

하지만 그들의 우정은 그리 길지가 못했다. 셸리가 해난 사고로 갓 서른의 아까운 나이에 세상을 뜨자 그 바로 이태 후인 1824년, 36세의 바이런 또한 셸리의 뒤를 쫓듯이 총총히 떠나가 버렸기 때문이다. 바이런은 그리스의 독립 전쟁을 지원하다가 전선에서 모진 열병으로 한 목숨을 바쳤던 것이다.

이윤을 추구하는 상인들에게는 경쟁 대상인 동업자가 적으로 될 수 있다. 그러나 고상한 목표를 향해 함께 달리고 있는 작가들에게 있어서 동업자는 양사 익우(良師益友)로밖에 더 달리는 될 수가 없다.

우리라고 괴테, 실러처럼 좀 못 해 보겠는가. 푸시킨, 고골처럼 좀 못

해 보겠는가. 바이런, 셸리처럼 좀 못 해 보겠는가.

우리도 한번 잔뜩 뼈물고 본때를 보이자. 우리 민족문학사를 아름다운 우정의 에피소드들로 한번 멋지게 장식을 좀 해 보자.

'괴이한 물질'들은 자주적으로 냉큼냉큼 '퇴임'을 하고 본디의 자연인으로 돌아가라. 그리고 '똘마니'들은 무원칙한 '패거리'에서 즉각 '탈퇴'를 하고 흐트러졌던 자아를 다시 확립하라.

'망하는 놈의 집엔 싸움이 잦다'잖는가. 우리 다 같이 일떠나 우리 문단의 고질적인 '쌘다피' 현상을 벼락바람으로 한번 박멸을 해 치우자.

'5호16국'을 통일하고 '대동단결'을 이룩한 우리의 자랑스러운 민족 문단이여, 영원하라!

1997년 11월

려포(呂布) 현상

《삼국연의》에서 장비, 관운장, 류비 세 장수와 3대 1로 멋지게 기마전을 벌여 그 용맹을 천하에 떨쳤던 려포, 어느 누구도 감히 1대 1로는 당해 낼 수가 없던 맹장 중의 맹장 려포.

이 무예가 절륜한 려포에게도 그 품성에 극히 저열한 면이 있었으니 그는 곧―.

견리망의(見利忘義)

'견리망의'란 '이끗을 보고 의리를 돌보지 않는다'는 뜻. 려포가 바로 이 '견리망의'의 화신 같은 인물이었던 것이다.

려포는 본시 형주 자사 정원(丁原)의 부장(副將)으로서 정원의 수양 아들이기도 했다. 이 려포가 나중에 적군의 총수(총지휘관) 동탁(董卓)에게 매수를 당했다. 려포는 군대를 끌고 동탁에게로 넘어가면서 동탁에게 바칠 선물로 제 상관이자 수양아버지인 정원의 목을 잘라 가지고 갔다. 동탁에게 적장의 수급(전쟁에서 잘라 낸 적군의 머리)보다 더 좋은 선물이 또 어디 있으랴. 려포는 동탁의 가장 신임받는 장수가 되는 것과 동시에 자청해서 동탁의 수양아들까지 됐다. 나중에 려포는 또 의부자간(義父子間)에 절세미인 하나를 놓고 서로 다투다가 결국은 수양아버지인 동탁을 제 손으로 죽여 버렸다.

후일 려포는 조조의 군대를 공격해 여러 차례 혁혁한 전과를 거두었다. 그러나 마침내는 대패를 해 조조의 계하수(階下囚)로 됐다. 려포가 조조더러 "목숨을 살려 주면 장군의 충성스러운 부하가 되겠소이다." 고 간청을 했으나 조조는 그의 신의 없는 행적을 너무나 잘 알고 있는 터라 그 청을 들어주지 않았다.

'살려 줬다간 나도 또 정원, 동탁의 꼴이 될 게 뻔한데 어떻게 살려 줘?'

려포는 형장에 끌려 나가 참수를 당했다.

려포가 수양아비를 둘씩이나 살해한 패덕한만 아니었던들 조조는 천하의 용장(勇將)들을 골라 모으느라 진력을 하는 터였으므로 그를 너그러이 용서해 제 부하를 삼았을 것이다. 개연성으로 보아 그랬을 거란 말이다.

같은 수양아들 놈에게 배신들을 당한 정원과 동탁이 저승에서 려포의 피투성이 된 대가리가 땅바닥에 굴러떨어지는 소리를 들었다면 두 사람은 아마 구원(舊怨)을 시원스레 풀어 버리고 서로 손을 맞잡으며 쾌재를 불렀을 것이다.

려포가 죽고 1800년이란 세월이 흘렀다. 정확하게는 한 해가 모자라는 1800년이다. 그런데 이제 와서 새삼스레 또 무슨 '려포 현상'이라니.

'20세기의 려포들'

바로 어제까지도 '형님', '동생' 하면서 한동아리가 돼 별의별 짓을 다 하던 인간들. 이러한 인간들이 사소한 이해관계로 하루아침에 손바닥을 뒤집듯이 반목을 해 가지고는 서로를 헐뜯기에 여념들이 없다. 지금은 전란 시대가 아니니까 '적'의 진영으로 넘어가도 '적장'에의 선물로 '형님'의 '수급'이나 '동생'의 '수급'을 잘라 가지고 가지 못하는 것뿐이다. 그러니까 '삼국 시대'보다는 좀 문명한 '려포 현상'인 셈이다. 필경 혈전(血戰)보다는 설전(舌戰)이 피해가 좀 덜할 테니까 말이다.

우리 민족 문단의 비극은 바로 이 '20세기의 려포들'이 작가로서의 본연의 사명을 까맣게 잊어버리고 한심스러운 몸싸움들로 그 아까운 날과 달을 허송하고 있다는 데에 있다.

춘추 시대에 12열국이 장장 300여 년 동안 혼전(混戰, 함부로 뒤섞이어 어지럽게 싸움)을 거듭한 데 대해 공자는 극히 엄정한 결론을 지었다.

─춘추 무의전(春秋無義戰)!

300여 년 동안에 의로운 전쟁(정의의 전쟁)이라곤 단 한 번도 없었다는 것이다. 그러니까 몽땅 비정의의 약탈 전쟁이었다는 것이다.

─문단 무의전!

이런 대성일갈이 어디서 떨어져 내려오지 않게끔 우리 미리미리 몸조심들을 좀 하자.

우리 작가들의 타고난 사명이 도대체 무언가? 크게는 인류 사회의 진보를 위해, 작게는 다재다난(多災多難)한 제 민족의 권익을 위해 언제나 앞장서 싸우는 게 아니겠는가. 우리 백성들의 이익을 좀먹는 온갖 부정부패, 이를 척결하고 정화하기 위해 대성질호(大聲叱呼)를 하는 게 우리 작가들 본연의 사명이 아니겠는가.

일본의 프롤레타리아 작가 고바야시 다키지(小林多喜二, 1903~1933). 그는 본래 개발 은행에 공직(供職)하고 있는 은행원이었다. 그런데 이 은행원 씨가 어느 날 깜빡 그 본분을 잊고 '부재지주(不在地主)'라는 중편 소설을 써서 무작정 그대로 발표를 해 버렸다. 그 내용인즉 은행과 지주가 결탁해 가지고 소작농들을 참혹하게 착취하는 죄행을 철저히 폭로를 한 것이었다. 한 은행원으로서 본분을 깜빡 잊었던 고바야시 씨는 대번에 목이 달아났다.

―배은망덕도 유분수지. 죽일 놈 같으니라구!

그리하여 다음 날부터 고바야시 씨는 실업자들의 긴 행렬에 끼이게 됐다.

1929년에 상해에서 출판된 그의 대표작 《해공선(蟹工船)》의 중역본(中譯本) 머리말에서 고바야시는 이렇게 썼다.

중국 노동계급의 영용한 투쟁은 혈연적으로 이어진 일본 무산계급을 더없이 고무해 주고 있다.

일본공산당의 지하당원이었던 고바야시 다키지는 1933년 2월 20일, 경찰에 체포되자 곧 악귀 같은 고등계 형사들에게 끔찍한 고문치사를 당했다.(30세)

일본 인민과 중국 인민은 형제지간입니다. …… 우리는 다 같이 손잡고 고바야시 동지의 핏자국을 밟고 견결히 앞으로 나아가야 합니다.

당시 로신이 상해에서 띄운 조전(吊電)에는 이와 같이 적혀 있었다.

우리의 존경하는 '20세기의 려포' 제씨여, 서푼짜리 이해관계로 허구한 날 아옹다옹하는 게 부끄럽지도 않은가.

남들은 어떤 삶을 살았는가. 또 어떻게 살고들 있는가. 자신의 신념과 이상의 실현을 위해 목숨들을 걸고 싸우지 않았는가. 또 싸우고들 있지 않는가.

잔 시비질로 기나긴 세월을 허송하고 있는 제 신세가 허망하지들도 않은가.

《톰 아저씨의 오두막집》

해리엣 스토(1811~1896), 미국의 여류 작가, 백인. 이 여류 작가의 대표작 《톰 아저씨의 오두막집(엉클 톰스 캐빈)》은 1901년에 벌써 '흑노우천록(黑奴吁天錄)'이란 이름으로 중역본이 나왔을 정도로 중국 독자들과는 인연이 깊은 소설이다.

해리엣 스토는 유명한 대학 교수의 부인으로서 자신의 개인 생활과는 아무 상관도 없는 사업에, 흑인 노예의 해방 사업에, 거의 전 생애를 바치다시피 했다. 그녀는 흑인 노예들의 탈출을 도와주는 모험적인 행동에 직접 참여하기까지 했다.

백인 노예주들의 야수적인 횡포와 개짐승만도 못한 대우를 받고 있는 흑인 노예들의 참혹한 정상을 만천하에 폭로한 소설《톰 아저씨의 오두막집》이 발표되자 노예 제도를 고수(굳게 지킴)하고 있는 (미국) 남부에서 '해리엇 스토'라는 이름은 대번에 저주의 대상으로 돼 버렸다.

　—저런, 능지처참을 해도 시원찮을 년 같으니라구!

《톰 아저씨의 오두막집》은 미국 국민의 반노예제적 정서를 드높이는 데 중대한 작용을 했다. 그리하여 세상에서는 그 소설의 발표를, 남북 전쟁(흑노해방전쟁)이 터지게 된 기인의 하나로 꼽고들 있다. 그러게 당시 링컨 대통령이 해리엇 스토를 만난 자리에서 '이렇게 자그마한 여성이 그렇게 엄청난 일을 해냈다'며 대견스러워했던 것도 무리가 아니었다.

　해리엇 스토의 삶, 이게 바로 진정한 작가의 삶이 아니겠는가.

　진흙탕에 개싸움 같은 무의미한 싱갱이질에서 제각기 발을 빼 스스로를 해방하고 거뜬한 기분으로 붓들을 들자. 우리 다 같이 '부재지주'를 쓰고 또《톰 아저씨의 오두막집》을 쓰자. 멋진 작품들, 의의 있는 작품들, 후세에 남을 만한 훌륭한 작품들, 그런 작품들을 우리 한번 다 같이 열심히 써 보자.

1997년 12월

1표 반대

국회의사당에 기라성처럼 늘어앉은 수백 명의 의원들이 일제히 찬성표를 던지는 가운데 오직 저 혼자만 반대표를 던진다는 것은 철의 신념과 비상한 용기가 없으면 도저히 해낼 수가 없는 일일 것이다. '신념'이란 자신의 체득한 사상과 견해에 대한 굳은 믿음과 그것을 끝까지 실현하려는 강한 지향이 결부된 사상 의식.

그러게 '1표 반대'란 언제나 신념과 용기의 산아(産兒)인 것이다.

카를 리프크네히트

카를 리프크네히트(1871~1919)는 제1차 세계대전 당시 독일 제국의 국회의원으로서 사회민주당의 당원이었다. 그러나 당시의 사회민주당은 허망한 '애국열'에 들뜬 나머지 아예 이성을 잃었던 까닭에 국제주의의 신성한 의무를 저버리고 눈먼 망아지처럼 군국주의를 추종, 그

뒤꽁무니만을 따라가고 있었다.

프롤레타리아 국제주의의 원칙은 '제국주의 전쟁을 국내 전쟁으로 전환시켜 본국 정부를 뒤집어엎는 것'이다. 이렇듯 준엄한 정치적 상황하에 제국 국회는 그 침략적인 전쟁 예산을 무사히 통과시키기 위해 사전에 물밑 공작을 빈틈없이 벌였다. 그리하여 제1야당(반대당)인 사회민주당을 거세하는 데 성공, 제 편에 서게끔 만들어 놓았다.

이에 따라 사회민주당의 의원 총회는 당연스레 전원이 찬성표를 던지기로 의결을 했다. 그러나 막상 투표가 시작되자 '만장일치 통과'를 국내외에 과시하려던 엉큼한 계획은 보기 좋게 파탄이 되고 말았다.

"반대―한 표!"

"어느 놈이 감히?"

"사회민주당 의원 카를 리프크네히트!"

"저런 칼탕을 쳐 죽일 놈 같으니라구!"

다 된 죽에 코 빠진 꼴이 돼 버린 독일의 존엄한 제국 국회.

일본제국주의도 태평양 전쟁을 성전(聖戰)으로 미화하면서 '일억 일심(一億一心)' 즉 '전 국민이 한마음 한뜻으로 굳게 뭉쳐' 수행한다고 과시를 하지 않았던가.

카를 리프크네히트는 1916년 1월 1일, 제국주의 전쟁을 반대하는 대규모의 데모(시위운동)를 조직했다는 이유로 체포돼 징역형에 처해졌다. 그리고 3년 후인 1919년 1월 15일, 그는 로자 룩셈부르크와 함께 극우파들에게 암살을 당했다. 카를 48세, 로자 49세였다.

종전 후의 일본 국회에서도 이와 유사한 사건이 발생했다. 1968년 10월, 일본 국회에서 '핵 확산 방지 조약' 조인부에 관한 안건을 상정, 이를 투표로 가결하는데 일본공산당 의원들은 그 의원 총회의 결의에 따라 일제히 반대표를 던졌다. 그런데 유독 한 사람 시가 요시오(志賀義雄) 의원만은 미소를 지으며 백표를 내들어 한 번 흔들어 보인 뒤 곧바로 투표함에다 집어넣었다. 백표는 찬성표, 청표는 반대표.

"90개국이 조인을 한 조약을 반대할 이유가 무언가? 그런 결의는 잘못돼도 한참 잘못된 거니까 나는 양심상 따를 수가 없다!"

군국주의 시대에 옥중에서 도쿠다 규이치(德田球一)와 함께 18년간을 꿋꿋이 버텨 낸 강골의 사나이 시가 요시오, 일본공산당의 자랑스러운 지도자의 한 사람인 시가 요시오, 공산당의 양심을 끝까지 지켜 낸, 가장 멋진 사나이 시가 요시오!

하버 윌슨

11월 29일 자 〈노년보〉에 실린 의홍문(義興文)의 짧은 글 '오랜 시일 숨겨 온 미국의 달 착륙 비사'를 우리글로 한번 옮겨 보자.

미국이 20여 년래 줄곧 숨겨 온 1969년 달 착륙시에 있었던 사건. 이 사건의 진상을 20여 년이 지나서 당시의 우주 비행사였던 하버 윌슨이 처음으로 공개를 했다.

1969년 7월 초, 미국의 달 탐험 우주선이 발사되기 2주일 전 하버 윌슨은 텔레비전으로 생방송 할 일급비밀의 발언 원고를 건네받았다. 그 내용인즉,

"나 하버 윌슨은 이에 정중히 선포한다. 아메리카 합중국은 달에 대한 영토적 주권을 소유한다. 미국 국민이 내디디는 한 걸음 한 걸음

은 다 미국 영토의 확장이다."

7월 20일, 우주 비행선은 드디어 달 표면 트랑퀼리타티스 사해(死海)에 착륙을 했다. 텔레비전 카메라는 이 역사적인 장면의 실황 중계방송을 하기 시작했다.

하버 윌슨은 우주선에서 내려와 달 표면을 걸어가다가 마지막 한 발자국에 다달았을 때 천천히 입을 열었다.

"나 하버 윌슨은 전 인류의 이름으로 선포합니다. 달은 어느 나라에도 속하지 않는, 전 인류가 공동으로 소유하는 재부(財富)입니다."

그리고 잠시 끊었다가 다시 한마디를 덧붙였다.

"우리는 전 인류의 평화를 위해 여기엘 왔습니다."

그가 말을 마치자 실황 중계방송이 돌연 중단이 되면서 4분 반 동안의 공백이 생겼다. 미국 당국의 설명에 따르면 '통신위성에 고장이 났다'는 것이다. 그러나 실상은 발사 기지의 지휘부가 전용선으로 하버 윌슨과 통화를 하고 있었다.

지휘부: 매(鷹) 1호, 어째 발언 원고대로 하지 않았는가?

윌슨: 그렇게 됐습니다.

지휘부: 잘못한 말을 당장 취소하라.

윌슨: 취소 못 합니다. 절대로!

우주 비행선이 달에서 지구로 귀환을 하자 뉴욕의 국제연합(UN)에서는 인류사적인 의안 하나를 결의했다.

—달은 인류가 공동으로 소유한다.

하버 윌슨, 미국의 정직한 우주 비행사, 얼마나 멋진 사나이인가, 얼마나 용감한 사나이인가.

―취소 못 합니다. 절대로!

그러게 인류 사회는 언제나 희망에 차 있는 것이다.

소인의 척도

'소인'이란 '국량이 좁은 째째한 인물'. '척도'란 '자로 재는 길이의 표준'. 지난해(1996년) 12월, 나는 서울서 1965년 3월에 탈고한 장편소설을 처음으로 펴냈다. 그러니까 49세에 쓴 것을 81세에 발표를 한 것이다(31년 9개월 만에). 이에 대해 지금 의견이 구구하다. 뒷공론도 분분하다. 게다가 헛소문까지 무성하다.

'속 시원하게 참 잘 썼다'며 통쾌해하는 사람들이 있는가 하면 또 오만상을 찌푸리며 개 벼룩 씹듯 "이건 비열한 분풀이다. 알쭌한 반동이다!" "왜 외국에 내다 발표를 했느냐? 무슨 까닭이냐!" 목에 핏대를 세워 가며 땅땅 벼르시는 분들도 계시다.

소인들은 남을 재는 데도 언제나 제 척도를 표준으로 삼는다. 기껏해야 개나 돼지 정도밖에 더 재지 못할 자를 가지고 소나 코끼리를 재려고 드니 자연 소나 코끼리도 개나 돼지 정도밖에 더 돼 보이지를 않는 것이다. 소인들의 눈에는 카를 리프크네히트의 '1표 반대'도, 시가 요시오의 '1표 찬성'도 다 '비열한 분풀이'로밖에는 보이지를 않는 것이다.

1944년 7월 20일, 전쟁 미치광이 히틀러를 제거하려고 시한폭탄이 들어 있는 가방을 히틀러의 회의실에 갖다 놓았으나 짓궂게도 다른 장령들만 살상이 되고 히틀러 본인은 기적적으로 경상만을 입었던 사건. 그 미수로 끝난 제거 공작의 주역은 독일군 기갑부대 사단장 출신인 스토펜베르거 백작(37세). 스토펜베르거는 불행하게도 불과 10여 시간 후에 체포가 돼 육군 참모총장 출신의 베크 장군 등 여느 공모자들과 함께 총살을 당했다.

히틀러의 발광적인 침략 전쟁으로 도탄에 빠져 버린 독일 국민을 구하기 위한 독일의 양심들의 일장의 의거였다. 그러나 그들 소인들의 눈에는 이것도 '비열한 집단적인 분풀이'로밖에는 더 보이지를 않는 것이다.

하얼빈 역두에서 이토 히로부미를 쏴 죽인 안중근 의사도, 상해 홍구공원에서 폭탄을 던져 일본군 장령들을 폭사시킨 윤봉길 의사도 다 그들의 눈에는 '비열한 분풀이쟁이들'로밖에 달리는 더 보이지를 않는 것이다.

일본제국주의가 조선을 강점해 식민 통치를 내리먹이던 36년 동안에 감연히 일떠나 이에 맞선 사람이 하나도 없었다면 우리 민족의 체면이 어떻게 됐을 것인가. 온 겨레의 남자들과 여자들이 다 '제발 나 잡아 잡수' 하고 엎드려 있기만 했다면 우리 겨레의 낯짝이 무슨 꼴이 됐을 것인가.

독일의 지성적 계층은 반성을 하고 있다.

"만약 스토펜베르거들의 '7월 20일 거사'가 없었다면 우리 독일 국민은 세계를 대할 면목이 없었을 것이다."

왜냐면 온 국민이 한 사람도 빠짐없이 몽땅 제정신이 아니게 히틀러 전쟁 미치광이를 추종하고 떠받든 것으로 돼 버렸을 테니까 말이다.

'7월 20일 사건'에 연루돼 총살과 교살을 당한 장령들과 정치가, 사회 활동가, 종교가들은 무려 4,980명. 그러니까 그들이 목숨을 걸고 던졌던 '집단적인 1표 반대'가 나중에 8천만 독일 민족의 체면을 세워 줬다는 얘기가 되는 것이다.

일본 군국주의가 패망하고 맥아더 사령부의 정치범 석방 명령이 떨어져 일본 전국의 형무소들에서 일제히 석방된 비전향 정치범은 약 300명. 이들이 바로 도쿠다 규이치, 시가 요시오 등 18년을 필두로 감옥 안에서 끝까지 버텨 낸 일본의 양심들이었다. 그 대부분이 일본 공산당원이었으나 그 가운데는 조선인 독립운동가, 무정부주의자들도 적잖이 들어 있었다. 중공 당원으로서는 단 하나 29세의 김학철이 들어 있었다.

이들이 아니었던들 유유낙낙 군국주의를 추종했던 일본 국민은 종전 후 부끄러워서 어떻게 세계 앞에 얼굴을 들었을 것인가. '유유낙낙'이란 '명령하는 말에 대해 언제든지 공손하게 응낙한다'는 뜻.

이 약 300명의 자랑스러운 '확신범'들도 우리의 거룩하신 소인님네의 눈에는 '비열한 분풀이쟁이들'로밖에 달리는 더 보이지를 않는 것이다.

깃발은 이렇게 넘어갔다

중국 청년출판사에서 펴낸《지정자설(知情者說)》제4권에 실린 감민(闞民)의 글을 간추려서 한번 옮겨 보기로 하자.

1966년 4월 14일, 곽말약은 전국 인대(人大) 상무위원회 제30차 (확대) 회의에서 참으로 놀라운 발언을 했다.

"수십 년 동안 줄곧 붓을 들고 쓴 글들이 수백만 자에 달하긴 하지만 오늘의 표준으로 볼 때 그것들은 아무 가치도 없는 것입니다. 그 글들은 몽땅 다 불살라 버려야 합니다."

이 '몽땅 불살라 버려야 한다'는 발언이 매스미디어(신문, 방송 따위)를 타자 예상 못 했던 파동이 일었다. 지식인들이 거의 없이 놀라서 눈이 휘둥그래져 가지고 벌린 입을 다물지를 못한 것이다.

6월 5일, 아시아, 아프리카 작가 상설국이 개최한 모택동의 '연안 문예 좌담회 강화' 25돐 토론회에서 곽말약은 '한평생 모 주석의 좋은 학생으로 되자'라는 폐회사를 했다. 모택동에 대한 충성심을 다 토로하고 나서도 어쩐지 좀 찜찜하던지 그는 즉석에서 시 한 수를 낭송했다.

제목은 '이 자리에 앉아 계신 강청 동지께 바치나이다. 그리고 여러 동지와 동학들에게도 바치나이다.' (제대로 옮길 자신이 없어서 구차하나마 원문을 그대로 베낀다.)

親愛的江青同志
你是我們學習的榜樣
你善于活學活用戰無不勝的毛澤東思想
你奮不顧身地在文藝戰線上陷陣沖鋒
使中國舞臺充滿工農兵的英雄形象……

―차마 이렇게까지 드러내놓고 아부 굴종을 할 수야!
'아부 굴종'이란 '비굴하게 아첨하면서 낮추 붙어 굽신거린다'는 뜻. 입이 쓰다 못해 메스꺼울 지경이다. 중학 2년생이 썼더라도 선생님은 대번에 낙제 점수를 주었을 것이다.

로신 이후(1936년 이후) 곽말약은 중국 문학예술계의 드팀없는 깃발로 숭앙을 받아 왔다. 그 깃발이 이렇게 허무하게 넘어갈 줄이야!

서술은 다시 원점으로 되돌아온다. '소인의 척도'로 되돌아온다.

묻노니 소인님네여, 만약 십 년 '문화혁명' 기간에 우리 200만 겨레 가운데 '디터우(低頭)!'에 고개 숙이지 않고 '하야오(哈腰)'에 허리 굽히지 않은 사람이 하나도 없었다면 우리 민족의 체면이 떨어졌을 건가, 안 떨어졌을 건가. 두고두고 부끄러웠을 건가, 안 부끄러웠을 건가. 나 이 김학철까지 '강청 동지께 바치나이다' 따위를 썼더라면 그 꼴이 뭐가 됐을 건가.

무고한 간부들과 지식인들을 무려 552,877명(내부 우파 불포함)씩이나 '우파분자'로 두들겨 만들어 강제 노동에 내몰고 또 '대약진', '인민공사'로 나라의 경제가 파탄의 지경에 이르러 아사자가 속출을 하는데도 그저 눈 꾹 내리감고 밤으로 낮으로 '만세', '만세', '만만세'만 외쳐 대던 인간들, 추악한 영혼의 소유자들, 서슬이 시퍼렇던 '프롤레타리아 용사들'. 그 꼬락서니들을 차마 보고만 있을 수가 없어서 나는 끝내 붓을 들고야 말았었다. 그리하여 어마어마한 우상에 정면으로 도전을 했던 것이다. 이래도 '비열한 분풀이'인가. 이 가련한 인생들, 거룩하신 소인님네야.

'4인방'의 망령들은 아직도 시퍼렇게 살아 있다. 우리들의 주변을 두리번거리며 싸대고 있다. 양심적인 사람들을 물어먹고 그 공로로 한자리 얻어 해 볼 양으로 눈이 화등잔이 돼 가지고 돌아치고들 있다.

나 이 김학철은 그 암담하던 세월에 감히 '1표 반대'를 해냈던 정직한 마르크스주의자다. 민족적 긍지와 자부심을 가슴 깊이 간직하고 있는, 양심적인 당원 작가다.

—그럼 왜 외국에 내다 발표를 했느냐구?

장장 32년을 기다려도 풍토가 그저 그 모양인데 죽을 때까지 눈이 멀뚱멀뚱해 기다리기만 하겠는가. 다름 아닌 바로 당신들 소인님네가, '4인방'의 사라지지 않는 망령들이 나로 하여금 '국외 출판'을 감행하지 않을 수 없게끔 만들어 준 것이다.

32년 전에 쓴 소설을 강산이 세 번씩이나 변했는데도 발표를 못 하게 한다면 그 나라의 체면이 뭐가 될 건가. 그 놀라운 인권 기록에 세계가 어찌 눈살을 아니 찌푸릴 건가. 한번 숙고해 볼 필요가 있다. 무작정 밀막고 때려잡는 것만이 능사가 아니다.

소련 작가 알렉산드르 솔제니친(1918~)이 국내에서는 발표가 도저히 불가능한 소설《수용소 군도》를 국외로 내보내 프랑스에서 출판을 했다고 1974년 2월 소련 정부는 그에게 '국가배반죄'를 들씌워 국외로 추방을 해 버렸다. 그는 미국에서 꼬박 20년 동안 망명 생활을 하다가 1994년 5월에야 비로소 대환영을 받으며 고국 러시아로 돌아왔다. 세계 각국에서 번역 출판된 그의《수용소 군도》는 그가 귀국을 하기 전에 이미 러시아에서도 원문(러시아어)으로 출판이 돼 있었다.

나의 그 재난 심중(災難深重)한 운명의 소설도 이 땅에서 공산당원의 필독서로 출판이 될 날이 꼭 오리라는 것을 나는 확신을 하고 있는 터이다.

1997년 12월

사은 기도

'사은 기도'란 일종의 종교 의식이 아닌가 싶다.

우리 황포군관학교 동기생에 강병학(일명 장중광)이란 친구가 있었다. 그 친구는 원래 독실한 천주교도였다. 이 강병학이 식사 때마다 꼭꼭 앞가슴에다 경건하게 십자를 긋고는 "주님이여…… 성찬을 베풀어 주셔서…… 성부, 성자, 성령의 이름으로…… 아멘." 이런 무슨 아무도 알아듣지 못할 주문 같은 것을 중얼중얼 외우곤 했었다.

그가 경건하게 기도를 하는 동안에 다른 친구들이 반찬을 (추풍이 낙엽을 몰아가듯이) 싹 다 먹어 치우는 바람에 그는 늘 반찬이 없는 맨밥을 먹어야 했다. 한 달포쯤 그놈의 '주님이여…… 아멘'을 견지하다가 나중에 정 안 되겠던지(신앙심보다는 먹고사는 게 더 중요하다는 것을 깨달았던지) 그는 그 맨밥만 베풀어 주시는 종교 의식을 어느 날 갑자기 걷어치우더니 곧바로 반찬 그릇으로 달려드는 것이었다.

사자의 식전 사은 기도

'백수의 왕이라는 사자가 막 잡아 놓은 점심 먹이(얼룩말 또는 멧돼지 따위)를 뜯어 먹기 전에 먼저 성찬을 베풀어 주신 하느님의 은총에 감사하는 기도부터 한다'는 뜻일 테니 참으로 비유치고는 한번 멋진 비유라 하겠다.

실제로는 있을 수 없는 일이다. 그러나 우리 인간 사회에는 가끔 가다 이와 비슷한 현상이 곧잘 나타나곤 한다. 유의해 보지 않으면 그냥 지나쳐 버리기가 쉬운 현상이다.

'악어의 눈물'이란 말도 있다. '겉꾸림으로 자비로운 체한다'는 뜻일 것이다(악어가 다른 짐승을 잡아먹을 때는 생리적 작용으로 눈물이 저절로 흐르기 마련이므로). 이런 '악어 현상'도 우리 주변에는 심심찮을 정도로 나타나곤 한다. 이것도 유의해 보지 않으면 그냥 지나쳐 버리기가 쉬운 현상이다.

아무튼 우리 인간 사회는 섬세하고도 미묘 복잡한 우렁이 속이다. 하루 종일 굶어서 배가 고파 딱 죽을 지경인데도—아침은 굶고 점심은 건너뛰고 저녁은 그냥 잔다. 이런 식으로 에두름법을 써서 표현을 하기를 좋아한다.

문: 겸허란 무엇인가?

답: 토끼가 승냥이를 만났을 때의 표정입니다.

이따위 답을 했다간 대번에 "틀렸다, 낙제점!" 핀둥이를 맞기가 일쑤다.

그런데 그럴 땐 조심스레 "잘난 체하거나 아는 체하는 티가 전혀 없이 제 몸을 낮추는 것입니다." 이런 답을 올리면 "맞았다, 만점!" 기분

좋게 칭찬을 받게 마련이다.

문: 군사 칭호란 무엇인가?

답: 군사 칭호란 평화 시기엔 높을수록 앞에 서고 전쟁 기간엔 낮을수록 앞에 서야 하는 겁니다.

이따위 천지간에 용납 못 할 답을 했다간 대번에 반동분자로 몰려 아예 신세를 조지기가 쉽다. 그러게 말이란 눈치코치 봐 가며 슬금슬쩍 얼버무리는 게 제일 무탈하고 또 안전하다.

로신 선생도 말씀하지 않았는가. 갈보가 오입쟁이를 후리는 것을 보고 곧이곧대로 '갈보가 오입쟁이를 후린다'고 했다간 으레 콧방을 맞기 마련이다. 말이란 탁해 다르고 툭해 다른 거니까 그럴 땐 '새아기가 벌이를 한다'고 에둘러 말하면 같은 뜻이라도 듣기가 좋으니까 아무 문제도 없을 게 아닌가.

입과 주먹

지난해였던지 지지난해였던지 아무튼 나는 '입과 주먹'이라는 짧은 글 한 편을 〈연변 텔레비전 신문〉에다 발표를 했었다.

'입과 주먹'은 원래 어느 신문이 발표하기를 꺼리어 서너 달씩이나 계속 미미적거리기만 하고 있었다. 그러던 터에 원고 청탁이 들어왔길래 '보내는 원고를 꼭 전문 게재하겠느냐'고 물어서 '꼭 하겠다'는 다짐부터 받은 뒤에 원고를 그리로 돌렸더니 아닌 게 아니라 며칠 후에 다짐대로 전문 게재를 했었다.

기실 '입과 주먹'은 어느 외국 교수의 글에서 골자를 뽑아내다시피

한 것으로써 무단 차용을 했다는 시비에 걸리기만 하면 서너 자릿수의 보상금을 물거나 적어도 볼기 스무나문 대쯤은 에누리 없이 맞아야 할 글이다.

어쨌거나 그대로 한번 베껴 본다. 무슨 놈의 글이 그 지경 말썽스러웠는지 〈장백산〉의 독자들께도 한번 구경시켜 드릴 필요가 있을 것 같아서다. 이하는 본문.

대학생하고 소학생이 권투 시합을 한다면 그 결과는 뻔하다. 으레 소학생이 지기 마련이다. 소학생이 이기고 대학생이 지는 따위의 희미한 기적은 나타나기가 좀 어렵다. 좀 어려운 게 아니라 아예 하늘의 별 따기다.

새그물

언젠가 공원에를 놀러 갔더니 30대의 남자 하나가 솔밭머리에 새그물을 쳐 놓고 새들이 와 걸려 주기를 기다리고 있었다. 심심파적으로 옆에 서서 구경을 하려니까 오라는 새는 아니 오고 반갑지 않은 불청객—조무래기 서넛이 손에 손을 잡고 뭐라고들 재잘거리며 몰려오는 것이었다. 새그물 임자가 맞갖잖은 듯이 대번에 눈을 부라리며 볼멘소리로 경고를 했다.

"저리들 돌아가. 이리 오지 말구…… 저리들 돌아가."

또 한동안 기다렸으나 오라는 새는 여전히 와 주지를 아니하고 반갑지 않은 불청객—웬 20대의 건장한 남자 하나가 어슬렁어슬렁 걸어오는 것이었다. 새그물 임자가 속으로는 몹시 맞갖잖은 모양이었으나 이번에는 눈도 부라리지 못하고 또 볼멘소리도 못 냈다. 할 수 없이 부드러운 목소리로 사정을 했다.

"미안하지만 저리 좀 돌아가 주시오. 여기단 새그물을 쳐 놨으니까."

이와 비슷한 현상은 우리 주변에서도 날마다 나타나고 또 날마다 되풀이되고 있다. 높은 분을 뵈러 갈 때는 머리를 쓰다듬고 넥타이를 매만져 보는 게 일반적인 상식이다. 아랫놈이 뵈러 왔을 때는 별로 신경 쓰지 않고 아무렇게나 대해도 무방하다고 생각을 하는 것도 역시 일반적인 상식일지 모른다.

나라와 나라 사이의 외교 정책을 봐도 그렇다. 강대국이 대체로 공격적인 반면 약소국은 대체로 방어적이다. 전투기 500대를 가진 놈이 5천 대 가진 놈하고 대등하게 거드름을 부릴 수는 없는 게 세상 만물 공통의 이치일 것이다.

나폴레옹

전쟁에 져서 정배를 갔던 프랑스의 황제 보나파르트 나폴레옹이 유배지 엘바섬을 탈출해 수도 파리에 입성, 재집권하는 과정에서 당시의 한 프랑스 신문이 보여 줬던 보도 태도가 자못 흥미롭다.

처음 엘바섬을 탈출했을 때는 '살인마, 소굴을 탈출!' 이렇게 제목을 뽑았으나 나폴레옹의 파리 진입 정도에 따라 그 제목은 분주하게 바뀌어 나간다.

─코르시카의 아귀, 쥐앙만에 상륙.

─괴수, 카르프에 도착.

─괴물, 그르노블에 야영.

─폭군, 리옹을 통과.

─약탈자, 수도 60마일 전방에 출현.

―보나파르트(나폴레옹), 급속 전진!

―황제, 퐁텐블로에 도착하시다.

―황제 폐하께오서 충성스런 신하들을 거느리고 튀일리 궁전에 듭시었다.

입과 주먹이 맞섰다가 입이 참패를 당하는 허탈한 과정이 역력히 드러나는 대목이다. 그러니까 주먹은 '상승(常勝) 장군'이고 입은 '상패(常敗) 장군'이라고 표현을 해도 무방할 것 같다.

우리의 양심적인 언론인들은 숙명적으로 언제나 '입'의 편일 수밖에 없으니까 팔자치고는 고약한 팔자들을 타고난 셈이다.

―코르시카의 살인마, 악당들을 거느리고 튀일리 궁전에 기어들다!

통쾌하게 이렇게 한번 써 놓고 당장에 목이 달아나 버린다면 속 시원할 게 무언가.

나폴레옹을 지칭해 '코르시카의 살인마', '아귀', '괴수', '괴물', '폭군', '약탈자'라고 한 것은 의심할 바 없이 속에서 우러나온 말―진리의 목소리였을 것이다. 반면 '황제 폐하께오서 충성스런 신하들을 거느리고 궁에 듭시었다'라고 한 것은 마지못해 토하는 말―일그러진 목소리였을 것이다.

'범(犯)' 자

'문화대혁명' 시기 감옥에서는 무릇 죄수들이 몸에 걸치는 옷붙이 따위에다는 깡그리 진한 뺑끼로 큼직하고도 뚜렷하게 '범' 자를 찍었다. 탈옥을 예방하기 위한 조치였다. 한데 극좌가 판을 치는 세월이었으므로 '범' 자를 찍는 것도 극단으로 달아나 속에 입는 빤쓰에다까지 더덕더덕 찍어 놓았다. 이를 맞갖잖게 여긴 정치범(반혁명 현행범) 하나가 고개를 외치며 볼멘소리로 한마디를 내뱉었다.

"제기랄, 맨 빤쓰 팬츠 바람으로 도망칠 녀석이 어디 있을 거라구."

그치는 당연지사로 당의 '사회주의적 노동개조 정책'을 악독하게 공격했다는 지적을 받고 한바탕 날벼락을 맞아야 했다. 말인즉 그치의 말이 옳았다. 맨 빤쓰 바람으로 도망칠 녀석이 어느 세상에 있을 것인가. 이것도 역시 주먹 앞에 입이 억울하게 얻어터지는 구체적이면서도 생동한 예라 하겠다.

나도 주먹 앞에서 분수없이 날뛰다가 골탕을 먹어도 한번 단단히 먹어 본, 뼈저린 경험의 소유자다. 그러니까 역시 범 무서운 줄 모르는 하룻강아지 같은 '입'이었던 것이다. 처음부터 고분고분 '황제 폐하께오서 충성스런 신하들을 거느리고 궁에 듭시었다'라고 얼러맞췄더라면 아무 탈도 안 났을 걸 가지고.

에라 모르겠다. 소 잃고 외양간이라도 한번 고쳐 봐야지. .

작가의 직업적 사명

작가의 직업적 사명이란 의사가 진찰을 하듯이 인간의 생활을 시시콜콜 꼼꼼히 빈틈없이 세밀히 검사를 하고 나서 그 독특한 지혜로써 돌연 생활의 겉옷을 홱 잡아 젖히는 것이다. 그리하여 닳아서 떨어지거나 꿰어져 구멍이 난 데를 드러나게 하는 것이다.

그러나 문제는 주먹들이 대뜸 눈방울을 굴리며 그렇게 못 하게끔 마구 을러대고 마구 떠밀치고 마구 두들겨 패고 또 마구 잡아 가두고 하는 것이다. 참으로 딱한 일이 아닐 수 없다.

한데 아이로니컬하게도 그 주먹들은 다른 누구가 아닌 바로 피해자 자신들이 그렇게 떠받들어 올려놓은 것이다. 쟁개비 끓듯 하는 숭배열과 무조건적으로 맹종하는 해묵은 습성 때문에.

그러게 프랑스의 걸출한 사상가 루소(1712~1778)가 설파를 한 것처럼—유권자는 투표를 할 때만 주인이고 투표를 하고 나면 노예로 전락을 하기 마련이다.

나도 루소처럼 단도직입적으로 한번 설파를 했으면 좋겠으나 그렇게 할 수가 없으니 속에서 불덩이가 치밀어 오른다. '갈보가 오입쟁이를 후린다'는 식으로 한번 했으면 속이 후련하련만 말이란 탁해 다르고 툭해 다른 거니까 부득불 '새아기가 벌이를 한다'는 식으로 '장마 도깨비 여울 건너가는 소리'나 할밖에 없다.

—전쟁을 할 각오가 돼 있어야 전쟁을 막을 수 있다.

독일의 심오한 군사 이론가 칼 본 클라우제비츠(1780~1831)의 명언이다.

—희생을 할 각오가 돼 있어야 전횡을 막을 수 있다.

연변의 무무한 지방 작가 김학철(1916년~)의 폐부지언(肺腑之言)이다.

1997년 12월

주어진 공간

어느 해 봄이었던가. 우리 싱검둥이 큰외삼촌이 무슨 약초인지를 캔다고 깊은 산속에를 들어갔다가 무슨 이름도 잘 모르는 산새의 둥지를 뒤져서 솜털이 보시시한 새 새끼 한 마리를 잡아다가 나를 주었다.

새 새끼는 얼굴보다 더 커 보이는 샛노란 주둥이를 벌리고 자꾸 쩩쩩 울어 댔다.

"이 새는 낱알을 안 먹는다. 벌레 같은 것만 먹는다. 이제부터 네가 맡아 길러라."

그 임무가 얼마나 어려운 것인지 한번 헤아려 볼 겨를도 없이 나는 싱글벙글 대번에 오케이(OK)를 했다. 이 경솔한 '오케이' 한마디로 나의 운명적인 '고난의 노정'은 곧바로 시작이 됐다.

새 새끼의 노예

먹을 것을 달라고 짹짹 울어 대는 새 새끼가 가엾어 벌레 그물을 들고 온 들판을 제정신 없이 달아 다니며 닥치는 대로 벌레들을 잡아다가 먹여 주고 있는 내 모습. 이는 거룩한 부성애였던가, 아니면 모성애의 극치였던가.

새 새끼가 점점 커감에 따라 먹새도 그만큼 늘어나는 까닭에 마침내는 먹이(벌레)가 딸리게 됐다. 나 혼자의 힘으로는 도저히 감당을 해낼 수가 없게 됐던 것이다. 그렇지만 새는 통제 경제하의 양순한 백성이 아니므로 엄격한 배급제를 실시할 수는 없는 노릇이었다.

'거룩한 부성애'와 '모성애의 극치'를 한 몸에 지니고 벼랑 끝에 선 나는 성스러운 책임감에 짓눌린 나머지 종당에는 범죄의 길에 들어서게 됐다. 누룩 제조업자인 어머니의 지갑에서 1원짜리 종이돈(조선은행권) 한 장을 감쪽같이 후무렸던 것이다. 나는 그 돈을 세골접이로 접어 가지고 손아귀에서 땀이 나도록 꼭 쥐고 한달음에 횡하니 푸줏간을 찾아갔다. 그 푸줏간 아저씨 박 서방은 나를 남달리 귀여워했다. 그 까닭인즉 남들이 다 그를 백정이라고 하대를 하는데 나만은 그를 보면 언제나 깍듯이 인사를 했었기 때문이다.

"날마다 2전어치씩만 아주 잘게 썰어서 주세요."

선금 1원부터 건네며 하는 나의 부탁에 박 서방은 괴이쩍은 듯 고개를 한 번 갸우뚱했다. 그러나 나의 설명을 듣고는 곧 하하 웃으며 흔쾌히 그 청을 받아 주었다.

당시는 소고기 1근(16냥)에 15전 하던 세월이었으므로 50일분의 먹이가 이로써 확보가 된 셈이었다. 나 자신도 일 년에 몇 번씩밖에 못

먹어 보는 그 귀한 소고기를 고놈은 철딱서니 없이 납작납작 받아먹으면서 날로달로 잘도 커 갔다.

기르기가 너무너무 힘이 들기는 했으나 힘이 드는 만큼 재미 또한 없지가 않았다. 고놈을 나뭇가지 같은 데다 앉혀 놓고 한 50발자국쯤 물러나 가지고 손뼉을 딱딱 치면 고놈은 곧 알아차리고 포르르 날아와 날렵하게 내 어깨에 내려앉곤 하는 것이었다. 그게 내게는 곧 미쳐날 지경으로 대견스럽고 또 자랑스러웠다.

그러나 '화무(花無)는 십일홍(十日紅)이요 달도 차면은 기우나니'라는 성주풀이의 한 구절마따나 드디어 슬픈 결별의 날은 오고야 말았다. 나 혼자의 힘으로는 도저히 고놈을 먹여 살릴 수가 없게 됐던 것이다.

고놈을 안고 뒷동산에 올라가 소나무 가지에 사뿐히 앉혀 놓고 돌아서려니 눈물이 났다. 가난에 쪼들리다 못한 애기 엄마가 포대기에 싼 어린것을 남의 집 문 앞에다 몰래 갖다 놓고 돌아설 때의 애끊는 심정이 이러했을까. 연신 뒤돌아보며 또 몇 번인가 돌부리에 채우며 남의 정신으로 집에를 돌아오니 —이런 기막힐 데라구야! 고놈이 먼저 와 나를 기다리고 있지를 않는가.

똑같은 실패를 두세 번 거듭한 나머지 결국은 자전거를 타고 10여리 밖의 먼 산에 갖다가 자연으로 돌려보내는 데 성공을 하기는 했으나 그 이별의 아픔은 내 가슴속에서 오래도록 좀처럼 가셔 주지를 아니했다.

이상이 내가 소년 시절에 한때 산새(맷새) 새끼의 노예 노릇을 감수했던 희비쌍곡선의 전말이다.

어찌 새 새끼뿐이랴

우리 다 같이 동물원에를 한번 가 보자.

특히 어린아이들에게 인기가 있는 것은 원숭이 동산. 그 원숭이 동산 앞은 언제나 장마당처럼 구경속 좋은 남녀노소들로 붐비고 있다.

수많은 원숭이들이(이 역시 암수 노소들이) 궁륭형(穹隆形) 우리 안에서 (그러니까 주어진 공간에서) 재주를 부리고 교접(교미)을 하고 또 화목스레 서로 사이 이들을 잡아먹어 준다. 그리고 재치 있게 까먹고 날쌔게 채어 먹고 갈갬질들을 한다. '갈갬질'이란 서로 붙들고 뒹굴거나 서로 잡으려고 이리저리 쫓아다니는 짓, 또는 그렇게 뛰노는 장난.

원숭이란 본래가 더운 지방에서만 서식을 하는 야생 동물이다. 그러나 이젠 북방의 엄동설한에도 어지간히 적응을 해 추운 날씨도 아랑곳없는 모습들이다. 번식도 잘해 식구들이 자꾸 늘어나는 추세다.

"왜 우리를 이런 데다 불법 감금을 했느냐? 당장 석방하라!"

"이게 그래 적나라한 '원권(猿權) 유린 행위'가 아니고 또 뭐냐? 유엔(UN)에다 당장 제소를 할 테다!"

이렇게 분개를 하는 놈은 하나도 있는 것 같지가 않다. 그저 다들 유유자적, 바깥세상에는 별로 관심이 없는 모습들이다. 그러니까 산림속에서 이 나뭇가지 저 나뭇가지를 건너뛰어 다니며 자재로이 살던 세월, 그 자재롭던 세월에 대한 기억은 이제 망각의 지평선 너머로 까마아득히 사라져 버린 모습들이다.

아마도 주어진 공간에 일단 적응을 하게 되면 사람이고 짐승이고 다 후천적인 타성으로 해 그 우리 밖으로 뛰쳐나올 염들은 좀체로 하지를 않는 모양이다.

—그래도 사람이야 지적 활동을 하는 고등 동물이니까 아무래도 짐승붙이와는 어디가 달라도 좀 다를 테지.

이렇게 안이하게 생각을 하시는 분이 적지 않은 것 같다. 하지만 만전을 기해 한번 퇴사(退思)해 볼 여지는 있지 않을까 싶다.

〈창살 없는 감옥〉이란 영화가 있었다. 30년대 초에 서울의 어느 프로덕션이 출품한 흑백의 무성영화였다. 전 8권쯤밖에 안 되는 극영화였으나 그 반응은 아주 대단했었다. 눈에 보이지 않는 봉건적 윤리와 도덕관념에 얽매여 인간다운 삶을 살 수 없는 신여성(신식 교육 받은 여성)들의 모대김을 리얼하게 묘사한 것이었는데 무슨 영문인지도 잘 모르는 주제에 나도 닭의 똥 같은 눈물을 뚝뚝 떨궈 가며 관람을 했었다.

그러니까 타이틀의 '창살 없는 감옥'이란 곧 '눈에 보이지 않는 철창 속에 갇혀서 산다'는 뜻이었다. 그런데 문제는 일부 사람들이(특히는 지성인들이) 분명 자신이 눈에 보이지 않는 철창 속에 갇혀서 살고 있는데도 이를 전혀 의식하지를 못한다는 데에 있다. 아큐적인 정신으로 '아마 인간 세상이란 천지개벽 이래 늘 그저 이 꼴 이 모양이었나 보다'쯤 여기고 한번 파고들어 볼 생각조차도 않는 것이다.

술이 생기면 생기는 대로 마시고 돈이 생기면 생기는 대로 챙기고 상을 타면 타는 만큼 코가 우뚝해지고 또 벼슬이 오르면 오른 만큼 기세가 등등해지고…… 이 재미에 다들 도낏자루가 썩는 줄을 모르고 주어진 공간에서 안심입명(安心立命)—그날그날을 제 나름대로 보람 있게 보내고들 있는 것이다.

어디 그뿐이랴. 다 같은 정신적 수인(囚人)인 신세에, 다 같이 창살 없는 감옥에 갇혀서 사는 신세에, 저 혼자만 떵떵거리며 살겠다고 간수 부장들을 찾아다니며 밀고를 일삼기도 한다. 그러니까 같은 수인의 없는 죄를 그럴싸하게 얽어 가지고 한바탕 물어먹는 것이다.

—저놈이 극악무도한 반동 소설을 썼습니다.

—저 천인공노할 놈이 그걸 국외에 내다 발표를 했습니다.

—이 기회에 저 역적 놈을 한번 철저히 응징을 해 주십시오.

—영원히 다시 기어나오지 못하게 아예 18층 지옥에다 처박아 주십시오.

—저 반혁명 전과자 놈만 없애 치우면 제가 가장 충성스러운 우두머리로 될 수가 있습니다. 그러하오니 제발 덕분 통찰하시고 헤아려 주시옵소서. 아멘.

그러니 어느 왕갑년(往甲年)에 가 각성을 하고 해탈들을 할 것인가.

'밀고'란 드러나지 않게 살짝 일러바친다는 뜻. 그리고 '해탈'이란 굴레로부터 벗어난다는 뜻.

내가 소년 시절에 한때 노예 노릇을 감수하며 상전으로 모셨던 멧새 새끼. 불현듯이 그 멧새 새끼 생각이 떠오른다. 넓은 자연 속으로 돌아가기 싫다며 한사코 내 품속으로 날아들던 그 멧새 새끼.

링컨 대통령의 '흑노(黑奴) 해방령'으로 해방을 받아 자유의 몸으로 된 미국의 일부 흑인 노예들이 주인(노예주)집을 떠나기가 싫다며 '그대로 있게 해 달라'고 간청을 했다는 것도 다 이와 비슷한 심리적 작용에서였을 것이다.

중 노릇도 오래 하다 보면 심만의족(心滿意足), 고달프기는커녕 되려 애착이 가고 미련이 남는 모양이다.

주어진 공간, 좁디좁은 공간에서 송사리떼처럼 바글바글 끓지들만 말고 우리 한번 다 같이 너르디너른 천지에다 뜻들을 좀 두어 보자. 불연(不然)이면 우리 민족이 자멸을 해 송두리째 꺼져 버릴 날이 올지도 모른다. 이러한 위기감을 피부로 느껴야만 우리 민족은 살아남을 수가 있지 않을까.

1998년 1월

들을이 짐작

영국의 소설가 토마스 하디(1840~1928)의 대표작《귀향》에 향토색이 짙게 그려진 장면 하나가 있다. 어두운 밤에 들판에 모인 도박꾼들이 개똥벌레들을 잡아다가 비단주머니에 넣고 그 불빛(반딧불)에 노름판을 벌이는 것이다.

《귀향》을 읽은 지도 이젠 30년. 하건만 이 구수한 장면은 뇌리에 새겨져 사라져 주지를 않는다. 이 너른 세상에 하디의 고향 웨식스의 들판의 그 담담하고도 향긋한 풀내, 그 풀내에 도취한 독자가 어찌 나 하나뿐이랴.

형설지공(螢雪之功)

'형설지공'이란 꾸준하고 부지런하게 학문을 닦는 공. 진(晉)나라의 차윤(車胤)이 반딧불로 글을 읽고 또 손강(孫康)이 눈빛으로 글을 읽었다는 옛일에서 유래한 성어다. 이웃집 벽에다 구멍을 뚫고 그리로 새어 나오는 불빛으로 글을 읽었다는 고사도 있다.

그러나 실제로는 있을 수 없는 일들이다. 들을 이 짐작으로 들어 둘 이야기들이다. 글자가 아무리 크더라도 반딧불이나 눈빛으로 글을 읽는다는 것은 '재미스런 옛날이야기'쯤으로 여겨 두는 게 낭패가 없을 것이다. 더구나 벽에다 뚫은 구멍으로 새어 나오는 불빛으로 글을 읽는다는 것은 과장치고도 너무 좀 지나치다는 느낌이다. 옆집에서 켰다는 불도 형광등이나 백열등 따위가 아니고 고작해야 촛불이나 기름불 따위였을 텐데 애당초에 럭스(촉수)가 모자랄 게 아닌가. 그러니 이것도 역시 '재미스런 옛날이야기'쯤으로 여겨 두는 게 낭패가 없을 것 같다.

전국 시대의 모사(謀士)로서 6국(여섯 나라)의 재상을 겸했었다는 소진(蘇秦). 이 소진이 젊어서 밤 공부를 하는데 졸음이 오면 송곳으로 넓적다리를 찔러 가며 했다고들 한다. 아마 소진의 넓적다리는 송곳으로 찔러도 피가 아니 나오고 또 세균 감염도 안 하는 모양이다. 이 역시 들을 이 짐작으로 그쯤 알아두고 지나가는 게 좋을 것 같다.

적벽대전 때 제갈량이 제단을 쌓고 동남풍이 불어 달라고 빌었단다. 하지만 그가 빌었다고 동남풍이 불었을 리는 없다. 불 때가 됐으니까 불었지. 그리고 당나라의 시인 리태백도 전해 내려오는 전설처럼 술에 취해 물에 비친 달을 건지려다가 빠져 죽지는 않았을 것이다.

곧이곧대로 믿는다는 전통적인 습성 속에서 우리는 너무도 오랜 세월을 태평으로 살아왔다. '문화대혁명' 10년간만 빼놓고. 그 10년간에는 '최고 지시'를 곧이곧대로 믿는 나머지 또 하나의 극단으로 내달아 아예 '회의(懷疑) 일체'—무릇 인간이란 인간은 다 '반동분자'로 보였었다. 제 애비까지도 반동분자 내지 후보 반동분자로 보였었다.

그러니까 이 '모든 인간이 다 반동분자로 보인다'는 현상도 말하자면 곧이곧대로 믿는다는 해묵은 습성에서 파생되었던 것이다. 엄격한 의미에서 '정신적 노예'란 별게 아니다. 바로 이런 게 정신적 노예인 것이다.

사람이 사람답게 살자면 맹목적으로 믿거나 덮어놓고 믿는 맹신은 절대 금물이다. 모든 것을 양식을 가지고 판단을 해야만 코 꿰운 송아지 노릇을 아니 하고 또 워낭 소리 듣고 따라다니는 눈먼 망아지 노릇도 아니 하게 된다. '양식'이란 넓은 경지에서 선악을 판단하는 뛰어난 식견과 훌륭한 판단력.

'폭스바겐'의 전말

'폭스바겐'이란 독일어로 '대중용 차'란 뜻. 1939년에 히틀러가 즉흥적으로 꾸며 낸 또 하나의 '협잡극'. '폭스바겐'은 그 협잡극의 말하자면 대명사쯤 되는 셈이다.

서술의 순서가 뒤바뀌지 않게 차례 밟아 적어 내려가기로 한다.

1934년 8월 19일, 히틀러를 최고 통수로 추대하느냐 않느냐를 묻는 투표에서 유권자의 약 90퍼센트인 3,800여 만 명이 찬성표를 던졌다. 반면 반대표를 던진 사람은 겨우 425만 명 정도였다. 그러니까 9대 1도 되나 마나 한 유권자만이 이성을 잃지 않고 독일 국민의 양심을 지켰던 것이다.

그 결과 9월 4일에 열린 나치스 당대회에서 기고만장해진 히틀러의 자태는 전승한 황제를 방불케 했다. 군악대가 연주하는 행진곡이 웅장하게 울려 퍼지는 가운데 그가 무수한 깃발들로 장식된 대회장에를 들어서자 3만 명의 당원들이 일제히 팔을 뻗쳐 나치식 경례를 했던 것이다. 히틀러가 대강단의 중앙에 오만스레 팔짱을 끼고 앉아 열기 있는 눈알을 뒤룩거리는 가운데 바바리아당 조직의 우두머리 아돌프 바그너가 원수(元首)의 '당원들에게 고함'을 또박또박 대독을 했다.

금후 1천년간의 독일의 생활 방식은 이미 결정이 됐다. 19세기의 어수선산란하던 시대는 이제 영원히 막을 내렸다. 금후 1천년간 독일에는 어떠한 혁명 따위도 다시는 일어나지를 않을 것이다.

그러니까 히틀러가 살아 있는 한 독일 국민은 그의 극단적인 전제 정치의 포학무도한 통치를 달갑게 받아들여야 한다는 얘기가 되는 것이다.

그날 독일 국민 스스로가 떠받들어 올려 앉힌 이 악마 때문에 향후 10년 9개월 동안 독일 국민 자신은 물론이려니와 전 인류까지가 헤아릴 수 없는 재난과 고통을 겪어야 했다. 600여 만의 무고한 유태인들이 참혹하게 학살을 당한 것도 그 일부분이다.

순서 따라 서술이 다시 '폭스바겐'으로 돌아온다.

"우리 독일 국민은 누구나 다 최소한 매 노동자들은 다 자가용차 한 대씩을 가져야 한다. 북미합중국(미국)에서처럼."

히틀러가 독일 국민에게 던진 또 하나의 교사(狡詐)스런 미끼였다. 당시 승용차의 보급률이 독일은 50인당 1대, 미국은 5인당 1대였다. 그러하기에 독일 노동자들은 출퇴근을 주로 자전거나 버스, 전차 따위로 했었다. 이러한 상황하에 히틀러의 놀랍고도 고마운, 구세주의 복음이나 다를 바 없는 명령이 떨어졌다.

"우리의 노동자들을 위해 990마르크(즉 396US달러)짜리 승용차를 대
량으로 생산하라!"

어찌 독일 노동자들이 귀가 솔깃해지지 않을 수가 있었으랴.

어찌 동유럽 여러 나라의 노동자들이 부러워서 침을 흘릴 지경이 아
니었으랴.

그러나 사영(私營) 기업들에서는 애당초에 단돈 396달러짜리 자동
차라는 건 생산을 해낸다는 재간이 없다.

"그렇다면 국가에서 만들어 내도록 하라!"

히틀러의 명령 일하에 1938년, '세계에서 가장 큰 자동차 공장'의
건설이 시작됐다. 연산(年産) 150만 대로 미국의 포드 회사를 능가한
다는 것이었다. 그런데 문제는 그 팔고 사는 방법에 있었다. '할부 판
매' 즉 대금은 먼저 치르고 물품은 나중에 받는 식의 문제였던 것이다.
이 희한한 매매 방식의 구체적 내용인즉, 자동차를 구입하려는 노동자
나 사무원이 매주 5마르크씩 불입을 해 그 불입액이 750마르크에 달
하면 일련번호가 찍힌 구매권 한 장씩을 받게 된다. 그 구매권을 가지
고 있으면 자동차가 생산이 되는 대로 번호에 따라 이를 취득하게 된
다. 만약 여유가 있어서 매주 10 또는 15마르크씩을 불입을 한다면 더
욱 좋다. 남 먼저 자가용을 굴릴 수가 있게 될 테니까.

가련한 독일의 정직한 노동자, 사무원들이여!

제3제국(나치스 독일) 시기 그 세계 최대라는 공장에서는 단 한 대의
자동차도 생산이 되지가 않고 말았다. 그러니까 어느 누구도 그 매력
적인 '폭스바겐'의 그림자 한 번 구경을 못 해 보고 말았다는 얘기가
되는 것이다.

그리하여 독일의 순진한 샐러리맨(봉급생활자)들은 괜히 피나는 돈 수천만 마르크만 떼우고 단돈 1페니히(100페니히가 1마르크)도 건져 보지를 못하고 말았다.

전쟁(제2차 세계대전)이 터지자 '폭스바겐' 공장은 제꺼덕 군수공장으로 탈바꿈을 해 버렸다. 그 결과 990마르크짜리 '폭스바겐'은 끝내 영원한 환상의 승용차로 독일 국사에 희미한 흔적만을 남기게 됐다. 그래서 독일 국민들은 지금도 어느 정치가가 시행이 불가능한 공약을 내걸면 '또 폭스바겐이야?' 하고 일소에 붙인단다.

독자의 광장

일본의 발행 부수 370만을 자랑하는 〈마이니치신문〉, 그 지난해 12월 12일 자 '독자의 광장'란에 팔순 노인 세키구치 하치로(關口八郎)의 퉁명스러우면서도 이지적인 '나도 한마디'가 실렸었다.

아주 짧은 글이므로 전문을 그대로 한번 옮겨 본다.

7일 자 본지에서 '방위청(국방부) OB 소속 강하(降下)'라는 기사가 눈에 띄었다. 내 그럴 줄 알았다. '본지'란 곧 〈마이니치신문〉, 'OB'란 졸업생 또는 정년퇴직자, 그리고 '강하'란 낙하산식 인사 행정(간부 정책).

그래 지금 우리나라를 쳐들어올 나라가 어디 있는가. 설혹 그럴 위험이 좀 있다손 치더라도 우리나라가 평화 헌법을 견지하는 한 그런 무리한 침략 행위는 세계가 허용하지를 않는다.

그럼에도 불구하고 국방의 미명하에 '유사시에 대비'라는 걸 내걸고 군비 확충에 열을 올리고 있는 것은 무슨 까닭인가. 군수 산업으로 엄청난 돈을 버는 죽음의 상인(장사꾼)들과 결탁을 해 가지고 폭리를 도모한다는 게 그 속셈이 아니고 무언가. 빤히 들여다보인다.

피해서 지나갈 수 없는 고령화와 재해에는 지출을 줄여도 다랍게 줄이고 실제로 존재하지도 않는 무슨 '유사시'라는 것에다는 거액을 낭비하고 있다. 경중이 뒤바뀌어 거꾸로가 아닌가.

다 같은 군인이라도 지난날의 침략을 참회하고 우호에 힘쓰는 개인, 단체들이 있지 않은가. 반면 자위대(국방군), 방위청(국방부)에 몸담아 있으면서 벼슬이 오르는 데만 신경을 쓰고 또 낙하산식 인사 행정으로 퇴임 후에도 한자리해 먹을 궁리만을 하는 인간들도 있다. 이런 인간들을 침략을 시인하지 않는 정치가와 학자들이 보호를 해 주고 있다.

헌법 전문의 정신에 따라 무기를 버리고 전 인류의 평화 공존을 추구함으로써 국제 사회에서 명예 있는 지위를 차지해 볼 생각들은 없는가.

'전문'이란 헌법이나 법령의 조항 앞에 있는 문장. 보통 그 헌법이나 법령의 목적 또는 기본 원칙을 엄숙히 선언함.

이상이 일본의 한 팔순 노인이 신문사에 써 보낸 퉁명스러우면서도 이지적인 '나도 한마디'의 전문이다.

국방부와 국방군을 이 지경 기탄없이 마구 들쑤셔 놓고도 잡혀가지 않는 일본 노인이 부럽다. 그리고 이런 '독초'를 항다반으로 실어 주는 일본 신문도 부럽다. 정말 부럽다.

나도 지옥으로 갈 테다

합법화된 밀고가 장려되고 또 성행을 하는 사회에 사는 인민은 그 누구도 자유로울 수가 없다. '상호 감시망'이라는 그물에 걸려 벗어나지를 못하고 그 비좁은 공간에서 비비대기치며 서로를 물어뜯으며 그 날그날을 지겹게 보내야 하기 때문이다.

말 한마디를 해도 '이거 또 누가 갖다 꽂아바치지나 않을까' 근심이 되고, 또 글 한 줄을 써도 '이거 또 어느 코에 잘못 걸리지나 않을까' 염려를 해야 하는 세상을 우리는 너무도 오래 살아왔다.

32년 전에 쓴 한 편의 소설 때문에 필화를 입어 만 십 년 동안 감옥살이를 하고 나온 여든두 살 먹은 늙은이를 '몇 놈이 짜고 들어 또 물어먹었다'면 아마도 믿을 사람이 없을 것이다. 그도 바로 지난해(1997년)에 이 연길시 한복판에서 생겼던 일이라면 믿을 사람이 더더욱 없을 것이다. 그러나 슬프게도 이것은 '천진만확(千眞萬確)'한 사실이다.

그 32년 만에 또 물려서 흉한 이빨 자국들이 온 데 박힌 늙은이. 그 늙은이의 배우자(70세)가 동넷집 아주머니들에게 토로한 바에 따르면,

바깥늙은이: 여보, 나두 죽으면 지옥으루 갈 테요.

안늙은이: 거긴 가서 뭐 하시게?

바깥늙은이: 그놈들이 지옥으루 갈 테니까 나두 따라가서 하는 꼴들을 좀 봐야지.

안늙은이: 무슨 꼴을 또 볼 게 있을 거라구 굳이 지옥까지 따라가신단 말씀이요?

바깥늙은이: 하, 저런 사람 좀 봐. 지옥에 가서두 또 무나 안 무나 시험을 해 봐야지.

안늙은이: 원, 세상에.

바깥늙은이: 글이란 생활 체험이 없으면 쓰지를 못하는 게거든. 그러니 '지옥 기행'을 하나 멋지게 써서 서울에 내다가 발표를 하자면 어차피 지옥까지 따라갈밖에 다른 도리가 없을 거란 말이요.

안늙은이: 정 그러시다면 아부려나 좋두룩 하시구려.

바깥늙은이: 그럼 이젠 정식으루 마누라 허락받았어. 자 슬슬 보따리나 좀 챙겨 볼까.

안늙은이: 아니, 지옥으루 가시는데 보따리는 해 뭐 해요. 참 나중엔 별…….

바깥늙은이: 그럼 보따리 걷어치우구 덜렁덜렁 맨몸으루 갈까.

안늙은이: 이왕이면 나두 따라갈 테니 구경이나 실컷 좀 시켜 주시구려.

바깥늙은이: 좋아요, 좋아. 아하하!

안늙은이: 우리 서로 떨어지잖게 꼭 붙들구 지옥까지두 같이 가십시다. 깔깔깔!

"영감이 재미스레 자꾸 시룽거리니까 나두 덩달아 시룽거려지잖구 뭐예요."

이번 사건에서 일부 사람들이 고자쟁이들의 간교한(간사하고 교활한) 말만을 듣고 그 소설을 극악한 반동 소설로 단정을 하고 (한번 읽어 보지도 못한 사람들까지) 펄펄 뛰며 야단법석을 떤 것은 한번 곰곰이 되새겨 볼 일이다.

당령(黨齡) 근 60년의 노공산당원이, 현재도 달마다 19원씩 꼬박꼬박 당비를 바치고 있는 '노팔로(老八路)'가 정신 이상에 걸리지 않는 한 어떻게 공산당을 반대할 수가 있을 것인가.—들을 이 짐작이지!

이 글의 제목마따나 들을 이 짐작이지!

태풍 일과(一過)로 하늘은 다시 맑아졌으나 철저히 타락한 도덕성이 이번에 보여 준 추악상은 아직 가시지를 아니하고 그대로 남아 있다.

1998년 1월

작품도 상품

머리말 대신에 《진양학간(晉陽學刊)》1997년 제1기에 실린 왕중추(王中秋), 왕강(王慷)의 짧은 글 한 편을 고대로 옮겨 놓는다.

저작권법 제32조의 규정에 따르면, 저작권자가 신문사나 잡지사에 투고를 함에 있어서 원고를 보낸 뒤 신문사는 15일, 잡지사는 30일 게재한다는 통지가 없을 경우라야만 저작권자는 동일한 작품을 다른 데다 투고할 수가 있다. 단 쌍방이 따로 약정한 것은 이에 포함되지 않는다.

이 규정대로라면 원고는 법률이 규정한 시간에 따라 편집부가 채용을 할 때까지 차례로 투고를 해야지, 동시에 여러 군데다 투고를 해서는 아니 된다. 동일한 원고를 복수의 간행물에다 동시에 투고를 하는 것은, 즉 '일고다투(一稿多投)'를 하는 것은 종래로 금지돼 온 바다.

그 주요한 이유인즉 여러 간행물에 같은 글을 동시에 게재하게 되면 편집부들의 우선권과 독점권이 침해를 당한다는 것이다. 그리고 또 작자들의 투기심을 제어하기 위한 것이기도 하단다.

그러나 이상의 이유들은 설복력이 부족하다.

국가가 법으로써 판권(저작권)을 보호한다는 것은 곧 '지식'의 '산업적 가치'를 인정한다는 것. 그러므로 문학 작품, 예술 작품 및 과학 작품이 '상품'임을 인정한다는 것이다.

문장(글)의 상품적 가치는 그 사용 가치에 있다. 그러하기에 문장이 채용되는 차수가 많으면 많을수록 그 문장의 창작적 가치도 높아진다. 그러므로 한 문장을 여러 군데다 동시에 투고하지 못하게 법으로 금하는 것은 타당한 처사라고 보기가 어렵다. 그러한 금령은 작자들의 권익을 보호한다는 원칙에 잘 부합되지가 않는 것 같다.

이러한 상황을 감안해 우리는 다음과 같이 건의한다.

저작권자는 동일한 원고를 복수(둘 이상)의 간행물에다 동시에 투고할 수 있다. 쌍방이 따로 약정한 것은 이에 포함되지 않는다. 저작권자가 '불허복제(不許複製)'를 성명(聲明)하지 않는 한 어느 간행물이나 다 전재 또는 게재를 할 수 있다. 단 그럴 경우에도 작자의 저작권은 충분히 존중을 해야 한다.

우리의 현황

료녕이나 흑룡강에서 발간되는 우리말 신문들을 구독하는 독자가 우리 주변에는 그리 많지가 않다. 그렇다면 연변이나 장춘에서 발간되는 우리말 신문들은 또 어떤가. 이 역시 마찬가지로 타성(他省)에 미치는 영향은 유한할 것으로 본다.

이에 반해 잡지들의 상황은 퍽 달라서 성계(省界)들을 거침없이 넘나들며 교류가 비교적 활발히 이루어지고 있는 것 같다. 하지만 여기에도 국한성은 있다. 직업적인 문필족과는 달리 일반 독자들은 각종 간행물들에 두루 다 접촉을 하기가 그리 쉽지가 않다.

그러니까 모두 해서 200만밖에 안 되는 우리 동포가 그나마 통일적인 '대문화권'이 아닌 "각자의 국한된 '소문화권' 안에서 '문자(활자) 생활'들을 영위하고 있다."는 얘기가 될 성싶다. 그렇다면 이것은 '문자 생활'의 일종의 '할거(割據) 현상'이다. 이 '할거 현상'은 지금 우리 민족 문화 발전에 적잖은 장애 요인으로 되고 있다.

17세기의 영국 혁명과 18세기의 프랑스 혁명을 비롯한 근대(근세 후기)의 모든 부르주아 혁명들, 그 혁명들은 구기본(究其本)하면 자본주의 체제에로의 길을 가로막는 봉건제를 두들겨 엎고 탄탄대로를 닦기 위한 것이었다. 좀 더 형상적으로 표현을 하면 각 봉건 영주들이 길목마다 설치한 관(關, 유통하는 상품들에 부당한 세금을 멋대로 매겨 대는 사실상의 세관)들을 깡그리 밀어 제끼자는 것이었다. 좀 어렵긴 하지만 '성장한 생산력이 낡은 생산 관계를 정면 돌파'하는 격동적인 장면이라고 묘사를 한다면 더욱 멋질 것이다.

그렇다면 부지불식간에 형성이 돼 버린 우리의 각 '소문화권'의 '관' 비슷한 것들도 깡그리 밀어 제낄 필요가 있지 않을까. 그 한 방법으로 나는 종래로 우리가 금기시해 온 '일고다투'의 합법화를 주장하고 싶다.

단 나의 주장은 전술한 진양대학의 왕중추, 왕강 두 분의 주장에 비해 어지간히 '순민적(順民的)'이고 또 상당히 보수적이다. 왜냐면 '저작권법 제32조'의 규정을 그대로 따르자는 것이니까.

"저작권자가 신문사나 잡지사에 투고를 함에 있어서 원고를 보낸 뒤에 신문사는 15일, 잡지사는 30일 채용한다는 통지가 없을 경우, 저작권자는 동일한 작품을 다른 데다 투고할 수가 있다. 단 쌍방이 따로 약정한 것은 예외로 한다."

이 규정을 무수정(無修正)으로 곱게 온새미로 받아들이자는 것이다.

그렇게 하면 신문사가 15일 이상 질질 끌거나 잡지사가 30일 이상 질질 끌 경우 기고자들은 소식이 감감한 가운데 멍하니 기다리기만 한다는 수동적인 속박에서 벗어나 자유로운 행동을 할 수가 있게 될 것이다. 그러니까 여태까지의 편집부 위주의 불평등한 관계가 평등한 새 관계로 바뀐다는 얘기다.

이렇게 하면 늘쩡거리는 간행물은 먼저 받은 원고를 나중에 발표할 수도 있고 또 빨랑빨랑한 간행물은 나중에 받은 원고를 먼저 발표할 수도 있을 것이다.

"문장(글)의 상품적 가치는 그 사용 가치에 있다. 그러하기에 문장이 채용되는 차수가 많으면 많을수록 그 문장의 창작적 가치도 높아진다."

전국 각지 수백수천의 영화관들이 왜 똑같은 필름(영화)을 동시에 또는 거의 동시에 상영들을 하는가? 왜 카피가 많으면 많을수록 상업적 가치가 높다고 각 영화사들이 서로 경쟁을 하며 열들을 올리는가?

중앙 텔레비전 종목을 왜 전국 각지의 수많은 지방 텔레비전 방송국에서 날마다 빠짐없이 동시 중계를 하는가? 이것은 그저 '일고다투' 정도가 아니라 아예 '일고백투', '일고천투' 심지어는 '일고만투'이기까지도 하다.

한 원고(문장 또는 작품)더러 '봉건적 도덕관념'에 얽매인 구식 여자처럼 '일부종신(一夫終身)'을 하라는 것은 부당지설(不當之說)도 이만저만이 아니다.

일본의 토요타 자동차 회사가 판에 박은 것 같은 '크라운 스타일'을 수백만 대 생산해 가지고 전 세계로 내보내 육대주 이르는 곳마다에서 그놈의 '크라운'들이 보란 듯이 굴러다녀도 '왜 똑같은 걸 이렇게 무더기로 만들어 내서 염치코치 없이 도처에 팔아먹느냐?' 시비하는 놈도 없고 또 '왜 이렇게 똑같은 걸 타고 돌아다니느냐. 창피하지들도 않으냐?' 비웃는 놈도 없다. '고소를 하겠다'고 을러대는 놈은 더구나 없다. 문교서기를 찾아가 '꽂아바치겠다'고 벼르는 놈은 더더구나 없다.

약정한 것은 예외

〈장백산〉과 나는 지난해 가을에 이미 약정을 했다. 금년도 1 기에 다섯 편을, 그리고 2기부터는 매기 세 편씩을 일 년 동안 써 바치기로 구두 계약을 한 것이다. 이럴 경우 5+15 계 20편은 당연하게 〈장백산〉에 '우선권'과 '독점권'이 있다. 반면 내게는 한눈팔지 않고 꼬박꼬박 써 바쳐야 할 의무가 있다. 그러나 일단 게재를 한 뒤에는 다른 간행물들이 그 글을 전재를 하거나 발췌를 하더라도 〈장백산〉은 끽소리 말고 가만있어야 한다. 예를 들면 그렇단 말이다.

'우선권'도 좋고 '독점권'도 좋지만 더 좋은 것은 우리 동포들이 하나라도 더 다양한 글들에 접촉을 할 수 있게끔 동포의 정으로 따뜻하게 배려를 하는 것이다.

꼬리말

외국의 감옥들에서는 정치범들이 파렴치범(일반 형사범)들과 다른 대우를 요구해(더 나은 대우를 요구해) 옥중 투쟁을 벌이기가 일쑤다. 그러나 '문화혁명' 시기 중국 감옥에서는 정치범(반혁명분자)들이 되려 파렴치범과 같은 대우를 요구해 옥중 투쟁을 벌여야 할 형편이었다(실제로 벌인 적은 한 번도 없었지만). 매달 내주는 이른바 '상여금'이란 게 파렴치범은 1원 50전씩이고 정치범은 1원씩이었기 때문이다.

우리는 지금 진양대학의 두 왕 선생이 '불합리하다, 고쳐야 한다'고 주장하는 '저작권법 제32조'의 혜택조차도 받지를 못하고 있는 게 실정이다. 누가 그래 편집부에다 '15일이다. 알았냐? 늘쩡거리지 마!' '30일이다. 알았냐? 빨랑빨랑 좀 해!' 이런 독촉을 해 본 적이 있는가. '문화혁명' 시기 정치범들이 '우리도 파렴치범과 똑같은 대우를 해 달라'고 요구 한번 제출해 본 적이 없었던 거나 마찬가지다.

우리는 '법'이 베푸는 혜택(극히 제한된 혜택)도 제대로 받을 줄 모르는, 우매한 백성으로 영원히 살 수는 없다.

1998년 1월

창발력 만세!

'창발력'이란 '창조적 의견이나 발기(發起)를 내고 새롭게 전개해 나가는 능력.' 그리고 이 경우의 '만세'는 '최대의 영예와 영광이 있으라'는 뜻이지 '천세만세 늙어 꼬부라지도록 살라'는 뜻이 아님.

성모자(聖母子)

미켈란젤로(1475~1564)는 이탈리아의 화가, 조각가, 건축가 겸 시인으로서 이탈리아의 르네상스를 대표하는 거장의 한 사람이다.

미켈란젤로의 대리석상 '성모자'는 그가 탁월한 창발력을 유감없이 발휘한 획시대적인 대표작. 그렇게 500년이 지난 지금도 그의 '성모자'는 사람들로 하여금 찬탄을 금치 못하게 하고 있다. 이 '성모자'로 말하면 미켈란젤로 이전의 거장들도 다 한두 번쯤은 다루어 본(또는 야심작으로 도전을 해 본) 해묵은 테마였다.

그런데 미켈란젤로 이전의 '성모자'들은 명작으로 꼽히는 것들까지를 포함해 하나의 예외도 없이 다 어머니 마리아와 아들 예수(그리스도)가 함께 나이를 먹어 예수는 어른이 되고 또 마리아는 노파(여자 늙은이)가 돼 버렸었다. 십자가에 못 박힐 때 뚫린 구멍들이 손등과 발등에 생생히 남아 있는 시신(예수의 주검), 그 시신을 안고 비탄에 잠겨 있는 어머니(성모 마리아), 그 늙어서 주름살 잡힌 얼굴. 이러한 '성모자'들에 접할 때마다 나는 무슨 미감은커녕 도리어 일종의 역겨움마저 느끼게 된다. 성모 마리아는 언제나 어질고 순결하고 또 아름답기를 바라는 마음이 가슴속을 한가득 차지하고 있기·때문일 것이다.

미루어 헤아리건대 온 세상 선남선녀들의 마음은 거개가 이러하잖을까. 이 세상에 잔화(殘花, 거의 지고 얼마 남지 않은 꽃. 기울어가는 꽃)를 즐기고 싶어 할 사람이 어디에 있을 것인가. 하건만 미켈란젤로 이전의 거장들은 종시 "성모자도 일반 사람처럼 걷는 속도는 똑같아야 한다." 이런 기존 관념에 얽매여 가지고 어느 누구도 그 묵은 틀에서 한번 벗어나 볼 염을 하지 못했었다. 그 결과가 곧 천편일률적인 '자란 아들에 늙은 어머니'였던 것이다. 오직 불세출의 천재 미켈란젤로만이 파천황(破天荒)의 착상을 떠올렸다.

—성모 마리아는 천상계에 살고 계신다. 그러므로 하계에 살고 있는 인류와는 달리 영원히 젊으셔야 한다.

미켈란젤로가 그 불후의 걸작 '영원히 젊은 엄마가 자란 아들의 주검을 안고 비탄에 잠겨 있는 성모자'를 완성했을 때 놀랍게도 그의 나이 불과 26세!

'창발력 만세'란 바로 이러한 경우라야만 외칠 수가 있는 것이다.

베토벤의 9번 합창

베토벤은 일생 동안에 모두 아홉 개의 교향곡을 세상에 내놓았다(느니보다는 인류에게 선사를 했다). 그중 특히 '3번 영웅'과 '5번 운명' 그리고 '6번 전원'과 '9번 합창'이 빼어난 명작으로 전 세계에 널리 알려져 있다. 이 글에서는 그의 마지막 교향곡 '9번'을 한번 다루어 보기로 한다.

'9번'을 작곡할 때 베토벤은 이미 청각(듣기 감각)을 완전히 상실해 바로 등 뒤에서 누가 대포를 쏜대도 모를 지경에 이르렀었다. 음악가가 청각을 잃는다는 것은 곧 화가가 시력을 잃어 아무것도 보지를 못한다는 거나 마찬가지의 타격―치명적 타격일 것이다. 하지만 베토벤은 의연히 창작에 정진, 마침내는 그 마지막 교향곡 '9번'을 완성하기에 이르렀다.

이때까지의 교향곡들은 의례건으로 다들 현악기와 관악기 그리고 타악기, 이런 따위의 악기로써만 연주를 하게 돼 있었다. 그게 곧 엄엄한 전통(내림 계통)이었던 것이다. 이 엄엄한 전통을 도(do), 레(re), 미(mi)의 도 자도 그 귀로 들을 수가 없게 된 베토벤이 '우악스레' 일거에 타파를 해 버렸다. 그 생애의 마지막 교향곡―'9번'에다 대담하게 합창곡을 도입, 엄청난 파문을 일으켜 놓은 것이다. 지금 전 세계에서 널리 그리고 또 빈번히 애창이 되고 있는 (연말이나 성탄절 같은 때 특히 애창이 되고 있는) 베토벤 '9번'의 대합창곡. 베토벤의 동뜬 창발력이 아니었던들 인류는 이 예술의 극치를 영원히 향수하지 못했을지도 모를 일이다.

그 첫 공연 때 지휘봉을 들고 무대에 올라가 친히 지휘를 한 베토벤. 합창이 끝나자 청중석이 온통 환호의 도가니로 화한 것을, 귀가 절벽인 그는 캄캄히 모르고 있었다. 안쓰럽게 여긴 사회자가 살며시 그 어깨를 잡고 청중석을 향해 돌려세워서야 비로소 베토벤은 자신의 '합창'의 열광적인 반향을 그 눈앞에 보게 되었다.

'창발력 만세'란 바로 이러한 경우라야만 외칠 수가 있는 것이다.

털게는 바다의 진미다. 하지만 그 생김새가 어지간히 그로테스크해 웬만한 사람은 선뜻 손을 내밀어 만져 보기도 꺼릴 정도다. '그로테스크'란 프랑스어로써 몹시 괴기하거나 징그러운 모양.

─털게를 맨 처음 먹어 본 사람은 미상불 용사일 것이다.

로신의 말이다.

왜 아니 그렇겠는가. 그 지경 그로테스크하게 생겨 먹은 놈을 언감생심 잡아먹을 궁리를 했으니까 말이다. 아마 이것도 '창발력 만세'에 해당하잖겠는지 모르겠다.

현재 우리 문단에 가장 결핍한 게 바로 이 '털게 맨 처음 먹어 볼 궁리'인 것이다. 바꾸어 말하면 해묵은 틀을 깨고 뛰쳐나올 냅뜰성들이 결핍하다는 얘기인 것이다.

한마디로, 매인 고삐를 확 낚아채 끊어 버릴 궁리─이른바 '대역무도'한 궁리─들을 않는 게(또는 못 하는 게) 탈이란 말이다.

    희망이란 곧 갈보.
    모든 걸 바칠 듯이 간살을 부리다가도
    그대가 소중한 걸 다 들이밀고 나면─
    청춘을 고스란히 들이밀고 나면─
    그 치마저고리에선 으레 찬바람이 돌게 마련.

헝가리의 애국 시인 페퇴피(1823~1849)의 시다.

'희망'이란 워낙 덧없고 허망한 것, 이런 뜻인가 보다.

그래도 나는 희망을 버릴 생각은 없다. 혹 '볼셰비키의 이미지'가 새 끼를 쳐서 우리 문단이 어느 날 그 2세, 3세들로 가득해질지도 모를 거 니까 말이다.

1998년 5월

사또님 말씀이야 늘 옳습지

옳지 않은 것을 뻔히 알면서도 복종을 아니 할 수가 없는 백성들이 혼자 중얼거리는 말이다.

"사또님 말씀이야 늘 옳습지."

조선조 10대 왕―극악무도한 폭군―연산군. 이 연산군이 가장 싫어하고 또 무서워한 것은―옳은 말, 바른말을 하는―사람의 '입'이었다. 그래서 그는 만조백관들에게 빠짐없이 패쪽 하나씩을 꼭꼭 달고 다니게 했다. 그 패쪽에는 '입은 재앙을 초래하는 문이며 혀는 몸을 죽이는 도끼로다' 이런 글귀가 적혀 있었다.

김처선(金處善)이라는 성품이 강직한 내관이 이 어이없는 계율을 박차고 왕의 포악함을 간한즉 대로한 연산은 대뜸 활을 꺼내 들어 당장에서 김처선을 쏘아 죽였다. 이 일이 있은 뒤로는 만조백관이 입들을 굳게 다물어 다시는 조정에 충간(忠諫)을 하는 사람이 없게 됐다. 그리하여 조정은 소인 잡배들이 들끓어 판을 치며 세도를 부리는 난장판으로 변해 버렸다.

여기서 불현듯 떠오르는 것들이 있다. 팔십 평생에 내가 겪어 온 이와 흡사한 일들이 새삼스레 떠오르는 것이다.

막담국사(莫談國事)

가까운 예, 생동한 예, 적절한 예, 기억에 새로운 예, 이런 예들이 얼마든지 있긴 하지만 그런 예를 들었다간 하나밖에 없는 이 목이 아무래도 좀 위태로울 것 같다. 그러니 부득이 먼 예, 암만 들어도 절대로 안전한 예, 그런 예를 적당히 골라서 드는 수밖에 다른 도리가 없을 것 같다. 이게 바로 현하의 실정이니까.

"이젠 늙을 대로 다 늙어서 한쪽 다리가 벌써 관 속에 들어가 있는지도 오랜 터에 왜 그리도 겁이 많으냐? 그까짓 말라비틀어진 모가지 하나쯤 가지구!"

이렇게 힐책을 하신다면 그저 황공스레 '죄송하올시다' 외마디 대답을 올릴 수밖에 없다. 변해(辯解)의 여지가 전혀 없으니까 말이다.

'대만의 욕'과 '한국의 욕'은 아무리 몹시 퍼붓더라도 오케이, 얼음에 박 밀듯 거침새 없이 패스(pass)가 된다는 것을 우리는 다들 잘 알고 있는 터이다. 그리고 구명동의(救命胴衣)를 입고 바닷물에 뛰어드는 거나 마찬가지로 절대 안전하다는 것도 우리는 다들 잘 알고 있는 터이다.

머리말은 이쯤 해 두고 본문으로 들어가 보자.

본세기 30년대에 그러니까 지금으로부터 60여 년 전에 처음 남경(중화민국의 수도)에를 가 보니까 낯선 것들이 하도 많은 가운데 특히 이채로운 것 하나가 있었다. 시내의 어느 공공장소에를 가나 다 그 벽에

'막담국사'라고 쓴 패가 꼭꼭 붙어 있거나 걸려 있는 것이었다. '정부가 하는 일에 왈가왈부할 생각을랑 아예 말라'는 뜻일 것이다. 혹 조선조 희대의 폭군—연산군에게서 힌트를 받아 가지고 더 철저히 현대화를 한 게 아닌지 모를 노릇이다.

그리고 중앙육군군관학교(황포)에서 우리는 입교를 하는 날부터 졸업을 하는 날까지 줄곧 장개석 교장의 배지(초상 휘장)를 군복 앞가슴에 달고 다녀야 했다. 우리뿐만이 아니다. 무릇 국민당 정부의 관리들은(모든 공직자를 포함) 다 이 배지를 일 년 열두 달 삼백예순다섯 날 꼭꼭 달고 다녀야 했다. 그러게 훗날 '문화대혁명'이 터져서 수억 대의(형형색색의) 배지들이 등장을 해 가지고 일대 장관을 이루었을 때 나는 데시근하게도 여기지를 않았었다.

"또 장개석의 흉내를 내는구먼."

장개석 교장에게는 우리의 '문화혁명' 때처럼 아침저녁으로 초상에다 대고 '품청(稟請, 즉 청시(請示))'이나 '품고(稟告, 즉 보고)' 따위는 아니해도 됐었다. 그 대신에 중국화한 나치스식 경례는 꼭꼭 해야 했다. 이에 관해 졸저《최후의 분대장》에서 한 단락 발췌를 해 보자.

'축성' 시간에 교관이 영구 축성이 어떻고 야전 축성이 어떻고 장황히 늘어놓는 바람에 흥미를 잃고 꼬박꼬박 졸고 있는데 별안간 '와르르' 소리가 나서 깜짝 놀라 눈을 떠 보니 전후좌우의 급우들이 모두 일어섰잖은가.

'지진?'

'폭격?'

미처 판단을 못한 채 나는 스프링처럼 튕겨져 일어났다.

'얼뜨게 나 혼자만 깔려 죽을 순 없잖은가.'

한데 이게 웬일이냐. 차렷자세를 한 교관이 교단에서 한마디 "착석" 하자 전후좌우의 급우들이 일사불란하게 도로 착석들을 하는 게 아닌가.

나는 무슨 영문인지를 몰라서 옆에 앉은 류신(柳新, 본명 김용섭(金容燮) 별명 깽깽이)에게 소곤소곤 물어봤다.

"어떻게 된 거지?"

"누구 입에서든 '교장' 두 글자만 나오면 다들 차렷을 해야 한다구. 그게 교칙이야."

나는 그 유명한 황포학교에 이런 희한한 교칙이 있을 줄은 미처 몰랐었다. 그리고 또 짓궂은 학생들이 마음에 안 드는 교관을 골탕 먹이는데 이 '교장'을 곧잘 써먹는다는 것도 전에는 알 턱이 없었다.

수업 시간에 질의문답을 하는데 한 녀석이 일부러 '교장께서 일찍이 교시하신바' 따위를 두 번, 세 번 거듭하면 번번이 차렷들을 해야 하는 까닭에 교단 위의 교관이 마치 학생의 구령에 따라 차렷 동작을 반복하는 꼭두각시 같아서 볼썽이 여간만 사납지가 않은 것이다.

'교장' 두 글자 외에도 '장 위원장', '장 총재', '영명하신 영수' 등등 무릇 장개석의 직함, 관함 따위를 초들기만 하면 다들 이 꼭두각시놀음을 해야 했다. 이 점만은 이등병이건 상등병이건 또는 사단장이건 군단장이건 다 일률적으로 평등했다. 말하자면 중국식 '하일 히틀러'쯤 되는 셈이다.

가까운 예를 들지 못하고 구차스레 60년 전의 케케묵은 예를 들어야 하는 이 심정, 알아주실 분은 알아주시리라 믿는다.

입의 재난

1992년께던가, 1993년께던가 좀 아리송하긴 하지만 아무튼 그맘때의 일이다.

연변 땅에서는 아무래도 발표를 하기가 어려울 것 같은 글 한 편을, 연변처럼 해바라지지 않고 좀 '어두컴컴한' 목단강의 〈은하수〉에다 한번 보내 봤다.

한데 이놈의 원고가 함흥차사라 한 달이 지나도 감감무소식, 두 달이 지나도 감감무소식…… 곶감으로 팔매를 친 거나 마찬가지였다. 꼬락서닐 보아 하니 아마 거기서도 뜨거운 감자 취급을 받고 있는 모양이었다. 손들을 델까 봐 후후 불며 이 손에 옮겼다 저 손에 옮겼다 하는 게 바로 눈앞에 보이는 듯했다.

그런 엉거주춤한 상태로 기나긴 겨울이 물러가고 또다시 따사로운 봄이 돌아왔을 무렵 나는 드디어 김성우(金聖宇) 주필에게 체증기 있는 편지—협박장 쉽직한 편지—한 장을 띄웠다.

—뭘 아직도 꾸물거리고 있는 거지?

빼기도 어렵고 박기도 어려워 안팎곱사등이가 돼 버린 김성우 주필은 마침내 '에라 모르겠다!' 칼 물고 뜀뛰기를 해 버렸다. 그리하여 문제의 원고는 어두운 그늘에서 어렵사리 벗어나 환한 빛을 보게 됐다. 고마운 일이었다.

그때로부터 5~6년의 세월이 흘렀다. 하건만 젊은 김성우의 목도 그렇고 또 늙은 이 김학철의 목도 그렇고 다들 끄떡없이 안연(晏然)하게 제자리에 그대로 붙어 있지를 않는가. 그러게 눈 딱 감고 '에라 모르겠다!' 젖 먹은 힘까지 다해 한번 쌩 건너뛰면 웬만한 도랑쯤은 다 무사고로 건너뛰어지는 법이다.

나처럼 겁이 많은 사람도 이 세상에는 아마 좀 드물 것이다. 패기 만만해야 할 20대의 군인(청년 장교), 그런 군인이었을 때도 나는 전선에서 붙잡힌 탈주병을 총검으로 척살을 하는 것을 보고 너무도 끔찍해 욕지기를 참지 못했었다. 그 때문에 속이 메스꺼워 점심도 못 먹었다. 저녁 역시 속이 계속 뉘엿거리는 바람에 먹을 엄두조차 내지를 못했다. 어디 그뿐인가. 밤에는 또 밤대로 방광이 곧 터질 지경인데도 어두운 밖이 무서워서(척살하는 광경이 눈에 밟혀서) 혼자 오줌을 누러 나가지 못하고 손톱여물만 썰었다. '용사'하고는 거리가 멀어도 너무 멀어―10만 8천리쯤이나 까마아득히 떨어져 있다.

이러한 나였건만 지나온 팔십 평생에 엉뚱한 짓은 또 수태 저질렀다. 지난해 간행물들에 먼저 발표를 하지 않고 직방 단행본으로 출판을 해치운 (소뿔은 단김에 빼랬다고) 나의 한 장편소설 후기에 이런 단락이 있다.

나는 그 해악을 낱낱이 폭로해 만천하에 경종을 울리기로 마음을 먹었다. 마음은 먹었어도 깜냥 없이 속이 자꾸 후들후들 떨리기만 하니 이를 어쩌랴.

"언감생심 그분을 반대하다니. 내가 이거 미치잖았나? 죽으려고 환장을 한 게 아닌가?"

총살당하는 광경이 자꾸 눈에 밟혔다.

이때 그분은 우리에게 있어서 신이자 태양이었다. 거룩하고 자애로운 '구원의 별'이었다.

나는 몇 번인가 결심을 번복했으나 끝내는 붓을 들고 말았다. 양심이 공포심을 이겨 냈던 것이다.

그러니까 내 그 '엉뚱한 짓'들은 다 이렇게 겁이 나 부들부들 떨면서도 눈 딱 감고 한번 쌩 건너뛰어서 저지른 것들이었다.

우리 다 같이 이렇게 눈 딱 감고 한번 쌩 건너뛰기를 좀들 해 보는 게 어떨까. 젊은 김성우의 목, 늙은 김학철의 목이 제자리에 그대로 붙어 있는 목들이 '모험 좀 해도 괜찮다'는 청신호를 보내고 있잖은가.

"사또님 말씀이야 늘 옳습지."

이런 따위 푸념은 암만 늘어놓아도 '사또님'의 귀는 가렵지가 않은 법이다. 그러니 뒤에서 밤낮 푸념이나 하는 걸로 이 아까운 세월을 허송하질랑 말자.

다음은 〈은하수〉가 칼 물고 뜀뛰기로 발표를 했었다는 그 글이다. 혹 참고가 되실까 해 덧붙여 본다.

입이란 생물체의 한 부분으로써 생명을 유지하는 데 불가결한 '먹이' 즉 식물을 섭취하는 기관이다. 그리고 입의 또 하나의 중요한 기능은―인류의 경우―말이라는 것을 내보내서 자신의 의사를 표시하는 것이다. 키스나 뽀뽀, 핥기나 물어뜯기 따위는 부차적인 것에 불과하므로 이 글에서는 다루지를 않는다. 다음 기회로 미룬다.

입의 주요한 기능

'입이 포도청'이라든가 '산 입에 거미줄 치랴' 따위의 속담들은 다 생물 특히 인간이 먹고살기 위해 얼마나 애들을 쓰고 있는지를 잘 말해 주고 있다.

어미 여우가 새끼들을 먹여 살리겠다고 먹이를 구하러 다니다가 덫에 치어 죽은 영화를 보고 나는 여러 날 마음이 언짢았던 일이 있는데—사람의 경우에는 더 말할 것도 없는 일이다. 자식들을 먹여 살리겠다고 아글타글하다가 과로해 병이 나고 재액을 입고 심지어 목숨까지를 바치는 부모들이 언제나 어디에나 있어 온 것이 우리 인간 세상의 안타까운 실정이다.

전에 우리 외갓집에서는 땟거리가 없어서 아침밥을 지을 수가 없는데도 이웃에의 눈가림으로 군불을 때서 굴뚝으로 연기를 내보내며 건성으로 솥뚜껑을 열었다 덮었다 해 소리를 냈었다. 끼니를 굶는 것보다도 이웃의 눈이 더 무서웠던 것이다. 사회주의 사회와는 달리 자본주의 사회에서는 가난하게 산다는 것은 남우세스러운 일이니까 무리도 아니었다. '냉수 먹고 갈비 트림한다'는 말이 있잖은가. 주린 창자에서 꼬르륵 소리가 나는 것보다도 체면이 더 문제인 것이다.

입하고 관련이 있는 속담에 또 이런 것들이 있다.

—관 속에 들어가도 막말은 말라.

—낮말은 새가 듣고 밤말은 쥐가 듣는다.

—혀 밑에 죽을 말 있다.

한마디로 개괄한다면 말조심을 하지 않았다가 목숨을 부지하기가 어려울 테니 그런 줄 알라는 경고일 것이다. 말 한마디를 잘못하고(기실은 잘하고) 목숨을 잃은 사례는 동서고금에 하도 많아 머리카락을 세는 거나 마찬가지로 다 주워섬기기가 도저히 불가능할 정도다. 그러게 서양 격언에서도 '침묵은 금이고 웅변은 은이다'잖는가. 공연히 혓바닥을 놀려서 액화를 사느니 차라리 꿀 먹은 벙어리 노릇이나 하라는 뜻일 것이다.

먹이를 얻어먹기만 어려운 게 아니라 말 한마디를 하기도 조심스러운 형편이니 구태여 이름한다면 '재난적 입' 또는 '입의 재난'이라고나 할밖에 없다.

"쉬, 말조심!"

이런 당부를 아니 들어 본 사람이 이 세상에 과연 몇이나 있을는지. 지구상에서 하루에도 수천만 번씩 되풀이되고 있는—이 "쉬, 말조심!"의 횟수가 언론의 자유하고 반비례가 된다는 것을 우리는 잘 알고 있는 터이다. 언론의 자유가 적으면 적을수록 그 횟수가 잦아진다는 것을 우리는 잘 알고 있는 터이다. 슬프게도 잘 알고 있는 터이다.

무제한한 언론의 자유란 아름다운 환상에 불과한 것이다. 언론의 자유가 완전히 보장돼 있는 나라는 이 세상에 하나도 없었고 또 현재 하나도 없다. 다만 정도의 문제가 있을 뿐이다. 언론의 문의 크기가 솟을대문만 하냐, 아니면 일각문, 거적문만 하냐, 또는 개구멍만 하냐, 아니면 쥐구멍, 개미구멍만 하냐 하는 문제가 있을 뿐이다.

언론의 문

아무튼 언론의 문이 아예 절벽으로 닫혀서 콘크리트 담같이 돼 버리지만 않는다면—하다못해 '문화혁명' 시기의 '전비문(戰備門)'만큼이라도 뚫려 있기만 한다면—옹색한 대로 기어 들어가고 기어 나오고 해야지 다른 도리는 없는 게 우리 인류의 사주팔자. 피치 못할 사주팔자, 이렇게 체념을 한다면 일시나마 속들은 좀 편할 것이다.

설혹 언론의 문이 콘크리트 담같이 아주 막혀 버린다 하더라도 '사람 못살겠다!' 아우성을 치거나 '에이, 이럴 바엔 차라리!' 하고 분신자살을 할 것까지는 없다. 왜냐면 그런 것쯤은 오히려 약과이니까 말이다. 어째서 약과인지를 아래에다 설명을 할 테니 한번 좀 들어들 보시기 바란다.

나는 타고난 무슨 숙명인지를 몰라도 아무튼 감옥살이하고 깊은 인연을 맺은 사람이어서 제국주의 일본의 감옥살이도 해 보고 또 사회주의 중국의 감옥살이도 해 봤다, 도합 14년 동안. 그래서 '감옥살이 전문가'라는 소리를 들어도 과히 부끄럽지가 않을 만하다. 그러한 '전문가'가 하는 체험담이니까 대개 틀림이 없을 것 같다.

제국주의 일본 감옥에 가서 언론의 자유를 찾는다는 것은 어리석은 일일 것이다. 사람이 개미구멍으로 빠져나가겠다고 애를 쓰는 거나 마찬가지일 터이니까 말이다. 제국주의 일본 감옥의 언론의 자유란 '질식사를 하지 않을 만큼 뚫어 놓은 숨구멍'. 이쯤 알아 두면 대개 낭패가 없을 것이다. 그러게 정치범들은 언제나 "죽일 놈들, 언론의 자유를 박탈하구!" 대단히 맞갖잖아 불평들을 뿜었었다.

한데 나중에 알고 보니 그런 것쯤은 뭐 아주 약과였다. '복에 겨워서 부른 흥타령'이었다. 십 년 대동란 시기에 사회주의 중국의 감옥살이를 해 보고서야 비로소 나는 '둘째며느리 삼아 봐야 맏며느리 착한 줄 안다'는 속담의 참뜻을 깨달았기 때문이다. 깨닫고 혼자서 끄덕끄덕 고개를 끄덕이며 수긍을 했기 때문이다.

내가 갇혀 있던 그 감옥(추리구 감옥)에는 언론의 자유 따위만 없는 게 아니라 애당초 침묵의 자유라는 것마저 없었다.

'침묵—저항—반당 반사회주의(반개조)'

이런 공식이 철칙으로 돼 있는 까닭에 무어나 당국에서 내리먹이는 것은 다 무조건적으로 '절대 옹호!' 하고 받들어 모셔야만—그도 높이 받들어 모셔야만—뒤탈이 없었다. 거기서는 '침묵은 금'이 아니라 '침묵은 불만', '침묵은 저항', '침묵은 반혁명'이었다. 침묵은 가형(加刑)을 자청하는 행위나 다름이 없었다.

나는 과문해서 그런지 동서고금에 이보다 더 가혹한 '입의 재난'이 언제 어디에 있었는지를 모른다.

사회상에 무슨 일이 있을 때마다 '태도 표시'를 강요하는 따위의 사업 작풍이 '문화대혁명'의 광란도 아닌 시기에 감옥도 아닌 바깥 사회에서 거리낌 없이 성행을 한다면 그것은 도대체 무엇을 의미하는 것일까?

'입의 재난'도 여느 사물과 마찬가지로 한도라는 게 있을 것이므로 '물극필반(物極必反)'의 법칙에서 벗어나지는 못할 것이다.

어떠한 사물이나 다 극도에 달하면 뒤집힌다는 것을 인류의 역사는 우리에게 역력히 보여 주었다. 그렇게 '입의 재난'도 너무 지나치잖게 미리미리 좀 완화를 해 줄 필요가 있다.

1998년 4월

《해동 연대(解凍年代)》

근자에 북경서《해동 연대》라는 책이 출간됐다. 거기에 모택동의 전 비서 리예(李銳)의 글 한 편이 실려 있다. 그 몇 단락을 간추려서 우리 글로 한번 옮겨 보기로 한다.

악예환(鄂豫皖), 상악서(湘鄂西), 상악공(湘鄂贛)―이 세 개 지구에서 만도 4만 5천 명 사람(적의 간첩으로 몰아서)을 죽였다. 중앙 소비에트 구 역과 기타 지구까지를 합치면 모두 7~8만 명가량을 죽였다. 그런데 그 죽인 것은 몽땅 다 제 사람―당내 동지들이었다.

근거지의 창시자로부터 성(省), 군(軍), 지(地), 현(縣)의 간부는 물론이 요, 심지어는 병사들까지 다 '계급의 적'으로 몰아서 죽여 버렸다. 그 결 과 상악서에는 단 5명의 당원만이 겨우 목숨을 부지하기에 이르렀다.

'반우파 투쟁' 때는 지식인 대오의 10분의 1(55만여 명)을 숙청했다. 그 가운데는 고급 지식인과 쟁쟁한 엘리트들이 수태 들어 있었다. 그리고 '반우경' 때는 무려 380만이라는 엄청난 숫자의 사람들이 숙청의 대상으로 됐다.

3년 동안의 '대약진'으로 영국을 능가하고 미국을 따라잡고 곧바로 공산주의로 진입을 한다며 법석판을 벌인 결과 경제가 뒷걸음질을 쳐도 크게 쳐 수천만 명 사람이 굶어 죽었다.

맨 죽이는 이야기, 죽는 이야기뿐이다. 맞아 죽고 굶어 죽고…… 온통 죽이는 이야기와 죽는 이야기뿐이다.

참으로 놀라운 동방의 공산주의 운동사랄밖에 없다.

소련도 마찬가지

1957년 6월 모스크바에서 열렸던 소공중앙전원회의에서 한 소련 원수 주코프(당시는 정치국 후보위원)의 발언 요지를 간추려 가지고 한번 옮겨 본다.

1937년 2월 27일부터 1938년 11월 12일 사이에 내무인민위원부에서는 스탈린, 몰로토프 및 카가노비치가 결처를 한 군사재판위원회와 최고법원의 극형 판결—총살 계 38,639건을 수리했다. 총살을 당한 것은 당, 소비에트, 공청단 및 직업 동맹 등의 지도 성원들, 그리고 장, 차관과 저명한 장령, 작가 및 예술인들이었다. 총살형에 처해질 사형수들의 명단에는 그 성명만이 당그랗게 적혀 있을 뿐 생년월일도 소속도 심지어는 '왜 죽어야 한다'는 죄명마저도 기재가 돼 있지를 않다.

스탈린과 몰로토프는 1938년 11월 12일—이 하루 동안에만도 무려

3,167명을 총살해 치우라고 결처를 했다. 이 얼마나 놀라운 사실인가! 사형수들의 이름이 깨알같이 박혀 있는 그 명단을 그들이 과연 다 읽어 보기나 했을지 의문이다.

이름은 밝혀서 무얼 하며 죄명은 밝혀서 무얼 하랴. 그저 가축(집짐승) 떼를 도살장에다 몰아넣듯이 '황소 몇 마리, 암소 몇 마리, 양 몇 마리' 해 버리면 고만이지!

1938년 11월 21일에 총살을 한 292명 가운데는 당 중앙위원과 후보위원 45명이 들어 있었다. 그리고 중앙 감찰위원 등이 28명, 주 당서기 등이 12명, 장, 차관이 26명, 이밖에 또 군사 간부(원수, 대장, 군구 사령관 등) 15명이 들어 있었다. '계급의 적'의 부인도 5명이 들어 있었다.

1937년과 1938년―이 이태 동안에 139명의 당 중앙위원과 후보위원 중 무려 98명이 총살을 당했다. 3분의 2 이상이 어마한 죄명을 들쓰고 육체적으로 소멸을 당한 것이다.

스탈린이 집정을 하고 있던 시기 소련공산당이 아예 인간 도살장으로 변해 버리지 않았었나 의심이 들 지경이다.

수십 년 후에 심지어는 반세기가 지나서 그 '계급의 적'들이 억울한 죄명을 벗고 명예들을 회복했을 때 '백골이 진토 되어 넋이야 있건 없건 님 향한 일편단심 가실 줄이 있으랴' 그들은 이미 공산주의 사업에 대한 한 가닥 충성심만을 남기고 이 지구상에서 영영 사라져 버린 지도 오랬었다.

그 수십 년 내지 반세기 동안에 총살을 당한 '계급의 적'의 유가족들이 겪어야 했던 고초는 또 어떠했을까. 생각만 해도 치가 떨리는 인간 세상의 참극이라 아니 할 수가 없다.

《모스크바 일기》와 《역사의 증언》

《모스크바 일기》는 프랑스 작가 로맹 롤랑(1866~1944)의 수기(手記), 그리고《역사의 증언》은 소련 작곡가 쇼스타코비치(1906~1975)의 수기이다.

《모스크바 일기》는 1935년에 쓴 것이었으나 작자가 굳이 '50년 이내에는 발표를 불허한다'고 해 그 중역본은 그로부터 60년 뒤인 1995년에야 비로소 출판이 됐다(상해인민출판사). 그리고《역사의 증언》은 작자가 제자들에게 '내가 죽은 뒤에 발표를 해 달라'고 신신당부를 해 (살아서 발표를 했다가는 대번에 감옥으로 끌려갈 게 뻔했으므로) 그 중역본은 금년(1998년)에야 비로소 출판이 됐다(화성(花城)출판사).

《모스크바 일기》에서 로맹 롤랑은 그와 그의 부인이 모스크바에서 받은 극진한 대우에 대해 누누이 언급을 했었다. 그들 부부만을 전담해 모시는 의사, 그들 부부를 위해 특별히 마련한 호화 별장 등등.

소련의 양심적인 지성인들이 기아가 만연하고 숙청의 피바람이 휘몰아치는 소련의 참모습을 목숨들을 걸고 외부(자유세계)에다 알리고 있을 때 로맹 롤랑의 이《모스크바 일기》는 아무 쓸모없는 한 무더기의 휴지 더미에 불과했다.

《역사의 증언》에서 쇼스타코비치는 영국 작가 버나드 쇼(1856~1950)를 신랄하게 비평했다.

"러시아가 기근에 허덕이고 있다구? 허튼소리! 난 모스크바에서 난 생처음 그런 진수성찬을 먹어 봤단 말이야."

소련을 다녀간 버너드 쇼가 전 세계를 향해 이렇게 단언을 하던 바로 그 시각에 소련에서는 수천만 명 사람이 굶주림에 시달리고 있었다. 그리고 수백만 명의 농민들이 이미 굶어 죽었다.

쇼스타코비치는 로맹 롤랑에 대해서도 혐오감을 감추려 하지 않았다.

"로맹 롤랑은 또 어때했는가? 그를 생각만 해도 나는 속이 메스꺼울 지경이다."

"무엇 때문에? 무엇 때문에? 도대체 무엇 때문에 그들은 전 세계를 향해 그따위 거짓말을 늘어놓았는가?"

나 이 김학철도 버너드 쇼나 로맹 롤랑의 그렇듯 천박한 언동을 변호해 줄 생각은 꼬물도 없다. 하지만 그들에 대해 공정한 말 한마디를 해 주는 게 역시 도리가 아닐까 싶다. 그들은 사회주의라는 참신한 명사에 현혹이 됐던 탓으로 잠시 예지들이 흐려져서 노회(老獪, 의뭉하고 능갈침)한 스탈린의 상투적인 겉치레 수단에 깜빡들 속아 넘어갔던 것이다.

밑져야 본전

여기 하나의 괴이한 현상이 있다. 우리 모두가 인위적인 관습에 아예 젖어 버린 까닭에 '이게 과연 정상적인 현상일까?' 의문스레 여기지조차들 않는 것이다.

정직한 공산당원들을 소떼, 양떼 모양 무더기로 도륙을 하고 수백만, 수천만의 근면한 백성들을 집단화, 공사화(公社化)로 싹 쓸어 굶겨 죽이고 그리고 당과 국가를 멸망의 변두리까지 몰고 갔어도 그저 그뿐―아무도 책임을 지는 사람이 없는 것이다. 도의적인 책임을 물어(그도 죽은 뒤에) 견책쯤 하는 게 고작, 살아서 형사 책임을 진 놈은 여적

단 한 놈도 없지를 않은가.

　─방향은 옳았으나 집행 과정에 좀 지나쳤다.

　판에 박은 것 같은 이 한마디가 언제나 면죄부로 돼 주어서 만사태
평─모든 인간 백정들이 떳떳하게 '프롤레타리아 용사'의 칭호를 그
대로 유지하고 있다. 그리고 사람잡이를 한 공로로 이미 올라간 벼슬
도 그대로 유지를 하고 (대개는 더 올라가고) 있다. 따라서 이미 챙긴 이익
들도 깔축없이 그대로 향유(누리어 가짐)를 하고 있다.

　우리 민족 문단에는 지우금(至于今) 물어먹는 바람이 자지를 않고 계
속 극성을 부리고 있다. 대관절 그 까닭이 나변(那邊)에 있는가?

　해답은 극히 간명하다. 밑져야 본전이기 때문이다. 중상지하 필유용
부(重賞之下必有勇夫)로 물어먹으면 물어먹을수록 얻어지는 게 많으니
까 다들 피눈이 돼 가지고 기를 쓸 수밖에 없는 것이다. 설혹 몇십 년
후에 그 피해자들이 원죄(冤罪)를 벗고 명예들을 회복한다손 치더라도
물어먹은 놈을 처벌하는 법은 절대로 없으니까 물어먹은 만큼 이익이
아니고 무언가. 설사 섣불리 물어먹다가 그놈이 올가미에 걸려 주지를
않더라도 (불발로 끝나더라도) '재수없게…… 쯧쯧……' 한마디 뇌까리면
고만이다. 그러니 밑져야 본전이 아닌가! 둘러치나 메치나 손해가 날
건 하나도 없잖은가! 이러하기에 우리 문단에서도 물어먹는 바람이
영영 잘 줄을 모르는 것이다.

　그러게 이제부턴 그런 약질들에겐 대가를 치르게 해야 하는 것이다.
따끔한 대가를 톡톡히 치르게 해야 하는 것이다. 물리고도 그저 '운수
가 불길한 탓이러니'쯤 여기고 '까짓것 개미에게 불알 물린 셈 치지'
체념을 하거나 '애매한 두꺼비 떡돌에 치이기도 한다잖는가' 팔자소
관으로 돌려 버린다면 우리 문단의 고질적인 물어먹기의 악풍은 영원

히 잠재우지를 못할 것이다.

나의 단호한 대응책

나는 나와 관련이 있는 사람들의 '과거를 묻지 않는다'는 원칙을 세워 놓고 이를 착실히 시행해 오고 있다. 그가 지난달 내게다 어떠한 잘못을 저질렀더라도 손잡고 같이 일을 하기 위해서는 꼭 그래야 하겠기 때문이다. 그러나 만약시 그가 제 잘못을 뉘우치지 않고 계속 물어먹기를 일삼는다면 문제는 달라진다.

일본에 '바보는 죽어야 낫는다'는 속담이 있다. 우리의 '세 살 적 버릇이 여든까지 간다'는 속담과 비슷한 뜻이다.

쥐 따위들은 앞니가 쉴 새 없이 자라니까 무엇이든 딱딱한 것을 자꾸 쏠아서 앞니를 닳리지 않으면 주둥이가 다물어지지를 않아서 목숨을 부지하기가 어렵다. 우리 문단의 '설치류'들도 생리적으로 그렇게 무어나 계속 쏠지를 않고서는 살 수가 없는 모양이다.

1957년에 전국적으로 이른바 '반우파 투쟁'이라는 사람잡이 운동이 벌어졌었다. 그때 연변 작가협회에서는 일부 '설치류'들이 '프롤레타리아 용사'의 탈을 뒤집어쓰고 신바람 나게 '물어넣기'와 '물어먹기'를 했었다.

당시 작가협회와 〈연변문학〉 편집부의 총인원은 경리 일꾼(회계, 출납 등)까지 모두 해서 23명인가 됐었다. 그러니까 작가 대오의 무려 40퍼센트가량이 '반당 반사회주의 우파분자'로 두들겨 맞았다는 얘기가 되는 것이다.

그런데 이번(지난해)에 또 그 '설치류'들이 칠십 고령에도 불구하고 '제 버릇 개 주랴'며 그 단골 재주(고유의 특기)인 물어먹기의 추태를 다시 한번 부리셨다. 얼마나들 수고스러우셨으랴. 이제 그들은 죽어도 여한이 없을 것이다. 노익장으로 더욱더 기승스레 (또는 최후 발악적으로) 물어먹을 때까지 물어먹어 봤으니까 비록 헛다리들을 짚었을망정.

　40년 전의 암흑시대처럼 이번에도 한번 든든히 물어먹기만 하면 그놈이 감옥을 아니 가고는 못 배길 줄 알았던 것이 워낙 그들의 오산이었다. 이젠 세상이 크게 달라졌다는 것을 깨닫기에는 그들의 아이큐(IQ 지능지수)가 너무도 낮았던 것이다.

　이게 바로 우리 언단(言壇), 문단의 한심스럽고 창피스러운 현주소다. 하루속히 무슨 개변이 있어야지 정말 사람이 부아통이 터져 죽을 노릇이다.

　　　　　　　　　　　　　　　　　　　　　　　1998년 7월

돌베개와 벽돌베개

담 넘어 들 때는 큰마음을 먹고
문고리 잡고서 발발 떠네.
시냇가 강변에 빨래질 하니
정든 님 만나서 돌베개 벴네.

우리 민요의 한 토막이다. 좀 난잡스러운 것 같기는 하다. 그렇지만 소박한 우리네 백성의 풍류스러운 체취가 물씬 풍기는 데야 어쩌랴.

벽돌베개

'돌베개'가 좀 딱딱하긴 할 테지. 그렇지만 거기에는 풍취가 있고 또 쾌락이 따르지를 않는가. 반면 '벽돌베개'는 그와 정반대, 말하자면 합법화한 참살(慘殺)을 의미하는 것이다.

〈남방주말(南方周末)〉 1998년 8월 7일 자 주건국(朱建國)의 짧은 글 한 편을 더 짧게 간추리어 재구성을 해 가지고 한번 옮겨 보기로 하자.

장지신(張志新), 여. 1930년생. 중국 인민대학 졸업. 료녕성위(省委) 선전부 공직(供職). '문화대혁명' 시기에 림표와 '4인방' 그리고 모택동의 만년의 착오를 지적한 '죄'로 1969년 9월에 체포, 투옥. 1975년 4월 3일 먼저 숨통부터 끊어 가지고 총살. 그때 나이 45세.

숨통(기관)을 끊어 가지고 총살을 한 예는 이게 처음이 아니다. 장지신은 그 30 몇 번째일 뿐.

총살을 하기 전에 '범인'이 '반혁명 구호'를 외치지 못하게 미리 그 숨통부터 끊어 버린다는 이 전대미문의 파쇼적 '창안'은 료녕 공안(경찰)국의 한 법의(法醫)가 높은 분의 비위를 맞추기 위해 고안을 해낸 것으로써 그 첫 희생자는 가승후(賈承厚)라는 나이 겨우 스무 살밖에 안 된 어느 한 소학교의 교사였다. 그러니까 장지신은 그 썩 '후배'인 셈이다.

'장지신을 숨통부터 끊어 가지고 총살을 해치우라' 이런 명령을 내린 인물은 모원신(毛遠新, 모택동의 친조카). 그는 '모택동 사상을 완벽하게 보위하기 위해서는 꼭 필요한 조치'라고 굳게 믿어 의심을 하지 않았던 것이다.

기실 이때 장지신은 이미 비인간적인 학대에 견디다 못해 아주 미쳐 버린 상태였다. 월경으로 흘러나온 피에다 옥수수떡을 찍어 먹는가 하면 또 대소변도 가리지를 못하여 그냥 마구 자리에다 싸 버리는 형편이었다.

이러한 장지신을 잔뜩 뒷결박을 지워 가지고 형장으로 끌고 나가다가 중도에서 범강장달이 같은 '프롤레타리아 용사' 몇 놈이 갑자기 달려든다. 갑자기 달려들어서는 장지신을 홱 낚아채어 땅바닥에다 벌렁 자빠뜨려 놓는다. 그런 연후에 벽돌 한 장을 얼른 그 머리 밑에다 괴어 준다. 벽돌을 괴어 주기가 바쁘게 한 놈이 잽싸게 단도를 빼들고 달려든다. 달려들어 가지고는 장지신의 숨통(기관)을 단칼에 썩 베어 버린다. 소독이라는 것도 있을 리가 없거니와 마취라는 것 또한 있을 리가 만무하다.

총살형은 장지신의 목에서 선지피가 뿜기는 가운데 예정대로 '순조롭게' 또 '승리적으로' 집행이 된다. 극악한 '범인'이 끝내 '반혁명 구호'를 외쳐 보지 못하고 단방에 푹 꼬꾸라져 죽어 버렸으니까.

호요방(胡耀邦)은 인허(認許)한다

'피로 쓴 보고'라는 표제를 단 이 신문 기사는 〈광명일보〉 기자 진우산(陳禹山)이 직접 현지(심양)에 내려가 취재를 해 가지고 쓴 것이다. 그러나 편집국장 양서광(楊西光)은 주니가 나 감히 그 글을 발표할 엄두를 내지 못했다. 그 까닭인즉 첫째, 신중국에서 일어난 잔인하기 짝이 없는 파쇼적 만행을 적나라하게 폭로를 한 것이기에. 둘째, '프롤레타리아 독재'가 저지른 죄행과 당의 영도를 너무 생생하게 (그러니까 피비린내 나게) 폭로를 한 까닭에 정치적 영향이 안 좋을 것 같기에.

그리하여 문제의 원고는 여러 층을 차례차례 거쳐서 마침내는 맨 꼭대기―호요방 총서기에게까지 올라갔다.

"한 글자도 고치지 말고 그대로 발표를 하시오. 단 총살 직전에 숨통을 끊어 놨다는 고 단락만은 너무 좀 무엇하니 적당히 손질을 하는 게 좋을 것 같소."

신문 기사 '피로 쓴 보고'가 우여곡절을 겪어 가지고 일단 발표가 되자 편집부에는 당일로 독자들의 문의하는 전화가 빗발치듯 했다.

"'그녀를 땅바닥에 자빠뜨려 놓고 잔인무도하게 그녀의 언어로써 진리를 표현, 전달할 권리를 박탈했다'란 게 도대체 무슨 뜻인가? 똑똑히 좀 밝히라!"

편집부에서는 더 이상 방색을 한다는 도리가 없어서 사실대로 '언어로써 표현, 전달할 권리를 박탈한' 구체적 상황을 알려 주었더니—이실직고를 했더니—그 반향은 그야말로 폭발적이었다.

"로신 선생은 일찍이 시위 도중에 진압 경찰의 총탄을 맞고 숨진 여학생(류화진(劉和珍))을 추모하는 글에서 '총상 외에도 몽둥이로 맞은 흔적(피멍)이 있다'며 '이것은 그저 살해가 아니라 아예 학살이다'고 분노를 했었다. 그렇다면 먼저 숨통부터 끊어 가지고 총살을 한 것은 무슨 '살(殺)'이라고 썼을 것인가?"

개중에는 울먹이며 이렇게 반문을 하는 독자까지 있었다.

—그렇다면 이렇듯 잔인무도한 죄행에 대해 도대체 누가 책임을 져야 할 것인가?

독자들의 이 당연한 질문에 대한 아직까지의 공식적인 답변은,

"숨통(기관)을 끊은 자(하수인)에게는 죄가 없음."

"공안국에도 죄가 없음."

"법원에도 죄가 없음."

"성위(省委) 선전부의 장지신을 물어먹은 자들에게도 다 죄가 없음."

이상.

그렇다면 이 끔찍한 학살 만행을 공공연히(합법적으로) 저지른 자는 도대체 누구란 말인가?

여운―.

장지신의 남편 증진(曾眞)은 아직 생존, 그리고 그 자녀들은 이미 다 미국에 가 정착.

어용 만화가들

정총(丁聰), 방성(方成) 등 중국의 저명한 만화가들이 지난 8월 1일, 《노만화(老漫画)》라는 신간 서적의 출간을 기념하는 좌담회에 참석을 했다.

석상에서 원로 만화가 방성이 폐부에서 우러나오는 절절한 반성을 했다.

"지난날 우리는 상급에 무조건적으로 맹종을 하는 '어용 만화가'들이었다. 우리는 만화를 가지고 악한 일을 얼마나 많이 했는가. 잘못을 얼마나 많이 저질렀는가. 우리는 선량한 사람, 정직한 사람들을 해쳐도 너무 많이 해쳤다. 강제 노동에서 풀려나 20여 년 만에 돌아온 이른바 '우파분자'들인 애청, 정령 같은 이들을 다시 만났을 때 그들은 지난 일을 단 한마디도 들추지를 않았다. 그들의 그렇듯 큰 도량에 지난날의 가해자인 나는 부끄러워 몸 둘 바를 모르겠더라."

'호풍(胡風) 반혁명 사건' 때 만화를 가지고 호풍을 극악무도한 반혁명분자로 몰아세웠던 종령(鐘靈)과 용비(庸非)는 각각 '호풍 선생님, 빌낮이 없습니다' '구작(舊作)이 불러일으키는 곤혹' 이런 글들을 싣는 것으로 호풍 선생에 대한 그 한 세대의 참회를 했다. (호풍은 억울한 감옥 살이를 25년 동안을 하고 76세에 출옥, 77세에 명예를 회복했다.)

신간 서적《노만화》에는 또 당시(호풍을 생판으로 때려잡느라고 온 나라가 열에 들떴던 수치스러운 시기) 발표를 했던 악독하기 짝이 없는 만화들을 다시 다 공개를 함으로써 피해자 호풍 선생에 대한 참회와 진사(陳謝) 의 뜻을 나타냈다.

《노만화》의 출간은 중국의 밝은 미래를 예고해 주는 새벽 종소리, 그런 종소리에다나 비길까. 아무튼 그것은 지나간 한생을 눈먼 망아지 처럼 살아온 '어용 만화가'들의 뒤늦은 각성, 그 존엄한 인격의 단연한 회복. 그 각성과 회복을 온 세상에 과시하는 장엄한 한 장(마당)임에는 틀림이 없을 것이다.

인민문학출판사의 전 사장 위군의(韋君宜). 그녀는 부유한 명문가 태 생으로 그 부모들은 구미 유학을 간절히 바랐으나 그녀는 18세 어린 나이에 의연히 공산주의 운동에 투신을 했다. 이러한 위군의(82세)가 지난여름《사통록(思痛錄)》이라는 그 생애의 마지막이 될 책을 펴냈다 (이젠 말할 능력과 글 쓸 능력을 아울러 상실했으니까).

그 가운데 다음과 같은 한 단락의 폐부지언(肺腑之言)이 있다.

나는 공산당을 따른 지 60여 년에 온갖 고초를 다 겪었다. 초근목피 로 끼니를 에우면서도 가슴은 언제나 긍지감으로 부풀었다. 그러나 꼬 리를 물고 일어나는 정치 운동이 당과 국가에 엄청난 재난을 갖다 안 길 적마다, 그로 하여 당과 국가가 위태로이 휘청거릴 적마다 내 가슴 은 참기 어려운 고통으로 메어지곤 했다. '극좌' 사상의 영향하에 나는 피해자인 동시에 또 가해자이기도 했다. 무고한 동지들을 까닭 없이 박해해 영원히 아물지 못할 상처를 입힌 것을 생각하면 참으로 후회막급이다.

이 얼마나 비통한 부르짖음인가. 멋도 모르고 '프롤레타리아 용사'의 대오에 기어들어서 생사람잡이에 피눈이 됐던 한 지성인, 뒤늦게나마 인간의 양심을 되찾은 한 지성인, 그 지성인이 운명(殞命)을 목전에 두고 인간 사회에 써 바치는 참회의 서, 진사(陳謝)의 서, 심장에서 터져 나오는 통곡의 서!

이러게 인류 사회에는 밝은 미래가 있는 것이다.

김창걸 선생

내가 김창걸 선생과 서로 알게 된 게 1952년 말이었던지 아니면 1953년 초였던지…… 좀 아리숭하다. 아무튼 그 무렵이다. 나는 당시 북경에서 갓 와 가지고 집을 마련하지 못해 초대소살이를 하고 있었다.

어느 날 김창걸 선생이 남녀 학생 여라문을 데리고 와 문학에 대한 '말씀'을 좀 해 달라고 하기에 나는 선뜻 수락을 했다. 이제 와 생각하면 어지간히 주제넘은 짓이었다.

그때 참석을 했던 학생들 중 아직까지 기억에 남아 있는 이는 안옥당(김만선 부인) 하나뿐인데 뒤에 앉은 굵직굵직한 남학생들 중에는 듣기가 싫어서 이맛살을 잔뜩 찌푸린 치가 있는가 하면 또 '오냐, 어서 혼자 실컷 지껄여라. 난 안 듣는다'는 표시로 내처 먼산바라기를 하는

치도 있었다. 그런데 김창걸 선생은 내 그 장관의 '말씀'이 끝이 나자 곧 솔선해 박수를 쳐 주고 또 '참 잘 들었다'고 얼러추어 주었다. '예 여보, 그것도 말씀이라구 하우? 쯧쯧!' 하고 타박을 주기는 좀 무엇했던 모양이다.

내가 오랜 세월을 두고 지내본바 김창걸 선생은 법이라는 게 없어도 살 그런 어리무던한 종족에 속하는 사람이었다. 늘 손해를 보면서도 군말 없이 그저 그렇게 살아가는 역조창생에 속하는 사람이었다.

창걸 선생이 우리의 원로 소설가이면서도 뚜렷한 업적(작품)은 남기지 못한 데는 두 가지 원인이 있다. 그 하나는 교육 사업에 얽매인 것이고 다른 하나는 꼬리를 물고 일어나는 정치 풍파에 시달리느라고 좋은 시절을 다 놓쳐 버린 것이다. 그는 작품집 대신에 수많은 인재를 길러 내 놓았다. 그러나 원쑤의 정치 풍파는 그의 몸과 마음을 겉늙게만 만들었다.

'문화대혁명'이 끝이 나 만기 출옥을 하자 나는 또다시 공원으로 몸 단련을 하러 다녔다. 협장을 짚으니까 조금만 걸어도 땀이 나는 까닭에 겨울에도 얼어 죽지 않을 만큼 얇게 입고 계속 걷는 방법을 썼다.

나는 형기가 차 석방은 됐어도 반혁명 전과자의 딱지는 그저 붙어 다녔으므로 아무도 찾아보지를 않았다. 그런데 뜻밖에도 어느 날 공원 다리 한중간에서 김창걸 선생과 딱 마주쳤다. 꼭 십 년 만이었다. 창걸 선생은 반가운 소리를 지르며 달려들어 내 손목을 꽉 잡더니 성급히 묻는 것이었다.

"어떻게 됐습니까, 이젠 다 해결이 났습니까?"

그러나 유감스럽게도 내 입에서는 부정적인 대답이 나오니까 창걸 선생은 적잖이 실망을 한 모양이었다. 그러나 곧 다시 신기를 차려 가지고 내 그동안 지내온 소경력을 미주알고주알 캐어묻는 것이었다.

창걸 선생은 뜨뜻한 겨울 차림을 제대로 했지만 나는 그렇지가 못한 형편이었으므로(계속 걸어야만 얼어 죽지 않을 형편이었으므로) 서북풍이 야멸차게 불어 대는 다리 위에서 나는 정말 죽을 지경이었다. 그러나 피차간 십 년의 풍상고초를 겪고 나서 처음 만난 마당에 도저히 '이담에 봅시다'고 뿌리칠 수는 없는 노릇이었다. 불과 10여 분 동안에 나는 아예 동태가 돼 버렸다.

갈라질 때 내가 "사필귀정 아닙니까. 아무 때고 해결은 날 겝니다."하고 상당히 신심 있는 소리를 했더니 창걸 선생은 "암 그렇구말구…… 사필귀정이지요. 사필귀정이다마다요."하고 고개를 크게 끄덕이며 다시 한번 내 손을 꽉 잡는 것이었다.

그 후부터 창걸 선생은 이따금씩 나를 찾아오곤 했다. 하지만 개화장을 짚고 지척지척 걸어 들어오는 것을 보는 내 마음은 매양 편치가 못했다. 금세 쓰러져 꼭 어떻게 잘못될 것만 같은 불안감을 떨쳐 버리기가 어려워서였다.

그 후 창걸 선생은 지병이 도져 가지고 몇 달 동안 입원을 했다가 좀 차도가 있는 것 같아 퇴원을 하기는 했으나 걸음걸이가 전만 퍽 못해졌다.

"참 딱두 하시우, 그래 가지고 무엇 하러 또 오신단 말씀이요. 넘어지기라도 하면 어쩌실려구!"

나무라듯 이렇게 말하며 내가 얼른 일어나 부축을 해 앉히니까 창걸 선생은 "아니, 그런 게 아니라……." 숨찬 말로 해명을 하는 것이었다.

"내가 아직 제 발로 걸을 수 있을 때…… 학철 선생께 양해를 좀 구해 두자구…… 맘먹고 이렇게 찾아온 겁니다."

"생뚱같이 그건 또 웬 말씀이요."

"저 '반우파 투쟁' 때 왜 내가 학철 선생을 비판하는 발언을 하잖습디까. 그게 끈히 맘속에 걸려 가지고…… 도무지 내려가 주지를 않는단 말입니다. 당시에 형편이 그런 발언을 하잖고는 고비를 넘길 재간이 없겠기에 하기는 해 놓구서도……."

나는 어이가 없어 그 양반의 얼굴을 빤히 처다보기만 했다. 어느 옛날의 낡은 장부책을 새삼스레 뒤지는 그의 우직함과 고정고정함에 감동보다는 오히려 민망한 생각이 앞을 서였다.

찬바람만 맞으면 눈물이 흐르는 노안을 씀벅거리는 김창걸 노선생님의 손을 꽉 잡았다. 그리고 남은 손으로 그 어깨를 한번 툭 쳤다. "잠꼬대를 하러 오셨소, 영감? 백주대낮에……." 하고 하하 웃으니 창걸 선생도 계면쩍은 웃음을 허허 따라 웃었다. 눈물이 흐르는 노안을 씀벅씀벅하면서.

지난날 그 인간성을 완전히 상실한 정치 운동들에서 마음에 없는 말 몇 마디씩 안 한 사람이 어디 있는가. 안 하고 배겨 내는가. 그런 것들은 애당초에 말할 거리도 못 된다. 그렇건만 우리의 창걸 노선생만은 저 혼자 양심의 부담을 만들어 가지고 장장 20여 년 동안 끙끙 앓으며 낮과 밤을 살아왔던 것이다.

'멍청이 같은 늙은이!'

그날을 마지막으로 창걸 선생은 우리 집을 다시는 찾아오지 않았다. 그의 말대로 '제 발로 걸어 다닐 수'가 없게 됐던 것이다.

노작가 파금(巴金)이 참회하는 마음으로 이 근년에 써낸 글들을 읽어 보고 우리는 깊이 감동하고 또 그 인격을 새삼스레 우러른다. 나는 이 한 편의 글을 쓰면서 우리의 김창걸 선생이 어떠한 인격자인지를 새삼스레 곱새긴다. 그리고 그를 사랑하는 마음으로 더욱더 존경을 해마지않는다.

이러게 우리 민족에게는 밝은 앞날이 있는 것이다.

1998년 9월

벼슬 중독자

알코올 중독자든 아편 중독자든 무릇 중독자라는 건 다 좋지 못한 것으로 받아들여지고 있다. 유독 '벼슬 중독자'라는 것만은 좋지 못한 것으로 받아들여지기도 하고 또 좋은 것으로 받아들여지기도 한다. 그러니까 양면성이 있다는 얘기가 되는 것이다.

총리대신의 팁

무릇 군주 제도하의 내각 수반은 다 총리대신이다. 영국도 그렇고 일본도 그렇고…… 다 그렇다. 총리대신은 그 나라의 사실상의 최고 권력자이다.

지난 8월 29일 저녁, 영국 총리 토니 블레어가 부인과 함께 어느 레스토랑(해물요리 전문점)에 가 저녁 식사를 하는데 미리 예약을 하지 않았던 탓으로 앉을 자리가 없었다. 만석이었던 것이다. 그래 할 수 없이 내외가 카운터(판매대)에 서서 식사를 하는데 식욕이 왕성한 블레어는 안해가 못다 먹은 요리까지 당겨다가 반반히 다 먹어 치웠다.

식사를 마치고 부인이 신용카드로 셈을 하는데 티켓에 찍혀 나온 44파운드에다 팁 6파운드를 얹어 50파운드 아귀를 맞춰서 치러 주었다. 팁은 찍혀 나온 숫자의 10퍼센트 정도를 주는 게 통례이고 또 상식이다. 옆에 서서 샌드위치로 간단하게 저녁들을 먹은 두 경호원은 제각기 현금으로 셈을 치렀다. 그들이 준 팁은 물론 10퍼센트 정도.

총리대신 내외분이 와 식사를 하신다기에 은근히 푸짐한 팁을 기대했던 웨이터(접대원)들은 적잖이 실망했다. 턱 떨어진 개 먼 산 쳐다보는 꼴이 됐다고나 할까.

"고런 깍쟁이 같으니라구. 경호원만도 못하잖은가!"

웨이터들의 이러한 볼멘소리가 굴러굴러 삼류 기자들의 귀에까지 굴러 들어가는 바람에 '이키, 이게 웬 떡이냐!' 당일로 기사화가 돼 가지고 가십난(비속한 소식을 다루는 난)에 실리는 바가 됐다.

이에 다급해난 다우닝가(수상 관저)는 부랴부랴 성명을 발표했다.

─이는 순전한 오해다. 팁은 분명히 얹어 주었다.

입장이 난처해진 레스토랑 측도 서둘러 사건의 전말을 공식적으로 밝혔다.

─팁은 틀림없이 덧얹어 주셨습니다.

이로써 일장의 해프닝은 간단하게 상황 끝. '해프닝'이란 '우연히 발생한 일 또는 뜻밖의 사건'.

우리 같으면

'우리 같으면'이란 '우리라면 어쨌겠는가'란 뜻으로 이 경우에는 쓰인다.

첫째, 한 나라의 최고 권력자분(영수 또는 수령)께오서 동부인을 해 가지고 저녁 식사를 시내의 일반 레스토랑에 가 하실 수가 있을 것인가? 하물며 미리 예약도 하지 않은 상태에서 불쑥 들이닥치실 수가 있을 것인가?

둘째, 한 나라의 최고 권력자분께오서 빈자리가 없다고 부부가 함께 카운터에 서서 식사를 하실 수가 있을 것인가? 레스토랑 측이 기절초풍을 해 자리를 마련한다고 한바탕 법석판을 벌이지 않을 수가 있을 것인가?

셋째, 한 나라의 최고 권력자분께오서 외출을 하시는데 경호원이 둘이 겨우 딸린 것은 차치물론하고 식사까지 '더치페이'로 하랄 수가 있을 것인가?

넷째, 한 나라의 최고 권력자분께오서 광림(光臨)을 해 주신 것만도 너무 황공해 몸 둘 바를 모를 판인데 웨이터쯤이 언감생심 팁 투정을 할 수가 있을 것인가?

다섯째, 한 나라의 최고 권력자분께오서 낯이 깎이실 염려가 다분히 있는 일을 어느 기자 녀석이 감히 기사화를 할 것이며 또 어느 간 큰 편집국장님이 감히 그런 기사를 게재를 할 것인가?

여섯째, 한 나라의 최고 권력자분을 그따위 불공스런 데마고기(악선전 또는 유언비어)로 흠집을 내놓고도 무사하기를 바랄 수가 있을 것인가?

바로 2주일 전에 영국에서 일어났고 또 현재도 일어나고 있는 이러한 일들은 우리 이 동부 아시아의 나라(일본을 빼놓고)들에서는 상상조차 하기가 어렵다. 그야말로 일종의 환상적인 동화나 신기로운 전설일 뿐. 그 까닭인즉 우리 모두가 원튼 원찮든 간에 대대 곱사등이로 벼슬 중독자들이기 때문이다.

묘비와 명함

　지난날의 좀 번듯한 묘비들을 볼작시면 으레 죽은 사람의 성명 생졸 연월일 외에 그가 생전에 지냈다는 벼슬의 이름들이 꼭꼭 새겨져 있기 마련이다. 크게는 정삼품 통정대부, 종사품 정략장군, 작게는 부사, 군수, 찰방, 참봉 등등.

　우리가 어렸을 적만 해도 다들 리 진사댁이니 박 참봉댁이니…… 이웃간 택호들을 불렀었다. 그래서 나는 어린 생각에 아마 그런 '댁'들은 다 우리하고는 종족이 다른 무슨 귀하신 몸들이러니만 여겼었다. 그러니까 그때 벌써 나도 그 몹쓸 놈의 벼슬 중독에 걸려 있었던 모양이다. 당나라의 위대한 시인들인 리백, 두보 같은 이들도 벼슬이란 걸 어지간히 숭상들 했던 모양이니 우리 따위야 뭐 말할 나위도 없잖은가.

　리백은 그 시에서 가까운 벗들인 원연(元演)과 리운(李雲)을 각각 원 참군, 리 교서라고 관명(벼슬 이름)으로 불렀다. 두보도 마찬가지. 위제(韋濟)를 위 좌승, 엄무(嚴武)를 엄 시랑—역시 관명으로 호칭을 했다. 어디 그뿐인가. 그의 동배 시인이나 후배 시인들이 그에 대해 쓸 때도 역시 두 습유니 두 공부니 하고 그의 하치않은 관명들을 구태여 곁들였다.

러시아의 위대한 작가 레프 톨스토이(1928~1910)를 누가 굳이 톨스토이 중위라고 부른다면 세상 사람이 어떻게 받아들일 것인가. 하긴 그렇게 불러도 되기는 된다. 그가 퇴역을 할 때의 군사 칭호가 분명히 중위였으니까. 하지만 그 호칭어(부름말)가 가져오는 야릇한 위화감을 어떻게 메울 것인가. 이것만 보아도 서양인과 동양인의 벼슬에 대한 인식은 확연히 다르다.

소제목을 기왕 '묘비와 명함'이라고 단 이상은 명함도 빠뜨려서는 아니 되겠다.

전 주석, 전 부장, 전 주임, 전 회장, 전 장관.

이런 전 자 붙은 직함이 박혀 있는 명함들을 우리는 심심찮이 받아 보게 된다. 한데 받아 본 뒷맛은 그리 개운치가 못하다. 어쩐지 여광(餘光)을 좀 빌어 보려는 속셈이 엿보이는 것 같아서다.

하긴 이건 나의 옹졸한 편견일 수도 있다. 못 먹는 감 찔러 보는 심사일지도 모른다. 제 명함에다도 전 자 붙은 직함을 한둘(또는 대여섯 줄 느런히) 박았으면 좋겠는데 아무리 궁리를 해 봐도 박을 게 마땅치가 않으니까 꿰진 심사로 해 보는 수작일 수도 있다. 하긴 억지춘향이로 구해 본다면 전직이라고 할 만한 데 하나 있기는 있다. 하지만 그런 거야 차마 어떻게 박아 가지고 다닐 수가 있겠는가.

―전 반혁명분자.

에, 안 되겠다. 망신이다.

그럴라거든 차라리 춘원 리광수더러 '전 친일파'라고 박아 가지고 다니라지!

벼슬 중독도 이 지경에 이르면 백약이 무효―죽어야 낫는다는 소리도 날 법하다.

제갈량이 죽으니까 촉나라의 군대가 후퇴를 하기 시작했다. 위(魏)나라의 사마의(司馬懿)가 이를 급히 추격을 하니 후퇴하던 촉군(蜀軍)이 갑자기 돌쳐서서 반격을 가해 왔다. 사마의는 계략에 빠져든 줄 알고 (제갈량이 죽었다는 헛소문으로 자신을 속인 줄 알고) 크게 놀라 도망을 쳤다. 이에서 유래한 '사공명 주생중달(死孔明走生仲達)'이란 말은 '죽은 제갈량이 산 사마의를 패주(敗走)시켰다'는 뜻이다. 그러니까 이미 죽었거나 이미 그만두고 물러난 '전'일지라도 그 위명(威名)은 계속 남아서 여광을 발한다는 얘기일 것이다.

아닌 게 아니라 나 자신도 전 총리, 전 장관 따위가 박혀 있는 명함을 받게 되면 어쩐지 경외스러워지며 속이 괜히 좀씩 켕기곤 한다. 하물며 '현(現)' 자가 박힌 것이랴, 댓바람에 오금이 저려나는 판이지! 그러니 나도 백약이 무효로 죽어야 나을 벼슬 중독자가 틀림이 없나 보다.

이놈의 벼슬 중독의 구렁텅이에서 헤어나지를 못하는 한 우리는 늙어 꼬부라질 때까지 버젓하게 사회주의의 간판을 걸어 놓은 알쭌한 봉건 사회에서 살게 될 것이다. 요 꼴 요 모양으로.

1998년 9월

나의 고뇌

근간에《김학철 문집》(1)이란 게 나왔다. 앞으로도 일련번호로 잇달아 나올 모양이다. 하지만 그 첫 한 권을 받아 본 내 마음은 착잡하기가 그지없었다. 그 버젓한 양장 제본이 빈약한 내용물에 비해 너무도 희떠웠기 때문이다. 마치 못생긴 여자가 주사니것을 삐까번쩍하게 차려입고 게다가 꼴불견으로 짙은 화장까지를 한 것 같았기 때문이다.

소설은 갈보였다

《문집》에 쓰일 묵은 작품들을 정리하면서 나는 요즈음 새삼스러운 고뇌에 모대기고 있다.

첫째는 '이거 저승으로 떠나가려고 보따리를 주섬주섬 챙기고 있는 게 아닌가?' 하는 생각이 들어서이다. 그리고 둘째는 '내게 있어서 소설은 역시 갈보였구나!' 하는 장탄식을 금할 길이 없어서이다.

희망이란 갈보나 마찬가지.

눈웃음 치며 알랑거리며 몽땅

내맡길 듯이 하다가도

그대가 소중히 여기는 것들을 고스란히 바치고 나면

청춘까지를 고스란히 바치고 나면

으레 새침해져 가지고 치마 앞에

찬바람이 들기 마련.

헝가리의 열혈 시인 페퇴피의 야속스러운 장탄식이다. 그런 페퇴피의 그 '희망'이 내게 있어서는 일변해 '소설'이란 쟝르(갈래)로 구체화를 해 버렸다.

소설이란 갈보나 마찬가지 / 눈웃음을 치며 / 알랑거리며 몽땅 내맡길 듯이 하더니만 / 내가 소중히 여기는 것들을 고스란히 바치고 나니까 / 이제 와서는 새침해져 가지고 / 치마 앞에 찬바람만 도는구나!

10여 년 전에 쓴 장편소설 《격정시대》를, 그러니까 70세에 쓴 것을 83세에 (정리를 하느라고) 다시 읽어 보니까 어이가 없다 못해 서글픔이 앞설 지경이니—이를 어쩌랴. 소설인지 르포르타주(기록 문학 또는 보고 문학)인지, 아니면 숫제 자료집인지…… 도무지 분간을 할 수가 없는 것이다.

나는 지금 '반우파 투쟁' 때나 '문화대혁명' 때처럼 자기 자신을 개돼지만도 못한, 천인공노할 '반당 반사회주의적 악당'으로 비하를 하지 않고서는 도저히 배겨 내지를 못하는 그런 무슨 '자백서'나 '자기

비판서' 따위를 쓰고 있는 게 아니다. 나는 지금 정상적인 정치 환경 속에서 정상적인 정신 상태로 제가 쓰고 싶은 것을 마음대로 쓰고 있는 것이다.

지난번에 《문집》(1)이 최우수상이라는 것을 받았을 때도 나는 여간만 곤혹스럽지가 않았다.

"이건 '죽을 날이 멀지 않은 사람을 어떻게 섭섭하게 그냥 보내겠느냐'고 예외로 주는 상—'경로상', '고령자상'입니다. 우리 모두가 그 너무나 잘 알고 있는 터입니다."

그 시상식에서 나는 계면쩍어 이렇게 술회를 했었다.

태산이 높다 하되 하늘 아래 뫼이로다.

오르고 또 오르면 못 오를 리 없건마는

사람이 제 아니 오르고 뫼만 높다 하더라.

이날 여적 드팀새 없이 믿어 왔던 이 가르침도 이젠 서서히 무너져 가고 있다. —제 아무리 애를 쓰며 톺아 올라도 끝내 정복을 못 하는 정상은 역시 있었다.

내가 끝내 정복을 못 하고만 정상, 그게 바로 이 망할 놈의 소설인 것이다. 비록 뒤늦게나마 깨닫기는 했으니까 그래도 좀 괜찮다고나 할까. 죽을 때까지 깨닫지를 못하는 것보다는 그래도 좀 낫다고나 할까. 이렇게 스스로 위로하는 것으로 어물쩍 넘겨 버리는 게 상수(상책)일지도 모르겠다.

늦깎이

공자 가라사대, 40세를 '불혹(不惑)', 60세를 '이순(耳順)'이라셨거늘 내 어찌 감히 이에 이의를 제기하오리까마는 실로 딱한 사정 하나가 있사오니 제발 덕분 들어 주시옵기를 엎드려 비나이다. '불혹'이란 '세상일에 미혹하지 않는다'는 뜻. 그리고 '이순'이란 '생각하는 게 원만해 어떤 일을 들으면 곧 이해가 된다'는 뜻.

그 '불혹'과 '이순'이 다 지나고 또 '인생칠십고래희(人生七十古來稀)'라는 그 나이도 한두 해쯤 지났을 때의 일이다. 어떤 친구가(엉뎅이에 뿔이 난 친구가) 뒷공론으로 나를 평가하옵시기를 "그 늙은인 총대나 멜 늙은이야. 붓대는 격에 맞지도 않아." 이 말을 나중에 전해 들었을 때 나는 몹시 귀에 거슬렸다. '이순'이 아니고 '이역(耳逆)'이었다.

'괘씸한 놈!'

그러고 십 년의 세월이 덧없이 흘렀다. 그리하여 공자님보다 20여 년이나 뒤늦게 나도 비로소 '이순'에 접어들었다. 그러니까 나는 올되지가 못해도 이만저만 올되지 못한—늦깎이 중의 또 늦깎이인 것이다.

'붓대는 고사하고 총대도 제대로 메지를 못했었구나!'

이것이 나의 오늘의 일담수(一潭水)와도 같이 담담하고도 또 고요한 심경이다.

자고로 패군지장(敗軍之將)은 병법을 말하지 않는다고 했다. 나는 적을 소멸할 대신에 제가 되려 소멸을 당할 뻔한 군인이다. 그러니 '총대만은 제대로 멨다'고 뻗서 볼 나위조차 없는 터이다. 그러하건만 나는 이젠 문학을 떠나서는 살아갈 방도가 없는 지경에 이르렀다. 장장 50여 년 동안을 한 우물만 파 왔기 때문이다.

'일찌감치 산문 작가로 출발을 했더라면 괜찮았을걸.'

그러니까 애초부터 산문을 (부업이 아닌) 본업으로 택했더라면 좋았을 거란 뜻이다. '소 잃고 외양간 고치기'로 뒤늦게나마 갈아탈 '말'이 한 필 남아 있어 줬으니 그나마 다행이다.

'이가 없으면 잇몸으로 살지 뭐. 하늘이 무너져도 솟아날 구멍이 있다더니. 아하하!'

이것으로 소설하고는 이제 영결이다. 반면 산문하고는 찰떡궁합—아예 '해로동혈(偕老同穴)'을 할 작정이다.

'호반의 미인' 등의 시로 계관시인의 영예를 지녔던 영국 시인 월터 스콧(1771~1832). 그는 진보적 낭만파 시인 조지 고든 바이런이 샛별처럼 시단에 떠오르자 이내 자신의 한계를 깨닫고 재빨리 소설가로 변신을 했다. 그리하여 그는 《아이반호》 등의 명작 소설들을 우리 인류 사회에 남겨 놓았다. 그러니까 일단 한계를 느끼게 되면 계속 매달려 아등바등하지 말고 선뜻 방향 전환을 해 버리는 게 되려 현명한 처사일 거라는 얘기가 되겠다.

《20세기의 신화》

나의 이 소설도 예외가 아니다. 더구나 30여 년 전에 쓴 것이니까 이 역시 소설인지 르포르타주인지 아니면 숫제 자료집인지…… 도무지 분간을 할 수 없다. 바꾸어 말하면 예술성 또는 문학 작품적 가치가 수준 미달인 것이다.

그렇다면 그 정치성은 또 어떠한가. 이 역시 성숙이나 완벽하고는 거리가 멀어도 한참 멀다.

첫째, '반우파 투쟁'을 99퍼센트 잘못된 정치 운동이라고 소설에서는 단언을 했는데 실은 99퍼센트가 아닌 99.999퍼센트였다는 것.

둘째, 20세기에 그러니까 본 세기에 능히 사회주의 사회를 이룩할 수 있으리라고 굳게 믿어 의심을 하지 않은 것.

셋째, (20세기) 사회주의 제도를 '인민대중이 정권을 잡고 있으며 생산 수단에 대한 사회적 소유에 기초해 인민들의 복리를 계통적으로 증진시킬 목적 밑에 높은 과학기술적 토대 위에서 생산을 끊임없이 개혁적으로 발전시키며 온갖 착취와 압박을 영원히 없애고 각자는 능력 따라 일하며 각자에게는 노동의 질과 양에 따라 분배를 하는 가장 선진적인 사회 제도'라고 하옵신 설교를 곧이곧대로 믿은 것.

넷째, 일인 독재만 척결(살을 긁어내고 뼈를 갈라냄)을 하면 프롤레타리아 독재로 능히 사회주의 지상 낙원을 이룩할 수 있으리라고 확신을 한 것.

다섯째, 농업의 합작화(협동화)와 집단화만이 농민들에게 행복을 가져온다고 철석같이 믿은 것.

여섯째, 이미 청산이 된 지도 오랜 (이미 타도가 된 지도 오랜) 지주나 부농들을, 그 자손들 암질러(까지도 포함해) 사회주의의 적으로 간주하고 증오를 한 것.

일언이폐지하고 미숙하기가 짝이 없고 또 유치하기가 짝이 없다. 가령 지금(1998년 10월 현재) 나더러 다시 한번《20세기의 신화》를 쓰란다면 나는 절대 이 모양으로는 쓰지를 않을 것이다. 그러니까《20세기의 신화》를 쓸 당시(60년대 초)의 나는 아직 사상의식 영역의 '신화시대'에 살고 있었다는 얘기가 되는 것이다.

나는 어용 나팔수였다

1947년에서 1956년까지 약 십 년 동안 나는 한심하고도 우습강스 러운 어용 나팔수였다. 그 십 년 동안 나는 사고한다는 것을 아예 그만 두어 버렸었다. 대뇌를 숫제 '휴업 상태'에 처하게 해 아무 활동도 못 하게 만들었다. 당시 나는 수고스레 무슨 사고라는 것을 할 필요를 느 끼지 않았었다.

"당에서 시키는 대로만 하면 된다니까."

입버릇처럼 이 한마디를 되풀이해 뇌는 것으로 나는 태평성대를 알 쭌하게 누렸던 것이다.

"하느님께서 굽어살펴 주실 테니까 아무 염려 마세요. 아멘."

이거나 마찬가지였다. 그저 무작정 믿기만 하면 되는 판이었다.

일이 이럴진대 구태여 수고로이 대뇌를 가동시킬 게 무어 있나. 편 리한 대로 따라 하면 다 저절로 척척 되는 걸 가지구.

그리하여 그 십 년 동안에 통 써먹지를 않은 나의 대뇌는 당지당연 하게 녹이 쓸어 버릴밖에 없었다. 그래 가지고도 "장비야, 내 배 다칠 라." 젠 척을 했으니 그 아니 꼴불견이었으랴!

그 어용 나팔수 시절에 쓴 짧은 소설 한 편을 부록으로 첨부를 하니 한번 좀 구경들 하시라. 그 몰골이 과연 어떠한가.

새집 드는 날

머리말

가살스러운 삼류 분장사의 졸렬한 기량을 좀 보아 주시라.

이 소설의 무대로 됐던 바로 그 촌이 45년이 지난 오늘, 어쩌나 살기가 좋던지 다 달아나고 총각과 처녀의 비례가 30대의 1로 돼 버렸다.

그 장가 못 드는 총각들이 이 소설 첫것을 읽어 본다면 부아통들이 터져 아마 나를 잡아 죽이겠다고 서둘러 댈지도 모를 일이다.

호조조(품앗이반)가 생산합작사(협동농장)로 변하고 나서 이태 만에 동준이네도 새집을 짓게 됐다.

공산당이 오기 전까지 동준이네 다섯 식구(세 아이와 두 내외)는 밤마다 누덕누덕 기운 이불 한 채로 몸뚱이의 반씩만을 겨우 가리고 새우잠들을 잤었다.

그러던 동준이네가 새집을 짓게 된 것이다. 이 놀랍고도 흐뭇한 소식은 그의 아버지를 50리 밖 두메산골에서 불러내 왔다. 벚꽃 소식인 양, 명절놀이 소식인 양.

맏아들과 같이 사는 그 환갑노인은 셋째인 동준이가 이 들녘으로 세간 나온 뒤 일여덟 해 어간에 서너 번을 겨우 다녀갔을 뿐이었다. 저희는 어린것들 암질러(까지도 포함해) 멀건 수수죽을 쑤어 먹으면서도 당신에게만은 밥을 지어 대접을 하는 게 난감해서였다.

노인은 매번 다 아들과 며느리가 밀막는 것을 물리치고 어린 손자, 손녀들을 밥상머리에 불러다 앉혔다. 그리고는 사발에 담긴 밥을 십자로 갈라 사등분을 해 가지고 한몫씩을 나눠 준 다음 당신도 나머지 한 몫을 맛도 모르고 자시고는 그만 부랴부랴 일어나 떠나오곤 했었다.

그럴 때마다 노인은 텅 비어 거미줄이 치인 외양간의 실그러진 문을 열어 보고는 한숨을 짓곤 했다.

"언제나 소 한 짝 들여 매고 살아 보겠니."

아버지의 탄식에 감염이 돼 가지고 아들 동준이도 새김질하듯 같은 말을 자꾸 뇌곤 했다.

"천하없어도 소 한 짝 들여 매고야 말 테다."

그러던 것이 오늘에 와서—건실한 노동력을 합리적으로 마음껏 발휘할 수 있는 조건하에서—그는 비단 소원대로 소 한 짝을 들여 매었을 뿐 아니라 가외로 새집까지를 짓게 됐다.

그의 묵은 집은 마을에서 외따로 떨어져 있었기에 계사(양계장)로 쓰기에 안성맞춤이라고 합작사(농장)가 떠맡고 집값을 치러 준 까닭에 거기다 얼마간 더 보태 가지고 새집 한 채도 짓게 된 것이었다.

동준이의 부친이 기별을 받고 아들네 집을 찾아왔을 때 새집의 안팎은 집들이를 하느라고 장마당같이 들썩했다. 노인은 아무와도 인사를 하지 않고 곧바로 달려가 외양간의 문부터 열어 보았다. 소가 살이 쪘나 안 쪘나, 기운을 쓸 만한가 못 한가를 우선 보려는 것이었다.

"아니 이게 웬일이냐?"

노인은 멍청해 눈만 끔벅끔벅했다.

소는 고사하고 거기는 외양간조차가 아니었던 것이다.

이 지방 농촌집들의 구조는 대개 다 이러하다. 즉 거개가 남향이며 서쪽 두 칸은 사람이 거처하는 방, 가운데는 부엌 또는 정지 그리고 동쪽 끝은 외양간, 추운 지방이라서 겨울에 소를 덥게 재우기 위해서였다. 더운 데서 자는 소와 추운 데서 자는 소는 기운을 쓰는 차이가 여간 많지가 않기 때문이다. 그리고 또 그것은 소를 한집안 식구처럼 소중히 여기는 표시이기도 했다.

"이게 대체 어찌된 일이냐?"

노인은 곰방대로 상앗대질을 하며 아들에게 종주먹을 댔다. 마침

그 아들은 한아름 잔뜩 안은 이불 보따리 너머로 막 인사를 하는 참이
었다.

"아버지 이제 오셨습니까."

"어디다 갖다 맸느냐?"

"뭘 말씀입니까?"

아들은 영문을 몰라 이불 보따리를 안은 채 어리둥절했다.

"소 소 소 말이야!"

"아 네. 난 또 무슨…… 아버지도 참……."

하고 아들이 허허 웃으니 "웃기는!" 하고 노인은 증을 냈다.

"외양간 없는 집이 그래 어느 세상에 있다던?"

집들이를 거들어 주던 이웃 사람들이 두 부자 사이에 오가는 말을
듣고 모두 웃음보를 터뜨렸다.

"소하고 사람이 한집 안에서 같이 살던 건 인제 호랑이 담배 먹을 적
얘기랍니다."

이렇게 말하며 앞으로 나선 것은 합작사의 주임이었다. 그는 싱글벙
글 웃으며 노인을 납득시키려 했다.

"이제부터 우리가 짓는 집은 다 이렇게 외양간하고 갈라서 짓게 된
답니다."

"그것도 당분간만……."

누군가가 옆에서 말깃을 달았다.

"맞습니다, 당분간만."

하고 주임은 유화한 얼굴로 노인에게 "자제도 몇 해 후에는 벽돌집을
짓고 또 한번 새집들이를 해야 할 겁니다." 말하고 껄껄 소리 내어 웃
었다.

그 유쾌한 기분이 옮아 퍼지기라도 하듯이 사람들 틈에서 웃음소리가 일어났다. 뜰에서도 방에서도 부엌에서도 그리고 외양간 대신에 들어앉은 광에서도.　　　　　　　　　　　1953년 〈연변일보〉

나의 고뇌는 아직도 가실 날이 멀었다. 아마 죽어야 끝나기가 쉽다.

1998년 10월

과장법 가지가지

'과장법'이란 수사법의 한 가지로써 사물을 지나치게 크게 혹은 작게 형용하는 표현법. 이를테면 리태백의 '비류직하삼천척(飛流直下三千尺)'이니 '백발삼천장(白髮三千丈)'이니 하는 따위. 물론 그의 '연산설화대여석(燕山雪花大如席)' 따위도 포함이 된다.

과장증

로신의 글에 이런 게 있다.

리태백이 '연산의 눈송이가 돗자리만큼씩이나 크다'고 한 것은 분명 과장이다. 하지만 연산에 송이가 큰 함박눈이 내리는 것만은 사실이다. 그러게 아무리 과장이 됐더라도 그것은 사실을 바탕으로 하고 있다. 사실을 바탕으로 하고 있기에 우리는 이내 '오 연산이란 그렇게 추운

데였구나' 깨닫게 되는 것이다. 그러나 만약 '광주(廣州)의 눈송이가 돗자리만 하다'고 한다면 그것은 웃음거리밖에 더 될 게 없을 것이다.

그러므로 사실(진실)에 바탕을 둔 과장만이 생명력을 갖고 있는 것이다. 이 경우에 한 가지 잊어서 안 될 일은 '문학'이나 '예술'의 경우에 한해서 그렇단 얘기다. 그러니까 역설적으로 다른 영역에서는 이러한 과장법이 허용이 되지를 않는단 뜻이다.

비렁뱅이나 다름없는 어느 품팔이꾼 녀석이 어느 날 갑자기 동네 사람들 앞에서 매우 희떱게 자랑을 늘어놓았다.

"박 진사 어른께서 나하고 말씀을 나누셨단 말이요."

박 진사라면 가근방에 뜨르르한 삼한갑족이다.

'그런 어른께서 저따위 거렁뱅이 놈하고 말씀을 나누셔?' 모두들 믿기지가 않았다. 너무도 엄청나고 또 너무도 충격적인 '뉴스'였기 때문이다.

'필시 저놈이 허풍을 떠는 거다.'

그래도 종시 마음들이 놓이지를 않는지라 한 늙은이가 허허실실 한 번 물어보았다.

"도대체 그 어른께서 네 따위를 데리고 무슨 말씀을 하시더란 말이냐?"

"아 내가 그 댁 대문께서 얼쩡거리고 있는데 마침 그 어른께서 나오시다가 나를 보시더니만 대뜸 '이놈, 썩 물러가지 못할까!' 호령을 하시잖고 뭡니까. 헤헤."

이쯤 되면 세상 사는 재미도 극치에 달해 아예 무르녹아 버릴 것이다.

이런 것을 '과장증'이라고 한다. 일종의 정신병인 것이다.

백성들이 무더기로 굶어 죽는데 아침부터 밤까지 구호 따위를 외쳐 대는 것도 다 이와 맥락을 같이하는 것들이다.

'삼한갑족'이란 '옛적부터 대대로 문벌이 높은 집안'이란 뜻.

가령 여기 B란 사람이 있다고 하자. 그가 '문화혁명' 기간에 몇 주일 동안 애매하게 유치장살이를 했다고 하자. 그리고 같은 시기에 A란 사람은 만 십 년 동안 징역을 살고 만기 출옥을 했다고 하자. 그런데 이 B 씨가 오늘날에 와 가지고 기회만 있으면 '그 시절에 나도 A하고 같이 옥살이를 했다'며 자랑을 늘어놓는다고 하자. 만약 문학예술 영역(만담 이나 재담 따위도 포함)에서라면 이것도 일종의 '리태백식 과장법'이라고 군색하게나마 받아들여질 수가 있을지 모르겠다. 하지만 그게 아닌 백 주대낮의 현실 속에서라면—까딱하다간 그 품팔이꾼 녀석의 희떠운 '제 자랑'이 되기가 쉽다.

세상이 눈이 있는지라 100근 메어 나른 놈하고 1근 메어 나른 놈을 두리뭉실하게 똑같은 금새를 쳐주지는 않기 때문이다. 그러게 '눈 집 어 먹은 토끼 다르고 얼음 집어 먹은 토끼 다르다'는 속담도 생기지를 않았는가.

항일의 신화들

지난 10월 14일 자 〈조선일보〉에 '봉오동 전투 등 항일 3대 대첩 기 념식' 이런 표제의 보도 기사 한 편이 실렸었다. 그중의 한 단락을 고 대로 한번 베껴 보기로 하자.

봉오동 전투는 1920년 6월 독립군의 근거지인 만주 봉오동을 포위한 일본군에 맞서 157명을 사살하고 300여 명 부상시킨 독립 전사(戰史)의 기념비적 전투이며 청산리 전투는 같은 해 10월 일본군의 1개 여단을 사살, 일제의 잔악한 토벌 작전을 붕괴시킨 쾌거로 기록돼 있다.

이 기사를 읽어 보고 나는 경악(깜짝 놀람)을 한 나머지 숨이 콱 막혀 버렸다. 그리고 잇달아서 일본 천황 히로히토의 말본새대로 '통석(痛惜)의 염(念)'을 금할 수가 없었다. 그 명시된 바의 숫자가 너무도 엄청났기 때문이다.

그 '통석의 염'은 곧 다시 '심화(心火)'로 변했다.

'도대체 이게 뭐야? 숫자 유희라도 하는 젠가!'

—사살 157명!

—사살 1개 여단!

당시 일본 육군의 편제로 1개 여단이면 아무리 줄여도 4천 명 이상이다. 그렇다면 이거 혹시 1개 여단이란 걸 1개 소대나 1개 분대쯤으로 착각을 한 게 아냐? 멀쩡한 사람들이 백주대낮에 잠꼬대라도 하고 있단 말인가? 과대망상증에라도 걸렸단 말인가? 하지만 마음을 가라앉히고 다시 곰곰이 생각해 보면 그럴 법도 한 일이다. 과히 나무랄 것까진 없을 성싶은 일이다.

이 왜 우린 뭐나 '뻥튀기'로 튀긴 것을 더 잘 먹지들 않는가. 콩도 그렇고 옥수수도 그렇고 그냥것보다는 아무래도 튀긴 게 더 맛이 있으니까. 빵도 그렇지, 팍신팍신하게 부풀리지 않으면 딱딱해서 어떻게 먹는담. 고무풍선도 공기나 수소 가스 따위를 넣어서 부풀려야지 안 그러면 홀쭉하니까 아이들이 가지고 놀지도 않잖는가. 그러니까 사람이란 아마도 천성적으로 부풀린 것을 좋아하는 모양이다.

그러게 봉오동의 전과는 한 300배쯤, 또 청산리의 전과는 한 500배쯤 잔뜩들 부풀려 가지고 회장(會場)인 세종문화회관을 경축 무드(mood, 분위기)로 그득히 채워 놓지를 않았는가.

1995년 5월에 《소선의용군 항일 전사(戰史)》라는 책이 서울에서 출간이 됐다. 나 자신은 우리가 망국 민족이던 세월에 청춘을 고스란히 바쳐 가며 조선의용군과 그 운명을 같이했던 터라서 그 책에 특히 농후한 흥미를 가졌다. 그리하여 마치 반세기 전에 제가 쓴 묵은 일기장이라도 뒤져낸 듯이 그윽한 향수에 잠겨 가며 세세히 정독을 했다.

다 읽고 나서 나는 또 한번 어느 놈의 말본새대로 '통석의 염'을 금할 수가 없었다. 이 역시 그 '숫자가 너무도 엄청났기' 때문이다. 조선의용대의 함화(喊話) 공작에 감격(감동)해 '일본군 병사 200여 명이 총을 버리고 참호에서 뛰어나와 투항의 백기를 들었다'는 것이다. 1939년 3월경, 호남성의 북단인 통성(通城) 전선에서의 일이었단다.

당시 나는 분대 지도원(분대장은 엽홍덕)의 신분으로 그 전역(戰役)에 참전을 했었다. 하지만 당시 우리의 함화 공작에 감동을 해 '총을 버리고 참호에서 뛰어나와 투항의 백기를 든 일본군 병사'는 단 한 놈도 구경을 못 했다.

　―하느님 맙소사!

　―이 죄 많은 아들딸의 잘못을 너그러이 용서를 해 주시옵소서. 아멘.

그 '200여 명 투항 사건 또는 귀순 사건'의 진상은 이러하다.

그 전역에서 일본군 포로 2명(상등병, 일등병 각 1명)을 잡았는데 그 녀석들이 군복 호주머니 속에서 차곡차곡 접은 '통행증' 한 장씩을 꺼내 보이는 것이었다. 그리고는 '이 통행증에 명시된 대로 생명의 안전을 보장해 주시느냐'고 극히 황공스레 '여쭈어' 보는 것이었다.

그 '통행증'들은 우리가 찍어 가지고 일본군 진지에다 살포를 한 것으로써 거기에는 '이 통행증을 가지고 넘어오는 일본군은 비단 생명의 안전만을 보호할 뿐 아니라 특별한 우대까지를 한다'는 문구가 일어로 분명히 찍혀 있었다.

그러니까 이 경우 단 두 명의 특이할 게 하나도 없는 그저 그런 포로가 '200명 투항 사건 또는 귀순 사건'으로 둔갑을 해도 천문학적으로 둔갑을 해 버린 것이다!

내가 너무 놀라 당장에 까무러쳐 뻗어 버리지를 아니하고 그래도 간신히나마 목숨을 부지해 가지고 이렇게 글까지 쓰고 있다는 게 이게 그래 천우신조가 아니고 또 무엇일 건가.

하지만 공정히 말해 이 허풍치기 '200명 귀순 사건'을 곧이곧대로 믿고 고대로 다루신 분들에게는 아무 잘못도 없다. 잘못은 그분들을 오도(誤導)한 〈조선의용대 통신〉 편집부의 황색 피부의 괴벨스(히틀러의 선전부장, 천하의 거짓말쟁이)들에게 있다. 그들이 항일 전쟁 초기에 벌써 터무니없는 '과장증'에 걸려 가지고 엄숙하고 공정해야 할 역사의 기재를 함부로 주무르며 멋대로 농간을 부렸기 때문이다.

1941년 2월, 락양에 주류(駐留)하고 있던 조선의용대 제2지대에서는 10여 명의 대원을 서안으로 파견했다. 광복군과의 '통일 전선'을 모색하기 위한 친선 사절이었다. 나도 그 한 성원이었다.

당시 일본군은 동관(潼關) 맞은편의 풍릉도(風陵渡)까지 쳐들어와 가지고는 강(황하)을 건널 재간이 없어서(아군의 포격 때문에) 더는 침공을 못 하고 말았었다. 그리하여 그 대치 상태는 전쟁이 끝날 때까지 그대로 죽 지속이 됐다.

내가 알기로는 당시 최전방에 나와 있다는 광복군 제2지대(지대장 라월한(羅月寒))는 그 후 서안에서 단 한 발자국도 동진(東進)을 못 해 보고 말았다. 서안에서 풍릉도까지는 약 150킬로미터. 그러니까 광복군은 시종 무장을 한 일본군의 낯판대기란 건 구경을 못 했다는 얘기가 되는 것이다. 중국군에게 잡혀 온 포로병의 낯판대기는 더러 구경을 했을 테지만.

항일의 가지가지 '신화'들은 이러한 상황들을 바탕으로 천연덕스레 꾸며진 게 아닐까. '과장법'이나 '뻥튀기법' 따위로 잘 가꾸어져 또는 지성껏 가꾸어져 마침내 '백화만발'을 한 게 아닐까.

혁혁한 전과

서울의 보성고등학교는 나의 모교다. 그 모교가 장장 65년이란 세월이 흐른 마당에 갑작스레 나를 부르셨다. 지난 9월 21일 날 느닷없이 전화를 걸어오신 것이다.

—김학철 교우님께서 '자랑스런 보성인'으로 선정이 되셨음을 알립니다. 시상식은 10월 19일, 곧 초청장을 보내 드리겠습니다.

'그믐밤에 홍두깨'도 이만저만이 아니었다. 고등학교를 나와서 65년이면 웬만한 사람 같으면 아마 '백골이 진토 되어 넋이라도 있고 없고'가 돼 버린 지도 한참 됐을 것이다. 아닌 게 아니라 서울에 당도를 하고 본즉 우리 동기생은 나까지 모두 해서 다섯이 겨우 남아 있었다. 아마 다들 팔십의 고개를 넘기가 그리 수월치가 않았던 모양이다.

헌데 여기서 골칫거리로 되는 것은 그 상패에 찍혀 있는 몇 구절— '혁혁한 전과(戰果)'와 '문단의 거봉(巨峰)' 그리고 '정신적 지주'인 것이다.

답사(수상 소감)에서 나는 솔직 담백하게 답답한 심경을 토로했다.

"상을 받기가 정말 쑥스럽습니다. 일본군에 맞서 싸우긴 싸웠지만 열 번에 아홉 번쯤은 지는 싸움을 했으니까 말입니다. 그 어쩌다 한 번쯤 이긴다는 것도 적군을 한둘 또는 서넛 살상(살과 상 모두 해서)을 하면 아주 괜찮은 걸로들 여겼습니다. 적아(敵我) 400만 이상의 군대가 마구 어우러져 엎치락뒤치락 싸워 대는 판에 우리 조선의용군은 총 몇백 자루가 고작. 고걸 가지고 어떻게 큰판 싸움을 벌일 수가 있었겠습니까. 새 발의 피지요. 그러게 '혁혁한 전과'라시는 데는 낯이 간지럽습니다.

우리의 항일 무장 투쟁은 그 전과정을 통해 '대첩'을 운운하는 따위의 거창한 용어로 표현을 할 만한 전역(戰役)을 우리 단독으로는 애당초에 치러 보지를 못했습니다. 중국군에 편승을 하지 않고서는 말입니다. 하지만 우리 조선의용군이 욧 진 애비 모양 자꾸 지면서도 '일본군이 무조건 항복을 하는 날까지' 계속 달려든 것만은 평가를 받을 만하지 않을까 생각합니다."

'문단의 거봉' 운운도 역시 마찬가지다. 나는 자서전《최후의 분대장》에다도 분명히 밝혔다(자기 자신을 너무나 잘 알고 있기에).

그러니까 이 '자서전'은 독립군 출신인 한 지방 작가의 우글쭈글한 '자화상'쯤 되잖을까 싶다.

나는 부끄러워서 자신을 '일급 작가'라고 공언을 해 본 적이 없다. 내게 있어서 '일급 작가'란 칭호는 다만 '교수급 봉급'을 받는다는 뜻일 뿐, 그 이상도 그 이하도 다 아니다. 명함에다 '일급 작가'라고 버젓이 찍어 가지고 다니는 사람을 보면 나는 낯이 뜨뜻해 나서 몸가짐까지 어줍어지곤 한다.

'정신적 지주'란 표현은 더군다나 곤란하다. 다람쥐더러 '경애하는 코끼리님'이라고 부르는 것만큼이나 곤혹스럽다. 상거(相距)가 무려 10억 8천만 광년―애당초에 동이 닿지를 않는다.

"도대체 네놈은 왜 그렇게 졸아들기를 좋아하느냐, '과소망상증' 아니냐?"

혹 어느 분께서 이렇게 비아냥을 하신다면 나는 언하에 선뜻 대답을 올릴 터이다.

"네 맞습니다. 그게 차라리 나을 겝니다."

이 '과소망상증'이야말로 우리의 부끄러운 '과대망상증'을 근본적으로 치유하는 영단 묘약으로 될 것이다.

맺는 말

'과대망상증'은 우리나라나 우리 민족이 다 똑같이 앓고 있다는 것을 우리는 잊지 말아야 하겠다.

1998년 11월

얼음장이 갈라질 때

엄동의 밤이 부락을 덮싸고 있다. 캄캄한 하늘에 자욱하게 눈발이 섰다. 그리고 돈에서는 포성 같은 굉음을 울리며 얼음장이 갈라졌다.

《고요한 돈》의 한 구절이다. 이런 얼음장 갈라지는 소리를 나도 들어 본 적이 있다.

1952년 2월, 북경 이화원에서 살고 있을 때였다. 곤명호(昆明湖)의 얼음장이 갈라지는 소리를 한밤중에 듣고 깜짝 놀라 자리에서 벌떡 일어나기까지 했었다.

아마 전쟁 기간이라 신경이 잔뜩 날카로웠던 까닭에 그런 얼떨한 짓을 했던 모양이다. 자라 보고 놀란 놈이 솥뚜껑 보고 놀라는 격이었을 것이다. 평양서 미군기의 무차별 폭격에 하도 혼이 났던 터라서.

수술도 수술 나름

우리 민족 문단에도 얼음장이 갈라질 때와 같은 꽹음을 울리며 태어난 소설이 있다. 정세봉의《볼셰비키의 이미지》가 곧 그것이다.

이 근년 우리 문단은 유례없는 번성기에 접어들고 있다. 멋진 작품들이 투루판의 포도송이처럼 주렁주렁 열리기 시작을 했다. 그러나 우리 사회의 심장부(명문화하지 않은 금지 구역)에다 감히 메스(수술칼)를 들이댄 것은 역시《볼셰비키의 이미지》다.

문학 작품의 소재는 연애도 좋고 삼각관계(내지 육각관계)도 좋다. 이혼도 좋고 파경중원(破鏡重圓)도 좋다. 합격도 좋고 낙제도 좋고 영전도 좋고 좌천도 좋다. 돈방석에 올라앉는 것도 좋고 알거지가 돼 한뎃잠을 자는 것도 좋다. 그리고 아이의 양육도 좋고 또 노인의 시봉(모시어 받듦)도 좋다. 모두 다 좋다.

하지만 가장 중요한 것은 역시 우리가 살고 있는 사회의 핵심적인 문제, 다루기가 지극히 어려운 문제, 위험을 무릅쓰지 않고서는 접근을 할 수가 없는 문제, 이런 문제일 것이다.

외과 수술에서도 맹장 수술이나 담낭 수술, 그리고 제왕절개술 같은 것은 비교적 쉽게 이루어지고 있다. 반면 심장 수술은 그 위험도가 왕청 높아 극히 노련한 전문의가 아니고서는 집도 자체가 불가능하다.

올림픽 종목에서도 역시 마찬가지. 다 같은 금메달이라도 각기 비중이 달라 최고봉은 단연 마라톤의 금메달. 군계일학(群鷄一鶴) 바로 그것이다. 한국의 마라톤 선수가 바르셀로나에서 우승을 하고 돌아왔을 때 그가 받은 상금 등의 대우가 여느 우승자들의 한 100배쯤 되는 데 놀랐던 기억이 있다.

그러게 문학에서도 역시 심장 수술 같은 소재, '까딱하면 끄떡한다' 는 소재, 목숨이 왔다 갔다 하는 소재, 이런 소재를 선택하는 게 더 보람이 있지 않을까 싶다.

'범 굴에 들어가야 범을 잡는다'잖는가. '범 무서워하는 놈 산에 갈 수 없다'고도 하지를 않는가.

타이타닉 바람

지난해 우리 이 변강의 자그마한 주에도 예외 없이 한바탕 '타이타닉 바람'이 불어쳤었다. 문화계(또는 영화계)를 휘몰아친 일종의 태풍이었다고 형용을 해도 무방하잖을까 싶다.

나는 영화관엘 가기가 귀찮아 비디오 시디(VCD)로 한번 봤는데 죄송하지만 아무래도 좀 '개 바위에 갔다 온' 느낌이다. 성세(聲勢)가 하도 요란스러웠기에 지리감스러운 것을 참아 가며 끝까지 한번 보긴 다 봤으나 아무래도 좀 '과대 광고에 속았다'는 느낌이다.

이번 '타이타닉호'는 내가 본 것으로는 세 번째다. 맨 처음 것은 흑백 무성영화, 그리고 두 번째 것은 흑백 발성영화였다. 그리고 이번 것은 천연색(컬러)에다 발성(토키), 그리고 그 규모의 엄청나기로나 제작비의 방대함으로나 단연 으뜸, 타의 추수(追隨)를 허하지 않는다. 하지만 좀 야박스레 평을 한다면 '소문난 잔치에 먹을 게 없다' 또는 '허울 좋은 하눌타리'다.

'타이타닉'의 팬(애호가, 열심가) 여러분, 듣기가 싫더라도 좀 참고 끝까지 들어 주시라. 화를 내더라도 다 듣고 나서 낸다는 아량을 좀 보여 주시라.

휘황찬란한 돈잔치 속에 청춘 남녀의 애틋한 풋사랑, 그 풋사랑의 도화색 두루마리가 극적으로 펼쳐진다. 그러나 불시에 들이닥친 재액으로 급전직하―사랑하는 남녀는 죽음에 직면을 하게 된다. 남자는 여자만이라도 살리려고 차디찬 바닷물 속에서 무진 애를 쓴 끝에 마침내 부목 위에다 여자를 올려 태우는 데 성공을 한다. 그런 연후에 남자는 혼자서 북대서양의 얼음물 속으로 영원히 가라앉아 버린다.

이 생사지연(生死之戀)을 온 세상이 들썩하게 절찬들을 하고 있는 것이다. 하지만 우리 한번 냉정히 좀 생각을 해 보자.

만약 두 사람 중의 아무든(누구든) 하나밖에 살 수가 없는 경우에 남자가 그 살 기회를 여자 위해 자진 포기하고 혼자 죽어 갔다면 이는 고상한 사랑의 극치라고 해야 할 것이다. 그러므로 절찬을 받아 마땅할 것이다.

그러나 이 '타이타닉'의 경우 남자는 어차피 죽어야 할 운명에 처해 있는 것이다. 수용 인원수가 극히 제한돼 있는 구명정에는 여자와 어린이, 그러니까 그의 선택지는 단 두 가닥밖에 남아 있지가 않은 터이다.

―저 혼자 죽느냐, 아니면 물귀신 심사로 여자까지 끌고 들어가 죽느냐.

이러한 경우에 물귀신 심사로 여자까지 끌고 들어가 죽지 않는 게 그렇게도 대견하단 말인가.

이 세상의 어느 미친놈이 제가 죽을 때 애인까지 끌고 들어가 죽을 것인가. 만약 그런 놈이 있다면 그건 인간 이하의 사람 기와깨미일 것이다.

전날의 흑백 '타이타닉'에서 한 노부인을 '어서 구명정에 오르라'고 남편과 선원들이 성화같이 독촉을 해 대는데도 "아니에요, 전 당신(남편)하고 같이 남을 겁니다. 저세상까지도 같이 갈 겁니다." 하고 남편의 손목을 더욱더 꼭 잡는 것이었다. 그리하여 노부부는 마침내 서로 꼭 껴안고 차디찬 북대서양의 얼음물 속으로 조용히 가라앉아 버리는 것이었다.

들썩한 절찬을 난발(亂發)을 말고 좀 아껴 두었다가 이럴 때 한번 크게 터뜨려 보는 게 좋지 않을까.

우리가 턱없이 들뜨는 바람에 괜히 헐리우드의 영화상(商)만 돈벼락을 맞게 해 줬다. 그러나 문제는 그것만으로 끝나는 게 아니다. 문제는 또 있다.

서반구 어느 한 문제 많은 나라의 지도자가 이 돈잔치 '타이타닉'을 절찬하며 '한번 볼만하다'고 권장을 하셨다는데 그 속셈이 좀 의심스러운 것이다. 국내에 산더미처럼 쌓여 있는 골칫덩이를 해결할 방법이 없으니까 분노한 국민들의 시선을 잠시나마 딴 데로 돌려 보려는 얄은꾀(속이 들여다보이는 잔꾀)가 아닌지 아무래도 좀 의심스러운 것이다. 그리고 그 지도자가 영화 감상 수준도 대개 짐작을 할 만하다. 매우 유감스럽긴 하지만.

영국식 표현법

한 동양인 학자가 영국에 몇 해 체류를 하는 동안에 겪었던 일들 가운데의 하나다.

어느 날 한 영국인 친구가 놀러 왔기에 반갑게 맞아들이며 대객에

초인사로 우선 한마디를 건네었단다.

"뭘 좀 마셔야잖겠습니까."

"해롭잖은 생각이십니다."

영국 친구의 대답이다.

"그럼 뭘로 하실까요?"

"제가 차(녹차)를 마신다면 아마 의사가 말리지는 않을 겁니다."

이 시답잖은 대답에 갑갑증이 난 동양인 학자가 확답을 요구했다.

"분명히 좀 말씀을 해 주시지요. 의사니 뭐니 하지 마시구."

"차를 마신다면 제 몸에 아마 좋을 겁니다."

골백번을 주어도 '좋다', '싫다' 딱 잘라 말하는 법은 없다. 그게 바로 영국식 표현법인 것이다.

우리 사람이 그런 식으로 표현을 했다가는 대번에 '장마 도깨비 여울 건너가는 소리냐'고 핀둥이나 맞기 딱 알맞다.

런던행 열차 안에서 한 신사가 맞은편 좌석에 앉아 있는 신사에게 조심스레 한마디를 건넨다.

"저 매우 죄송하지만 한마디 일깨워 드려도 좋겠습니까?"

"해롭잖은 생각이십니다."

"제가 잘못 봤는지는 몰라도 아마 귀하의 코트 자락에 담뱃불이 떨어져 타고 있는 것 같습니다."

"훌륭한 충고를 해 주셔서 대단히 감사합니다."

이렇게 예의 바르게 감사부터 드린 연후에 그 신사는 비로소 타고 있는 코트 자락에서 살그미 불똥을 털어 버린다.

영국 사람들의 판에 박힌 에두름법을 빗대고 지어낸 우스갯소리이긴 하겠지만 아무튼 뚜렷한 인상을 남겨 주는 것만은 사실이다.

우리 사람 같았으면 그럴 경우 대번에 뛰어오르며 부아통부터 터뜨렸을 것이다.

"진작 말을 해 줄 게지, 망할 자식 같으니라구!"

언젠가 한국 문화인들과의 만남의 자리에서 우리측 참석자들을 소개를 하는데 '저명한 소설가이신 아무개', '저명한 시인이신 아무개', '저명한 평론가이신 아무개'…… 단 한 사람도 빠짐이 없이 100퍼센트 몽땅 '저명한'을 붙이는 바람에 나는 듣고 있기가 정말 민망스럽고 또 송구스러웠다.

"시간상 관계로 '저명한'은 일률적으로 생략을 하오니 양해해 주십시오."

차라리 이래 줬으면 하는 바람이 한 가슴 가득할 지경이었다.

하긴 그놈의 '저명한'을 제멋대로 떼어 버렸다간 대번에 눈방울을 굴리며 "왜 나만 빼놓는 거냐, 이 망할 자식아!" 게거품을 무실 분들이 없지가 않을 테니 사회자로서도 정말 난감한 노릇이었을 것이다.

'일급 작가'라는 게 너무 흔해 빠져(한국의 무슨 '사장님' 모양 너무 흔해 빠져) 인플레(통화팽창) 현상이 나타나고 있는 작금, "공석(公席)에서 '저명한'이란 관사를 사용하지 않기로 한다."는 무슨 결의라도 해야지, 그냥은 아무래도 좀 잘 풀리지가 않을 것 같다.

영국식으로 어떻게 좀 에둘러서 얼없이(겉에 드러난 흠이 없게) 표현을 하든지 아니면 의뭉스런 늙은이처럼 구렁이 담 넘어가는 식으로 표현을 하든지, 어쨌건 무슨 변통을 해도 좀 해야겠다.

로신이나 숄로호프 같은 작가들을 '저명하다'는 관사를 붙여서 호칭하는 것은 일찍이 들어 본 적이 없는 것 같다. 로신이나 숄로호프는 모르는 사람이 없을 테니까 구태여 그런 군더더기를 덧붙일 필요가 없어서일 것이다.

'세월이 워낙 태평무사하면 태평가도 부르지 않는다'고 한다. 그러게 '단결'을 외치는 것은 단결이 돼 있지가 않기 때문이란다. 그와 마찬가지로 굳이 '저명한'을 붙인다는 것은 곧 그리 저명하지가 못하다는 뜻일 것이다. 굳이 '무슨 급'을 붙인다는 것은 곧 그만큼 자격이 부족하다는 반증일 것이다.

'당나귀 귀 치레'란 속담이 있다. '머리 없는 놈 댕기 치레한다'는 속담도 있다. 남들이 웃는 것도 모르고 상투가 국수버섯 솟듯 해 가지고 돌아치는 건 어릿광대들이나 할 짓이다.

《볼셰비키의 이미지》의 작가 정세봉, 그가 몇 급 작가인지를 나는 모른다. 알 필요도 없다. 작가의 '급수'란 원래 그 작품이 매겨 주는 거기 때문에. 그 작품을 읽어 본 독자들이 마음속으로 매겨 주는 거기 때문에.

이런 형식의 글을 '엮음 단상'이라고 이름한다면 어떠할지 모르겠다.

1999년 1월

유행병 시대

이 '유행병'은 의학 용어의 '돌림병'이 아니다. 이 '유행병'은 '좋지 못한 유행을 지나치게 따르는 경향'을 비겨 이르는 말. 그러니까 시통머리스러운 꼴을 보다 못해 일침을 가할 때에 쓰는 말이다.

이 글의 표제에다는 원래 '갑자기 경기가 좋아진다'는 뜻의 외래어 '붐(BOOM)'을 쓰려 했으나 '갑자기 변덕이 죽 끓듯 하는 바람'에 국어(우리말) 쪽으로 기울어져 버렸다.

머리말은 이쯤해 두고―.

제사 바람 서문 바람

'출판'을 한다는 것은 문단과 출판계의 말하자면 본업인 것이다. 언단(言壇)이나 학계에서도 역시 비슷할 터이고. 이러한 출판 과정에서 제사(題辭)나 서문(序文) 따위도 제자리에 알맞게 놓여진다면 별문제가 없으리라고 일단은 생각이 된다. 일단은 생각이 되지마는 그 반면, 개운하게 풀리지 않는 이견 또한 없지가 않다.

언젠가 여기자 하나가 무슨 소설집인가를 내는데, 이미 정상급의 평론가가 서문을 써 주었는데도, 그것만으로는 모자라는지, 나더러도 한 편 꼭 좀 써 달라는 것이었다.

'얌통머리 없는 것, 과람한 줄도 모르고. 그 한 편으론 부족하단 말인가!'

나는 단마디 대답으로 거절을 해 버렸다.

그 후 또 어떤 양반이 펴낸 책을 받아 보고 나는 하도 어이가 없어 벌어진 입을 한동안 다물지를 못했다. 권두(책의 첫머리)에 '높은 분'들의 제사가 네댓 편씩이나 서열 따라 줄느런히 줄들을 서 있지를 않은가.

'이럴 바엔 차라리 '제사집(題辭集)'이라도 내고 말 게지!'

무슨 저질 술의 광고나 가짜 약의 광고가 '국가 금상'이 어찌고 '국제 은상'이 어찌고…… 멋대로 허풍떨이 하는 걸 우리는 다들 역겨울 지경으로 듣고 또 보아 온 터이다.

우리의 책들은 저질 술도 아니고 또 가짜 약도 아니다. 그러므로 '금상', '은상' 따위의 허풍떨이는 필요가 없다. 작가는 장사꾼이 아니잖는가. '장사꾼은 제 애비도 속여 먹는다'고, 일찍이 간파를 한 것은 셰익스피어다. 하지만 정직한 문인들을 보고는 그도 그런 비아냥을 할 리가 없다. 그 자신도 그러한 문인들 중의 하나였으니까.

그렇게 제 작품에다 '금박', '은박'을 덕지덕지 올리려고 아글타글 하는 것은 공연한 짓이고 또 불긴한 짓이다. 까딱하다간 셰익스피어에게 또 한바탕 망신스런 질타를 당하기 꼭 알맞은 짓이니까 말이다.

상술한 '제사 바람', '서문 바람' 외에 또 하나 '인명사전 바람'이란 게 있다. '인명사전'이란 본래 그 편찬자들이 지명도가 어느 정도 높거나 썩 높은, 이른바 지명지사(知名之士)들의 사적을 수집 정리해 가지고 체계를 세운 다음, 이를 다시 책으로 찍어 내는 것이다. 그러니까 공력이 엄청 드는 일인 것이다.

그러나 이 근년에 불고 있는 '인명사전 바람'은 이와 정반대, 그야말로 '거저먹기'다. '등기표' 한 장씩을 죽 돌려 주어 본인에게 기입을 시킨 다음 인쇄비 등 명목의 분담금과 함께 갖다 바치는 방법, 식은 죽 먹기도 이만저만이 아닐 뿐더러 무책임하기 또한 이만저만이 아니다. '등기표'에 기입을 하는 사람들이 다 성인군자 쩜쩌먹게 성실하다면 또 모르겠다. 하지만 그렇지가 못할 경우에는 난문제가 속출할 게 뻔하다. 가령 '본인은 충무공 리순신 장군의 23대손으로서……' 또는 '본인은 해서 의적 림꺽정의 24대손으로서……' 하는 따위의 족당(族黨) 관계나 '나는 영국 옥스포드 대학의 법학 박사이며 또……' 혹은 '나는 미국 하버드 대학의 공학 박사이며 또……' 하는 따위의 학력 관계에 부닥친다면, 편찬자 제씨는 과연 어떡할 작정인가? 그대로 내 줄 텐가 안 내 줄 텐가, 그대로 실어 줄 텐가 안 실어 줄 텐가.

방대한 고문서들을 뒤져 가며 일일이 고증을 한다는 재간은 아마 없을 테지? 영국, 미국으로 사람들을 파견해 일일이 확인(뒷조사)을 한다는 재간은 아마 없을 테지?

도대체 이러한 '인명사전'들에 무슨 신빙성이란 게 있으며 또 무슨 위신이란 게 있을 것인가.

두 인명사전

한국에서 수년 전에 출판이 된 인명사전 둘이 있다. 그 하나는 《한국 현대 문인 대사전》, 또 하나는 《한국사회주의운동 인명사전》. 전자는 서울대학교의 권영민 교수가 편찬을 한 것이고, 또 후자는 고려대학교 의 강만길 교수와 성균관대학교의 성대경 교수가 공동으로 편찬을 한 것이다.

나중에 본인들에게 들으니 두 사전의 편찬자들은 '이북'과 '중국 또 는 연변'의 자료들을 얻어 보기 위해 미국 국회도서관의 자료실까지 열심히 뒤졌다는 것이다. 중국과 수교가 되기 썩 전의 일이었으므로 '중국 또는 연변'도 '이북'이나 마찬가지로 오리무중—까마아득한 전 설의 세계였다는 것이다.

《한국 현대 문인 대사전》에 내 이름과 약력이 사진을 곁들여 수록돼 있다는 것을 내가 알게 된 것은, 몇 해 후 그 편찬자인 권영민 교수와 사귄 뒤의 일이었다.

《한국사회주의운동 인명사전》에는 놀랍게도 우리 '조선독립동맹' 과 '조선의용군' 성원들의 성명과 약력들이 거의 다 수록이 돼 있다. 주덕해(朱德海), 문정일(文正一)의 이름(본명, 가명)과 약력은 물론이요, 나 이 김학철의 성명과 약력도 빠지지 않고 들어 있다. 그리고 우리 연 변에서 잘 알려진 항일 독립운동가들인 림민호(林民稿), 량환준(梁煥 俊), 전봉래(全鳳來) 등 제씨의 성명(본명, 가명)과 약력들도 다 빠짐없이 들어 있다.

1996년 12월 12일, 서울 프레스센터에서 열렸던 태항산 호가장 전 투 55주년 기념회 석상에서 나는 그 사전을 처음 받아 보았다.

〈연변문학(천지)〉 1998년 1월호 안표지에 실린 사진이 바로 그 '처음 받아 보는' 장면이다. 그 사전을 출판한 창작과비평사의 대표 백낙청 교수가 내게다 설명을 해 주고 있는 것을 누군가가 카메라에다 담은 것이다.

그 상업적 가치가 전무한 《인명사전》을 맡아 줄 출판사가 하나도 없어서(밑지는 장사는 다들 못 하므로), 강만길, 성대경 두 교수는 사재를 털어서 자비 출판을 하는데 그 모자라는 부분을 백낙청 교수가 선선히 알아 맡아 주어서, 그 책은 비로소 햇빛을 보기에 이르렀다는 것이다.

이로서도 알 수 있는바 정상적인 《인명사전》이란 거개가 수록된 당자들이 모르고 있는 상황하에 이루어지는 것이다. 이미 사망을 한 사람들은 더 말할 것도 없는 거고.

밑지는 장사인 줄을 뻔히 알면서도 제 돈을 들이밀어 가며 기어이 해 내고야 마는 그 정신. 몇 해씩 걸려 자료들을 수집하고 또 몇 해씩 걸려 그 자료들을 정리하고……. 그 고심참담, 그 불굴성, 그 고매한 사명감, 그 갸륵한 학자 정신. 고개가 절로 수그러질 따름이다.

'등기표'를 돌려주어 기입을 시키고 그리고 돈까지 받아다가 찍어 낸다는 《인명사전》. 그러한 《인명사전》에 과연 얼마만 한 값어치가 있을 것인지는 각자의 상식과 판단에 맡기는 수밖에 없을 것이다.

근간에 나는 홍콩과 미국 그리고 타이(방콕)에서 보내온 《인명사전》의 '등기표'들을 받았다. 물론 이런 것들은 다 구차스레 인쇄비 따위 명목의 분담금을 부과하지를 않는다. 전부 무료다. 이밖에 국내에서 보내온 《인명사전》의 '등기표'들도 여러 통 받았는데, 그런 것들은 거개가 분담금을 부과하는 것들이었다.

'이거 혹시 신종의 돈벌이 수단 아냐?'

이에 대처하는 나의 방법은 극히 간단하고도 명료하다. 즉 국내, 국외를 막론하고, 또 분담금의 유무(있고 없고)를 불문하고, 일률적으로 깔아 버리는 것이다. 그러니까 가타부타 말이 없이 그냥 묵새겨 버린다는 얘기인 것이다.

'제사 바람', '서문 바람' 따위와 마찬가지로 이 '인명사전 바람'도 역시 '유행병 시대'의 그리 탐탁스럽지가 못한 또 하나의 '돌림병'이 아닐까 싶다.

무릇《인명사전》을 편찬하는 이들은 돈 받고 광고를 내주는 광고 대리업자 같은 존재가 돼 버려서는 아니 되겠다.

1999년 2월

염치와는 담 쌓으신 분들

'염치'란 '양심에 비추어 체면과 부끄러움을 느껴 아는 마음'으로써 일반 동물과는 무관한 개념이다. 오직 인류에게만 해당이 되는 개념이다. 이러한 '염치'와 담을 쌓고 사는 게, 마소나 개, 돼지 따위 일반 동물이란다면, 애당초에 이야깃거리가 될 것도 없다. 하지만 그 담을 쌓고 사는 게 사람일 경우에는 이야깃거리가 아니 될 수가 없다.

새김질 문학

이 '새김질 문학'은 '반추 문학'이라고 해도 무방하다. 결국은 같은 뜻일 테니까.

'리삼월(李三月) 시대'의 〈송화강〉에다 글을 부지런히 발표를 했었는데 그중의 한 편을—시공간을 후울쩍 뛰어넘어—새김질을 한번 해 볼 필요가 있을 것 같다.

'문객'이란(낡은 사회에서) 세력 있는 집의 식객, 또는 세력 있는 집의 덕을 보려고 무시로 그 집에 드나드는 사람을 일컬음이다. 그리고 '식객'이란 물론 대갓집에서 얻어먹고 지내는 사람이다.

그런데 이 문객 노릇을 할 만한 자격을 갖춰야지 그런 자격을 갖추지 못하면 그야말로 천만의 말씀이다. 주인 대감 또는 주인 영감과 어울려 풍월도 읊어야 하고 또 서화, 금기(琴棋) 따위도 다 축에 끼일 만큼은 몸에 배어 있어야 하기 때문이다.

고급 턱찌끼

동서고금을 막론하고 세력 있고 돈 많은 집 사랑에는 으레 문객들이 모여들게 마련이다. 전국시대 제(齊)나라의 정승 맹상군이 문객 3천 명을 두었다는 이야기는 그 좋은 예라 하겠다.

그런데 이러한 문객들도 다 똑같은 건 아니다. 개중에는 주인을 도와 정사에 참여해 출모발려(出謀發慮)를 하는 참모격도 있고 또 전문적으로 글을 써서 주인의 공덕을 칭송하는 문사(문인)도 있다. 전자는 대개 주인의 중시를 받았지만 후자는 거지반 '허울 좋은 하눌타리'로 실상은 사용(私傭) 광대 취급을 받기가 일쑤였다. 그러므로 후자는 말하자면 고급 턱찌끼를 얻어먹고 사는 신세인 셈이다.

신분 제도

새커리(영국 작가, 1811~1863)의 장편소설 《헨리 에스먼드》에 이런 대목이 있다.

귀족의 초대연에 참석을 한 목사가 식사를 끝까지 다하지 않고 마지막 음식(케이크와 커피)이 나오기 전에 자리에서 일어나며 주인 귀족을 향해 "죄송하오이다만 급한 볼일이 있어서 소직(小職)은 이만 물러가야겠소이다." 양해를 구하고—죄만을 드리고—조심스레 자리를 뜬다.

귀족의 초대연에서 목사나 신부 따위의 신분으로 감히 끝까지 앉아 식사를 한다는 것은 불경스러운 일이기 때문인 것이다.

레프 톨스토이의 대하소설《전쟁과 평화》에는 또 이런 대목이 있다.

귀족집의 가정교사가 지식인 대접으로 주인집 식구들과 식사를 같이하긴 하지만 시중드는 하인들이 어깨 너머로 잔마다 샴페인을 따라 줄 때는 꼭 가정교사만은 빼놓고 따라 준다.

'주인하고 한 상에서 밥을 먹는다 뿐이지 네놈도 우리나 마찬가지 고용살이꾼인데—주제넘게 샴페인까지 마셔?'

이런 뜻인 것이다. 그럴 때면 자존심이 상한 가정교사는 하릴없이 '난 원래 속에서 받지를 않아서 샴페인은 접구도 못 한다니까' 이런 표정을 지어야 하는 것이다.

이상에서도 알 수 있는바 문객 노릇이나 식객 노릇을 한다는 것은 그리 탐탁하지가 못한 일이라 하겠다. 오그랑쪽박 같은 신세가 좋을 게 무언가.

신식 문객들

자본주의 사회에서는 지금도 억만장자에게 빌붙어서 없는 꼬리를 살랑살랑 쳐 가며 고급 턱찌끼를 바라고 아양을 떠는 신식 문객들이 없지 않다.

고비사막의 황사가 바람을 타고 바다 건너 먼 나라에까지 날아가 하늘을 뒤덮어 황사 현상을 일으킨다니까 그쪽에서 나타난 사회 현상이 우리 여기까지 영향을 미치지 말라는 법 또한 없을 것 같다. 신식 문객

들의 치뜬 소행, 비굴한 소행이 유행성 감기나 유행성 뇌염처럼 옮아
오지 말라는 보장은 없을 거란 말이다.

한데 그 신식 문객들은 워낙 약기가 참새 굴레 씌우게 약은지라 눈
치가 빠르기를 모두들 도갓집 강아지 쩜쩌먹게 빠르다. 그래서 언제나
제 그 니질한 행실머리가 겉으로 드러나잖게 어지간히 신경들을 쓰는
것이다.

예컨대 억만장자 대기업가(재벌 총수)의 전기를 써서 '우리나라 재계
의 불세출의 위인' 운운하고 치켜세우더라도 정작 그 필자인 자신은
쏙 빠져 버리는 것이다. 마치 그 불세출의 위인께서 친히 집필을 하신
것처럼 꾸미는 것이다. 그러니까 친필의 자서전쯤으로 둔갑을 시켜 버
리는 것이다. '가랑잎으로 하문(보지) 가리기'나 마찬가지 수작이지만
그래도 홀랑 벗은 알몸보다는 좀 나을 게 아닌가. 그래 놓고 실익(알속)
만 챙기면 되는 것이다. 뭉테기돈만 받아 챙기면 고만인 것이다. 빈축
만 사지 않고 면매(面罵)만 당하지 않으면 고만인 것이다.

족제비도 낯짝이 있다고 발바리, 삽살개 노릇을 하기는 하더라도 백
주대낮에 사람들이 보는 데서 하기는 좀 창피하니까 신경들을 쓰지 않
을 수가 없는 것이다. 그래도 이쯤이면 최저한 '수치'라는 것을 알고 있
으니까 인간으로서의 점수가 영점이나 마이너스까지 떨어지지는 않
는다.

늦게 난 바람

인류 사회의 인적인 구성 요소를 살펴볼작시면 언제나 근로자 대중
이 그 첫자리를 차지한다. '근로자'란 우리가 다 알고 있다시피 '(남의 노
력을 착취하지 않고) 자기의 노력으로 생활하는 사람'이다.

그럴진댄 우리 작가들이 다루어야 할 주요 대상은 더 말할 것 없이 이 근로 대중이어야 할 것이다. 사회 발전의 기본적인 동력을 중시한다는 것은 너무나도 당연한 일이 아니겠는가.

지난날 귀에 못이 박힐 지경으로 밤낮 이 근로 대중만 외쳐 댄 것은 잘못이다. 하지만 그렇다고 또 아주 외면을 해 버린다면 이 또한 잘못일 것이다.

요즈음 우리 민족 문단에는 '늦바람이 곱새를 벗긴다'는 속담이 절로 떠오를 만한 현상이 나타나고 있다. 자본주의 나라 신식 문객들의 추잡한 작태가 유행성 병균 모양 묻어 들어와 만연을 하고 있는 것이다. 앞을 다투다시피 하며 돈 많은 기업가들을 치켜세우는 것이다. 그 이른바 공덕이라는 것을 칭송하는 글을 쓰느라고 여념들이 없는 것이다. 그 결과 현재 우리 사회를 이끌어 나가는 건 바로 그 기업가들인 줄로 착각을 할 지경에 이르렀다. 아무튼 기업가들의 전성시대를 그들은 붓으로써 이룩해 놓았다.

양심적인 기업가들이 그 수익의 일부를 사회에 환원(되돌려줌)하는 것은 물론 가상할 일이다. 경비 부족으로 비틀비틀하는 문화 사업에다 찬조를 하는 것은 칭찬받아 마땅할 일이다. 그런 갸륵한 행위에 대해서는 의당히 해야 할 평가를 해야 하겠다.

하지만 그렇다고 기업가들을 무슨 불세출의 위인인 양 (붓을 놀려) 삐까번쩍하게 도금칠을 해 주는 것은 얄팍한 상혼(商魂)의 소치라고밖에 달리는 해석을 할 수가 없다. 잇속이 밝은 문사 양반들의 잘 계산된 상행위라고밖에 달리는 더 어떻게 해석을 하기가 어렵다.

지난날 중국의 군벌들은 글재주 있는 문객들로 하여금 자기 가문의 가사(家史)라는 것을 쓰게 했을 뿐 아니라 음악가들을 시켜서 가가(家

歌)까지 짓게 했었다. '국가'나 '교가'는 다들 알고 있지만 이 '가가'라는 것은 듣느니 처음으로 아마 모르는 이가 많을 것이다.

돈 많은 기업가들에게 충성 경쟁을 벌이는 분들이 왜 돈 없는 근로자들에게는 좀 충성 경쟁을 벌이지 않는가. 그 이유는 아주 간단하고 또 명백하다.

―먹을알이 없는 놈을 써서는 무엇 해?!

철면피, 파렴치도 이 지경에 이르면 고칠 약이 없을 것이다. 백약(온 갖 약)이 무효일 것이다.

자본주의 나라의 신식 문객들은 그래도 '수치'가 무엇인지나 알지. 버젓이, 떳떳이 드러내 놓고 해 먹지나 않지. 필자(써 준 이)의 이름을 밝히기를 꺼리기나 하지.

30년대의 상해에는 부채질해 주는 거지가 있었다. 부채를 들고 행인을 따라오며 자꾸 부채질을 해 주는 것이다. 동전 한 잎을 꺼내 줄 때까지 끝끝내 부치며 따라 오는 것이다. 나도 몇 번 당해 봤는데 그런 놈을 떼치려면 얼른 한 잎 꺼내 주는 게 상책 중의 상책이었다.

이런 부채질해 주며 따라다니는 수법을 우리 작가들은 아예 따라 배울 게 아니다. 우리의 인격 있고 자존심 있는 작가들은 절대로 따라 배우지를 않을 것이다.

도둑놈 군도(群島)

이 '도둑놈 군도'는 '새김질 문학'이 아니고 '파행 문학'이다. '갈려 나와 생긴다'는 그 '파생'을 한 '문학'이다.

포르투갈 태생의 항해가 마젤란이 에스파냐의 선단(船團)을 이끌고 만난을 무릅쓰며 (선상의 반란까지 진압해 가며) 서행(西行)을 계속, 인류사상 처음으로 세계 일주에 성공(만 3년 만에), 지구가 둥글다는 것을 입증해 낸 것은 1522년 9월의 일이다.

마젤란의 선단이 필사적인 항해로 태평양을 간신히 횡단, 필리핀 군도의 괌섬에 가까스로 와 닿은즉, 그 섬의 원주민들이 난생처음 목격하는 거물급 범선(돛단배)을 크게 기이히 여겨, 모두들 앞을 다투다시피 하며 배 위로 기어올랐다. 그리고는 눈에 뜨이는 신기한 집물들을 닥치는 대로 다 가져갔다, 제 소유물처럼.

그들에게는 '남의 물건을 임자의 허락 없이 마음대로 가져가서는 아니 된다'는 관념, 그런 문명한 사회의 관념이 아직 형성이 돼 있지를 않았던 것이다. 이것이 바로 유럽인 모험가 마젤란이, 지구를 한 바퀴 돌아와 가지고 맨 처음 맞다들린 섬들을 '도둑놈 군도'라고 명명(이름을 지어 붙임)을 한 연유다.

현재(1999년) 우리 문단에도 500년 전의 '도둑놈 군도'의 원주민처럼 '염치'란 게 도대체 무엇 하는 것인지를 모르고 사시는 분들이 계시다. 그러니까 자신이 하고 있는 게 수치스러운 것이란 걸 캄캄절벽 모르고 있는 분들이 계시단 얘기다.

돈을 받은 만큼(액수만큼) 붓을 휘둘러, 돈 주신 어른을 하늘 꼭대기까지 치켜세워 놓고, 버젓이 또 떳떳이 아무개 '저(著)'라고—보란 듯이 뚜렷이 밝히신 분들. 이런 분들의 용기에는 혀를 홰홰 내두르지 않을 수 없다. 그건 그저 '보통 용기'가 아니라 아예 '대용(大勇)'이기에 말이다.

이러한 '대용'을 두고 '낯바닥이 땅 두께 같다'느니 뭐니 타박을 하거나 비웃는 것은 옹졸한 소인배들이나 할 짓이다. 교양 있는 이들은 그런 '땅 두께 운운' 따위를 입에 담지를 않는다. 백 번을 고쳐 죽어도 입에 담지를 않는다. 입에 담지만 않는 게 아니라 아예 거들떠보지도 않는다. 그런 용사분들을 거들떠보지조차 않는단 말이다.

그래 정신이 온전한 사람이 500년 전 '도둑놈 군도'의 원주민들과 시비를 가리자겠는가? 할 일도 없지!

1999년 3월

역사 비빔밥

'오르되브르'란 서양 요리에서 식욕을 돋구기 위해 식사 처음에 나오는 간단한 요리, 즉 전채다. 이런 수법인지 방식인지를 글쓰기에다도 한번 도입을 해 보는 게 어떨까 한다. 그러니까 본문 앞에다 오르되브르식으로 간단한 글을 한번 내놔 보자는 얘기인 것이다.

김호웅 술(金虎雄術)

'김호웅 술'이란 '김호웅식 처세술'이란 뜻이다. 이 '김호웅'은 물론 연변대학의 그 김호웅이다.

월전에 김호웅이랑 너덧이서 '시원한 냉면을 먹으러 가자'고 의논이 맞아 다다른 곳은 '복무대루(服務大樓)'. 개업을 한 지가 몇십 년이 잘되는 음식점이었으나 나만은 초행객, 그동안 믿기지가 않을 정도로 동떨어진 삶을 살아왔었나 보다.

초행인 나는, 으레 손님들로 붐비는 광실(너른 방)에 들어가 비비대기를 칠 줄 알았었는데―그게 아니었다. 따로 별실(딴방)이란 게 마련이 돼 있어 가지고 고액 소비자들에 한해 이용이 가능한 운영 체제였다.

그러게 우리처럼 고작 냉면 추렴이나 하러 온 싸구려 손님 따위는 접대원들이 아예 거들떠봐 주지도 않는다.

"길을 잘못 드셨어요. 어서 저리로나 가 보세요."

하지만 그렇다고 문문히 물러설 우리의 김호웅 씨가 아니었다.

"김학철 선생님을 모시고 왔으니 어서 문 열어요."

청천벽력 같은 이 한마디에 접대원 양이 기겁초풍, 문을 활짝 열고 머리를 깊이 숙여 맞아들일 줄 안 노릇이 웬걸, 접대원 양은 눈도 한번 깜박 안 하는 것이었다. '하남 시장의 경비원 늙은이를 데리고 왔다'고 한 거나 마찬가지. 아무런 반응도 보이지를 않았다.

김학철 선생의 드높으신 지명도가 뜨르르할 줄 알았던 김호웅 씨, 그의 예상이 보기 좋게 빗나가는 순간이었다. 크게 낙심해 머쓱해진 김호웅 씨, 하지만 그렇다고 헙헙하게 그대로 물러설 그가 아니었다. 그는 잼체 메가톤급 제2탄을 기세 좋게 터뜨렸다.

"아 연변에 살고 있으면서 김학철 선생님을 몰라뵙다니?!"

눈방울을 굴리며 호통을 치는 바람에 접대원 양은 갑자기 정신기가 든 듯, 얼른 문을 열어젖뜨리며 곧 한옆으로 비켜섰다. 그 놀란 얼굴에는 곤혹스런 기색이 역력했다.

'아마 내가 식견이 좁아서 장관급 대인물을 못 알아뵌 모양이다. 아이고, 이런 실수를 저지르다니!'

'저 외짝다리 괴물이 바로 그 장관급인 모양인데, 내가 눈에 뭐가 씌었나 보다. 아이고, 이를 어쩌지!'

김호웅의 뱃심 좋은 호통 바람에 접대원 양이 착각을 일으켜 준 덕에 우리는 사주팔자에 없는 별실에서 버젓이 장관급 대우를 받으며, 냉면 한 그릇씩을 감칠맛 나게 먹을 수가 있었다. 그 총매상이라야 고작 80원.

이게 바로 '김호웅 술'이란 것이다. 이 답답한 풍진세상을 살아가는 데는 매우 유용한 것이니, 다들 한번 따라 배워 보시라.

일본 간첩 신용순(申容純)

지난해 여름 서울 나들이를 했다가 나는 하도 어이없는 일에 부닥쳐, 한동안 부아통을 터뜨리다가, 마침내는 허탈감에 빠져 버리고 말았었다.

KBS 전 사장 서영훈 씨가 베푼 초대연에 참석을 했을 때의 일이다. 오랜 독립 운동가들인 안춘생(安椿生), 박진목(朴進穆), 김승곤(金勝坤) 등 제씨와 환담을 나누던 중 우연히 '신용순'이란 이름이 내 귀에 들어와 머물렀다.

"신용순? 그가 지금 어디 있습니까?"

"작고를 한 지가 벌써 몇 해 잘됩니다. 그와 혹 상종이 계셨던가요?"

"그자는 일본군의 첩자였습니다. 백번 죽어 마땅할 놈이었지요."

"아니, 그게 무슨 말씀이십니까?"

너무들 놀라워서 좌중이 다 어안이 벙벙해졌다.

"그자가 의용군에 들어와 가지고 쓴 이름은 류빈(劉斌)이라고 했었는데……"

"류빈 맞아요. 광복군에 있을 때도 그 이름을 썼었죠."

"그렇다면 더군다나 틀림이 없습니다, 일본 간첩이."

좌중의 10여 명 사람이 모두 귀들을 도사리고 내 입만 쳐다보게 됐다.

설명하는 번거로움을 덜기 위해 졸저《최후의 분대장》의 한 단락을 간추려서 베껴 보기로 한다. 1941년 겨울, 태항산에서 일본군과 교전 중 부상, 포로가 돼 가지고 석가장 일본 헌병대에 갇혀 있었을 때의 일이다.

> 나를 담당한 야마모토 조장이 어느 날 느닷없이 말쑥한 양복쟁이 하나를 데리고 나타나는데 보니 '아니, 이게 누구야!' 류빈이가 아닌가. 류빈은 지난해 여름 한국광복군에서 넘어온 신참으로서, 문정일 일행이 태항산으로 들어올 때 따라왔다.
>
> "우리 특무 기관의 고원(雇員) 신용순 군이다. 이번에 귀중한 첩보를 대량으로 수집해 왔기에 표창을 받았다. 그리고 거액의 상금도 탔다. 너희는 왜 이렇게들 좀 못 하느냐."
>
> 야마모토가 자랑스럽게 소개를 하는데 나는 하도 어이가 없어서 꿀 먹은 벙어리가 돼 버렸다.
>
> 류빈(신용순) 이 녀석은 자곡지심(自曲之心) 때문인지 나를 감히 똑바로 보지 못하고 슬며시 눈길을 피했다.

들잔즉 신용순이는 그동안 버젓이 독립유공자 행세를 했다는 것이다. 그러니까 일본 간첩이 하루아침 사이에 독립유공자로 둔갑을 해 가지고 백주대낮에 활갯짓을 치며 돌아다녔다는 얘기인 것이다.

범벅주의

‘범벅’이란 ‘호박 따위를 섞어 곡식 가루로 된 풀처럼 쑨 음식’ 또는 ‘여러 가지 사물이 마구 뒤섞이어 갈피를 잡을 수 없게 된 상태’.

그러게 이 글의 제목으로 된 ‘역사 비빔밥’ 따위도 다 이 ‘범벅주의’의 산물인 것이다.

“강청(江靑), 장지신(張志新), 모원신(毛遠新) 등 분들이 무서운 고생을 겪었다.”

가령 어떤 분이 이런 글을 썼거나 또는 이런 발언을 했다면, 정직한 세상 사람들이 이를 어떻게 받아들일 것인가. ‘강청’은 ‘4인방’의 우두머리. 그리고 ‘모원신’은 강청의 극악한 앞잡이로서 ‘장지신 열사 학살 사건’을 배후 조종한 천인공노할 범죄자다.

이런 게 바로 ‘역사 비빔밥’이라는 것이다. 닥치는 대로 아무거나 마구 들비벼서 팔아먹는 비빔밥. 그런 건 제대로 된 비빔밥이 아니다. 제대로 된 비빔밥은 재료를 잘 맞추어 가지고 알맞춤하게 비비는 법이다. 닥치는 대로 아무거나 마구 들비벼서는 애당초에 팔아먹지를 못하기 때문이다. 사 먹는 사람이 없을 테니까.

“이등박문, 안중근, 리완용 등 분들이 무서운 고생을 겪었다.”

가령 어떤 분이 이런 글을 썼거나 또는 이런 발언을 했다면, 정직한 세상 사람들이 이를 어떻게 받아들일 것인가. ‘이등박문’은 조선을 병탄한 일제의 원흉, ‘리완용’은 나라를 송두리째 팔아먹은 1호 매국적. 반면 ‘안중근 의사’는 하얼빈 역두에서 이등박문을 거꾸러뜨린 민족 영웅이다.

다행히도 이런 ‘역사 비빔밥’은 아직 나타나 본 적이 없다. 그런 식으로 마구 들비벼 가지고 팔아먹을 엄두를 아무도 내지 못했던 모양이다.

"히틀러, 아이젠하워, 무솔리니 등 분들이 무서운 고생을 겪었다."

가령 어떤 분이 이런 글을 썼거나 또는 이런 발언을 했다면, 정직한 세상 사람들이 이를 어떻게 받아들일 것인가. 히틀러와 무솔리니, 이들은 인류에 대한 범죄를 저지른 희대(희세)의 악마―전쟁 미치광이들이다. 반면 아이젠하워는 노르망디 상륙 작전을 감행해 나치군의 최후 발악적인 저항을 철저히 와해시킨 연합군의 최고 사령관이다.

다행히도 이런 '역사 비빔밥'은 아직까지 나타나 본 적이 없다. 아마 그런 식으로 들비벼 가지고는 퍼먹일 가망성이 보이지를 않았던 모양이다.

그런데 월전에 보니까 어느 간행물에 이런 희한한 글이 실려 있었다.

"○○○, 조룡남, ○○○ 등 분들이 무서운 고생을 겪었다."

세상이 다 알다시피 조룡남 시인은 비인간적인 정치 박해를 총각 시절부터 내리받기를 무려 22년, 무서운 고생을 겪었던 게 틀림이 없다. 하지만 나머지 둘은 그와 정반대―그야말로 지옥과 천당이었다.

이런 '역사 비빔밥'을 생뚱스레 들버무려 내놓는 의도가 무엇인지, 자못 궁금하다.

1999년 7월

할애비 감투

'할애비 감투를 손자가 쓴 것 같다'는 속담이 있다. 흔히 '분에 넘치는 자리를 격에 맞지 않게 차지해 보기가 우습다'는 따위의 뜻으로 쓰인다. 하지만 그 쓰임새는 쓰기에 따라 자못 넓어진다.

주지육림(酒池肉林)

예컨대 높은 벼슬을 한 매부 덕에 형편없는 시골고라리가 갑자기 무슨 부국장 따위로 발탁이 됐을 경우, 사람들은 서로 옆구리를 직신거리며 이렇게 비웃는다.

"할애비 감투를 손자가 쓴 것 같네그려."

"누가 아니라나. 누이 하나 잘 둘 만도 하지."

이와는 달리 네댓 살짜리가 콧등까지 내리덮이는 어른의 모자를 쓰고 나와 놀거나, 배같이 큰 신발을 끌고 나와 노는 것을 보았을 때, 우

리는 저도 모르게 웃음을 머금으며 걸음들을 멈추고 그 하는 양을 한
참씩 지켜보게 된다. 그 어리고 유치한 모습이 너무도 귀엽기 때문이
다. 그러니까 다 같은 '감투'일지라도 경우에 따라서는 비웃음을 사기
도 하고 또 귀염을 받기도 한다는 얘기가 되겠다.

'문화혁명' 시기 내가 징역을 살고 있던 감옥에 어느 날 20대 후반
의 한족 농민 하나가 들어왔다. 그 죄명은 절도, 형기는 2년. 전문적으
로 농촌 지역을 돌아다니며 마구(안장, 등자, 재갈, 고삐 따위)를 훔치는 버
릇이 있는 좀도둑이었다. 그 직접적인 피해액은 사오백 원 정도에 불
과했으나 '농망기에 며칠씩 말을 부리지 못하게 된 농민들의 간접적
피해는 막대하다'는 이유로 '생산파괴죄'에 맞먹는 중벌을 받은 셈이
었다.

그 좀도둑놈이 이른바 학습 시간에 자기비판(즉 참회)을 하기를,

"붉디붉은 모택동 사상으로 두뇌를 튼튼히 무장하지 못했던 탓으로
자본주의 사상의 침습을 받았다. 자본주의 사상의 침습을 받아 타락
을 한 나머지 극히 죄악적으로 타인의 재물에 손을 대기 시작했다.
그 결과 '주지육림'에 푹 빠져들어 밤낮없이 농탕치기를 일삼기에
이르렀다."

이 거창스런 '자기비판'에 동료 재감자(在監者)들이 모두 웃음을 터
뜨렸다.

"야 이 녀석아, '주지육림'에 빠져들어 농탕을 치자면 적어도 몇만
원쯤은 챙겨야 한다. 고작 몇백 원짜리가 '주지육림'은 다 뭐냐, 주
제넘은 녀석 같으니라구!"

당시 사회의 기풍이 워낙 그러했기에(거창한 죄명을 스스로 뒤집어써야만
안전했기에) 그 좀도둑놈도 한껏 뒤집어쓰느라고 한 노릇이 고만 과장

이 너무 지나쳐 가지고 웃음거리가 되고 만 것이었다.

그러니까 이것은 제 손으로 할애비 감투를 한번 써 보려다가 실패를 한 경우가 되겠다.

수수쌀 배급

일평이가 혼자 집을 보며 팔자 좋게 자리에 누워 《고요한 돈》을 읽고 있을 즈음에(강제노동수용소에서는 이런 책들을 모두 '잡서'라고 타박하며 읽지를 못하게 했었다) 책 속에 빨려 들어가듯 골똘히 읽고 있는 중에 별안간 누군가가 이웃집의 부엌문을 야단스레 와 두드렸다. 얇은 벽 하나를 사이 둔지라 자기 집의 부엌문을 와 두드리는 거나 별반 다를 게 없었다. 두드리는 것은 여자인 듯 일변 두드리며 일변 새된 소리로 외치는데 무슨 말인지 언뜻 알아들을 수가 없었다.

일평이는 불이 났다는 줄 알고 깜짝 놀라 손에 들었던 책을 떨어뜨리며 뛰어 일어나 귀를 도사렸다. 이웃집 마누라가 부엌문을 펄떡 열어젖뜨리는 듯 급한 말로 채쳐 물었다.

"뭐가 왔다구요 금이 엄마? 배급소에 수수쌀이 왔다구요?"

일평이가 얼른 고개를 들어 창문으로 내다보니 호들갑스레 소식을 알려 주고 진동한동 달려가던 여편네가 뒤돌아보며 큰일 난 듯이 외쳤다.

"몇 마대 안 왔대요. 어서 점순이네랑 알려 주고…… 빨리들 뒤따라 오세요."

소동이 일어났다. 각 집의 아낙네들이 부산하게 문들을 여닫치며 쏟아져 나왔다. 서로 부르면서 서로 알리면서―자루와 돈과 통장들을 거머쥐고―폭우같이 몰려갔다.

배급소에서 그동안 줄창 옥수수가루라고 일컫는, 각종 원소가 혼합된 정체를 알 수 없는 물질만을 공급해 왔던 까닭에 잡물이 섞이지 않은 붉은 쌀이 얼마나 은혜로운 것인가를 모두들 뼈저리게 느꼈다.

일평이는 그 은혜로움을 느낀 게 자신만이 아닌 것을 생각하니 쓴웃음이 나왔다. '나중 압제자가 먼저 압제자보다 조금이라도 덜 혹독하면 백성들은 그 좀 덜 혹독한 압제자의 덕을 칭송한다'고 한 로신 선생의 말이 과시 명언이라고 수긍이 되면서 그의 입에서는 "수수쌀 만세!" 소리가 금세 튀어나올 것 같았다.

그는 수수쌀을 타다 놓기로 작정하였다. 안해가 저녁에 돌아와 보고 좋아할 것을 생각하니 무슨 대단한 선물이라도 몰래 장만을 하는 것 같아서 가슴이 다 뛰놀 지경이었다. 그래서 서둘렀다. 배급통장을 찾아내고 쌀자루를 뒤져내고 또 돈을 마련하였다.

신발을 신고 문을 잠그고…… 곧장 배급소로 달아왔다. 그리하여 보기 좋게 헛다리를 짚었다. 배급소 일꾼들이 '우리의 경애하는 민족 영웅 림일평 동지께서 이제 곧 수수쌀 배급을 타러 오실 테니 저 따로 떠내 놓은 수수쌀 한 자루는 아무도 못 건드린다'고 미리 단속할 것을 깜박 잊었던 것이다.

일평이는 타러 갔다가 타지 못한 수수쌀에 짝사랑의 연연한 정을 느끼며 터덜터덜 집으로 돌아왔다. 쌀자루에 둘둘 만 배급통장을 그대로 방바닥에 홀쩍 내던졌다.

이상은 졸저《20세기의 신화》의 한 장이다.

소설의 주인공 림일평이를 식량배급소 일꾼들이 '우리의 경애하는 민족 영웅'이라고 호칭했다는 것은, 다만 소설을 재미스레 쓰기 위한 수법에 불과하다. 그 반전적 효과를 노린 기교에 불과하다.

가령 이 림일평 씨가 제 입으로 '나는 너희들의 경애하는 민족 영웅이시다'란다면 문제는 퍽 좀 달라질 것이다. 사람들이 높이 우러러보며 코가 땅에 닿도록 부복을 할 대신에,

"개천에서 용 났단 말 못 들어?!"

"미꾸라지국 먹고 용트림을 하시는군!"

"빨아 다린 체 말고 진솔로나 계시지!"

"거참, 보기 좋오다! 할애비 감투를 손자가 쓴 꼴일세그려!"

"세상에도 희한한 구경거리로군! 이왕이면 관람료도 받는 게 좋잖을까?"

이런 비아냥들이 무더기로 쏟아져 나올 게 뻔하니까 말이다.

제멱추기증

'제 자랑'이니 '자화자찬'이니 하는 따위가 다 이 '제멱추기증'의 증세들인바, 그 증세들도 또 양성과 음성 두 부류로 나뉘어진다. 스피커처럼 거침새 없이 마구 내뿜는 타입은 양성이고, 또 은근스레 에둘러서 귓전을 살짝 울려 주는 타입은 음성인 것이다.

그러니까 그 의도하는 바는 동일하되 표현하는 방식만이 각이한 것이다. 모로 가나 기어가나 서울만 가면 그만이니까 현시점에서 구태여 그 방식 따위에 구애될 것은 없을 성싶다.

이야기가 고랑 하나를 뛰어넘어 가지고 다시 이어진다.

요즈음 한창 부는 바람이 있다. 이른바 '명인(名人) 바람'이다.

어느 신문에 실린 기사 한 편을 읽어 본즉, 중소학생들이 수속료 20원만 보내면 문학가, 예술가, 의학가(자), 기업가, 축구 스타 등…… 각자가 '숭배'하는 '명인'들의 '친필 서한 사인'이란 것을 받아 볼 수가 있단다. 그러한 알선을 전문적으로 맡아서 해 준다는 무슨 '점(店)' 까지가 생겨났단다. 그 숱한 '명인'들의 '다사지추(多事之秋)'가 아닐 수 없다. 아침부터 밤까지 손이 부르터나도록 친필 서명들을 해야 할 운명에 처해졌으니까 말이다.

아마도 우리 사회는 지금 '명인'의 '양산 시대'로 접어들었나 보다. 바야흐로 그 '성수기'를 맞고 있나 보다. 하지만 양식(넓은 경지에서 선악을 판단하는 뛰어난 식견과 훌륭한 판단력)을 가진 사람이라면 그러한 어중이 떠중이 '명인'들 틈에 끼어들어 가지고 '서명 놀음'을 하지는 않을 것이다. 낯이 깎이고 스타일을 구길 게 뻔하니까 말이다.

만만해 보이는 녀석들에게는 서슴없이 양성을 적용―스피커처럼 마구 내뿜고, 또 호락호락해 보이지 않는 녀석들에게는 음성을 적용―은근스레 에둘러서 귓전을 울려 주는 수법, 이러한 수법으로 제 멱추기의 목적을 달성하시는 '명인병 환자'분들.

이 '제멱추기증'의 증세는 날로 우심해져 마침내는 말기적 현상까지를 나타내기 시작했다. 그 끝판을 향해 제정신 없이 치닫고 있다. 전국 명인, 아시아 명인, 세계 명인, 우주 명인…… 그 등급이 이와 같이 급등(급작오름)들을 하고 있는 것이다.

그러니 맑은 정신을 가진 사람들의 눈에는 미상불 할애비 감투를 쓴 손자들로 비칠밖에 없는 것이다. 우습강스러운 어릿광대들로 비칠밖에 없는 것이다.

　이러한 '명인 인플레'의 억제책을 시급히 마련하잖으면 우리 민족은 모두 경축대회장의 고무풍선들처럼 하늘 높이 날아올라가 영영 사라져 버릴지도 모를 일이다.

　굳건히 땅을 디디지 못하고 경사스런 기분으로 들떠 있는 민족에게는 전도가 없다. 군체적(群體的) 위기의식이 결여된 민족은 (특히 소수민족은) 공멸을 할 수밖에 없다.

1999년 9월

천당과 지옥 사이

지난달 서울 나들이를 했을 때의 일이다. 어떤 분이 선물이라며 카세트테이프 몇 갑을 건네주기에 인사성으로 한마디 '고맙다' 치사하고 그냥 받아 두었다.

어제 어떡하다 생각이 나 심심풀이 삼아 하나를 띄워 보았더니, 의외롭게도 흘러나온 것은 옛날 옛적 70년 전에 한바탕 유행을 했던 가요곡.

"피 식은 젊은이 눈물에 젖어, 낙망과 설움에 병든 몸으로……."

"듣기 싫다, 그따위 썩어 빠진 노랜 왜 불러? 부를 노래가 그렇게도 없냐!"

중학생이던 내가 철딱서니 없이 불러 대는 이 노래를, 어머니가 듣고 화를 벌컥 내시는데, 나는 그 까닭을 모르는지라 몹시 맞갖잖이 속으로 투덜거렸었다.

"남들이 다 부르는 노래를 가지구…… 넨장!"

어머니가 화를 내시던 그 까닭을 이 멍청한 자식은, 장장 70년이란 세월이 흐른 뒤에야 비로소 깨닫게 됐다. 그 노래야말로 분발 향상을 해야 할 젊은이들의 정신을 부식하는, 시쳇말로 하자면 '반동 가요' 또는 '반혁명 가요'였다.

하지만 그 작사자, 작곡자들은 그래도 다행한 편이다. 그로 인해 강제 노동도 징역살이도 다 하지를 않았을 테니까 말이다. '프롤레타리아 용사'들에게 개돼지 취급을 받으며 여지없이 얻어터지지들은 않았을 테니까 말이다.

만만세란 곧 억세라는 뜻

지난날 조선의 왕들은 한 나라의 지존이면서도 '만세' 소리는 들어보지들 못했었다. 들었다는 것은 고작 '천세' 소리뿐. '천'에다 '하나'를 더한 '천일세' 소리도 못 들어 봤었다. '천세'란 원래 중국에서, 황태자나 왕공들에게 적용하는 것으로써, 황제가 누리는 '만세'에 비하면 그 층하가 엄청나다. 그러니까 결국 조선의 왕들은 중국의 태자급, 왕공급밖에 더 안 된다는 얘기가 되는 것이다.

참으로 수치스러웠던 역사랄밖에 없다. 하지만 대국하고 이웃해 사는 소국들이 어찌 방자할 수가 있었을 것인가. 어찌 건방지게 거들먹거릴 수가 있었을 것인가.

우리가 다 알다시피 지난날 어떤 분께서는 그냥 '만세'만으로는 오히려 부족해 '만만세' 즉 '억세'를 불러 드려야만 흡족해 하셨었다. 하긴 그 '억세'로도 십분 흡족해하셨을지는 의문이다. '억세' 위에 '조세 (兆歲)'라는 것도 있자면 있을 수가 있었을 테니까.

'어느 놈이 그런 기발한 아이디어를 떠올렸더라면 벼슬 한자리 톡톡히 얻어 해먹었을걸!'

과거 중화민국 시절, 우리 학교 장개석 교장이 훈화를 하시는데, 당시의 중국 인구 4억 5천만을 '4만만 5천만 동포'라고 표현하는 것을 나는 여러 번 들었다. 리종인(李宗仁), 염석산(閻錫山) 등 군벌 우두머리들도 다 의례건으로 그렇게 표현을 했었다. 무슨 까닭인지 당시는 아무도 '억'이란 말을 쓰지 않았다. '억'을 쓰기 시작한 것은 분명 '중화인민공화국'에 접어든 뒤부터였다.

아무튼 인간이 사는 세상에는 높낮이 양이란 게 어지간히 심한 것 같다. 우리 따위 평민 백성에게는 '천세'의 십 분의 일인 '백세'도 불러 주는 사람이 없으니. 그러니까 '억세'의 백만분의 일도 차례지지가 않는다는 얘기가 되는 것이다.

그까짓 '천세', '만세' 따위 우리하고 무관한 숫자를 들추느라 필묵을 허비할 것 없이 보다 더 절실한 숫자를 좀 따져 보기로 하자.

박지원의 《열하일기》에 흥미로운 단락 하나가 있다.

《열하일기》는 1780년에 박지원이 진하사(進賀使)의 수행원으로 청나라를 다녀와 가지고 저술한 것인데, 그 유려한 문장과 진보적인 사상으로 그 이름을 뜨르르 한번 크게 떨쳤었다.

정사(正使)의 매일 식사에 쓰이는 물목은,

거위 1마리, 닭 3마리, 돼지고기 5근, 생선 3마리, 우유 1병, 두부 3근, 밀가루 2근, 황주(黃酒) 6병, 김치 3근, 찻잎 4냥쭝, 오이장아찌 4냥쭝, 소금 2냥쭝, 간장 6냥쭝, 된장 8냥쭝, 초 10냥쭝, 참기름 1냥쭝, 후추 1돈쭝, 등불기름 3병, 밀초 3가락, 우유기름 3냥쭝, 가는 가루 1근 반,

생강 5냥쭝, 마늘 10톨, 사과 15개, 배 15개, 감 15개, 마른 대추 1근, 포도 1근, 능금 15개, 소주 1병, 쌀 2되, 땔나무 30근, 사흘마다 몽고 양 1마리.

부사와 서장관은,

매일 두 사람 몫으로 양 1마리, 거위 1마리씩, 닭 1마리씩, 생선 1마리씩, 우유 두 몫에 1병, 소고기 두 몫에 3근, 밀가루 2근씩, 두부 2근씩, 김치 3근씩, 후추 1돈쭝씩, 찻잎 1냥쭝씩, 소금 1냥쭝씩, 간장 6냥쭝씩, 된장 6냥쭝씩, 초 10냥쭝씩, 황주 6냥쭝씩, 오이장아찌 4냥쭝씩, 참기름 1냥쭝씩, 등유 1종지씩, 쌀 2되씩, 사과 두 몫에 15개, 능금 두 몫에 15개, 배 두 몫에 15개, 포도 두 몫에 5근, 마른 대추 두 몫에 5근으로 과실은 닷새마다 한 번씩 내준다. 부사에게는 매일 땔나무 17근, 서장관에게는 매일 땔나무 15근.

대통관(大通官) 3명과 압물관(押物官) 24명에게는,

매일 닭 1마리, 고기 2근, 밀가루 1근, 김치 1근, 두부 1근, 황주 2병, 후추 5푼쭝, 찻잎 5돈쭝, 간장 2냥쭝, 된장 4냥쭝, 참기름 4돈쭝, 등유 1종지, 소금 1냥쭝, 쌀 1되, 땔나무 1근.

상급을 탈 종인(從人) 30명에게는 매일 고기 1근 반, 밀가루 반근, 김치 2냥쭝, 소금 1냥쭝, 등유 도중으로(그러니까 30명 앞으로) 6종지, 황주 도중으로 6병, 쌀 1되, 땔나무 4근이요, 상급을 못 탈 자 221명은 매일 고기 반근, 김치 4냥쭝, 초 2냥쭝, 소금 1냥쭝, 쌀 1되, 땔나무 4근씩 준다.

정사와 '상급을 못 탈 자'들을 청나라 정부는 이와 같이 현격하게 대우를 했다. 그야말로 천양지차다.

여기서 흥미로운 것은, 정사나 부사 분들이 아무리 뛰어난 대식가들이라 할지라도 그 엄청난 양의 음식물들을 도저히 다 먹어 치울 재간은 없다는 것이다. 그러게 먹을 만큼씩만 적당히 차려 주고 나머지는 다 돈(엽전) 또는 은괴로 환산을 해 가지고 그 상에다 놓아 준다는, 극히 합리주의적이면서도 또 현실주의적인 배려를, 청나라 당국은 잊지를 않았다는 것이다.

그러니까 정사분이나 부사분들은 꿩 먹고 알 먹고 한다는 얘기가 되겠다. 그저 불쌍한 것은 '상급을 못 탈 자' 따위 아랫사람들, 즉 말단 공무원들뿐이었다. 사정이 이러하니 왜 선비양반들이 과거를 보고 벼슬을 하겠다고 기들을 쓰지를 않았을 것인가.

이상은 200년 전의 옛날이야기니까 그저 그렇다손 치자. 그럼 근세는 또 어떠한가.

리대소(李大釗)가 북경대학 도서관 관장 겸 교수로 있을 때, 모택동은 그 도서관의 한 관원이었다. 그런데 당시 리대소의 봉급이 300여 원인데 비해 모택동의 월급은 홀 7원인가 밖에 더 안 됐었다. 40분의 1도 채 못 되는 액수다.

그러니 우리 따위 평민 백성들이 '백세' 소리도 못 듣는 것은 '하늘의 뜻이 그러하려니'쯤 여기고 달게 받아들이는 게 아마도 현명한 처사일 것 같다.

《장주 춘추(長州春秋)》

《장주 춘추》는 일본 작가 도미나리 히로시(富成博)의 저술, 그리고 '장주'는 봉건 영주가 통치하는, 인구가 50만에 불과했던 작은 나라.

현재의 야마구치현 일대에 위치했었음.

　―50만 인구의 8할인 40만의 농민이 그 피땀으로 나라의 재정을 지탱해 나가고 있었다.

　―나라의 법은 '사륙제' 즉 수확한 곡식의 4할을 나라에 바치고 나머지 6할을 농민이 차지하게 돼 있었으나 가렴주구로 인해 실제는 그 반대인 '육사제'도 잘 되지를 못했다. 그러니까 농민에게는 4할도 채 차례지지가 않았다는 얘기인 것이다.

　―장주의 농민들도 예외가 아니어서 허구한 날을 공조(貢租)와 빚 단련에 쪼들리고 또 쪼들려야만 했다. 한평생을 그렇게 쪼들리며 살다가 눈을 감는 게 농민들의 고된 운명이었다.

　―하급 무사(하급 공무원)들의 형편은 또 어떠했는가. 무사는 통치 계급에 속하니까 외양으로는 위풍스럽고 또 권세도 부릴 만큼은 부렸다. 그러나 실제로 그 속내를 들여다보면 참으로 상상 밖이었다.

　―하급 무사들의 녹봉은 거의 기아 임금에 가까웠으므로 제각기 채마밭을 일구어 채소를 자급함은 물론이요, 내직(內職, 집에서 하는 품팔이)으로 우산, 부채 따위를 만들거나 동네 아이들에게 한문을 가르치는 등······ 먹고살기 위해 눈코 뜰 새 없이 바삐 돌아쳐야만 했다. 그러니 본업인 문무의 수업 따위는 애당초에 돌볼 겨를이 없었다. 그리고 그 부인들은 또 부인들대로 밤늦게까지 기름불 밑에서 삯바느질을 해야만 했다. 그러지 않고서는 도저히 생계를 유지할 수가 없었기 때문이다.

　반면 그들의 주인인 봉건 영주들의 생활상은 어떠했는가. 그야말로 지상 천국, 글자 그대로의 지상 천국이었다.

　―최고 통치자인 장군가의 딸을 며느리로 맞아들이느라고, 4천 평

(약 1만 3천 평방미터)의 택지를 따로 조성해 가지고 별궁을 신축한 뒤 이에 50명의 시녀를 배치했다.

—셋째 딸 만스히메(萬壽姬)를 이웃 나라 영주에게 시집을 보내는데, 그 혼례에 든 비용이 무려 은 1천 관(貫. 즉 3,750킬로그램)인지라, 재정부 장관 무라다 세이후(村田淸風)는 땅이 꺼지게 한숨을 내쉬었다.

'이러다간 나라가 망하겠는데……'

—늙은 영주가 아들에게 가독(家督)을 물려주고 은퇴를 하는데, 그의 분부로 바다를 매립, 사냥터, 마장(馬場) 등을 갖춘 10만 평(약 33만 평방미터) 규모의 정원을 새로 조성해야 했다. 이에 든 비용은 은 3천 5백 관(11,250킬로그램). 국고가 이미 바닥이 난 상황이었으므로 그 전액을 거상(巨商)들에게서 빚을 내서 충당할 수밖에 없었다.

이와 같이 아랫놈들이야 가난에 쪼들리거나 말거나 영주들의 호화함과 사치함은 끝이 없었다.

'이러다간 정말 이 나라가 망하잖을 수가 없겠는데…… 이를 어쩌노!'

재정부 장관 무라다 세이후가 땅이 꺼지게 또 한 번 한숨을 내쉬었을 것은 더 말할 것도 없는 일이다.

—타국의 무역선들이 입항을 하면 상사(商社)의 부사장(대개는 사장의 아들)들이 하는 일은, 우선 그 선장들을 유곽으로 모시고 가 흐뭇하도록 한바탕 잘 향응(하룻밤 기생을 끼고 자는 것까지 포함)을 하는 것이었다. 이에 드는 유흥비는 1인당 15냥 정도.

반면 상륙을 할 수 없는 수부(선원)들은, 제 손으로 마상이를 저으며 몸을 팔러 다니는 항구의 여자들이 오기를 기다려 가지고 하룻밤을 즐기는데, 그 놀음차(해웃값)는 20돈이었다.

이상은 《장주 춘추》에서 극소 부분을 간추린 것이다.

이놈의 세상이 왜 이리도 불공평한지. 이 꼴 이 모양이니 왜 밤낮 물 끓듯 하지를 않을 건가. 천도가 무심하지!

천당과 지옥이 동거하는 곳

1989년, 내가 43년 만에 서울 나들이를 했을 때, '서울은 천당과 지옥이 동거하는 곳'이라고 일갈을 했던 것은, 십 년이 지난 지금도 그 '유효 기간'이 지나지를 않은 것 같다.

하지만 천당과 지옥이 동거를 하는 곳이 어찌 서울뿐이랴. 우리 이 지구촌 160여 개 크고 작은 나라들 중, 그래 어디에 천당이 없고 또 어디에 지옥이 없을 건가. 나 자신도 현재 천당에서는 까마득히 멀고, 지옥에서는 코 고는 소리까지 들려올 정도로 가까운 어름에서, 입에다가 재갈을 물린 채 가까스로 목숨을 부지하고 있는 형편이잖는가.

졸저 《20세기의 신화》에 이런 단락이 있다.

송나라 시인 진렬(陳烈)이, 저의 고을 태수란 자가 등불놀이에 미쳐 가지고 백성들의 등골이 빠지는 것도 헤아리잖는 것을 보고 분연히 '제등(題燈)'이라는 시를 써서 '풍류태수지부지(風流太守知不知)' 하고 항의를 했다지만서도, 저는 아마 '제핵(題核)'이라는 시를 써서 '호전주석지부지(好戰主席知不知)' 하고 항의를 할밖에 없을 것 같습니다.

어쨌거나 죽어나는 건 언제나 민초(즉 백성)들이다.

그러니 조금이라도 정의감이 있는 사람이라면 어찌 팔십 고개를 넘었다고 '귀머거리 삼 년 벙어리 삼 년'만을 할 수가 있을 것인가. '남의 싸움에 칼 빼기'도 좀 해 보고, 또 '남의 잔치에 감 놓아라 배 놓아라'도 좀 해 봐야잖을까.

단 우리가 사용하는 후릿그물은 그 눈들이 적당히 커야 하겠다. 잔 고기들은 다 빠져나가고 큰 고기들만 걸리게시리. 먹고살기 위해 푼돈이나 챙기는 녀석들은 다 내버려두고 거물급 날도둑놈(사모 쓴 협잡꾼)들만 걸리게시리.

우리는 거물급 날도둑놈(사모 쓴 협잡꾼)들을 못살게 구는 것을 천직으로 알아야 한다. 그러니까 그자들의 죄악을 가차 없이 폭로하는 것으로 삶의 참된 보람을 느껴야 한다는 얘기인 것이다.

인간이란 개개 다 신동 출신이거나 희세의 천재들이 아니다. 그러게 매양 무슨 일이 있는 썩 뒤에야 비로소 '아하, 그랬었구나!' 깨닫고 새삼스레 무릎들을 치는 수가 있다. '피 식은 젊은이'를 부르면 어머니가 왜 야단을 치셨는지, 그 까닭을 70년이 지나서야 이 알량한 아들 양반이 깨닫듯이 말이다. 멍청한 소리 같지만 우리가 살고 있는 이 세상에는, 그런 일이 심심찮으리만큼 늘 되풀이되고 있다는 게―현실이다.

"저 늙은이 웬 잔사설을 저리도 장황스레 늘어놓는담!"

이렇게 짜증스러워하는 이들도 적지는 않을 테지. 하지만 그들도 몇 해 또는 몇십 년 뒤에는 '아하, 참 그랬었구나!' 깨닫고 새삼스레 무릎들을 칠지도 모를 일이다.

아무튼 자신을 천당 근처에 살고 있다고 착각을 하지들은 말아 달라는 부탁이다. 지상 낙원에 살고 있다고 자부를 하지들은 말아 달라는 부탁이다.

속에 가득한 말을 속 시원히 다 털어놓을 수가 없는 형편인지라, 마음에도 없는 '복(伏) 자(엎은 글자, 이 글에서는 동그라미)'를 쓰지 않나, '장마 도깨비 여울 건너가는 소리'를 하지 않나……. 나의 이 절절한 고충을 미루어 짐작들 좀 해 주시라.

　이러한 수법 또는 필치를 '먼 산 보고 꾸짖기'라고들 하기는 한다지만서도…… 아무튼 적당히 '이심전심적'으로 터득들 해 주시라, 제발 덕분에.

1999년 11월

흉내와 분내

　일본에서, 50대의 한 남자가 도둑질 20여 번 만에 덜미를 잡혔단다. 집도 절도 없는 홀아비인 그가 도둑질을 하게 된 동기가 자못 놀랍다. 객지에서 우연히 알게 된 동향인 20대 젊은이에게 치료비를 대 주기 위해서였다니까. 그 불쌍한 젊은이는 위암인가 간암인가로 계속 치료를 받아야 할 몹시 딱한 처지였단다.

　경찰이 조사해 본 결과 그의 공술은 사실로써, 그는 도둑질해 얻은 돈의 극소 부분만을 자신의 생계비로 쓰고, 나머지는 다 그 젊은이에게 치료비로 건네주었다. 도둑질로 얼룩진 동정심이랄까. 아무튼 야릇하기가 이를 데 없는 일종의 미담—아름다운 이야기다. 하지만 사연은 이것으로 끝나는 게 아니다. 정작 클라이맥스는 다음에 나타난다.

　경찰이 진일보 조사를 해 본즉, 그 암환자라는 젊은이는 건강 상태가 극히 양호, 감기 고뿔 하나 걸려 본 적이 없을 정도. 게다가 건네받은 장전(도둑질해 온 돈)들은 이미 유흥비로 흥청망청 탕진을 해 버린 상태. 그러니까 동향인의 갸륵한 동정심을 교묘하게 파먹고 사는 사기꾼—인간쓰레기였던 것이다.

이 맹랑한 사실을 경찰의 입을 통해 비로소 알게 된 도둑놈 동정자. 처음에는 그저 멍하니 앉아 있기만 하다가 이윽고 고개를 떨어뜨리더니 아무 말 없이 눈물만 주르르 흘리더란다. 배신감에 회한이 뒤얽힌 눈물이었을까.

'사실은 소설보다도 기이하다'고 한, 조지 바이런의 말이 실감 나는 대목이다. '오르되부르'는 이쯤 해 두고.

직설(直說)과 곡설(曲說)

모택동이 심취해 열일곱 번을 읽었다는 사서(史書) 《자치통감》. 저자는 북송의 사학자 사마광(1019~1086). 아이 적에, 동네 아이가 빠진 물독을 돌로 깨서 구해 냈다는 그 사마광이다.

1956년에 나는 이 《자치통감》을 4분의 3쯤 읽다가 말았다. 그러니까 리세민(李世民, 즉 훗날의 당 태종)이 제 형을 죽이고 태자의 자리를 차지하는 대목까지 읽다가 만 것이다. 느닷없이 불어 닥친 '반우파 투쟁' 바람에 멀쩡하던 내가 갑자기 '계급의 원쑤'로 전락을 해 버렸기 때문이다.

그 후 '문화대혁명'의 광란의 소용돌이 속에서는 그 책 자체가 아예 벼락을 맞아 풍비박산이 돼 버렸다. '프롤레타리아 용사'들이 난장판을 치는 통에 오호통재! 행방불명이 됐는지 화형을 당했는지, 아마 하느님께서는 알고 계시리라 믿는다.

그런데 이번에 연변인민출판사가 '주해'에다 '역문'까지 곁들인, 홀

룡한《자치통감》(전6권)을 펴내 준 덕에, 나는 장장 45년 만에 그 다 읽지 못했던 4분의 1을 마저 읽을 수가 있게 됐다. 역시 거룩하신 하느님께서는 이 미련한 백성 김학철을 매정스레 아주 잊지는 않으셨던 모양이다. 그《자치통감》에 이런 단락이 있다.

당초에 료하(遼河)를 건너 진격을 할 때의 병력은 9개 군(軍) 30만 5천 명. 그중 살아서 료동성으로 돌아온 것은 모두 해서 2천 7백 명뿐. 억대의 재물과 병장기들도 다 잃어버린 상태였다.

서기 612년, 수나라의 이른바 정벌군이 고구려의 수도 평양성을 치러 갔다가, 살수(薩水 즉 청천강)에서 고구려 군에 대패하고, '오금아, 날 살려라' 줄행랑을 쳤던 광경이다.

400여 년 전에 이미 망해 버린 나라의 역사이니까 사마광도 마음 놓고 사실을 사실대로 밝혀서 적었을 것이다. 하지만 당조(當朝)의 역사라면 상황이 퍽 좀 달라졌을지도 모를 일이다. 하긴 목숨을 걸고 직필(直筆)을 한 사관들도 없지는 않았지만.

1997년 북경에서 발간된 정론 서적《해동 연대》에, 모택동의 전 비서 리예의 글 한 편이 실려 있다.

3년간의 '대약진'으로 영국과 미국을 추월한 뒤, 곧바로 공산주의로 진입을 한다고 떠벌려 댄 결과, 국민 경제가 걷잡을 새 없이 뒷걸음질을 치는 바람에 수천만 명 사람이 굶어 죽었다.

리예가 당시(1960년)에 '감히' 이런 글을 썼더라면 그 목이 제자리에 그대로 달려 있었을까.

당시 내가 얻어 본 '비공개 문건'에는 마지못해 '비정상적 사망자 1,200만 명'이라고, '모깃소리만 하게'나마 시인을 하기는 했었다. 엄연한 '실업'인데도 무슨 '대업(待業)'이니 '하강(下崗)'이니 하는 따위로 얼버무리는 얄팍한 속임수, 그와 똑같은 맥락의 '눈 가리고 아웅'인 것이다. 골백번을 죽더라도 '굶어 죽었다'고 직토(直吐)는 못 하는 법이니까. '비정상적 사망'이란 다 뭐 말라 돼진 건가. 낯 뜨거운 궤변술, 창피스러운 붓장난이지!

어디 그뿐인가. 굶어 죽은 사람의 숫자도 엄청 줄이지 않았는가. 줄 잡아도 아마 2천만 명 정도는 깔아뭉갰을 것이다.

그러니까 '수천만 명 사람이 굶어 죽었다'고 실토를 하기까지는 근 40년이란 시간이 필요했단 얘기가 되는 것이다. 그나마 '최고분'께서 적당히 타계를 해 주셨기에 망정이지, 그분께서 아직까지 살아 계시다면 천만의 말씀! 어림도 없는 수작이다. '지상 낙원'에서 '사람이 굶어 죽었다'고 직설을 한다는 것은 곧 '방독(放毒)'—대역무도한 반동적 언론일 테니까 말이다.

진저리 나는 '출신성분'

예전 세월에 지주였던 할애비가 이미 죽어서 '백골이 진토 되어 넋이라도 있고 없고'가 돼 버렸는데도, 그 소학교 다니는 손자, 손녀들을 착취 계급의 피붙이라며 당연스레 구박을 해 대던 세월. 부농의 아들, 딸이라고, 자본가의 손자, 손녀라고 공공연히 차별 대우를 해 대던 세월, 아예 준반동분자 취급까지를 해대던 세월, 그 병적인 계급 의식, 그 광적인 계급 정책, 그 일그러진 인간성, 그 비꾸러진 도외심.

나 자신은 지주, 부농의 자손도 아니고 또 자본가, 친일파의 겨레붙이도 아니었지만, 그 상식을 벗어난 '출신성분' 타령에는 매양 진저리가 치이곤 했있다.

'빈농, 하중농(下中農)에게 가 재교육을 받으라'며 수천만 명의 도시 출신 학생들을 농촌으로 내몰던 그 광기, 그 독선. 이 경우의 '독선'이란 '자기 혼자만이 옳다고 믿어 객관성을 생각하지 않고 행동하는 일'. 그러니까 한 독재자의 즉흥적인 착상이 곧바로 나라의 정책이나 법령으로 돼 버린다는 뜻인 것이다.

그나저나 악몽 같던 그놈의 '출신성분' 만능 시대는 이제 이 나라에서 영원히 사라졌다. 그 대신에 '신 출신성분론'이라고, 필자가 멋대로 이름한 걸 한번 초들어 보자.

중학교밖에 다녀 보지 못한 순 농민 출신의 무명 작가들이 이 근년, 우리 문단의 선두 주자들로 확고히 자리를 잡아가고 있다. 그 하나는 정세봉(鄭世峰)이고 또 하나는 박선석(朴善錫)이다.

둘이 다 '지상 낙원'과는 거리가 멀어도 한참씩 먼 농촌에서, 각기 밑바닥 인생—따라지목숨들을 수십 년씩 어렵사리 살아왔다. 또는 죽지 못해 살아왔다. 그러니까 두 사람은 말하자면 당당한 '빈농 계층', '하중농 계층'들인 것이다.

정세봉의《볼셰비키의 이미지》가 어느 음험한 '프롤레타리아 용사' 즉 가증맞은 비열한에게 한번 호되게 물렸던 점, 그리고 박선석의《범과 사람》을 어느 완고파 '프롤레타리아 투사'가 본때 있게 한번 물고 늘어졌던 점. 따지고 보면 두 사람의 이러한 '피교사(被咬史)'도 매우 비슷하다. 그 공통점은 아무도 부인하기가 어려울 정도다.

생사람 때려잡는 것을 생업으로 삼고, 일생을 호의호식하며 순풍에 돛을 달고 살아온 양반들, 그런 양반들의 눈에는 밑바닥 인생을 '꼬리 없는 소'처럼 살아온 사람들의 폐부에서 우러나오는 절절한 호소, 처절한 부르짖음, 이런 것들이 다 반동분자들의 대역무도한 외침으로밖에 더는 들리지를 않는 것이다.

그러니 어떻게 《볼셰비키의 이미지》, 《범과 사람》 따위를 그대로 살려 둘 수가 있었겠는가. 본능적인 혐오감이 그들의 온몸을 전류처럼 꿰뚫어서 더는 참을 수가 없게 된다. 충동을 느낀 나머지 그들은 잔인성과 포악성을 당성(당에 대한 끝없는 충실성)으로 착각을 해 버린다. 그리하여 그들의 손톱은 순식간에 승냥이의 발톱으로 변해 버린다.

그나저나 '적박상진(赤膊上陣)'으로 웃통을 벗어부치고 출전을 하는 맹사(猛士)들은 그래도 괜찮은 편이다. 대응을 하기가 쉬우니까. 골칫덩이는 야행성 동물 모양 컴컴한 구석에 몸을 숨기고 독액을 뿜어 대는 비열한들이다. 더구나 증오스러운 것은 그자들의 소행이 개개 다 민족 반역적이란 점이다. 이족에게 동족을 팔아먹는 것을 조금도 서슴어 하지들 않으니까 말이다.

일본제국주의도 친일파—민족 반역자들만 벼슬자리에 등용을 하지 않았던가. 제 민족의 권익을 위해 일떠난 사람들은 다 투옥을 하거나 죽여 버리거나 하지를 않았던가.

정세봉의 작품과 박선석의 작품이 '프롤레타리아 용사' 또는 '투사', '맹사' 들에게 '눈엣가시'로 됐다는 것은 곧 그들의 작품이 케케묵은 틀을 깨고, 무조건적으로 순종하라는 계율(행동 규범)을 무시하고, 문학의 본연을 되찾았다는 증좌가 아니겠는가. '본연'이란 타고난 상태. 또는 본디 생긴 그대로의 상태. 그리고 '증좌'란 참고로 될 만한 증거.

정세봉과 박선석이 그러한 성과작들을 이룩해 냈다는 것은, 그들이 오랜 세월 밑바닥 인생—따라지목숨을 살아왔다는 사실. 이 사실과 갈라놓을 수가 없을 것이다.

'신 출신성분론'을 새로이 운운하는 연유가 바로 여기에 있다. 행운의 별 밑에서 일생을 수박 겉핥기로 살아온 사람들은 억천만 번을 죽더라도 이 경지에는 다다르기가 어려울 것이다. '눈 집어 먹은 토끼 다르고 얼음 집어 먹은 토끼 다르다'는 속담이 있다. 조그마한 경험의 차이라도 그 사람의 식견과 행동에 그대로 나타난다는 뜻이다.

우습강스러운 예 하나를 들어보자.

무슨 일로 투옥이 돼 징역을 살고 있는 한 복역수가, 당에 대한 충성심이 끓어 넘쳐, 당비를 바치겠다고 하소연을 한다. 이런 내용의 소설을 언젠가 한번 읽어 본 적이 있다. 다 읽고 하도 어이가 없어 나는 실소를 금치 못했다.

당시 감옥에서 매달 지급하는 용돈은 파렴치범(잡범) 1원 50전, 정치범(반혁명분자) 1원이었다. 그러니까 정치범들은 도둑놈 따위들보다도 못한 대우를 받고 있었다는 얘기가 되는 것이다.

용돈은 비누, 칫솔, 위생지 따위를 사라고 내주는 건데, 그 돈이 없으면 옷도 빨아 입을 수가 없고 또 이도 닦을 수가 없게 된다. 더욱 요긴한 건 용변 후에 밑을 닦을 수가 없게 되는 것이다. 그러하기에 그 1원은 인간이 살아갈 수 있는 최저한의 여건을 마련해 주는 것이었다.

이런 1원을 당비로 홀딱 바치고 나면 그 녀석은 그럼 손가락으로 밑을 닦겠단 말씀이신가.

어디 그뿐인가. 형사 사건으로 판결을 받고 감옥에를 들어왔다면 그 녀석은 이미 당적을 날린(떼인) 상태다. 그렇다면 비당원인데, 더구나 복역 중의 죄수인데, 어디다가 당비를 바치겠단 말씀이신가. 또 누가 그런 당비를 받아 줄 거란 말씀이신가.

그 열성적인 당원 작가 양반은 아마도 우리의 감옥이란 걸 무슨 관광호텔 따위로 착각을 하고 계신 모양이다. 그리고 또 당비란 걸 무슨 팁이나 커미션 따위로 오해를 하고 계신 모양이다. 몇 푼 집어 주면 굽석 한 번 고개를 숙이고 얼른 받아 넣는 무슨 그런 따위로 인식을 하고 계신 모양이다.

감옥이란 게 어떻게 생겨 먹었는지도 모르는 주제에 얄팍한 충성심을 한번 보이기 위해 (기실은 권력에 아첨을 하기 위해) 그럴싸하게 한번 꾸며 본 것인데, 운수 사납게 진짜 정치범 출신과 맞닥뜨리는 통에 고만 모양새 사나운 파국을 맞이하게 된 것이다. 이것도 말하자면 '신 출신 성분론'의 한 반증. 그러니까 '친히 겪어 보지 못한 일은 쓰기가 어렵다'는 하나의 반증으로 될 수가 있지 않을까.

어쨌거나 정세봉과 박선석은 그나마 다행하다. 뒤늦기는 했지만 독자들이 알아주고 또 문단이 인정을 해 주니까.

호풍(胡風)은 억울한 옥살이를 25년 동안이나 하고 77세에 출옥을 했다. 정령과 애청은 각각 22년씩 강제 노동을 하고 그리고 75세와 69세에 복권들을 했다.

이에 비하면 정세봉과 박선석은 아직도 젊다. 그리고 필경 감옥이나 강제노동수용소까지는 가지를 않잖았는가. 특히 박선석은 남영전(南永前), 최삼룡(崔三龍) 같은 '백락(伯樂)'들을 만났기에 더욱 다행하다.

'백락'이란 말의 좋고 나쁨을 잘 가려냈다는 옛사람. 백락이 있었기에 천리마도 나왔다는 옛이야기가 있을 정도.

리얼리즘이란

한마디로 요약하면 '객관적 현실의 본질을 진실하게 반영하는 예술 방법'이다. 그러게 '흙내'가 나는 작품들은 거개가 '진실하게 반영'을 하는 쪽에 가깝다. 반면 '분내'가 나는 것들은 이와 정반대, 그러한 느낌이다.

한때 '진실을 쓰라'는 호소는 '사회주의를 공격하라'는 구령이라며, 수십만의 문학인과 예술인들을 두들겨 패 강제노동수용소로 내몰지 않았던가.

그 세월에 작가들이 발표를 할 수가 있었던 것은 오직 갈보—색주가처럼 야하게 분단장을 한 이른바 '작품'들뿐이었다. 그 유습이 채 가시지 아니하고 지우금(至于今) 남아 있어서 걸핏하면 물어먹기를 하고 또 심심하면 때려잡기를 하는 것이다.

'노농병(勞農兵)의 생활에 심입(深入)하라'고 무작정 내리먹이던 옛 방식과는 달리, 우리 작가들은 모름지기 자진해서 민중의 절실한 고통에 접근, 그 고통을 참답게 분담을 해야 하겠다. 그래야만 객관적인 사물을 진실하게 반영을 할 수가 있을 테니까 말이다.

그렇다고 또 우리 문단의 어느 소문난 추물처럼 그렇게 추접스레 '접근'을랑 하지들 마시고. 그 추물은 20여 살이나 연하인 유부녀와 간통을 하다가, 본부인에게 들켜서 공안국(경찰서)에를 끌려오게 되니까, '생활 체험을 하느라고 그런 것이니 한 번만 봐 달라'고 비대발괄을 했다잖은가. 어물전 망신은 꼴뚜기가 시키고 황아장수 망신은 고불통이 시킨다더니, 우리 민족의 망신과 우리 문단의 망신은 그 추물이 혼자 도맡아 시키는 모양이다. 그 추물의 논리대로라면 살인을 체험하기 위해서는 살인을 해야 하고, 강간을 체험하기 위해서는 강간을 해야 하지 않겠는가.

플로베르(1821~1880)는 간통을 해 보지 않고서도 세계 명작《보바리 부인》을 써내지 않았던가. 그리고 앨런 포(1809~1849)는 살인을 체험하지 않았음에도《검은 고양이》,《모르그거리의 살인》등을 써냄으로써 탐정 소설의 비조(시조)라는 세평을 받고 있지를 않은가.

우리가 말하는 생활 체험이란 그런 따위가 아님을 우리는 다들 잘 알고 있는 터이다.

이 글의 '오르되부르'에서, 사기꾼의 뒷바라지를 하느라고(치료비를 마련해 주느라고) 도둑질을 20여 번이나 하다가 덜미를 잡혔다는 가엾은 동정자, 그 동정자의 허탈감. 그와 비슷한 허탈감을 나도 지금 느끼고 있다. 마치 신기루와도 같이 허망한 '지상 낙원'인가 뭔가를 만들어 보겠다고 죽을 둥 살 둥 달려온 나의 60년(1940년 입당). 칠색 무지개를 붙잡아 보겠다고 논틀밭틀로 헤매다가 허탕을 치고 주저앉아 버린 느낌이다. 도대체 무엇 때문에 신명을 바쳐 일을 했는지, 도무지 모를 일이다. 내내 속아서 살아온 내가 어리석지, 누구를 탓하랴마는.

나의 이 속 시원히 털어놓지 못하는 언외지의(言外之意)를, 새겨들어 주실 분들이 많으면 많을수록 좋으련만. 혹시 지나친 욕심이나 아닌지 모르겠다.

새천년 정월

활동사진관식 수필

영화관을 활동사진관이라 부르던 시절, 지난 세기 20년대 무렵. 흑백 무성영화로도 다들 만족스럽게 즐기던 시절, 당시의 영화관 문화는 지금과 퍼그나 달랐었다.

맨 처음 상영하는 것은 대개 한 권짜리 코미디(희극) 영화(한 권의 상영 시간은 약 15분) 그다음이 서너 권짜리 중편물. 그리고 맨 나중이 메인 레퍼토리(주요한 상영 목록)로 여덟 권 정도의 장편물. 이와 같이 단, 중, 장편이 아예 한 벌로 묶여져 있었다.

당시의 영화를 지금 상영하면 속도가 빨라져 동작이 몹시 우습강스러워진다. 그 까닭인즉 1초당 16장(프레임)이라는 당시의 표준 속도로 찍은 것을, 세계적으로 통일이 된 지금의 24프레임 영사기로 돌리기 때문.

이와 같이 영화 자체가 지금보다 50퍼센트가량 느리배기인 데다가 또 상영 도중에 휴식 시간이라는 게 있어 가지고 다들 한바탕씩 늘어지게 쉬기까지 했다. 쉬게 되면 잔뜩 대기하고 있던 매점 일꾼들이 일시에 출동을 해 껌, 과자, 오징어포, 사이다, 담배 따위를 팔러 다니느라 또 한바탕씩 부산을 피워 댔다. 그 바람에 시간을 가량없이 잡아먹혀 영화의 상영은 자정 무렵에나 가서야 겨우 파장이 되곤 했다.

그러게 일단 표를 사 가지고 입장을 할 때는 다들 지구전을 견뎌 낼 각오를 해야 했다. 그리고 이튿날 출근 또는 등교를 해서는 하품을 자꾸 깨물게 될 거라는 마음가짐도 미리미리 해야 했다.

이와 같이 단, 중, 장편을 한 벌로 묶는 형식의 수필을 한번 써 보면 어떨지 모르겠다. '오망을 떤다'고 어떤 분이 또 뒷욕이나 하지 않을지 모르겠다. 하지만 '수필'이란 워낙 '형식에 묶이지 않고 듣고 본 것, 체험한 것, 느낀 것 따위를 생각나는 대로 쓰는 산문 형식의 글'이 아닌가. 그럴진대는 구태여 눈치 보기를 할 것도 없지 않은가.

조선 삼재(三才)

이 '재주 많은 세 남자'란 곧 벽초 홍명희(1888~1968), 육당 최남선(1890~1957) 및 춘원 리광수(1892~1950)로서, 20세기 초엽 '조선 문학을 창조하신 세 분'이라고 추앙을 받았던 인물들이다.

이들 세 재사가 처음으로 만나던(일본 도쿄에서 한자리에 모이던) 장면을 리광수의 일기를 통해 한번 보기로 하자.

隆熙(융희) 3년 11월 28일(일요)
歸途(귀도)에 홍명희 군을 訪(방)하다. 그는 余(여, 즉 나)와 취미를 同(동)히 하다. 그는 余를 好(호)하다. 잠담 多時(다시). 최남선 군의 文(문)과

詩(시)를 보다. 확실히 그는 천재다. 현대 우리 문단에 第一指(제일지) 될 만하다. 최 씨가 나를 만나기를 원한다고. 화요일에 만나기로 하다.

'융희 3년'은 1904년. ―필자 주

11월 30일(화요)

밤에(……) 牛込(우시고메)에 홍명희 군을 찾다. 최남선 군도 이보다 數 分(수분) 時(시)를 遲(지)하여 來(래)하다. 余(여)는 그를 온순한 용모를 가 진 자로 상상하였더니, 誤(오)하였도다. 그는 안색이 黑(흑)하고 肉(육)이 豐(풍)하고, 眼(안)이 細(세)하여 일견하면 둔한 듯하고 일종 오만의 색이 常(상)히 그의 口(구)에 浮動(부동)하다.

'우시고메'는 일본 도쿄의 한 구로써, 당시 홍명희의 하숙집 소재지. ―필자 주

이날 처음으로 자리를 함께하게 된 이들 세 사람은 문학에 대한 열 정을 토로하면서 조선의 신문학 건설에 관한 구상을 함께 했던 모양 이다.

가령 이 리광수 씨가 지금까지 살아 있어 가지고 나 이 김학철을 처 음으로 만나 보았다면 그는 과연 어떻게 묘사를 했을 건가.

余(여)는 그를 온순한 용모를 가진 자로 상상하였더니, 誤(오)하였도 다. 그는 髮(발)이 白(백)하고, 肉(육)이 瘦(수)하고, 脚(각)이 隻(척)하여 일 견하면 둔한 듯하고 일종 오만의 색이 常(상)히 그의 口(구)에 浮動(부동) 하다.

아마 그렇게 묘사를 했을지도 모를 일이다.

그나저나 리광수가 하도 유명한 작가였기에, 그의 행적은 어떠했던 간에, 그 일기들이 후세의 연구 대상으로 되는 것이다. 이름 없는 사람이 그런 식으로 일기를 썼다면 버얼써 어느 옛날에 쓰레기통으로 들어가 소각장 행을 했을지. 이야깃거리조차 되지가 않았을 것이다.

리광수가 훗날 친일파로 전락을 해 욕된 생애를 마치기는 했지만, 그래도 그의 저서들이 '분서지액(焚書之厄)'을 당하지는 않았다. 그만해도 다행한 셈이다.

《서부 전선 이상 없다》

《서부 전선 이상 없다》의 작가 에리히 레마르크(1898~1970). 제1차 세계대전에 참전해 가지고 여러 차례 부상을 한 그는 전후 제국주의 전쟁의 참상을 극명히 묘사 폭로한 소설 《서부 전선 이상 없다》를 썼다. 이것이 그와 그의 일가에 재앙을 불러왔다. 그는 조국인 독일에서 쫓겨났고, 또 국적까지 박탈을 당했다. 그리고 몇 해 후에는 그의 누이동생 엘프리데가 '독일의 승리를 믿지 않는다'는 황당한 이유로 나치스에게 사형을 당했다(1943년).

1930년, 할리우드에서 제작한 영화 《서부 전선 이상 없다》를 베를린에서 상영하려 할 때, 히틀러 정권의 선전부장 괴벨스는 부하들을 파견해 그 영화관을 짓부셔 버리는 것으로 상영을 저지시켰다.

1933년 5월 10일, 베를린에서는 분서(焚書)의 광란극이 벌어졌다. 어느 책(금지된 책)이나 다 분소격언(焚燒格言)이란 것을 외치면서 불속에다 집어 처넣는데, 레마르크의 작품에 붙여진 격언은,

"세계대전에 참전했던 병사들을 배반했기에, 참된 정신으로 인민을 교육하기 위해, 에리히 레마르크의 책을 불속에다 처박는다."

《서부 전선 이상 없다》는 불속에 처박히는 것만으로 끝나지 않았다. 숱한 어용 문인들이 우 들고일어나 헐뜯기를 시작한 것이다.

—돈벌이를 한번 톡톡히 해 보려고 교묘한 수단으로 독자들의 비위를 맞추었다.

—고난에다 색정에다 센티멘털까지 섞어 가며 레마르크는 사람들의 저급 취미를 파고들었다.

—레마르크는 이류 작가의 자격도 없다. 《서부 전선 이상 없다》는 기껏해야 일반 포르노 소설보다 조금 나은 편이다.

등등……

이 《서부 전선 이상 없다》를 나는 소설보다 먼저 영화로 접촉했다. 1930년, 서울 단성사(유서 깊은 영화관. 현재도 원래 자리에 그대로 있음)에서 흑백 무성영화로 보고 큰 감명을 받았다. 그러나 소설은 그 이태 후인 1932년에야 일역본으로 우리 조선의용군 대원들의 애독서로 됐다.

《세계 역대 금서 대전(世界歷代禁書大全)》이란 책(1995년 상해서점출판사 간행)이 있다. 차르(황제)의 비위에 거슬리는 시를 쓴 죄로 푸시킨이 정배를 가는 데로부터 파스테르나크의 《의사 지바고》, 그리고 솔제니친의 《암병동》에 이르기까지, 러시아와 소련의 무수한 작가들의 수난사가 그 책에는 수록돼 있다. 영국, 미국, 프랑스, 독일, 이탈리아, 인도, 일본 등 5대주에 걸친 수많은 나라들의 '금서 소동'도, 바꾸어 말하면 '작가 박해사'도 거기에는 수록이 돼 있다. 그 책을 읽으면 동서고금 역대의 통치자가 다 박해광(迫害狂)들이 아니었나 싶을 지경이다.

하긴 예외도 더러는 없지가 않다.

당나귀 꼬리

지난 세기 한때 소련의 지도자였던 흐루시초프, 한낱 광부 출신으로 당과 국가의 최고 지도자로 떠올랐던 흐루시초프. 그가 한번은 추상파 들의 회화전에 들렀다. 전시된 그림들이 하도 황당해 보이니까 곧은박 이인 그는 화가 났다. 워낙 급한 성질인지라 참지 못하고 대뜸 욕사발 을 퍼부었다.

"이것도 그림이야? 당나귀가 꼬랑댕이로 그린대도 이보다도 낫게 그리겠다!"

한데 어찌 알았으리, 그를 안내하던 전시회 책임자 언스터가 당차게 한마디를 맞받아칠 줄을.

"총서기 동지는 예술 평론가가 아니잖습니까. 그런데 비평은 다 뭡 니까. 미술에 대해서 아무것도 모르면서!"

흐루시초프가 하도 어이가 없어 그 녀석을 뻔히 쳐다보다가 이윽고 눙쳐 가지고 하는 소리가,

"자네 아주 재미있는 사람이로구먼. 내가 좋아하는 게 바로 자네 같 은 사람이야."

그로부터 여러 해가 지나 흐루시초프가 세상을 떴을 때, 유언에 따 라 그의 묘비에 글을 새긴 미술가, 그 미술가가 바로 이 언스터였다.

다행히도 흐루시초프였기에 망정이지 그게 만약 스탈린이었다면 상황은 크게 달라졌을 것이다. 감히 그따위 '악다구니질'을 해댄 책임

자 녀석은 보증하고 모가지가 뎅겅했을 테니까 말이다.

어디 스탈린뿐인가. 우리가 만약 대권을 틀어쥔 양반들에게 그따위 '행실머리'를 했다면, 우리도 평생을 두고두고 골탕을 먹을 게 뻔하지 않은가. 당장에 모가지 뎅겅만 안 할 뿐이지. 아니 그런가.

아닌 게 아니라 나도 피카소(1881~1973)의 그림에 대해서는 거의 편견에 가까운 주견을 갖고 있다. 세상이 그를 '수세기에 하나쯤 있을까 말까 한 희대의 천재'라고들 하기는 하지만. 눈이 저기 가 달리고 귀가 여기 와 달리고 한 그의 기형적인 초상화들을 볼 적마다 나는 이름 못할 거부감 같은 것을 느끼곤 한다.

'이거 정신병자가 그린 게 아냐?'

그러게 미술의 문외한인 흐루시초프가 홧김에 '당나귀 꼬랑댕이 운운'한 것은 충분히 이해가 간다. 심지어 통쾌하기까지 하다.

아무리 연구를 해 봐야 도무지 무슨 뜻인지를 알 수가 없는 이른바 난해시 따위도 그렇다. 그럴 바엔 차라리 귀신 쫓는 주문이라도 외라지. '각항저방심미기 규루위모필최삼 정기유성장익진 두우여허위실벽' 무슨 뜻인지 알 만하신가? 어디 그뿐인가. 일전 어느 신문에 실린 보도 기사에 굉장히 긴 부제(서브타이틀)가 달렸었다.

남편의 손에서 죽은 안해, 홍수로 처형받은 남편, 젊은 부부가 남긴 것은 팔순 고령의 노부모와 철없는 아들, 딸 그리고 가난이 전부였다.

이것도 그래 신문 기사라고 썼는가. 그 뜻을 파악하려고 헛애 쓴 생각을 하면 정말이지 한바탕 욕사발이라도 퍼붓고 싶다.

"당나귀가 꼬랑댕이로 쓴대도 이보다는 낫게 쓰겠다!"

나더러 쓰란다면 좀 더 정성스레 이렇게 쓰겠다.

　　남편 손에 죽은 안해, 흉범으로 처형당한 남편, 그들 젊은 부부가 남긴 것은 팔순 고령의 노부모와 철없는 아들, 딸 그리고 가난이 전부였다.

알아보지 못할 글을 써서 발표를 해 놓고도 욕을 먹지 않는다면 그건 당나귀 꼬리를 계속 휘둘러 대라고 격려를 하는 거나 마찬가지다. 그럴 땐 따끔하게 일침을 놓는 게 양식 있고 책임감 있는 사회인으로서의 도리일 것이다.

레프 톨스토이는 귀족(백작)의 신분이면서도 야스나야 폴랴나의 장원에 살면서 농민 차림을 하고 늘 불쌍한 농민들과 상종, 때로는 농사일까지 함께 하곤 했었다.

한번은 작가적 소질을 다분히 갖고 있는 한 농민이 어지간한 편폭의 소설 한 편을 써 갖고 왔다. 한번 읽어 보고 출판할 가치가 충분하다고 판단한 톨스토이는 그 원고를 가지고 시내의 한 출판사를 찾아갔다. 허술한 농민 차림의 텁석부리가 건네주는 원고 뭉치를 받아 놓으며 출판사 사장은 대수롭게 여기지 않는 말투로 "두 주일 후에 한번 다시 와 보시우." 오라는 날짜에 다시 갔더니 그 출판사 사장은 여전히 시들한 태도로 "한번 죽 읽어 보긴 했는데 워낙 수준이……." 하고 말을 내다가 그는 홀연 그 허술한 텁석부리의 어지간히 못생긴 얼굴에서 의외로운 발견을 했다. 문호 톨스토이를 알아보았던 것이다. 당황실색한 그는 대번에 180도의 전환을 해 가지고 "……수준이 이렇게 높은 원고를 저희 사(社)에 소개해 주셔서 참으로 감사합니다. 백작 각하. 오늘 당장 출판에 착수하겠으니 염려 놓으시기 바랍니다, 백작 각하."

톨스토이가 거들어 주지 않았던들 그러한 사회적 풍토에서 그 소설이 과연 햇볕을 볼 수가 있었을 건가.

이와 같이 도와줄 것은 도와주고 또 지적할 것은 지적을 해 주어야 이 사회는 건전하게 발전을 해 나가지 않을까.

하루 종일 일만 하는 거 뭐

이 글을 한창 쓰고 있는데 거실에서 번화스런 웃음소리가 들려왔다. '무슨 일일까' 하고 한번 나가 보았더니, 소학교 1학년짜리 손녀가 또 무슨 앙똥한 소리를 해 가지고 집안 식구들을 한바탕 웃긴 모양이었다.

식구들이 둘러앉아 손녀를 놀리느라고 '이담에 커서 뭐가 될 건가'를 물어보는데, 어린것이 상글상글 웃기만 하고 어느 한 직업도 선뜻 질정을 못 하는지라, 제 애비가 '그럼 할아버지처럼 작가가 되겠냐'고 물어봤더니, 요 깜찍한 게 대번에 고개를 외치며 거부 반응을 보이더란다.

"하루 종일 일만 하는 거 뭐."

아이고 이거 큰일 났다, 우리 손녀는 아마 '하루 종일 놀고먹는' 직업을 선택할 모양이다.

여왕이나 대통령 부인이 된다면 또 모를까, 그렇게 하루 종일 놀고먹는 직업이 이 세상 어디에 있을 건가. 여왕이나 대통령 부인도 그렇지, 어디 거저 놀고먹기만 하는가. 나름대로 다 바쁜 일과들이 있는 거지.

'공부벌레', '일벌레'란 사람이 타고난 성품인가 보다. 그러지 않고서는 사람답게 제대로 살아 나가기가 어려우니까 말이다. 그러지 않고서는 건달밖에 더 될 게 없을 테니까 말이다.

한담설화는 이쯤 해 두고.

1955년 4월, 북경에서 열린 전국 아마추어 작가 회의. 회의의 주재자는 호풍(胡風). 회의의 의사일정이 자유 토론으로 넘어갈 무렵 모택동이 참석, 일장의 강화(講話)를 했다. 그 대강의 뜻인즉,

―작가들은 마땅히 자각적으로 약동하는 생활 속에 뛰어들어야 한다.

―공산당의 영도와 사회주의 그리고 역군들을 열정적으로 칭송해야 한다.

'역군'이란 '혁명과 건설의 일정한 부분에서 믿음직하게 일을 맡아 하는 일꾼'. 원문은 '정면 인물'.

―프롤레타리아 문학은 마땅히 프롤레타리아 독재에 유리하고 또 민족 단결에 유리한 것으로 돼야만 한다.

이러한 상황하에서 회의를 주재하던 호풍의 발언은 어떠했는가.

―나는 모택동 동지와 같지 않은 의견을 갖고 있다. 왜냐면 그분의 의견은 스탈린이 문학에다 씌워 놓은 틀과 다를 바가 없는 틀이기 때문이다. 중국은 중국이고 소련은 소련이다. 남의 나라의 틀을 그대로 갖다가 우리나라에다 씌운다는 건 부질없는 짓이다. 남의 먹다 남긴 떡을 구태여 집어다 먹을 필요가 뭔가.

―문학은 하나의 무기다. 잘한 일을 칭송하는 건 당연하다. 그러나 비리를 저지른 사람이나 사회의 부정부패 이런 것들을 폭로를 해야 하고 또 편달을 해야 한다. 그래야만 우리 사회는 진보를 할 수 있다.

작가들은 그의 발언에 보다 열렬한 박수를 보냈다. 그러니까 먼저

발언한 이에게보다 나중 발언한 이에게 더 열렬한 박수를 보냈다는 얘기가 되는 것이다.

하지만 그 일장의 열렬한 박수가 끝이 나자 장내에는 갑자기 찬 기운이 돌기 시작했다. 이름하기 어려운 분위기 속에 침울한 저기압 같은 게 사람들의 마음을 부겁게 지지눌렀다.

아니나 다르랴, 회의는 의사일정이 아직 끝나지도 않았는데 당일로 중동무이가 돼 버렸다.

당일 밤중에 당 중앙에서는 정치국 긴급회의가 소집됐다. 그 결과 새벽 3시, 호풍이 잠자리에서 체포가 되는 것과 동시에 엄밀한 가택수색이 행해졌다. 이튿날 당 중앙에는 특별 수사본부가 설치됐다. 그리하여 무릇 호풍과 관련이 있는 사람이면 다 그 심사 대상으로 돼 버렸다. 1000명 이상의 무고한 지식인들이 연루가 돼 가지고 장장 20여 년씩 감옥살이와 귀양살이를 해야 했던 '호풍 반혁명 사건'. 그 이른바 '반혁명 집단'은 이렇게 억지다짐으로 두들겨 만들어졌었다.

하지만 그들을 비인도적으로 잔학하게 박해를 한 '프롤레타리아 용사'들은 지금 단 하나도 처벌을 받은 게 없다. 그리고 철창 속에서 억울함을 못 이겨 미쳐 죽은 옥사자들, 강제 노동에 시달리다 못해 지쳐 죽은 거적송장들. 그들은 모택동이 죽은 뒤 자신들의 명예가 회복이 된 것도 영영 모르고 있다.

모택동은 필경 흐루시초프가 아니었다. 흐루시초프였더라면 호풍은 25년간의 재액을 겪을 대신에, 사람의 얼굴을 한 지도자—리더십 있는 지도자의 인간미 넘치는 말을 들었을 것이다.

"자네 아주 재미있는 사람이로구먼. 내가 좋아하는 게 바로 자네 같은 사람이야."

'리더십'이란 '지도자로서의 능력, 역량, 통솔력'.

지식인들을 생판으로 때려잡는 전통이 이 나라에는 진시황(기원전 259~기원전 210)의 분서갱유 때부터 면면히 이어져 내려오고 있다.

명나라의 저명한 학자, 산문가 방효유. 그도 군사 정변으로 정권을 탈취한(황위를 찬탈한) 연왕(燕王, 즉 영락제)을 '역적'이라고 단죄를 했다가 화를 입었다. 진시황에게 생매장을 당한 지식인은 460여 명이었으나 '방효유 사건'으로 참살당한 인수(人數)는 거의 그 갑절인 870여 명이었다.

억울한 죽임을 당하는 사람의 수도 아마 인구와 정비례를 하는 모양이다. 그러게 근현대로 내려올수록 그 숫자가 자꾸 늘어나지. '문화대혁명' 때는 아예 피크에 달해―10억이란 인구에 걸맞게시리―수천수만의 생사람이 목숨들을 빼앗기지 않았던가.

옛날 활동사진관식 수필을 한번 써 보려고 시도를 하기는 했으나, 워낙 역부족인 데다가 난생처음 해 보는 일이라서 어설프기가 짝이 없다. '어설픈 약국이 사람 죽인다'는 소리나 듣지 않겠는지 모르겠다.

새천년 2월

밀렁주의라는 유령

'밀렁주의'란 공개하기를 꺼리는 주의다. 존재는 하되 잘 드러나 주지는 않는 주의―은밀한 주의다. 지렁이나 두더지 모양 볕을 싫어하는 주의다.

이 주의에 한번 걸려들기만 하면 어느 귀신이 잡아가는지도 모르게 녹아나게 마련이다. 그러니까 죽으면서도 제가 왜 죽는지를 모른다는 얘기인 것이다.

노벨 문학상 후보작

거님길(산책길)에서 오다가다 만나는 교사(초, 고중)분들이 가끔가다 못마땅스레 물어보는 말들이 있다.

"우리 어문 교과서들에 왜 선생님의 글이 단 한 편도 실린 게 없습니까? 그 까닭을 도무지 모르겠습니다."

"이거 혹시 무슨 문제가 있는 것 아닙니까, 어느 녀석이 뒷고방에서 농간질을 한다거나."

그럴 때마다 나는 능청스레 허허 웃으며 어물쩍해 버리곤 한다.

"괜한 소리들 말아요. 교과서에다 싣는 건 적어도 노벨 문학상 후보 작쯤은 돼야거든. 아 당초에 수준 미달인 거야 어떻게 실어. 이제 그만 딴 얘기들이나 해요."

예서부터 서술이 좀 엉뚱한 데로 비꾸러지는 것 같긴 하지만, 실은 뭐 꼭 그렇지도 않다. 그대로 한번 비꾸러져 보기로 하자.

소련의 독재자였던 스탈린, 그 스탈린의 처남과 처삼촌도 다 노볼셰비키들이었다. 그들은 차르(황제) 때부터 스탈린의 친밀한 전우들이기도 했다. 그런데 훗날 생사람잡이에 피눈이 된 스탈린은 그들에게도 '제국주의 간첩'이라는 어마한 죄명을 들씌워 가지고 둘 다 총살을 해치웠다. 하건만 그들(처남과 처삼촌)은 죽는 마당에서까지도 자신들을 죽이는 장본인이 바로 스탈린이란 걸 모르고들 있었다.

"이건 분명 제국주의가 작간을 놀고 있는 거야. 스탈린과 우리 사이에 이간을 붙이고 있는 거야."

그들도 위에서 말한 밀령주의라는 그 마물(魔物)에 걸려들어, 어느 귀신이 잡아가는지도 모르게 녹아나고들 있었던 것이다.

우리 자치주의 당서기 겸 주장이었던 J씨. 그 J씨도 역시 그러했다. '문화혁명' 때 아무 지은 죄도 없이 죽도록 얻어터지다가 나중에 유배지에서 마지막 숨을 거둘 때, 그가 유언처럼 남긴 말—한 맺힌 말이 있다.

"난 모 주석을 반대한 적이 없다."

그도 역시 어느 귀신이 잡아가는지도 모르게 녹아나고 있었던 것이다.

당장 목숨이 왔다 갔다 할 정도까지는 아니더라도 이 '밀령의 마물'들은, 지금도 역시 사사건건 자질구레한 일들에까지 끼어들어 사람들을 못살게 굴곤 한다.

예컨대, 늘 배달이 잘 돼 오던 외국 간행물들이 어느 날 갑자기 배달이 되지를 않을 때, 또는 배달이 되기는 되더라도 별스레 끊어졌다 이어졌다…… 실낱 같아졌을 때, '어느 귀신이 작간을 놀고 있는지' 우리 일반 백성들이야 알 턱이 없잖은가.

간혹 어리석은 백성들이 외국 신문사, 출판사들을 무성의하다고 지레짐작, 분연히 전화를 걸거나 이메일을 보내 보면 돌아오는 대답은 으레 "여기서는 어김없이 꼭꼭 보내 드리고 있습니다. 그쪽 어디에 고장이 난 것 아닙니까. 한번 좀 알아보시죠."

곧바로 이쪽 우체국에 달려가 따질라치면 그들은 또 그들대로 펄쩍 뛴다.

"우리는 받은 것만큼 꼭꼭 다 배달을 해 드리고 있습니다. 언감생심 중간에서 잘라먹다니요!"

서술이 예서 또 좀 비꾸러질사 한다.

전에 우리 고향 원산에 정미소 하나가 있었는데 영업이 꽤나 잘됐었다. 하긴 하나밖에 없으니까 잘될밖에 없었다. 가근방에서는 독점 경영이었으니까.

한데 이놈의 정미소에다 겉곡을 갖다 맡기면 정미가 돼 나오는 쌀이 언제나 기준치보다 턱없이 더 축이 나게 마련이었다. 이에 대해 항의를 할라치면 정미소 측의 설명은 으레 "정미기 밑에 조그만 구멍 하나가 나 있거든요. 그리로 조금씩 새 나가서 그렇다니까요."

그 능청 떠는 꼬락서니가 보기 싫어 딴 정미소로 가자니, 리어카라는 운반 수단 하나도 아직 없던 세월이라, 다들 울며 겨자 먹기로 그놈의 정미소에 뜯기워야 했다. 그러니까 백주대낮에 눈뜨고 도둑들을 맞는 셈이었다.

"아 그놈의 구멍이 그래 지구 뒷등까지 맞뚫리기라도 했단 말인가. 왜 생전 메워지지는 않고 계속 새 나가기만 한다는 거야!"

아무리 볼멘소리들을 해도 축은 축대로 계속 나게 마련이었다. 아마 우리의 외국 간행물들도 연변 자치주에서 캘리포니아주까지 맞뚫린 무슨 그런 구멍으로 계속 새 나가고 있나 보다. 70여 년 전 독점 경영을 하던 그 도둑놈의 원산 정미소 모양.

황하의 흐름이 중류에서 일단 지하로 스며들었다가 하류에서 다시 솟아나와 흐르듯이 이 서술의 흐름도 이 어름에서 일단 스며들어 가기로 한다.

목숨을 구해 준 계급의 적

룡서금(龍書金) 장군은 강서 소비에트 구역에서부터 시작해 가지고 장정, 항일 전쟁, 해방 전쟁, 조선 전쟁까지를 다 겪어 낸 백전노장이다. 일본군의 총탄을 맞고 수술을 한 결과 왼팔이 오른팔보다 어지간히 짧아졌다. 그래서 다들 그를 '곰배팔 장군'이라 부른다. 팔순이 넘어 지금은 사시장철 수목 푸른 광주(廣州)에서 조용히 여생을 보내고 있다.

그의 활자화한 회고담—인지상정을 벗어난 회고담이 자못 놀랍다. 그 독후감이 마치 굳은고기라도 먹은 것처럼 꺼림직한 게 기분이 영

좋지가 않기 때문이다.

그 회고담을 간추려 적으면 대개 아래와 같다.

항일 전쟁이 한창이던 때, 일본군이 산동성 평원현(平原縣)에서 일대 소탕전을 벌였다. 나는 그 싸움에서 패해 경호원 하나를 겨우 데리고 도망질을 쳐야 했다. 다급한 김에 어느 한 지주네 집으로 뛰어들었더니, 전족을 한 주인마누라가 되똑되똑 마주 나와 우리를 뒤울안 움속에다 숨겨 주었다. 그리고는 풋나뭇단을 안아다가 굴 아구리를 덮은 뒤 마당비를 갖다가 우리의 발자국까지 싹 쓸어 지워 버렸다.

미구에 일본군의 수색대가 들이닥쳤다. 마주 나간 주인마누라가 '그런 사람 여기 오지 않았다'고 천연덕스레 잘라 말하니, 일본군은 그 말을 곧이듣고 곧 다시 다른 데로 풍우같이 몰려갔다. 일본군이 지주 마누라의 말을 곧이곧대로 믿은 까닭인즉 당시 일본군 점령지의 중국인 지주들은 당연스레 다 점령군 편에 섰었기 때문이다.

일본군이 가 버린 뒤 주인마누라는 아슬아슬하게 목숨을 건진 우리 두 항일 군인을 정중하게 집 안으로 청해 들였다. 그리고는 저녁상 한 상을 잘 차려 내다 대접을 했다.

"하지만 해방 후 나는 그 집을 찾아가 인사 한번 차리지 못했다. 공산당의 장군이 어떻게 계급의 적을 찾아가 인사를 차릴 수가 있단 말인가."

지난날의 그 작위적이고도 또 발광적이던 이른바 계급 투쟁. 그놈의 계급 투쟁이 정직하고 선량한 사람들의 도의심을 어느 정도로 일그러뜨렸는지, 우리 다 같이 한번 좀 곰곰이 되새겨 볼 필요가 있잖을까.

예지로운 인성이 그 무슨 당성이라는 것에 짓이겨져 가지고 무참하게 찌그렁바가지가 돼 버리는 것을 우리는 더 이상 묵과할 수가 없다. 사실상 그 계급 투쟁의 광란은 아직도 끝나지가 않았다. 단지 지하로 스며들어 눈에 잘 띄지만 않을 뿐, 그 식이 장식으로 여전히 활갯짓을 치고 있다. 이러한 현실이 그래 슬프지도 안타깝지도 않단 말인가.

우리는 우리 민족 공동체가 살아남기 위해서 이를 단호히 거부해야 하겠다.

리화여자대학교

1989년 가을, 43년 만에 서울 나들이를 했다가, 리화여자대학교에 불려가 강연을 한 적이 있다. 당시《동아일보》의 김승욱(金承旭, 여) 기자가 취재한 기사가 다음다음 날(11월 16일 자) 해지(該紙)에 게재가 됐다. 그 기사는 이러하다.

연변 동포 원로 작가 김학철 씨 이대 강연
14일 오후 이화여대에서는《격정시대》,《해란강아 말하라》,《항전별곡》등을 쓴 중국 연변의 원로 작가 김학철 씨(73, 중국작가협회 연변분회 부주석)의 강연이 있었다. 이화여대 대학원 총학생회가 마련한 이날 강연의 주제는 '연변 작가 김학철 님의 작품 세계와 역사 인식'.

불편한 몸을 목발에 의지하고 예정보다 30여 분 늦게 도착한 김씨는 '문화혁명' 기간에 겪었던 일부터 이야기를 시작했다.

"'문화혁명' 때 나는 십 년간 감옥에 있었습니다. 지식인 탄압과 정치 지도자의 우상화를 비난한 장편소설《20세기의 신화》의 미발표 원고가 집 수색 때 발견돼 이른바 '반혁명 현행범'이 된 것이지요. 그 소설에서 나는 실제 정치인들의 이름을 거론했으므로 만약 그 작품을 발표했다면 사형을 받았을 겁니다. 어쨌든 77년 12월에 만기 출옥을 해 보니 나이는 이미 60이 넘은 데다 반혁명 전과자라 아무 일도 할 수가 없었습니다. 그래서 최고 법원에 상고를 제기, 80년 12월에 무죄 선고를 받았지요."

이후 그는 곧 일을 재개했다. 57년 우파로 몰려 비판받았을 때부터 따지면 무려 24년 만에 다시 붓을 든 셈. 그러나 그는 그 긴 고통의 시간 속에서 오히려 낙관주의를 배웠다고 했다.

"감옥에 있을 때 죄수복은 여죄수들이 만들었습니다. 그런데 새로 만들어져 온 죄수복의 주머니를 뒤져 보면 별의별 쪽지들이 다 나왔어요. 열렬한 연애편지부터 '아들아 잘 있느냐'는 식의 장난기 어린 것까지 정말 다양했습니다. 그때 저는 인간에게 웃음이 정말 중요하다는 것을 깨달았습니다. 그 고통스러운 상황에서도 사람들은 웃음을 만들어 내고 있었어요. 그래서 저는 작품을 쓸 때도 언제나 재미있게 쓰려고 노력합니다."

그러나 그는 자신의 작품에 대해서는 대단히 가혹한 평가를 내리고 있었다. 그는 자신의 작품 중 거의 대부분을 '사람들이 읽지 않았으면 좋겠다'는 말로 형편없이 깎아내렸다.

"나는 원래 일본제국주의와 싸운 군인입니다. 문학에 대해선 전혀 아는 게 없었지요. 총상으로 다리를 잃은 후 '군인으로선 생명이 끝났으니 문학을 한번 해 볼까' 하고 문학을 시작했지만 그냥 흉내만 냈을 뿐입니다. 만주에서 싸웠던 독립군의 이야기를 담은《격정시대》만 해도 문학적 가치보다 역사적 가치가 더 뛰어난 형편입니다.”

그가 문학과 처음 접한 것은 중국공산당의 팔로군과 함께 항일 전투를 하던 시절이었다. 사상 교육을 위해 연극 공연을 하라는 명령이 내려왔는데 그가 그 극본을 맡게 되었던 것. 그리고 또 한번은 전사한 일본군(사실은 조선인)의 주머니에서 한글로 된 단편소설집을 발견, 김동인의 ‘발가락이 닮았다’를 재미있게 읽은 적도 있다고 말했다.

“사실 그 작품을 읽을 때는 누가 쓴 작품인지 몰랐습니다. 해방 후 서울에 와서 리태준, 지하련 등 새로 사귄 친구들에게 ‘발가락이 닮았다’가 누구 작품이냐고 물으면서 ‘무슨 그런 소설이 다 있느냐’고 하니 모두들 박장대소를 하더군요. 내 문학적 지식이라는 것이 그 지경이었습니다.”

그러나 자신의 이 같은 평가에도 불구하고 그의 작품《격정시대》는 ‘낙관주의와 건강성이 넘치는 사회주의적 사실주의 소설의 모범’으로 꼽히고 있다.

김씨는 1916년 함남 원산에서 출생, 서울에서 보성중학을 다니다가 독립운동을 하기 위해 상해로 망명했다. 처음에는 김원봉이 이끌던 조선민족혁명당에서 테러 활동에 참가했다가 곧 조선의용군에 입대, 무장투쟁을 벌였다.

“당시 우리들은 일본제국주의가 반드시 망한다는 것을 한시도 의심하지 않았습니다. 일본이 물러간 후 가죽 장화를 신고 포차를 끌고 서울역—남대문—광화문을 행진하는 것이 그때의 내 꿈이었지요. 부상을 입고 일본 감옥으로 끌려간 뒤 썩어 가는 다리를 잘라 치료해 달라고 계속 요구했던 것도 어떻게든 살아남아 일제가 물러가는 것을 보기 위해서였습니다.”

약 두 시간에 걸친 강연이 끝난 뒤 자리에 모였던 50여 명의 학생들은 주로 김씨의 독립군 활동에 대해 많은 질문을 던졌다. 그런데 그중한 학생이 일어나 월북 작가 송영에 대해 알고 싶다며 그에 대해 이야기해 달라고 했다.

"해방 직후 내가 서울에 있을 때 내 작품을 놓고 토론하는 자리에서 송영 씨를 본 적이 있습니다. 그때 송씨는 어떤 평론가와 계속 논쟁을 벌여 나는 '두 사람이 사이가 안 좋은가 보다'라고 생각했습니다."

학생들은 그의 다음 말을 기대하며 숨을 죽였다.

"내가 송영 씨에 대해 아는 것은 그게 전부입니다."

장난스런 미소와 함께 갑작스레 튀어나온 김씨의 말에 학생들은 폭소를 터뜨렸다.

〈김승욱 기자〉

〈동아일보〉 1989년 11월 16일 목요일 8면

그로부터 십 년하고 또 넉 달이 지나 가지고 나는 리화여자대학으로부터 한 통의 편지를 받았다.

김학철 선생님께

봄 햇살이 따사롭습니다. 선생님께서는 안녕하신지요?

이번 저희 이화여대 국어국문학과의 새로운《국어와 작문》교과서에 선생님의 글 '나의 길'을 인용하게 해 주신 것에 대하여 진심으로 감사드립니다.

선생님의 글로 저희 학교 학생들이 많은 도움을 받을 수 있게 된 것에 대해 영광스럽게 생각하오며 선생님의 글에 누가 되지 않도록 노력하겠습니다.

선생님께 거듭 감사 말씀 올립니다.

안녕히 계십시오.

이화여대 국어국문학과

교양 국어 편찬위원회 올림

그《국어와 작문》교과서에 인용이 됐다는 졸문인즉 1990년 12월 23일 자 〈동아일보〉에 이미 게재가 됐던 것으로, 후에《한국의 대표적 지성 60인의 자전 에세이집》(동아일보 출판부)에 수록이 되기도 했었다.

다음은 그 글의 전문이다.

나의 길

1916년에 아름다운 항구 도시 원산에서 나는 누룩 제조업자의 아들로 태어났다. 7세 때 아버지를 여의고 홀어머니 슬하에서 자랐다. 공부를 잘하지 못해 언제나 통신부에는 새 을(乙) 자들이 판을 쳤다.

"또 오리(乙)투성이구나. 넉가래(甲)는 하나두 없구."

어머니가 체념적으로 탄식하시는 것을 들을 적마다 나는 몹시 열없었다. "다음 학기엔 잘할 테니까, 엄마 염려 마" 그래도 이런 소리는 한 번도 안 했다. '넉가래'는 애당초에 나하고 궁합이 맞지 않는다는 것을 자신이 잘 알고 있었기 때문이다. 그 대신에 어머니가 "네가 술을 마시거나 담배를 피우면 홀어미 자식 소리를 듣는다. 알겠냐?" 하신 말씀만은 명심해 철저히 지켰다. 70년 동안을 청교도처럼 술 담배와 담을 쌓고 살아왔으니까 말이다.

리상화 시에 두 주먹 불끈

우리 큰아버지는 대서업자였으므로 '대일본제국'의 '육법전서'를 성전으로 받들어 모셨다. 그래서 나를 불러다 앉혀 놓고 누누이 타이르는 것이었다.

"공산낭이란 불한당패니까 아예 가까이할 생각을 말아라."

후에 내가 총을 맞고 일본 감옥으로 끌려갔을 때 바로 그 큰아버지가 우리 어머니를 보고 "제놈이 총 한 자루 들구 숫제 제국 군대와 맞서 보겠다구? 그놈이 아주 돌지 않았다면야 언감생심 그 따위 짓을 할 리가 있나. 허참!" 하는 바람에 우리 어머니는 자기 아들이 천지간에 용납 못 될 대역죄를 지은 줄 알고 가슴이 덜컹 내려앉았다는 것이다.

그 큰아버지가 나를 훈계하고 있던 바로 그 무렵에 우리 외삼촌의 처남인 안몽룡(安夢龍)은 ML파였으므로 '치안유지법 위반'에 걸려 서대문형무소에서 징역을 살고 있었다. (해방 후 그는 원산시의 초대 시장이 됐다.)

이런 무슨 갈래판인지를 도무지 알 수 없는 환경 속에서 자라던 나는 서울 보성고 재학 중에 리상화의 시에 접하게 된다.

지금은 남의 땅
빼앗긴 들에도 봄은 오는가

이 부르짖음에 열광한 나머지 나는 그 빼앗긴 땅에서 살아야 하는 게 새삼스레 절통했다. 그런 데다가 또 입센의 《민중의 적》에서 주인공이 '이 세상에서 가장 강한 것은 혼자 따로 서는 사람'이라고 갈파하는 것을 보고는 그만 환심장(換心腸)을 할 지경에 이르렀다.

문학지 〈조선문단〉이 복간됐을 때 나는 볼런티어(자원봉사자)로 뛰어

들어 심부름꾼이 됐다. 심부름을 다니면서도 은근히 딴마음이 있어서 제 주제도 돌보잖고 명색 소설 한 편을 써서 편집부에 디밀었더니 편집장 리학인(보성고와 일본대 졸)이 읽어 보고 "이봐 총각, 이두 안 나서 뼈다귀 추림부터 하겠나?" 하는 바람에 나는 도리어 웃음이 나왔다. 등 뒤에서 몰래 어른의 흉내를 내다가 들킨 아이 모양 쑥스러웠다.

김원봉 밑에서 반일 테러
―빼앗긴 땅을 붓으로 되찾지 못한다면 총으로 찾자!

그리하여 나는 상해로 건너가 조선민족혁명당에 입당, 김원봉의 부하가 돼 반일 테러활동에 나서게 된다.

그런데 여기서 또 나는 헝가리 애국 시인 페퇴피의 시에 접하게 된다.

사랑이여
그대를 위해서라면
내 목숨마저 바치리
하지만 사랑이여
자유를 위해서라면
내 그대마저 바치리

외아들인 나는 홀어머니도 돌보잖고 외국으로 달아나 모험적인 활동을 하고 있었다. 무엇 때문에? 목숨보다 더 중한 사랑, 그 사랑보다 더 중한 자유, 그 자유 때문에!

그 후 나는 중국육군군관학교(교장 장개석)를 거쳐 조선의용대(조선의용군의 전신)에 입대했다. 그러니까 정식으로 장총을 멘 조선독립군이 된 것이다. 1938년 10월, 일본군에 함락되기 직전의 무한, 당시 세계 반파쇼 진영에서 동방의 마드리드라고 부르던 무한에서의 일이다.

그때부터 긴장한 전투의 나날을 보내던 중에 우습기도 하고 또 한심스럽기도 한 일 하나가 생겼다. 전투 중에 우리가 사살한 적병의 배낭 속에서 우리글로 된 '수진판' 책 한 권을 뒤져냈는데 거기에 '발가락이 닮았다'는 단편 하나가 수록돼 있었던 것이다. 책뚜껑들이 다 떨어져 나갔던 까닭에 누구의 작품인지는 몰랐지만 아무튼 우리 문인들의 작품임에는 틀림이 없었다. 그 후 여러 해가 지나 해방된 서울에서 나는 리태준, 김남천 등을 통해 비로소 그 작자가 누구인지를 알게 됐다. 그리고 그때 사살한 적병이 우리 동포라 추측하니 왠지 마음이 아팠다. 학도병 같은, 무슨 그런 사람이었으리라.

1941년 12월, 태항산 항일 근거지에서 나는 홍사익 휘하의 일본군과 접전을 하다가 중상을 입고 포로가 돼 일본으로 끌려가 나가사키 감옥에서 그물 뜨는 작업을 하다가 같은 복역수인 송지영과 사귀게 되었다.(송은 해방 후 한국문예진흥원장 등을 역임했다.)

김사량 리태준과 친교도

나를 '비국민'이라고 극도로 미워하는 감옥 의사가 총상 입은 다리를 치료해 주지 않아 나는 3년 동안 내내 고름을 흘리며 견뎌야 했다. 그러다가 45년 초에 그 못된 놈의 의무 과장이 전근이 되는 바람에 겨우 소망의 다리 절단 수술을 받게 되니 나는 곧 살 것 같았다. 앓던 이가 빠진 것같이 거뜬했다. 그러나 마음 여린 송지영은 도리어 나를 얼싸안고 울음을 터뜨리는 것이었다.

"이봐요 송 형, 내가 우산 귀신이 됐으니 이제부턴 비 맞을 걱정은 안

해두 돼."(우산귀신은 외다리로 통통 뛰어다닌단다.)

이런 농담을 하기는 하면서도 국민학교 교사로 있는 누이동생에게 사실을 그대로 알리기는 좀 난감했다. 그러나 결국은 알리잖을 수 없어서 편지를 쓰는데 짐짓 호기롭게 이렇게 썼다.

"사람의 정의는 '인력거를 끄는 동물'이 아니다. 다리 한 짝쯤 없이도 문제없다. 걱정 마라."

나는 혁명 군인으로서의 출로가 아주 막혀 버린 고비에서 문학의 길로 전환할 결심을 내렸다. 하룻강아지 범 무서운 줄 모르는 격이었다.

1945년 10월 9일 맥아더 사령부의 명령으로 일본 전국의 정치범들이 일제히 풀려날 때 송지영과 나도 출옥하여 시모노세키를 거쳐 서울로 돌아왔다.

서울서 1년 동안 단편소설 명색들을 부지런히 써서 발표하다가 정치 정세가 험악해지는 바람에 나는 조직의 결정으로 부득이 월북을 하지 않을 수 없게 됐다.

평양에서는 김사량과 친교를 맺었고 또 리태준과도 내왕이 잦았다. 그러다가 장편소설 하나 넉넉히 엮을 만한 복잡한 사정이 있어서 1950년 가을 북경으로 들어가 중앙문학연구소(소장 정령, 여류 작가)에서 연구원으로 본격적인 문학 공부를 하기 시작했다.

1952년 가을 연변에 조선족 자치주가 성립된 뒤에 나는 역시 아직은 밝히기 어려운 사정들이 있어서 연변에 와 정착했다. 그러나 창작 활동은 4년 정도 했을 뿐이다. 1957년 반우파 투쟁 때 나는 숙청을 당해 장장 23년 동안 붓을 꺾어야만 했다. 그간에 또 분노에 찬 정치소설 《20세기의 신화》(27만 자, 미발표)를 쓴 죄로 십 년 동안 감옥살이를 하는 '영광'까지 지녔다.

그런데 62세에 만기 출옥을 하고도 다시 3년 동안을 반혁명 전과자라는 극히 고귀한 신분으로 아내가 공장에 다니며 벌어다 주는 것을 얻어먹고 사는 신세가 될 줄이야. 그러다가 1980년 12월에 무죄 판결을 받고 명예를 회복하고 보니 내 나이 자그마치 65세가 되고 말았다.

나의 현세 신행 중인 라스트 헤비, 최후의 분발은 그때부터 시작된 것이다. 그리고《격정시대》가 서울에서 출간되는 것을 계기로 나의 활동 영역은 갑자기 넓어졌다.

문학의 정상에로의 등반이 얼마나 어려운 일인가를 이젠 잘 알았지만 그래도 죽을 때까지 이 길을 견지할 작정이다.

민족의 질을 돋워 올리는 데 이바지하지 않는 문학이란 상상하기가 어렵다. 그런 무의미한 문학에는 정력을 허비하지 않는다는 것이 나의 소신이자 신조다.

* 이 글은 연변에서 활약하고 있는 작가 김학철 씨가 직접 보내온 것이다. 김씨는 일찍이 항일 운동에 몸담았으며 오랫동안 영어의 몸이 됐다가 80년에 복권, 지금은 왕성한 작품 활동을 펴고 있다.

〈편집자〉

동아일보 1990년 12월 23일 일요일 8면(제21337호 「제3종 우편물 (가)급 인가」)

밀령주의라는 유령이 떠돌고 있다

마르크스와 엥겔스는 일찍이 그《공산당 선언》에서 '유령이, 공산주의라는 유령이, 유럽을 떠돌고 있다'는 극히 예술적인 언어를 가지고 전 세계 노동자들의 심금을 크게 울렸었다. 그로부터 한 세기 반 이상이 지나 가지고 나는 지금 '유령이, 밀령주의라는 유령이, 우리의 주변을 떠돌고 있다'는 그리 예술적이 못 되는 언어를 가지고 우리 독자들에게 호소를 하고 있다.

외국에서 대학교(그도 명문 대학)의 교재로 쓰이는 글들이 왜 우리 연변에서는 중학교 교과서에도 실리지를 못하는지? 해답부터 말하면 바로 그놈의 밀령주의라는 유령이 떠돌고 있기 때문이다.

그 광란의 '문화대혁명'이 일단 끝난 뒤 병목을 가로타고 앉았던 K, 이 K 장 자(長子) 나리께오서 당과 국가 그리고 민족의 운명을 염려하신 나머지 다음과 같은 내용의 건의서를 '염라청'에다 써 바치셨다.

극악한 반혁명 전과자 김학철, 그자의 글들을 만약 교과서에다 싣는다면 사회주의 미래의 역군으로 될 우리의 후대들(학생들)이 반동의 구렁텅이로 끌려들어 갈 위험이 존재함. 그러므로 그자의 글은 우리 교과서들에서 철저히 배제를 해야 하겠음.

이 충성 어린 건의가 어찌 쾌히 받아들여지지를 않았을 건가. 그러니 그 결과야 뭐 뻔하잖은가. 당연스레 K 장 자 나리는 그 충성스런 당성을 인정받아, 크낙한 부귀영화가 그 코앞에 오뉴월 소불알처럼 데룽거렸을 터이고.

반면, 일 년 열두 달 삼백예순다섯 날 밤낮없이 후대들을 반동의 구렁텅이로 몰아넣을 궁리만을 하고 있는 반혁명 전과자. 그자의 글들은 집도 절도 없는 뜬귀신이 돼 가지고 먼 외국의 하늘만을 정처 없이 떠돌고 있다. 당연하잖은가, '철저히 배제하라'는 밀령이 떨어진 이상,

예상했던 귀결이 아니겠는가. 더군다나 그 밀령들은 애시당초 시효란 게 없음에랴. 다 '죽을 때까지'로 돼 있음에랴. 심지어 '죽은 뒤에까지'로 돼 있음에랴.

이렇듯 밀령주의라는 유령들. 억지춘향이식 계급 투쟁의 산물인 밀령주의라는 유령들. 이러한 유령들이 떠돌고 있는 하늘 아래서 사람답게 한번 좀 제대로 살아 볼 생각을랑 아예들 마시라. '할 말을 하고 죽을지언정 입을 다물고 살고 싶지는 않다(寧鳴而死 不默而死)'는 게 내 현재의 심경이다.

선량한 벗들이여, 공감들을 하시겠는지…… 고군분투하고 있는 나로서는 하루속히 광범한 공감대가 형성돼 주기를 바라는 마음 간절하다.

새천년 5월

이른바 삼천 궁녀

한국 소설가 리문열(李文烈) 씨가 사재를 털어 산자수명(山紫水明)한 곳에다 지어 놓은 문학원. 문학 지망자라면 누구나 들어갈 수 있는 이 학원에서는 숙식과 강의, 도서실 이용 등 모든 게 다 무료다. 그러니까 한 사람당 일 년에 한국 돈 2천만 원(우리 돈으로 환산하면 14만 원) 정도의 서비스를 제공받게 되는 것이다.

푸대접도 이 정도면

이런 지상 낙원이 이 세상 어디에 또 있을 것인가. 하건만 그 지상 낙원에도 예상 못 한 골칫거리가 생겼다니 참으로 알다가도 모를 일 이다.

3년 과정으로 뽑는 이 지상 낙원적 문학원—'리문열 서원'에 지망 자가 첫 해에는 150여 명, 두 번째 해에는 100여 명 그리고 세 번째 해에는 갑자기 뚝 떨어져 겨우 18명뿐.

"해도 해도 너무한다는 느낌입니다."

"공짜로 먹고 공짜로 배우는데…… 왜들 이러는 거죠?"

당혹스러운 빛을 감추지 못하는 당국자들의 푸념이다.

우리의 문학이 푸대접을 받아도 이 정도로까지 받을 줄이야. 처량하다는 생각까지 들 지경이다. 반면, 바로 그러하기에 이렇듯 열악한 상황하에서도 일심불란(一心不亂) 외길만을 걷고 있는 우리 문학도들이 더더욱 대견해 보이기도 하는 것이다.

　―돈바람에 들뜬 자들이여, 갈 테면 가라.

우리는 이 진지를 계속 지켜낼 테다. 동해물이 마르고 백두산이 닳도록 지켜낼 테다.

아무리 떠나가도 지구는 여전히 돌고 있잖은가. 노벨 문학상도 해마다 꼭꼭 주어지고 있잖은가. 그러게 문학은 누가 무어래도 인류와 더불어 영원할 것이다.

거품 세계

백제가 망하자 삼천 궁녀가 낙화암에서 투신해 집단 자살을 했다는 전설. 이 전설을 나는 소학생 때부터 어른들에게 들어서 잘 알고 있는 터이다. 낙화암의 장렬한 비극을 한탄하는 노래도 한때 꽤들 불렀었다.

백제(기원전 18~기원 660)의 판도(영토)는 가장 넓었던 때도 조선 반도의 삼분의 일이 채 못 됐었다. 게다가 말년의 국세(國勢)가 5부(部) 37군(郡) 200성(城) 76만 호(戶)였다니까, 넉넉잡아 1호당 여섯 식구씩을 잡더라도 456만. 500만의 수에 퍽 못 미친다. 그렇다면 총인구가 500만도 못 되는 작은 나라에 궁녀가 어떻게 3천 명씩이나 있었을까. 도무지 믿어지지가 않아 고개가 절로 갸우뚱거려지는 대목이다.

이 의문을 풀기 위해 관련 서적들을 열심히 들뒤져 본 결과, 어이없는 숫자가 눈 속으로 뛰어들어왔다.

'직책별 정원 아홉 방(房) 도합 92명.'

실수(實數)인즉 단 100명에도 미달. 그러니까 이 92가 뻥튀기를 해 대번에 3,000으로 둔갑을 해 버렸단 얘기인 것이다. 세상에!

또 한 기록에 따르면 한말(대한제국 말기) 궁녀의 정수(定數)는 480명. 백제의 92명과는 비교도 안 되게 많았다. 하지만 이 역시 3,000명과는 거리가 멀어도 너무 멀다. 그러니까 '삼천 궁녀'도 '삼천 제자'니 '강상삼천안(江上三千雁)'이니 하는 것처럼 그저 굉장히 많다는 뜻으로 받아들이는 게 상식적일 것 같다.

우리 조선의용대가 1941년 5월, 태항산 항일 근거지로 들어갔을 때, 대회장에서 팽덕회 장군이 동지적으로 열렬한 환영사를 했었다.

"본인은 18집단군 70만 장병을 대표해……."

한데 근자에 와 《중국공산당 역사 대사전》을 읽어 보니, 당시 18집단군(팔로군, 신사군)의 총병력은 30만이 채 못 됐었다. 70만으로 자라난 것은 그 썩 뒤의 일.

강연회에서의 곤혹

지난달 서울 나들이를 했을 때, 유서 깊은 사회단체 흥사단의 초청으로 강연회를 가졌었다. 강연을 일단 마치고 질의응답을 하는 도중 '봉오동', '청산리' 문제가 불거져 나왔다.

질문자들은 봉오동과 청산리 전적지에 기념비들을 세울 준비를 하고 있는 중이었다. 중국 연변에 거주하는 아무개 씨의 적극적인 주선으로. 한데 문세는 그분들이 다음과 같은 이른바 '사실(史實)'을 곧이 곧대로들 믿고 있다는 점이었다.

> 봉오동 전투는 1920년 6월, 독립군의 근거지인 만주 봉오동을 포위한 일본군에 맞서 157명을 사살하고 300여 명을 부상시킨 독립 전사(戰史)의 기념비적 전투이며, 청산리 전투는 같은 해 10월 일본군 1개 여단을 사살, 일제의 잔악한 토벌 작전을 붕괴시킨 쾌거로 기록돼 있다. 〈조선일보〉 1998년 10월 14일 자

무릇 실전(實戰)을 겪어 본 항일 군인이라면 아무도 이 숫자를 온새미로 받아들이지는 않을 것이다. 왜냐면 그것은 불가능한 일이기 때문에. 과장이 돼도 터무니없이 과장이 돼 가지고 아예 '20세기의 신화'의 범주에 속하기 때문에.

'봉오동', '청산리' 후 17년―1937년 10월 18일, 중국 팔로군의 정예 부대 358여단이 안문관(雁門關)에서 벌였던 매복전. 이 성공적인 매복전의 전과(戰果)인즉 살상 300여 명, 차량 격파 20여 대.

이것이 유격전(게릴라전)으로 일본군에 맞섰던 팔로군, 신사군이 8년 항전 기간에 거둔 최대의 전과다. 그도 딱 한 번.

팔로군, 신사군은 중국공산당의 무장력이다. 그런데 당시 중국공산당이 장악하고 있던 지역의 총인구는 1억이 넘었다. 병공창(兵工廠)은

물론이요, 자신의 은행에서 화폐까지 발행하는 거대한 실체였다. 이렇듯 거대한 배경을 가진 군사 조직이 거둔 전과에 비해 봉오동—청산리의 전과라는 것은 너무도 엄청나다. 죄송하지만 이른바 '삼천 궁녀'가 절로 떠올려진다. 일본군 1개 여단을 사살했다면 줄잡아도 3,000명 이상의 병력을 섬멸했다는 얘기가 되니까 말이다.

'보로디노 대회전(大會戰)'은 1812년 9월 7일, 보로디노 마을에서 나폴레옹의 침략군과 쿠투조프 휘하의 러시아군이 맞붙었던 대격전. 프랑스군 사상자 5만 8천 명. 러시아군 사상자 4만 4천 명. 늦은 아침 때 시작한 싸움이 해질녘에 끝났으니까, 위도 높은 러시아의 짧은 가을 해를 감안하면 싸움은 한 여덟 시간 정도 지속됐을 것이다.

'워털루 대회전'은 1815년 6월 18일, 영국 장군 웰링턴과 프로이센 장군 불뤼허의 연합군이 벨기에의 한 소읍 워털루에서 나폴레옹의 군대를 결정적으로 격파시킨 대회전. 이로써 나폴레옹 1세의 백일천하는 종말을 고했는데, 이 세계사적인 대회전도 열 시간이 채 못 돼 가지고 결판이 나 버렸다.

'세키가하라(關原) 대회전'은 1600년 9월 15일, 일본의 동군(東軍, 즉 덕천군)과 서군(西軍, 즉 석전군)이 맞붙었던 생사존망의 판가리싸움. 이 싸움도 서군의 참패로 끝이 나 버릴 때까지는 여덟 시간이 채 안 걸렸다.

팔로군 358여단의 안문관 매복전도 역시 마찬가지. 오전 10시경에 시작된 전투가 한낮 때는 이미 끝장이 다 나 버렸었다.

그런데 소규모도 이만저만이 아닌 봉오동 전투가 자그마치 이틀씩이나 끌며 적군을 호되게 족쳐 댔다니 도무지 납득이 가 주지를 않는다. 고개를 크게 끄덕이며 "네 그렇습니까, 그러세요." 감복을 했으면 딱 좋겠는데도 말이다.

봉오동, 청산리 전투는 필경 '반토벌 작전'이지 진지전이 아니다. 참호를 파 놓고 대치하는 진지전이라면 수개월씩 걸리는 게 보통이다. 하지만 토벌군을 영격(迎擊)하는 게릴라전(날치싸움)은 일반적으로 수십 분 내지 수 시간이면 끝이 나 버리게 마련이다. 그게 상식이다.

밀머리를 되돌려 가지고, 봉오동과 청산리 적전지에 기념비를 세운다는 데는 나도 물론 두 손 들어 환영이다. 하지만 그 전과를 터무니없이 '과대 포장'을 하는 것은 그리 탐탁치가 못한 일이다. 이른바 '삼천 궁녀'식이 돼 버리면 곤란하단 말이다. 엄숙한 문제는 어디까지나 엄숙하게 처리를 하는 게 정도가 아닐까.

돈 주무르는 재미

우리 연변에 한국 관련 전적비 세우기에 열을 올리는 분들이 계시다는 것을 우리는 다들 잘 알고 있는 터이다. 그분들이 내세운 취지도 반대할 사람은 (친일파를 제외하고는) 아무도 없다. 그 명분이 당당하기 때문이다. 그런데, 그런데 말이다.

"왠지 그분들의 동기가 좀 불순한 것 같은 느낌이거든요."

지난해 서울 나들이와 이번 서울 나들이에서 거듭 듣고 온 이야기다.

"원래의 예산액을 글쎄 엄청 늘여서 다시 제출했잖고 뭡니까."

그 언외지의(言外之意)인즉,

"돈 주무르는 재미들을 보시려는 것 아닙니까."

재미없는 이야기는 이쯤 해 두는 게 피차에 다 좋을 것 같다.

그렇듯 한국 관련 전적비 건립에 열들을 올리는 반면, 그분들은 태항산에서 산화한 조선의용군 영령들에 대해서는 다들 '나 몰라라'—귀머거리 삼 년 벙어리 삼 년—거들떠보지들도 않으신다.

그래 지난 반세기 동안에 어느 누가 '태항산에다도 전적비 하나 세우자'고 한 사람이 있었던가. 있거든 어디 손 한번 들고 나서 보시라. 아무도 없잖은가.

어째서일까. 그 해답은 간단하고도 또 명료하다.

"해 봤자 돈 주무르는 재미도 못 볼 텐데 뭐."

우리의 조선의용군. 일본제국주의가 무조건 항복을 하는 날까지 이 중국 땅에서 유일하게 무장 투쟁을 견지한 항일 부대. '북'에서는 또 '북'대로 깨끗이 말살을 해 버렸다. 우리의 장한 조선 애국자들의 조직체—조선의용군. 허무하게 사라져 버린 하나의 실체.

그래 우리는 이 침략군과 장장 8년 동안을 장렬하게 싸웠던 실체. 그 실체가 망각의 흐름모래 속에 속절없이 묻혀 버리게시리 그냥 내버려둬야 한단 말인가.

아니다. 그럴 수는 없다.

여기 한 장의 사진이 있다. 지금으로부터 62년 전, 그러니까 1938년 10월, '대무한 보위전(大武漢保衛戰)'이 막판에 접어들었을 무렵, 전화(戰火) 속의 한구(漢口)에서 창건된 조선의용대(조선의용군의 전신). 그 발대식에서 찍은 기념사진. 그 사진을 공개하는 것으로 나 이 노전사는 전적비의 건립을 대신하고자 한다. 그러나 안타깝게도 사진은 4분의 1 정도가 잘려 나간 까닭에 30여 명 대원의 모습은 영원히 되살릴 길이 없어졌다. 사진에 남아 있는 것은 80여 명뿐. 하지만 무릇 그날 발대식에 참렬(參列)했던 이들의 이름은 빠짐없이 다 적어서 밝혀 놓기로 한다.

나중에 입대한 이들, 예컨대 주덕해(朱德海), 최채(崔采) 등은 적지 않는다. 인수가 너무 많아서 힘에 부쳐 도저히 다 적을 수가 없기 때문이다. 그러니까 '창립 대원' 즉 '초창기 성원'만을 적는단 얘기인 것이다.

그리고 한마디 덧붙일 것은 그 약 120명 창립 대원 중에서 현재 생존이 확인된 것은 모두 6명뿐. 북경의 문정일과 로민, 심양의 조소경. 그리고 연변의 김학철. 서울에 살아 있는 이들로는 황민과 권채옥(여). 이상으로써 다들 팔순의 고개를 넘은 지도 한참씩 잘되는 상태다.

001 김원봉(金元鳳) 호 약산(若山)

002 김두봉(金枓奉) 호 백연(白淵)

003 석정(石正) 본명 윤세주(尹世冑)

004 최창익(崔昌益) 일명 리건우(李建宇)

005 한빈(韓斌) 본명 한미하일, 가명 왕지연(王志延)

006 김성숙(金星淑)

007 박효삼(朴孝三)

008 리익성(李益星) 일명 리의흥(李義興)

009 왕통(王通) 일명 김탁(金鐸)

010 김학무(金學武) 일명 김준길(金俊吉)

이상 지도부 성원

011 강진세(姜振世) 본명 홍순관(洪淳官)

012 고봉기(高峰起)

013 공명우(孔明宇)

014 권채옥(權彩玉)(여)

015 김경운(金景雲)

016 김동학(金東學)

017 김무(金武)

018 김세광(金世光) 일명 김세일(金世日)

019 김인철(金仁哲) 본명 구재수(具在洙)

020 김정희(金鼎熙)

021 김창규(金昌奎) 가명 왕극강(王克强)

022 김창만(金昌滿)

023 김철원(金鐵遠) 가명 김두성(金斗聲)

024 김하철(金河哲)

025 김학철(金學鐵) 일명 홍성걸(洪性杰)

026 김위(金煒) 일명 김유홍(金幼鴻)(여)

027 김화(金化)

028 김휘(金輝)

029 김흠(金鑫)

030 라중민(羅仲敏) 일명 리명(李明)

031 로민(魯民) 본명 장해운(張海雲)

032 로철룡(盧哲龍) 가명 최성장(崔成章)

033 료천탁(廖天鐸) 일명 박성률(朴成律)

034 리강(李疆) 일명 리종건(李鍾乾)

035 리달(李達)

036 리대성(李大成)

037 리동호(李東浩)

038 리시영(李始榮)

039 류만화(劉晩華) 본명 최진오

040 류문화(柳文華) 본명 정원형(鄭元衡)

041 리만영(李萬永)

042 리명선(李明善) 본명 최약한(崔約翰)

043 리상조(李相朝) 일명 호일화(胡一華)

044 리성호(李成鎬)

045 리소민(李蘇民) 일명 리경산(李景山)

046 리유민(李維民) 일명 최영래(崔塋來)

047 리정호(李貞浩)

048 리지강(李志剛)

049 리집중(李集中) 일명 리종희(李鍾熙)

050 리철중(李鐵重) 일명 정의부(程毅夫)

051 리춘암(李春岩) 일명 반해량(潘海亮)

052 마덕산(馬德山) 본명 리원대(李元大)

053 마일신(馬一新)

054 마춘식(馬春植) 일명 리홍림(李鴻林)

055 문명철(文明哲) 일명 김일곤(金逸坤)

056 문정일(文正一) 본명 리운룡(李雲龍)

057 문정진(文靖珍)

058 리해명(李海鳴)

059 리홍빈(李鴻斌) 본명 전영길(全英吉), 일명 전영(田榮)

060 림상수(林相秀)

061 림평(林平)

062 서각(徐覺)

063 서상석(徐相錫)

064 박무(朴茂) 본명 박영호(朴英鎬)

065 백정(白正)

066 석성재(石成才) 일명 장지민(張志民)

067 신악(申岳)

068 심성운(沈星雲) 본명 심상휘(沈相徽)

069 안창손(安昶孫)

070 양민산(楊民山) 일명 김민산(金民山)

071 양대봉(楊大峰) 일명 곽진(郭震)

072 여성삼(余省三) 일명 송은산(宋銀山)

073 여해암(余海岩)

074 엽홍덕(葉鴻德)

075 오민성(吳民星)

076 왕수의(王守義)

077 왕자인(王子仁)

078 왕현순(王現淳) 일명 리지열(李志烈)

079 윤공흠(尹公欽) 일명 리철(李哲)

080 윤치평(尹治平) 본명 윤서동(尹瑞童)

081 장문해(張文海) 본명 리효상(李孝相)

082 장봉상(張鳳翔)

083 장원복(蔣元福) 일명 한청(韓青)

084 장의(張毅) 본명 권태휴(權泰烋)

085 장중광(張重光) 본명 강병학(康炳學), 일명 환산학길(丸山鶴吉)

086 장중진(張重鎭)

087 장지복(張之福)

088 장진광(張振光)

089 장평산(張平山)

090 전용섭(全容燮) 일명 류신(柳新)

091 정여해(鄭如海)

092 정염(鄭炎)

093 정창파(鄭滄波)

094 조렬광(趙烈光) 일명 마철웅(馬鐵雄)

095 조소경(趙少卿) 본명 리성근(李聖根)

096 주동욱(朱東旭)

097 주세민(周世敏)

098 주연(朱然) 본명 배준일(裵俊逸)

099 주운룡(周雲龍), 일명 리극(李克)

100 주혁(朱革)

101 진국화(陳國華)

102 진경성(陳敬誠) 본명 신송식(申松植)

103 진동명(陳東明)

104 진락삼(陳樂三)

105 진원중(陳元仲)

106 진일평(陳一平)

107 진한중(陳漢中) 일명 김한중(金漢中)

108 최계원(崔啓源)

109 최철호(崔鐵鎬) 일명 한청도(韓清道)

110 풍중천(馮仲天) 일명 리동림(李東林)

111 하진동(河振東) 본명 하봉우(河奉禹)

112 한경(韓璟)

113 한득지(韓得志) 일명 리근산(李根山)

114 허금산(許金山) 일명 김연(金演)

115 호유백(胡維伯)

116 호철명(胡哲明)

117 한지성(韓志成)

118 황기봉(黃起鳳)

119 황민(黃民) 본명 김승곤(金勝坤)

120 황재연(黃載然) 가명 관건(關鍵)

누락자는 차차 장악해 추가 명단을 작성하겠다.

121 우자강(于自强)

122 최경수(崔慶洙)

(118) 황기봉과 (122) 최경수는 훗날 변절해 적에게 투항했음.

민족과 더불어 영생하리

러시아의 10월 혁명. 그 와중에서 돈(don)지방의 적위군(赤衛軍) 포드쵸르코프 부대가 백군(白軍)에게 섬멸당할 때, 군법회의(군사법원)가 내린 '판결문'. 그 전문이 《고요한 돈》 제5권 제28장에 실려 있다.

교수(絞首) 2명과 총살 78명, 도합 80명 중 성명이 밝혀진 것은 75명뿐. 나머지 5명은 무명씨로 처형을 당했다. 그 성명을 밝히지 않은 다섯 명 중의 한 명은 법관의 물음에 내뱉듯이 소래기를 꽥 질렀다.

"이놈들아, 이름을 알아 뭣 하려느냐? 어서 그냥 죽여라!"

그리고 나머지 네 명은 법관의 물음을 초연한 자세로 아예 무시해 버렸다.

숄로호프가 그 '판결문'과 명단을 장장 5페이지에 걸쳐 《고요한 돈》에다 재생시키지를 않았던들 우리는 그 장렬 처절한 혁명적 포에마(서사시)를 영영 모르고 말았을지도 모를 일이다.

서술이 다시 원줄기로 돌아온다.

금번 우리의 가장 권위 있는 간행물 〈장백산〉의 지면을 빌어, 장장 62년 만에 최초로 공개하는 이 사진, 그리고 명단. 그래 이보다 더 멋진 '불망비(不忘碑)'가 또 어디에 있을 건가.

조국의 독립을 위해 청춘들을 고스란히 바친 조선의용군, 피를 흘리고 또 목숨들을 바친 조선의용군, 우리의 자랑스런 아들딸 조선의용군.

세기와 더불어 영영 사라져 버린 조직체—조선의용군이여, 영원하라!

전술한 '리문열 서원'의 지망자처럼 졸문의 독자들도 지지난해에는 150여 명. 지난해에는 100여 명. 그리고 올해에는 단 27명. 이렇게 폭락을 할까 봐 슬그머니 겁이 나는 요즈음이다.

새천년 7월

맹견 주의

우리 외종숙모는 일본 여자다. 이름은 가미야 지요(神矢千代).

1950년 6월 말인지 7월 초에, 39세 한창나이에 아깝게도 물에 빠져 죽었다. 그 남편과 1남 2녀까지—한 가족이 몽땅 익사를 한 것이다.

사나운 중신애비

'맹견 주의'라는 패찰이 나붙어 있는 집 앞을 지날 때는 괜히 다들 좀 떨떠름해지게 마련이다.

나는 어렸을 적 유달리 겁이 많았던 탓으로(하긴 지금도 그렇지만) 그 무서운 개란 놈이 금세 사슬을 뿌리쳐 끊고 달려 나올 것만 같아서 괜스레 오금이 저려나곤 했었다. 한데 그것도 전혀 쓸데없는 헛걱정만은 아니었다. 왜냐면 우리 집안에 그런 변을 당하는 사람이 실제로 나타났으니까 말이다.

신문 배달로 어렵사리 고학을 하던 우리 외종숙. 그가 '맹견 주의'라는 패찰이 나붙어 있는 일본인 우편국장네 집 도사견에게 물려, 입원을 한다는 횡액을 입었던 것이다. 허벅다리를 물려 한 일주일 입원을 했을 뿐이지만. 그 일본인 국장이 정상적인 사고력의 소유자였던 모양으로, 치료비에다 약간의 보상금까지 군말 없이 치러 주었던 까닭에, 일은 가탈없이 마무리가 잘 되는 듯싶었다.

한데 뜻밖에도 일이 꾀까다롭게 뒤틀리기를 시작했다. 그 일본인 국장의 사랑하는 딸 지요 아가씨. 이 지요 아가씨가 고등 여학교를 졸업하고 시집을 갈 나이가 됐는데도 들어오는 혼담 일체를 한사코 거부를 했던 것이다. 까닭을 몰라 어른들이 속을 태우던 어느 날 문득, 딸의 배가 이상스레 불러 오른 게 그 어머니 눈에 띄었다.

불길한 예감이 든 어머니가 딸을 몰래 족쳐 댄즉 세상에, 이런 일이! 기겁초풍한 어머니가 싫다는 딸을 억지로 끌고 진동한동 산부인과에를 달려가 보니, 기가 막히지― '임신 몇 달째'란다. 이런 마른하늘에 생벼락이 또 어디 있을고.

저희 집 개에게 물린 학생이 안쓰러워서, 순정한 처녀의 동정심으로 부모 모르게 두어 번 문병을 갔던 게 고만……

"이 집안 망신을 어쩌면 좋단 말이……"

"조선 놈 사위? 이거 어디 되기나 할 소린가!"

우편국장이 복장을 두드리며 통탄을 했으나 결국 익은 밥을 도로 설릴 수는 없는 노릇이었다. 그러니까 그놈의 사나운 개―도사견이 말하자면 그 한 쌍 젊은 부부의 중신애비였던 셈이다.

지요 상(씨)은 성품이 워낙 어졌던 까닭에 시집온 뒤 일가문중의 따뜻한 사랑을 받았다. '왜녀'라고 얕잡아 이르는 사람은 하나도 없었다. 누가 가르쳐 주었는지 그녀는 나를 보고도 꼭꼭 '도련님'이라고 불렀다.

외종숙이 해방 후 고무신방(가게)을 차려 가지고 생활이 어느 정도 안정이 됐을 무렵, 청천벽력 같은 6.25전쟁이 터졌다.

'공산군'이 쳐내려온다는 소리에 겁을 잔뜩 집어먹은 데다가, 일본인 안해를 데리고 사니까 '친일파'로 몰릴 것 같아서 더더욱 떨렸던지, 외종숙은 마침내 가족을 다 끌고 남쪽으로 피난을 가기로 작정을 했다. 그러나 작정을 했을 때는 이미 후퇴하는 군대에 의해 한강 다리가 끊겨 버린 뒤였다. 할 수 없이 그는 피난민들로 복새판을 이룬 마포에서, 짐보따리와 사람이 뒤섞여 마구 들붐비는 배를 타고 한강을 건너기로 했다. 그러나 불행하게도 과재(過載, 지나치게 많이 실음)를 한 배가 강 한복판에서 휘뚝 뒤집히는 바람에 그들은 한배에 타고 있던 여느 피난민들과 함께 온 가족이 수장(水葬)을 당하고 말았다.

그 외종숙의 사촌 아우, 그러니까 우리 막내 외삼촌, 그 막내 외삼촌의 술회.

"아무리 무서운 공산군이라도 우리네 같은 이런 서민들까지야 뭐 어쩔라구. 형님, 그러지 말고 우리 두 집 식구 다 그대로 남아서 한번 견뎌 보십시다. 하늘이 무너져도 솟아날 구멍이 있겠지 설마하니……."

1989년 가을, 43년 만에 서울 나들이를 한 내게다 들려준 이야기다.

"글쎄 아무리 말려도 그 형님, 생전 어디 들어줘야 말이지. 그래 결국은 그렇게 되고만 거지. 참 나 원……."

우리 막내 외삼촌은 그 사촌형처럼 그렇게 덤비지 않고 서울에 지그시 그대로 남아 있은 덕에 지금도 편안히 잘 살고 있다. (나보다 한 살이 적으니까 올해 84세.) 예상했던 대로 '공산군'이 그들 같은 서민층은 하나도 건드리지를 않았던 것이다.

관포지교(管鮑之交)

"군불견 관포빈시교(君不見管鮑貧時交)"

두보의 '빈시교'의 구절이다.

춘추 시대 제(齊)나라의 정치가이자 장수들인 관중과 포숙아. 그들의 아름다운 우의를 칭송한 '빈시교'. 순수하고 진한 맛에 누구나 거나하게 취하는 '우정 찬가'라고나 할까.

관중과 포숙아가 빈천(가난하고 천함)할 때 동업으로 장사를 하는데 의당 절반씩 나누어야 할 노느몫을 관중이 엄청 더 차지했다. '옳지 못하다'는 뒷공론이 돌자 포숙아는 관중을 감싸 주기를 "그 친구 식솔이 워낙 많아 놔서 살림이 여간만 구차하지가 않거든."

훗날 둘이 다 장수가 돼 가지고 군대들을 거느리는데 관중이 언제나 '공격할 때는 맨 뒤에 서고 퇴각할 때는 맨 앞에 선다'고 뒷공론들이 무성하니까 포숙아는 관중을 감싸 주기를 "집에 노모가 계신데 어떻게 몸을 안 사려? 괜한 소리들 말아요."

다시 훗날, 임금이 포숙아에게 정승(총리대신)을 제수(임금이 직접 벼슬을 시킴)한즉 포숙아는 굳이 사양하며 "신과는 비교도 안 되게 특출한 인물―관중을 그 자리에 앉혀 주시옵소서." 극구 천거, 끝내 관중을 정승의 자리에 앉히고 말았다.

그러니 관중의 입에서 어찌 탄사(감탄하는 말)가 터져 나오지 않았으랴.

"나를 낳아 주신 건 부모님이고, 나를 알아주는 건 포숙아로다!"

포숙아의 가신들이, 막중한 정승의 자리를 양보한 게 매우 못마땅해 자꾸 불평들을 하니까 포숙아가 타이르기를,

"내 성질이 모질다는 걸 아직도 몰라서들 그러는가. 남의 잘못을 그냥 넘기지 못하는 내 이 깐깐한 성미를 다들 지내보고서도 그러는가. 내가 정승이 돼 보라, 어느 아랫사람이 견뎌 배길 건가. 그러게 일인지하 만인지상의 자리는 관중같이 통 큰(도량이 넓고 큰) 사람이 맡아야 해. 그래야 나라가 태평해지는 거라구."

포숙아의 이런 자지지명(自知之明)이 없었던들 관중은 그 위업(위대한 업적)을 이룩해 보지 못하고 말았을 것이다.

황희 황 정승

어려서부터 이 황희(黃喜) 황 정승의 이야기를 나는 귀에 젖게 들었다.

황희(1363~1452)는 조선조의 네 임금을 잇따라 섬기면서 24년 동안 정승을 지낸 명상. 그 성품이 워낙 관후 정대(寬厚正大)해 어질기로 유명했었다.

황희가 어느날 퇴궐(대궐에서 물러나옴)을 해 집으로 돌아오니 그 딸이 맞아들이며 방금 올케하고 말다툼한 사연을 이러저러하다고 고한 뒤 "아버지, 제 말이 맞습지요?" 하니까 황정승은 고개를 끄덕이며 "오냐, 네 말이 맞다."

며느리가 가만있지 않고 얼른 나서서 사본사 이러저러하다고 고한 뒤 "아버님, 제 말이 맞잖습니까?" 부인이 듣고 있다가 못마땅해 한마디 "대감, 옳고 그름을 분명히 가려서 말씀을 하시잖고 그저 두리뭉실

하게 둘 다 맞다시니…… 그게 어디 사리에 맞는 일이오니까."

"암, 부인의 말씀도 맞소이다."

이 얼마나 대범한 인물인가.

견준다는 것 자체가 외람스럽지만 내게는 황희 같은 '관후 정대'한 성품도 없거니와 포숙아 같은 '자지지명(자신을 아는 슬기)' 또한 없다.

그러니 십상 졸때기 노릇이나 하다가 때가 되면 소리 소문 없이 한 줌 흙으로 돌아가게 될 모양이다.

스탈린의 발광적인 숙청 바람 때, 특별 법정의 재판장을 맡았던 비신스키(1883~1954). 이 비신스키가 당의 저명한 활동가 지노비예프 (1883~1936)에게 있지도 않은 죄명을 들씌워 가지고 사형을 선고하면서 뇌까렸던 독설,

"너 같은 놈은 죽은 뒤에도 그 무덤에 풀 한 포기 못 나게 해 줄 테다!"

간접적으로 듣기만 해도 몸서리가 절로 치이는 저주다.

독재자 스탈린에게 잘 보이려고 인성을 아예 수성(獸性)으로 바꿔 버린 비신스키. 나의 증오의 대상이 아닐 수 없다.

한데 왠지 때로는 나 자신도 이마에 '맹견 주의'라는 패찰을 붙이고 다니지나 않나—의심이 들곤 한다. 나를 가까이하려는 사람들이 괜스레 떨떠름해 하지나 않나—의심이 들곤 하는 것이다.

혹 우리 외종숙의 그 '사나운 중신애비' 같은 인상을 주지나 않는지, 슬그머니 걱정스럽기까지 한 요즈음이다.

새천년 10월

미움을 받으며 크는 사람들

미국의 전 대통령 레이건. 그가 재임 시, 까다로운 질문을 자꾸 들이대며 밉살머리스레 구는 기자들, 짜증스레 한마디 입속말로 욕을 한 적이 있다.

"개새끼!"

한데 어찌 알았으리, 그 욕설이 감도 높은 녹음기에 고스란히 잡혔을 줄을. 나중에 기자들이 우 들고일어나 거세게 항의를 하는 바람에 이를 해명하느라 레이건은 진땀을 뺐었다.

앙숙은 사주팔자

"저기 뉴욕타임스의 똥구멍 같은 녀석이 또 오는구먼."

미국 공화당의 대통령 후보 부시. 그가 뉴욕타임스지의 애물단지 기자 하나가 다가오는 것을 보고 짜증스레 한마디를 내뱉었다. 바로 지난달의 일이다. 일수가 사나웠던지 그 욕지거리는 꺼진 줄 알았던 마이크를 통해 온 장내에 고스란히 울려 퍼졌다.

이를 계기로 미국 정가에선 정치인과 언론의 '긴장 관계'가 새삼 화제로 떠올랐다. 개와 고양이 사이인가, 아니면 원숭이와 개 사이인가.

남월남 정계의 실력자였던 고 딘 디엠. 그는 날카로운 질문 공세로 늘 자신을 괴롭히는 미국 기자 핼버스탐을 저주하기를 "저 녀석을 아예 인육 불고기를 해 먹어 치웠으면 좋겠다."

이처럼 기자(양심적 기자)들은 '권력'에 거치장스러운 존재이자 또 증오의 대상이기가 일쑤다. 어용기자는 정반대.

—민간인 보호 위해 체첸 공격 중단했다고, 소가 아니라 악어가 자다가 웃을 일.

사설에서 이런 투로 비아냥을 했다고, 모스크바의 한 유력한 일간지가 돌연 무시무시하게 복면을 한 무장 요원들에게 수색을 당했다. 괘씸하게 여긴 당국이 무슨 '탈세'라나 '공금 횡령'이라나…… 그럴싸한 구실로 한번 본때를 보여 준 것이었다. 까짓것, 죄명이야 뭐 아무거나 하나 적당히 만들어 덮씌우면 고만이잖은가.

하니까 그 참뜻인즉,

"그 아가리 함부로덤부로 놀리지 말고, 조신하게 좀 엎드려 있어!"

우리 이 지구촌에서는 해마다 의례건으로 세 자릿수의 기자들이 감금을 당하거나 행방불명이 돼 버린다. 아예 목숨을 빼앗기는 기자들도 지천하다. 다들 '권력'에 미움을 받고 '청소'를 당하는 것이다. 중국 대륙에서는 기자들이 미움받을 짓을 애당초에 하지를 않으니까 다들 평안 무사—수명장수하지마는.

모든 '권력'은, 특히 '전체주의적 권력'은 그 속성상 언제나, '자유를 희생시켜 안정을 얻을 수 있다'는 고질적인 환상에 사로잡혀 있게 마련이다. 그러게 '입단속'은 그들의 '통치학' 제1장 제1절인 것이다.

─왜 모가지가 제자리에 달려 있는 게 원쑤 같으냐? 쓸데없이 나불거리지 말고 그 아가리들 좀 닥치고 있어!

인류사가 이미 입증을 했듯이 '자유를 희생시켜 안정을 얻겠다'는 망상은 단 한 번도 이루어진 적이 없다. 히틀러도 그랬고 스탈린도 그랬다. 우리 동방의 대단하신 어른들─장개석 씨와 리승만 씨도 역시 그랬다.

하건만 '권력'들은, 특히 '전체주의적 권력'들은 장때기가 무디게 그 어리석음을 언제나 고스란히 답습(도습)을 하게 마련. 그리고는 똑같은 결말─멸망을 하게 마련. 아니 그런가.

하니까 '언론'이란 종래로 그러한 벽창호들의 미움을 받으며 이날 여적을 살아왔다는 얘기가 되는 것이다.

'전체주의'란 '민족이나 국가는 전체이고 개인은 부분이기 때문에 부분은 전체에 복종해야 한다면서, 인민의 모든 자유를 억압하려는 사상 또는 체제.

순종은 미덕인가

'순종'이란 '거스르지 않고 순순히 복종한다'는 뜻. 그리고 '미덕'이란 '아름다운 또는 갸륵한 덕행'.

어느 날 일평이가, 만삭이 된 안해의 일이 염려스러워 퇴근하는 벨이 울리자마자 부지런히 집에를 돌아와 보니, 산전 휴가로 집에 있는 안해가 시름없이 턱을 괴고 창가에 앉아 계절의 변천을 모르는 듯 자태가 초초한—내년 봄이면 또다시 아름답게 향기롭게 꽃이 피어날—울금향을 바라보고 있었다.

"어떻소 좀?"

성미 급한 남편이 들어서는 첫밭에 묻는 말을 안해는 풀기 없이 "이 화분…… 들고 나가 강물에다 던지세요. 물이 제일 깊은 데다 던지세요." 하고 딴전으로 대꾸했다.

"아니, 미쳤소 갑자기? 그 화분이 뭘 어쨌다구!"

"글쎄 내다 버리고 오세요. 까닭은 나중에 얘기할 테니."

일평이는 만삭이 다 된 안해의 비위를 거슬러서 뱃속의 아이에게 영향을 주지 않으려고, 머릿속에 서양 낫 같은 의문부를 건 채 시키는 대로 순종을 하였다.

일평이가 화분을 안고 강둑으로 나와 물이 어디가 제일 깊은가 살펴보고 있을 즈음에, 여자처럼 엉덩이가 퍼진 웬 젊은 사나이가 역시 자그마한 화분 하나를 안고 둑 위로 올라왔다. 그 사나이의 화분에는 한 그루의 예쁘장스러운 고무나무가 심겨져 있었다.

그 사나이는, 이 역시 화분을 안고 어정거리는 일평이와 눈길이 마주치자 목을 움츠러뜨리며 싱긋 웃고 곧 일평이에게로 다가오더니 그 얄팍한 입술을 나불나불하며 "동무두 그 화분…… 버리러 나오셨소?" 하고 친근스레 물었다.

일평이가 그렇다고 하니까 그 사나이는 "나두요. 우리 집사람이 첫아들을 낳은 지가 이제 꼭 열흘쨀데…… 제가 사랑하던 고무나무라구 아무 데나 버리지 말구 화분째루 강물에다 곱게 수장을 지내 달라구

해서…… 그래서 나온 길이지요." 하고, 누가 묻지도 않는 말을 수다스
레 늘어놓았다.

"아이를 낳는 거하구 화분하구 무슨 상관이 있다구 화분을 내다 버
리라는지…… 도무지 모를 일이야."

"아이를 낳는다구 화분을 내다 버려요? 누가요?"

"'누가요?' 아 방금 동무가 그렇게 말하잖았소? 첫아들을 낳아서 화
분을 버리러 나왔다구."

"내가 언제 그렇게 말합디까?"

"그래두 난 그렇게 들었는데요."

"이 양반 좀 보게."

"그럼 그 화분은 왜 버리러 나오셨소. 거기 무슨 귀신이라두 붙었는
가요?"

"지금 세상에 귀신이 어디 있어!"

"그럼 어째 버리시우?"

"동무는 어째 버리시우?"

"나요? 난 우리 집사람이 내다 버리래서 들구 나왔지요."

"그래 까닭도 모르고 맹탕 들구 나왔단 말이요? 별사람 다 보겠네!"

일평이가 계면쩍이 웃는 것을 보고 그 사나이는 제가 가장 잘 안다
는 듯이 자랑스레 설명을 해 들리는 것이었다.

"아까 낮에 가두집회에서 세 가지 혁명적 결의를 했다구요. 혼례식
에 관해서, 장사 지내는 데 관해서 그리구 이 화분에 관해서…… 얘
기 못 들으셨소?"

일평이는 못 들었다고 고개를 가로흔들었다.

"이제부터 혼례식은 다 모 주석의 초상 밑에서 아무것도 안 차려 놓

구 그냥 지내기루 했다구요. 함에다두 채단 같은 걸 넣잖구《모택동 선집》한 질만 넣어야구요. 그리구 장사를 지내는 데두 이제부턴 상복두 입잖구 전(奠)두 지내잖고 그냥들 지내야 한답디다. '뭐나 다 맨입으로 치러라' 그 뜻이겠지요. 그리구 이놈의 화분이란 건 본시 부르주아지의 노리개였다는구먼요. 우리 같은 백성이야 그런 걸 알 턱이 있었나요. 그래서 이번에 싹 다 없애 치우기로 했답니다. 인제 화분을 어째서들 내다 버리는지 알았지요? 우리 집엔 화분이라구 이거 하나뿐이니까 별일 없지만서두…… 우리 이웃집 노인같이 가지각색 화분을 죽 벌여 놓구 화초 가꾸기를 낙으루 삼던 이들은 아마 복통을 할게요. 그렇지만 복통 아니라 무슨 통을 한대두 별수 있나요, 없애 치우라면 없애 치워야지요."

일평이는 부르주아지의 노리개라는 울금향을 강물 깊숙한 곳에 수장을 지내 주고 들어오며 미친 사람같이 혼자 자꾸 웃었다.

머리가 온전한 사람이 웃지 않고 어쩔 것인가?

이상은 졸저《20세기의 신화》의 한 단락이다.

'권력'이 그 지경 멋대로 '판을 쳤던' 것은, '언론'들과 백성들이 순종을 미덕으로 알고 무작정 받들어 모시기만 했었기 때문이다. 그런 천하에 해괴망측한 '개지랄'이 대명천지에 버젓이 행해질 수가 있었던 것은, 바로 그 망할 놈의 '순종' 때문이었다.

"난 싫다!"

"당장 집어치워라!"

지성인들과 백성들이 이렇게 거세게 반발을 못 했었기 때문이다.

'판을 친다'란 '제 마음대로 쥐고 흔들거나 행동한다'는 뜻.

그러니까 우리가 사람답게 한번 좀 살아 보려면 그 육실할 놈의 '순종의 미덕'부터 아예 송두리째 뽑아 버려야겠다.

그러게 무릇 '백성의 대변자'로 자처하는 이는 누구나 다 '권력'에 항시 미움을 받으며 살아갈 각오들을 해야겠다. 그러니까 구체적으로는 모든 기자들과 작가들, 그리고 모든 학자들과 사회활동가들, 이들이 다 그러한 삶을 살아야 한다는 얘기인 것이다.

신전(神殿) 철거

졸문집(拙文集) 제5권의 '후기'가 바로 이러한 '철거 작업'의 일환(관련된 사물의 한 고리)이다.

후기

문학의 가장 중요한 동인은 '분노'일 터. 하건만 그러한 문학관은 아예 거세를 당해 버렸다. 그 대신으로 내리먹여진 것이 '찬씨 세 자매'―'찬양', '찬미', '찬송'. 이 경우의 '거세'란 '제 기능이나 역할을 다하지 못하게 알짜로 되는 주요한 부분을 빼앗거나 못 쓰게 만들거나 없애 버리는 것'.

그러니 지난날 우리 문학은 위대한 돌팔이 의사의 처방대로 '찬씨 세 자매'의 꽁무니만을 따라다녀야 했었다.

내가 어렸을 적, '배가 아프다'고 하면 우리 할머니는 으레 "내 손이 약손이, 내 손이 약손이……." 주문 외듯이 외면서 손바닥으로 내 배를 대고 문질러 주셨었다. 소아과, 내과 따위는 다 필요가 없었다. 그 '약손’ 하나면 만병통치. 약방도 병원도 다 무용지물. 의학 박사, 의과 대학 따위도 다 무용지물이었다.

　그 위대하신 돌팔이 의사분과 낫 놓고 기역 자도 모르는 우리 할머니.

　“두 분 사이에는 어쩐지 일맥상통하는 데가 있는걸.”

　내가 이렇게 미심쩍게 여기기 시작한 것은 그 썩 뒤의 일이다.

　그전에는 나도 그 위대하신 분의 처방을 ‘신의 계시’로 굳게 믿고 일심불란 붙좇기만 했었다. 그 결과는 창피스럽게도 서푼짜리 어용 나팔수 노릇, 오랜 세월 동안의 허망한 모대김. 그야말로 사교(邪敎)의 구렁텅이에서 허우적거리는 꼴이었다. 뒤늦게나마 깨닫고 분연히 ‘신의 계시’를 박차고 본연으로 되돌아와 분노함(憤怒喊)을 질렀을 때 나는 이미 철창 속에 갇힌 몸이었다.

　지금 우리 문단의 초미지급(焦眉之急)은, 그 위대하신 돌팔이 의사에 대한 미몽에서 깨어나, 그 엉터리 처방전을 갈기갈기 찢어 버리는 것이다.

　‘후기’라는 게 어떡하다 ‘못다 한 말’이 돼 버렸다. 그래도 미진한 말은 아직도 많이 남아 있다.

새천년 한여름 장마철

　황제를 말에서 끌어내리려면 능지처참을 무릅써야 한다. 사회의 진보란 종래로 희생이 없이는 이루어진 적이 없다. 그러니까 사회의 진보는 공짜배기로 얻어지는 게 아니란 말이다.

　‘능지처참’이란 ‘머리, 양팔, 양다리, 몸뚱이의 순으로 여섯 부분으로 찢어서 각지에 보내 여러 사람에게 구경을 시키는 야만적인 형벌'. 일부 나라들에서는 1894년까지도 꼬박꼬박 시행이 됐었다.

하긴 '문화대혁명'을 겪어 낸 우리로선 뭐 별로 놀랍지도 끔찍스럽지도 않긴 하지마는. '능지처참'에선 필경 찢겨진 시체를 그저 '구경'만 시켰을 뿐. 우리 '문화대혁명'처럼 인육 불고기를 해 아주 '먹어 치우기'까지는 안 했으니깐.

새천년 11월

'우표' 좀 더

"편안히 다녀오세요."

남편이 먼 나들이를 할 때, 그 안해의 인사말은 대개 이럴 터. 그러나 우리 집사람의 인사말은 전혀 다르다.

"김을 잊지 마세요."

따라서 우리 집에서 쓰이는 일상 용어도 유별하다.

"'우표' 좀 더……."

우표물이 초중(超重)했을 때나 쓰임직한 말이다. 하지만 집사람은 그 뜻을 잘 알고 있는 터이라, 마지못해 추가분 '우표'를 좀 갖다준다. 그 추가분의 분량인즉 너무도 극미해, 분칭(分秤, 약저울)으로도 헤아리기가 어려울 정도.

이 어름에서 약간의 설명이 필요할 것 같다. 이른바 '우표'란 식탁에 오른, 반찬으로써의 '김'. 내력인즉 그 '면적'이 보통우표와 비슷하기 때문. 하긴 비축량이 좀 넉넉할 때는 '기념우표' 정도로까지 제법 확대가 되기도 하지만 그것도 잠시, 불과 며칠이면 비축량의 감소와 정비례. 하강선을 타고 미끄러져 내려와, 도로 아미타불— '보통우표'로 돼 버리기 때문.

연목구어(緣木求魚)

지난봄, 서울서 떠나오기 이틀 전.

"남의 신세만 자꾸 지는 건 안 좋으니…… 이번엔 니가 좀 가 사 갖고 와라."

말을 이르니 아들이 '어디서 파는지를 잘 모르겠다'며 고개를 틀었다.

"아 '김' 같은 거야 뭐 수산물시장엘 가 보면 될 것 아니냐……. 해산물인데, 로량진 한번 가 봐."

아들이 한나절도 착실히 지나서야 김 한 보따리를 사들고 덜레덜레 돌아왔다.

"아 왜 그렇게 오래 걸렸냐?"

나무라는 구기로 말하니, 아들이 볼 부은 소리를 했다.

"괜히 로량진까지 헛걸음했잖고 뭡니까. 김은 수산물시장에선 안 판다는 거예요."

그래서 수소문 끝에 청계천로인가 어디 가 겨우 사 왔다는 것이다.

'내가 나이를 헛먹어도 이만저만이 아니구나.'

숫제 아들더러 수산물시장에 가 김을 사 오라다니!

'아아 슬프도다, 내 견식이 이 지경 넓으실 줄이야.'

그나저나 그놈의 '우표'에 대한 마누라의 전시(戰時) 공산주의적 통제는 어느 왕갑년에나 풀리려는지, 답답하기만 한 노릇이다.

글쓰기에 몰두를 하고 있을 즈음 건넌방에서 집사람이 우습강스레 푸닥거리하는 소리가 들려온다.

"에이구, 그 잘난 절름발이 사내하고 같이 살려니까…… 이놈의 상 다리마저 애를 먹이네. 왜 이렇게 건드렁거리는지, 아무튼 이 집엔 온전한 게라곤 하나도 없다니깐!"

귀에 익은 굿거리장단이다. 한쪽 귀로 흘려들으며 부지런히 볼펜만 달린다.

그놈의 굿거리장단이 좀 뜨음해지는 듯하더니, 이번엔 전화가 또 같잖게 따르릉거린다. '가지 많은 나무에 바람 잘 날 없다'더니만, 나는 바람 맞을 가지도 별로 없는데, 왜 이리 복잡스러운지 도무지 모를 일이다.

서울 K대학 L교수의 막걸리에 취한 것 같은 목소리다. 한바탕 질의 문답을 하다나니─오전 일은 다 글러져, 어느덧 파장머리가 돼 버렸다.

L교수가 물어온 것은 한빈(韓斌, 본명 한미하일)에 관한 것. 20~30년대 조선공산당의 엠엘(ML)파. 그 지도자의 한 사람이었던 한빈. 그 한빈의 궤적을 L교수는 추적하고 있었다. 그 바람에 나도 쓰고 있던 글의 흐름이 엉뚱한 데로 비꾸러져 버렸다.

졸저《항전별곡》에 대개 다음과 같은 내용의 한 단락이 있다.

히틀러가 돌연 배신적인 대소 전쟁을 발동하여 처음 단계의 전쟁 국세가 소련에 대단히 불리하게 되었을 때 멀리 태항산에서 싸우는 우리들도 몹시 속을 끓이었다. 하여 어느 날 밤 소조의 회의가 끝난 뒤에 한빈 동지에게 목전의 세계 형세를 분석해 줄 것을 요청하였다. 우리 몇

몇 젊은 축들은 책상 가에 둘러앉아 골똘해서 이 지구가 도대체 어느 길을 어떻게 걸어서 내일로 넘어가는가에 귀들을 기울였다. 책상 위의 밝은 등잔불(류신이가 출장을 가지 않은 증거)은 우리들의 엄숙한 얼굴을 조용히 비추고 있었다.

"지금 구라파는 초연과 먼지구름 속에 잠겨서 들리는 건 고함 소리와 폭발성뿐입니다."

한빈 동지는 등잔불을 잠시 지켜보고 나서 나지막한 목소리로 계속 말하는 것이었다.

"하지만 전 세계의 마르크스주의자들은 그 초연과 먼지구름이 가라앉은 뒤에 와륵 더미로 화해 버린 문명사회의 폐허 위에 여기저기 붉은 기들이 나붓기는 것을 내다봅니다. 다시 말해서 새 사회주의 나라들이 일떠설 것을 내다본다는 말입니다……."

나는 강진세를 건너다보았다. 그도 나를 마주 건너다보았다. 우리는 가장 간고한 시각에 승리한 내일의 웅위하고 장려한 세계를 눈앞에 보는 것만 같았다. 그것은 인적기 없이 괴괴한 태항산중의 한 마을의 한 집 안의 외로운 등잔불 밑에서의 일이었다.

그랬기에 나는 훗날 일본 감옥 독감방에 갇혀 있으면서도, 이 저주로운 전쟁이 끝나기만 하면 서방과 동방에 사회주의 나라들이 우후죽순처럼 솟아날 걸로 드팀없이 믿고 있었다.

과연 나의 우러르는 선배 한빈, 그의 예언은 멋지게 적중했다. 두 자릿수의 사회주의 정권들이 탄생을 하지 않았던가, 그도 거의 동시에.

그런데, 그런데 말이다. 그 '초연과 먼지구름이 가라앉은 뒤에 우뚝 우뚝 기세 좋게 일떠섰던 새 정권들', 그 정권들이 반세기도 채 못 돼 가지고 제각기 와장창 무너지면서, 눈 깜박할 사이에 도미노 골패처럼 잇달아 넘어갈 줄이야!

약한 고리가 먼저

이 어리석은 후배의 곤혹스러움을 영원히 알 길 없으신 대선배 한빈 동지, 동지께서도 몇 해만 더 사셨더라면 미상불 이런 곤혹스러움에 부닥치셨을 터, 그러니 차라리 모르고 가신 게 다행이 아니셨을지.

나의 곤혹스러움은 이 말고도 또 있다.

젊은 시절 나는 '자본주의의 약한 고리가 먼저 끊어진다'는, 레닌의 논단에 크게 감복을 했었다. 국가의 공업화가 형편없이 뒤진 러시아가 선두권 내의 미, 영, 독, 불 등을 제치고 맨 먼저 사회주의로 진입하는 테이프를 끊었으니까. 아니 그런가.

하지만 70년 후, 그 선두자 소련은 전 세계의 눈앞에서 어처구니없이 무너져 내려앉아 침몰을 해 버렸다. 그 충격으로 나는 온몸이 허탈감에 사로잡혀 한동안 헤어나지를 못했다.

이제 와서 아찔했던 정신을 수습해 가지고 곰곰이 되새겨 보면, 레닌의 그 '약한 고리가 먼저'라는 논단은 결국 자신의 철 이른(미성숙한) 정권 탈취 행위를 합리화시키려는 일종의 유론(謬論), 지어는 궤변이었다. 다시 말해 '한 성급한 혁명가의 선의의 유론—궤변'에 불과했다.

그리고 보니 나의 일생은 대부분 눈 먼 망아지 워낭 소리 듣고 따라다녔던 격. 술에 취하지 않았는데 이리 비씰 저리 비씰 갈지자걸음을 해 왔던 셈. 깨달음이 너무도 늦어서 아예 '여든에 이 앓는 소리'가 돼 버렸다. 하건만 손에 쥔 붓은 그래도 놓고 싶지가 않으니 이를 어쩌랴.

하긴 '여든에 죽어도 구들동티에 죽었다'고 한다잖는가. 그러니 나도 죽기 전에 아무 핑계라도 하나 마련을 해야잖겠나.

지난봄, 서울의 몇몇 진보적인 교수분들(정치학 2 사학 1)과 자리를 같이했을 때다. 함께 21세기를 전망하다가 자연스레 사회주의의 향방도 점을 쳐 보게 됐다. 어지간히 열띤 토론 끝에 얻어진 공동한 인식인즉,

—사회주의 제도의 수립은 자본주의가 최고도로 발달한 나라에서만 가능하다. 사회주의에로 이행할 물질문화적 토대가 구축됐기 때문이다.

—적빈국(赤貧國)에서 서둘러 사회주의 제도를 수립하겠다는 것은 난센스다.

—21세기에 그 전면적 실현을 기대하기는 너무 좀 이를 것 같다.

—그러나 22세기쯤 가면 미, 독, 불, 영 등 순으로 이행이 가능할 것이다. 영국은 보수주의가 강하니까 4순위 정도로 처질 수밖에 없을 것이다. 그리고 일본은 봉건 잔재가 특히 완명(頑冥)하니까 꼴찌밖에 더할 수가 없을 것이다.

'난센스'란 '무의미한 일이나 말. 어리석고 가소로움, 또는 그러한 언행'. '완명'이란 '완고하고 미욱함'.

이상과 같이 아무 구속력도 없는, 순 학술적 결론을 지어 놓고, 우리 네 사람은 흔쾌히 마주 보며 한바탕 크게 웃었다.

'아무튼 지식인들이 한자리에 모이면 못하는 소리들이 없다니깐!'

이야기가 가리산지리산 헤매다가 골에 빠져 정치색이 너무 짙어졌다. 지루해서 하품들을 하기 전에 얼른 말머리를 돌리는 게 현명한 처

사였다.

보험료가 아까워

　존 록펠러(1839~1937). 미국 스탠더드 석유회사의 창립자, 석유왕으로 불렸던 세계 갑부. 그는 한평생 극장에도 가는 법이 없었고 또 트럼프 놀이도 하는 법이 없었다. 그리고 무슨 연회 같은 데도 참석을 하는 법이 종래로 없었다. 모든 오락과 유흥이 그와는 인연이 없었다. 그가 노심초사 몰두를 하는 것은 오직 돈벌이뿐.

　한번은 4만 달러어치의 곡물을 화물선으로 운송을 하는데, 보험에 가입을 하려니까 보험료가 150달러란다. 그 150달러가 아까워서 한참을 망설이다가 '에이, 모르겠다. 그냥 보내라!' 그런데 공교롭기가 마디에 옹이, '설마하니' 하고 배를 그냥 떠나보낸 바로 고날 밤, 불시에 맹렬한 폭풍이 그 항로(뱃길)에 불어닥칠 줄이야.

　록펠러는 속이 타서 조바심을 치며 밤새껏 좁은 사무실 안을 개미 쳇바퀴 돌듯 했다. 날이 밝기가 무섭게 그는 보험회사로 달려갔다. 문이 열리기를 기다려 가지고 제1착 첫 마수걸이로 "보험 이제도 돼요?" '된다'는 대답을 듣자 그는 손에 땀이 나도록 꽉 쥐고 온 150달러를 카운터에 탁 내려놓았다. 그리고 비로소 안도의 숨을 길게 내쉬었다.

　'오 하느님, 내 4만 달러! 감사합니다, 정말 감사합니다.'

　돌아오는 길에 록펠러는 그윽한 행복감에 휘감겼다.

　한데 그가 사무실에 들어서기가 바쁘게 한 통의 전보가 날아들었다. 화물선의 선장이 친 것이었다.

─무사히 도착했음. 안심하기 바람.

보험 가입 여부와는 상관없이 화물선은 예정대로 안전하게 목적지에 도착을 했던 것이다.

"아이고, 내 150달러!"

'제 발로 뛰어가 150달러를 거저 팽개치다니!'

채인 발이 곱채인 록펠러는 현기증이 나서 머리를 싸맸다. 그리고 몸져눕자 아예 식음을 전폐했다. 이때 그의 회사는 연 50만 달러의 매상고를 올리고 있었다. 당시의 50만은 지금의 5천만 정도.

가령 록펠러가 국영 기업의 사장이었다면 이 경우 과연 어떠했을까.

우리가 늘 보아 온 대로라면 그는 몸져누워 식음을 전폐할 대신에, 여느 때나 마찬가지로 나이트클럽에 가 먹고 마시고 그리고 미녀를 끼고 한바탕 흥겹게 춤판이라도 벌였을 것이다.

소련과 동유럽 나라들이 깡그리 무너져 버린 연유가 바로 여기에 있었던 것이다. 단돈 150달러의 보험료가 아까워서 바들바들 떠는 사람들. 바로 그 사람들이, 바로 그 '깍쟁이'들이 오늘의 이 거창한, 미증유의 자본주의 세계를 이룩해 놓은 것이다.

"벼락 맞은 소고기 뜯어먹듯 하는 게 국영 기업 아닌가요?"

언젠가 Y대학 K(HW)교수의 이 말에, 나는 박장대소를 했었다. 외국 대학 연수 중 아르바이트를 해 본 까닭에 그는 시장경제적 경영 방식이 성공하는 소이연을 체감했던 것이다.

지난날 우리는 '계획 경제'로써 능히 '지상 낙원'을 실현할 수 있다고 장담들 했었다. 논리적으로는 빈틈이 없었으니까.

일본의 저명한 경제학자로서 특히 마르크스주의 경제학에 조예가 깊었던 가와카미 하지메(河上肇, 1879~1946). 그의 저서에《가난 이야기

(貧乏物語)》와《자본론 입문》이 있다. 둘 다 마르크스주의 경제학을 알기 쉽게 풀이해 놓은 책이다. 나는 1936년에 처음 읽었으니까 따지자면 64년 전―호랑이 담배 먹을 적 이야기가 되겠다.

기억을 더듬어 그중의 한 단락을 간략히 소개를 한다면―.

한 이발소의 영업이 잘 돼서 수입이 짭짤하다. 이를 보고 다른 사람도 이발소를 차린다. 새로 차린 이발소도 수입이 쏠쏠하다. 그러자 돈벌 욕심에 숱한 사람이 이발소를 차린다. 하지만 머리 깎을 손님에 비해 이발소가 엄청 늘어나니까 자연 수입들이 하강선을 긋는다. 영업이 파리나 날릴 지경이 되니 문을 닫는 이발소가 하나씩 둘씩 생겨난다. 그러다가 결국에는 적정수의 이발소만이 살아남는다.

이것이 바로 자본주의 경제 법칙의 '경쟁과 생산의 무정부성'이라는 것이다. 가게를 차렸다 걷어치웠다―얼마나 낭비가 많은가.

반면 '계획 경제'에는 이러한 낭비 현상이 전무하다. 처음부터 계획적으로 알맞춤하게 영업 허가를 내주게 되니깐.

이상이 삭막한 기억을 더듬어 겨우 되살려 놓은 그 단락이다.

어떤가, 그럴듯하지. 이 김학철이 홀딱 반해 설설 기어다녔을 만도 하지.

이제 와 머리가 식어 가지고 다시 곰곰이 생각을 해 보면, 아마도 나는 뭐나 곧이곧대로 믿어 의심하지 않는, 무슨 단세포 동물적인 천성을 타고난 모양이다.

이제 와서 뒤늦게 깨달은들 무엇 하랴. 경제 법칙을 무시한 억지방망이식 경제 운영이 소련을 붕괴시켰음을 깨달은들 무엇 하랴. 경제

법칙을 도외시한 지난날의 억지공사식 경제 운영이 결과적으로 오늘 우리 농촌에 처녀의 왕가뭄을 초래, 40대 노총각들을 양산시켰음을 깨달은들 무엇 하랴.

한마디로 소련의 붕괴는 조산아의 요절. 풀이를 한다면, 성급한 레닌이 인위적으로 서둘러 만들어 낸, 인공 수정의 미숙아. 그 미숙아가 얼마 못 살고 툭 죽어 버렸단 얘기인 것이다.

미역 감는 여인들

프랑스 작가 메리메(1803~1870). 두고두고 인구에 회자되는 그의 명작 소설《카르멘》. 그《카르멘》의 한 단락을 간결하게 한번 재구성을 해 본다.

에스파냐(스페인)의 코르도바시(市)를 끼고 흐르는 과달키비르강. 해 질 무렵만 되면 언제나 숱한 사람들이 그 강둑에 모여들어 서성거리곤 한다. 희한한 구경거리가 곧 눈앞에 펼쳐질 것을 기대하기 때문이다.

교회당에서 치는 만종(晚鐘) 소리가 울려 퍼지면, 미리 와 기다리고 있던 수많은 여인들이 곧 옷들을 훌훌 벗어 버리고 물속에 들어가 미역들을 감는 것이다. 그녀들에게 있어서 '만종 소리'는 곧 '어두운 밤'이라는 뜻이었다. 알쭌한 '여인국'이니까 남자는 물론 하나도 끼어들지 못한다.

강둑에 주렁주렁 모여 서 있는 놈팽이들. 그 놈팽이들이 제각기 눈에 화등잔을 켜고 여겨보지만 신통한 보람은 없다. 미역 감는 여인들의 번화스레 웃고 떠드는 소리만 지척에 들릴 뿐. 그 하얀 살갗들은 그저 애매몽롱─아리숭하게 희끗거리기만 한다.

이에 감질이 난 장난꾼 몇몇이 한 꾀를 떠올려, 추렴으로 돈들을 내 가지고 교회당의 종지기를 매수한다. 그 요구 조건인즉, ─저녁 종을 20분 앞당겨 쳐 달라.

그 결과는 과연 장관이었다. 해가 채 지지 않아 아직 환한데도 여인 들은 아랑곳하지 않았다. 서슴없이 옷들을 벗어 놓고 물속에 들어가 태연스레 미역들을 감았던 것이다. 그녀들의 '만종 소리'에 대한 믿음 은 '태양'에 대한 믿음까지도 능가를 했었다.

지난봄 서울 창작과비평사에서, 백낙청 교수를 비롯한 몇몇 지성인 들과 자리를 같이했을 때였다.

"1989년, 우리가 민족작가회의에서 처음 모임을 가졌을 때, 제가 '지상 낙원'들의 실정을 있는 그대로 반영을 했더니, 여러분 다들 의 아해하셨습니다. 불신의 빛들이 역력하시더라구요. 하지만 십 년이 지난 지금은 사정이 크게 달라졌습니다. 당시 여러분은 '지상 낙원' 에 대한 동경 때문에 그 이념을 절대화하셨던 겁니다. '이념'에 대한 믿음이 어찌나들 확고하셨던지 '실정' 따위는 아예 무시를 해 버려 도 괜찮을 정도. 그 정도로까지 확고들 하셨던 것입니다. 아까 말한 코르도바의 그 여인들처럼 말입니다."

구김살 없는 웃음소리 속에 나는 일장 설화를 마무렸다.

이 글을 쓰고 있는 나 자신도 1960년경까지는 '이념'을 '실정'보다 더 믿고 있었다. '협동 농업'이라는 허울 좋은 멍에에 지지눌려 가난에 찌들어 버린 농민들. 그 농민들의 처량한 삶을 눈앞에 보면서도 그럴

싸한 정치 이론에 현혹이 돼 가지고 '이런 건 다 과도기적 현상—산고려니'쯤 여기고, 슬쩍 외면을 했었다.

아마 양심에 무슨 더께 같은 게 앉았던 모양이다. 당시 나는 달마다 꼭꼭 월급을 받고 있었다. 그러니 내 배야 생전 고플 리가 없었잖은가!

도모지형(塗貌紙刑)

'도모지형'이란 게 이 세상에 있었다는 것을 나는 지난달에야 비로소 알았다. 그러니까 80년 동안을 그 존재조차 모르고 살아왔다는 얘기가 되겠다. 아무튼 다행한 일이다.

물에 적신 참지(조선종이)를 사형수 얼굴에 겹겹이 붙여서 숨이 막혀 죽게 하는 거라니, 참으로 자비롭고도 또 신사적이다. 창안자가 어떤 양반인지 모르지만, 창안권을 신청했더라면 아마 돈깨나 벌었을걸.

그 사형수는 숨이 막혀 의식이 가물가물하면서도 속으로는 계속 애타게 울부짖었을 테지.

"으으윽…… 공기 좀 더, 으으윽…… 공기 좀 더!"

지난번 러시아의 핵잠수함 쿠르스크호가 침몰될 때, 그 애꿎은 승조원들도 역시 이렇게 울부짖었을 것이다.

"공기 공기! 공기 좀 더, 공기 좀 더……."

다행히도 나는 팔십 평생을 '공기'만은 그리 그립지 않게 살아왔다. '도모지형'을 당해 보지도 않았고, 또 항해 중에 침몰 사고를 당해 보지도 않았다. 그 대신 먹을감 고생만은 톡톡히 해 봤다.

작가협회에서는 집무 시간에 다들 마대 하나씩을 들고 교외로 나가

가지고 쌓인 눈을 헤집고 낙엽들을 주워 모았다. 식량 배급이 턱없이 줄어든 까닭에 이런 구차스런 짓들을 해야 했던 것이다. 다 같은 낙엽이라도 염소는 바삭바삭한 것을 그대로 먹지만 우리는 가루를 내 가지고 익혀서 먹으니까 현저한 차이가 있기는 있었다. 이 지경이 돼 가지고도 '학습'이나 '담화' 때는 다들 이구동성으로 입에 발린 거짓말들을 해야 했다.

"지금 우리나라의 형세는 아주 좋아졌습니다."

우리 집 세 식구도 허구한 날 나뭇잎 풀떼기로 연명을 하는데, 그나마 점심은 아들만 먹이는 까닭에 우리 내외는 아침저녁 두 끼뿐. 나는 혁대에 구멍을 덧뚫느라 볼일을 못 볼 지경이고, 또 집사람은 허리가 점점 더 가늘어져 아예 초나라 세요궁(細腰宮)의 궁녀 꼴이 돼 버렸다.

고양이를 싹 다 잡아먹어서 묘족(猫族)이 씨가 질 위기에 직면했다. 까마귀를 보는 족족 잡아먹어서 오족(烏族)도 씨가 질 위기에 직면했다. 시래기도 도난 방지를 해야 하기 때문에 처마 밑에다 내걸어서 말리지를 못하고, 자물쇠를 잠근 창고 속에서 말려야 하는, 그런 세월이 돼 버렸다.

아들(소학교 4학년생)이 담임교사 인솔하에 농촌 지원을 나갔다가 하도 배들이 고프니까 콩밭에서 날콩들을 훔쳐 먹는데, 비린내가 너무 나서 다들 두 손가락으로 콧방울을 꼭 집고 먹었단다. 이것이 바로 그들이 자랑하는 '지상 낙원'이라는 것이었다.

수감자(징역꾼)들이 허구한 날 배를 곯으니까 밭일을 나가게 되면 아무 풀이나 닥치는 대로 마구 뜯어 먹어서 식중독 사고가 부절한 가운데 늙은 죄수들이 10년씩 20년씩 틀지 않아 비구름같이 거무튀튀해진 이불솜을 뜯어내 가지고 송편에다 소를 박듯이 준득준득한 옥수수떡에다 박아서 먹는 것을 보고 나는 '이거 내가 아귀도에 떨어진 게 아닌가?' 의심이 들 지경이었다.

"이렇게 하면 소화가 잘 안 되니까 배가 덜 고프거든. 한번 시험해 봐요 어떤가, 내 말이 틀리는가."

나는 도리머리를 흔들었다. 그리고 그의 따뜻한 우정에서 우러나오는 권유를 완곡히 사절했다.

새벽에 일어나 소변을 보러 나오니까 워낙도 팔삭둥이 같은 늙은 죄수 하나가 외등(옥외등) 밑에 쭈그리고 앉아 땅바닥에 수없이 떨어져 죽은 부나비들을 정신없이 주워 먹고 있었다. 한데 이 바사기가 나를 보더니만 기겁을 하며 두 팔로 그러안듯 그 부나비들을 덮싸는 것이었다. 그러고는 주제에 경고까지 발하잖는가.

"오지 마, 오지 마, 가까이 오지 마. 이건 다 내 거야. 내가 차지한 거야."

나는 하도 같잖아서 "어서 혼자 실컷 처먹어라, 이 천치야." 한마디를 비웃어 주고 총총히 내 볼일을 보러 갔다.

이것이 곧 '붉디붉은 태양'의 사회주의적 인도주의로 충만된 중화인민공화국의 문명한 감옥이라는 것이었다.

늙은 죄수고 젊은 죄수고 뭐든지 눈에 띄는 거면 다 훔쳐 먹는 판국에 나라고 예외일 수는 없었다(도덕군자가 못 됐으므로).

취사장에서 쓸 채소들을 가리는데 닥치는 대로 훔쳐 먹으면서도 양파만은 다들 기피를 했다. 먹고 싶어 죽을 지경이지만 그놈의 냄새(숨길 수 없는 죄증) 때문에 감히 어쩌지를 못하는 것이다. 추리구 감옥이 생긴 이래 언감생심 이 양파에 도전을 해 본 녀석은 하나도 없었다는데 그 까닭은 물론 캄캄한 징벌방에 족쇄를 차고 들어가 '감식 10일' 따위의 징벌을 받는 게 겁이 나서였다.

하건만 나는 그 너무나도 강렬한 유혹을 뿌리칠 재간이 없어서 그에 하나 감칠맛 나게 까먹고야 말았다. 그 무서운 '금단의 열매'를 따먹기에 이르렀던 것이다.

동료 죄수들이 나의 박두한 '골고다행'을 기대에 찬 눈으로 지켜보는 가운데 중대장이 나타나 일터를 한 바퀴 돌아보다가 내 옆에까지 오더니 대번에 콧살을 찌푸렸다.

'아이고, 이제 난 죽었구나.'

내가 속으로 왼새끼를 꼬고 있는데 웬일인지 중대장은 콧살을 찌푸린 채 잠자코 나를 지나치더니 발걸음을 돌려 그대로 가 버리는 것이었다.

'골고다'란 예수가 십자가형을 받았다는 언덕. '중대장'이란 담당 교도관.

"중대장이 갑자기 콧벽쟁이가 돼 버린 게 아냐?"

"글쎄……. 아무튼 저놈의 외다리 운이 좋아. 아버지 무덤 위에 꽃이 피었나 봐."

동료 죄수들이 기대했던 구경거리가 불발로 끝나는 바람에 적잖이 실망들을 해 씩둑꺽둑 지껄여 대는데 나는 나대로 안도의 숨을 내쉬었다.

'양파 하나 거저 먹잖았나.'

그런데 웬걸, 반 시간이 채 못 돼 가지고 교도관실에서 호출이 오잖는가!

도살장으로 끌려가는 소걸음으로 교도관실에를 들어서니 중대장이 대뜸 "아, 그런 것쯤 다 알 만한 양반이 그게 무슨 짓이오. 내 입장도 난처하니, 앞으론 제발 좀 그러지 말아 주시우." 하고 사설을 한 다음 잇달아서 "이제 그만 돌아가 보시우." 하고 거뜬하게 훈계방면을 해 주는 것이었다.

'이럴 줄 알았더라면 한 두어 개 더 먹어 둘걸.'

이상은 졸저 《최후의 분대장》에서 두어 단락 떼어낸 것이다. 하지만 이젠 미립이 난 터라, 잔가시가 돋친 부위는 다 도려내 버릴 것도 물론 잊지 않았다. 연체동물(연한 몸 동물)처럼 만들어야 별 말썽이 없을 테니깐.

지금은 우리의 식량 사정도 많이 호전이 돼(개혁 개방 덕분에) 노인들이 양파 따위를 훔쳐 먹다가 경을 치는 일, 그런 일은 그리 없는 줄로 알고 있다. 고마운 일이다.

우리 집에서도 '우표' 이외의 먹을감들은 이미 전시(戰時) 공산주의적 통제에서 벗어난 지가 오래다.

'공기'도 지난가을, 시커먼 석탄 연기를 경쟁적으로 뿜어 대는 무허가 굴뚝들을 시 당국이 일소를 해 치운 덕분에 한결 나아져 이젠 그럭저럭 견딜 만하다. 참으로 고마운 일이다.

이쯤에서 '지상 낙원' 만세를 한바탕 불러도 좋을 것 같다. 하지만 아쉽게도 '만사구비(萬事具備) 지흠동풍(只欠東風)'으로, 가장 요긴한 여건 하나가 갖추어지지를 못했다. 눈에 보이지도 않고 손에 잡히지도 않는 추상적 사물— '자유'가 빠져 있는 것이다.

헝가리의 애국 시인 페퇴피. 그는 '목숨보다 더 소중한 사랑 그리고 사랑보다 더 소중한 자유'라고, '자유'에다 목숨보다 두 자릿수나 더 높은 차원의 값을 매겼다. 페퇴피의 이 금새(시세)는 지금도 전 세계 진보적 인류 사이에 그대로 지켜지고 있다. 당연하잖은가.

그러게 나도 '우표 좀 더' 대신에 '자유 좀 더'를 외칠 작정이다.

"보헤미안들에게 자유는 가장 소중한 것. 그들은 하룻밤 옥살이를 하느니 차라리 한 도시를 불살라 버릴 것이다."

집시 여인 카르멘의 자유 방종한 성격을 메리메는 이와 같이 묘사했다.

'보헤미안'이란 프랑스인들이 15세기경 집시들에게 붙였던 호칭.

이토록 소중한 자유. 그 자유에 대한 갈구(渴求, 목마르게 바라고 구함). 그 '갈구'가 우리에겐 거의 없는 상태다. '자유 불감증'들인 것이다.

하지만 너무 걱정들일랑 마시라, 치유는 충분히 가능한 거니깐.

신구 두 세기에 걸쳐서

길이란 본래 없었다

"이 땅 위에 본래는 길이란 게 없었다. 길이란 사람이 많이 다니니까 자연 생겨난 것이다."

로신의 명언이다.

이 세상의 모든 물질문명은 다 인류가 만들어 낸 것이다. '법'도 그렇고 '제도' 또한 그렇다.

'봉건 잔재'란 뭔가. '봉건사회에서 물려받은 낡은 생활 유습' 또는 '봉건적인 낡은 사상의 찌꺼기'이다. 한때는 좋다고 만들어 놓았지만 세월이 흐름을 따라 안 좋은 걸로 돼 버려 버림을 받는 신세. 그게 바로 봉건 잔재인 것이다.

이런 녀석 좀 봤나

일곱 살배기 우리 손녀는 할애비가 귀엽다고 등을 두드려 줄라치면 저도 할애비 등을 맞두드려 준다.

'이런 녀석 좀 봤나!'

이야말로 봉건적 도덕규범에 크게 어긋나는 짓. 엄격히 따지자면 '범상(犯上)'에 해당하는 엄청난 짓거리다. 하건만 우리 집에선 되려 '깜찍한 게 재롱을 부린다'며 한바탕 웃음판을 벌일 뿐, 어른들마저 봉건적 도덕규범을 식은 죽 먹기로 여기고 있다. 그러니까 지난날의 '범상'이 오늘날엔 숫제 '재롱'으로 변해 버린 것이다.

"흰 고양이든 검정 고양이든 쥐를 잡는 게 좋은 고양이다."

등소평의 명언이다.

아무리 '모범 고양이', '공훈 고양이'라도 쥐를 못 잡으면 다 쓸모가 없다는 뜻일 게다. 그러니까 허울 좋은 '겉'보다는 알찬 '속'이 더 중요하다는 뜻일 게다.

베토벤은 그의 교향곡 9번에다 음악계의 전통적 규범을 깨고, '대합창'을 도입했다. 그의 이 혁신적인 기법은 세계 음악사에 새 장을 열어 놓았다. 미켈란젤로는 조각계의 전통적 규범을 무시하고, 그의 조각상 '성모자(聖母子)'에서 '영원한 젊음'을 성모 마리아에게 부여했다. 그의 이 혁신적인 기법은 세계 조각계에 청신한 바람을 불어넣어 주었다.

이로써 알 수 있는바 영구불변의 규범이란 이 세상에 존재하지 않는다. 모든 사물은 다 변하고 있기 때문이다.

묵은 자(尺)로 새 사물을 꼭꼭 재겠다는 것은 '신발'에다 '발'을 맞추라는 거나 마찬가지의 억지공사. 각양각태의 발들이 그렇게 안성맞춤으로 기성화에 꼭꼭 들어맞아 줄 리가 없다.

팔고주의(八股主義)

'팔고'란 명, 청 두 나라에서 과거를 보일 때 채용했던 일종의 고시 문체다. 여덟 가닥의 엄격한 규정으로 옴짝달싹 못 하게 해 놓은 까닭에 내용은 텅 비고 형식은 판에 박은 듯해 거자(擧子)들은 필연적으로 그 생동한 사상을 속박받게 된다. '거자'란 '과거를 보는 선비'.

공산당원들이 글을 쓰거나 말을 하는 데 내용이 비고 형식이 딱딱해 마치 '팔고' 같다며 이를 '당팔고(黨八股)'라고 비웃고 반대했던 모택동. 그의 '반대 당팔고'에서 젊은 시절 나는 많은 것을 배웠었다. 그러게 반세기가 지난 지금도 명심불망(銘心不忘) — '팔고주의'에 견결히 맞서고 있다.

로신을 우리는 중국 당대 문학의 최고봉으로 우러른다. 하지만 그는 일생 동안에 단 한편의 장편소설도 써 내놓지 않았다. 중편도 《아Q정전》 하나가 겨우 있을 뿐, 단편소설은 다 합쳐야 단행본 한 권 정도. 그의 방대한 저작의 무려 80~90퍼센트를 차지하는 건 세상이 다 알다시피 '잡문'이다. 그의 잡문들은 거개가 정치성이 강할 뿐더러 시사성 또한 강하다. 이런 의미에서 로신(본명 주수인(周樹人))을 '정치 평론가' 또는 '시사 평론가'라 하더라도 아니 될 게 하나도 없다.

그렇다면 어째서 다들 그를 '문학가'라고 굳이 명토를 박는가. 그냥 명토만 박는 게 아니라 아예 '문학의 아버지'로 숭앙들을 하는가.

'길'이란 사람이 만들어 놓은 것일진대 '문체' 역시 그 '같은 사람'들이 만들어 내야 할 게 아닌가. 밤낮 이마를 맞대고 "이게 문학이냐, 아니냐?" "이렇게 써도 되는 거냐, 안 되는 거냐?" 시비조로 뒷공론들이나 하는 이들, 그런 무의미한 뒷공론으로 아까운 세월을 허송하고 계시는 이들, '모로 가도 서울만 가면 그만'이라는 우리의 속담도 모르고 사시는 이들, '팔고주의'를 지루감스레 신봉하고 계시는 이들. 우리 함께 '수필(essay)'의 정의를 한번 되새겨 보자.

"현실 생활에서 받은 체험이나 느낀 것을 산문 형식으로 쓴 짤막한 글. 필자의 느낌이 시간과 장소에 구애되지 않고 내용을 자유분방하게 전개한다. 서정성과 정론성이 강하다."

또는

"사건 체계를 갖지 않으며, 개성적, 관조적이며, 인간성이 내포되게 '위트', '유머', '예지(睿智)'로서도 표현함."

'위트'란 '기지, 재치, 융통성, 해학'. 그리고 '유머'는 '익살'.

위에서 보다시피 '구애되지 않고 자유분방하게'가, 그리고 '서정성과 정론성이 강하다'가 그 안목이다.

'팔고'가 북극이란다면 '수필'은 적도다. '팔고'는 꽁꽁 얼어붙었고 '수필'은 펄펄 끓어 번진다.

'이게 문학이냐 아니냐', '이렇게 써도 되는 거냐 안 되는 거냐' 따위 시비가락―굿거리장단. 그런 걸렁한 장단을 칠 나위들이나 있으신가.

'꿩 잡는 게 매'라잖는가. '갈지개'든 '초지니'든 꿩을 잘 잡는 게 좋은 매일 터, 아니 그런가. 아무리 '모범 매', '공훈 매'라도 꿩을 못 잡으면 쓸모가 없지 않을 건가. '갈지개'란 길들인 지 1년이 된 매. '초지니'는 2년 된 매.

이 근년 '가격 파괴'란 말이 생겨난 걸로 알고 있다. 상품의 유통 과정을 간소화, 중간환절(中間環節)을 없애는 것으로 원가를 낮춰 시장 가격보다 싸게 판매하는 상법, 소비자들에게 크게 환영받는 상법일 수밖에 없다.

'혁명'이라는 것도 구기본(究其本)하면, 낡은 틀을 두드려 깨고 새 틀을 만들어 내는 게 아니겠는가. 그런 판국에 무슨 규범이고 나발이고 남아날 게 있을 건가. '고래 싸움에 터지는 새우 등' 꼴이나 되기가 고작일 테지.

팔아라, 못 팔겠다

1981년 봄, 지금은 헐리고 없어진 연길 영화관 앞에서의 일이다.

표를 살 사람들이 장사진을 치고 기다리는데도 표를 팔지 않으니까 짜증들이 나 가지고 "왜 팔지 않느냐, 어서 팔라."고 재촉들을 하니까, 매표창구에 앉아 있는 녀석이 "시간이 안 됐어, 아직 십 분이나 더 남아 있다구." 퉁명스레 한마디를 홀뿌리고는 계속 재미 들린 만화책만 들여다보는 것이었다.

줄 서 있던 사람들이 화가 나서 일시에 "야, 교조주의야!" 분노성을 터뜨린즉, 그 녀석은 데시근하게도 여기지 않고 되려 "야, 이 수정주의들아!" 맞고함을 질러 대는 것이었다.

이런 매표원식 준법정신은 백해무익―나랏일을 그르치고 사회생활에 혼란을 가져올 뿐이다. 다시 말하면 인류 사회의 진보를 저해할 뿐이다.

우리 모두 21세기의 문턱을 넘어서면서, 철 지난 관념들일랑 이제 헌털뱅이 벗어 버리듯 훌훌 다 벗어 버리자. 그리고 참신한 새 삶을 다 같이 한번 좀 누려 보자.

우리 집 일곱 살배기 손녀 녀석이 할애비 등을 맞두드려 '범상'을 하거나 말거나 해는 변함없이 날마다 뜨고 있잖은가. 지구도 주야불식—계속 제 궤도를 자전—공전 돌고 있잖은가.

"고추나무에 그네를 뛰고 잣 껍질로 배를 만들어 타겠다."

이런 속담이 있다. '너무 잘아서 쓸모없는 자나 분별없이 행동하는 것'을 비웃어 이르는 말이다.

쓸데없이 모여 앉아(무슨 '회'라나 뭐라나를 무어 가지고) 벼룩의 간 내어 먹을 궁리들이나 하다가 저승사자를 맞지 말고 우리 '사람답게' 한번 좀 살다가 가자.

20세기 마지막 크리스마스이브

장기쪽 인생

50~60년대 〈연변문학〉의 편집인이었던 김창석(金暢晳). 그는 장기를 몹시 즐기는 사람이었다. 몹시 즐긴다고는 해도 장기를 제 손으로 직접 두는 건 아니었다. 그가 제 손으로 장기 두는 걸 난 단 한 번도 본 적이 없다. 그가 즐기는 건 옆에 붙어 서서 훈수를 드는 것이었다. 말하자면 '훈수 전문가', 그도 '열광적인 훈수 전문가'였던 것이다.

'세상에 별난 사람도 다 많지!'

괴이히들 여기실지는 모르지만 아무튼 사실은 그러했다. 알 것 같기도 하고 모를 것 같기도 한 무슨 그런 심리 상태였었나 보다.

내기 장기

내기 장기에 훈수는 금기다. 하지만 훈수꾼들, 특히 벽이 있는 훈수꾼들은 손이 자꾸 근질거려 참아 내기가 조련찮은 모양이었다.

아닌 게 아니라 참다 못해 "에이 참!" 하고 쌈지에서 10전짜리 백통전 한 잎을 꺼내 던지며 "아 그 말 거저 떼우잖아!" 하고 소래기를 지른 훈수꾼이 전에 정말로 우리 동네에 있었다. 그는 판돈 10전을 대신 물어 주면서라도 훈수는 들어야 직성이 풀렸던 것이다. 닭알 한 알에 1전 2리 하던 세월이었으니까 10전은 웬만큼 속이 달지 않고서는 쾌척(시원스럽게 내던짐)을 하기가 쉽지 않은 액수(돈머리)였다.

1953년 가을, 이른바 '생활을 체험한다'며 소영촌(지금의 소영향(小營鄉))에 몇 달 간 내려가 있었을 때의 일이다.

심심풀이로 그곳 약국집 한의사와 장기를 한판 어울러 보았더니 나 따위는 애당초에 어림도 없었다. 그야말로 '차포잡이'였다.

한판을 보기 좋게 지고 나니 약이 오르는지라 '요놈의 첨지, 어디 한번 좀 견뎌 봐라' 속으로 벼르면서, 다음 판에는 염치를 불구하고 마구 꼼수(째째한 잔꾀)를 썼다. 그렇게 해 엉터리로 이기고 나서 기분이 좋은 김에 "제가 꼼수 쓰는 거 모르셨죠?" 조롱하듯 한번 물어보았더니 의뭉스런 늙은이가 시물시물 웃으며 "왜요, 다 알고 있었습니다." 실토를 해 우리는 한바탕 박장대소를 했다.

떡이나 겨우 아는 주제에 분수없이 장기 이야기를 너무 장황스레 늘어놓았다. '장마 도깨비 여울 건너가는 소리냐'는 꾸지람을 듣기 전에 얼른 말머리를 돌리기로 하자.

말이란 것도 그렇고 글이란 것도 그렇다. 괜히 질질 끌어서 오뉴월 소불알 늘어지듯 하는 건 어쨌거나 다 재미가 적은 법이다. 콩트를 단편으로 늘이고, 단편은 중편으로 그리고 중편은 장편으로 늘이는 따위 '늘이기 바람'이 성풍한다는 소리가 이즈음 심심찮게 들려오곤 한다. 딱히는 모르겠으나 아무튼 '장마 도깨비'가 어쩌고 '오뉴월 무슨 불알'이 저찌고 하는 따위 부정적인 소리를 듣지 않게시리 좀 조심들 할 필요는 있을 것 같다.

이 세상에서 말을 길게 하고 해를 가장 많이 본 사람이 누구일까. 미국의 제9대 대통령 해리슨(1773~1841)이 바로 그 사람이 아닐까 싶다.

여느 대통령들은 취임사를 10~20분 정도로 짧게 하는 게 통례였다. 하건만 해리슨 대통령께서는 꼭 해야 하실 말씀이 잔뜩 밀리셨던 모양으로 근 두 시간에 걸친 장광설로 그 취임식을 빛내셨다. 그도 진눈깨비가 흩날리는 궂은 날씨에 모자도 외투도 다 벗어 놓으신 채로 말이다. 그 결과 신임 대통령께서는 폐렴에 걸리셔 가지고 꼬박 한 달 동안을 앓기만 하시다가 약석의 보람도 없이 그대로 세상을 뜨시고 마셨다. 그러니까 재임 기간 1개월에 집무 시간은 영. 아무 일도 안 하고 퇴임을 한, 미국사상 유일의 대통령이 돼 버린 것이다.

그러게 아무도 듣고 있지 않는(듣고 있는 체만 하는) 무슨 사업 보고 따위를, 세 시간씩, 네 시간씩 진력이 나도록 늘어놓다가, '집무 시간 영'으로 저승 행차를 하지 않을라거든―다들 좀 삼가는 게 좋겠다.

바스티유 감옥

1370~1383년에 축조한, 프랑스 파리 동쪽에 있는 성새(城塞). 17세기에는 주로 국사범(國事犯)의 감옥으로 이용됐으나 후에 다시 일반 죄수들도 수용하는 감옥으로 됐음. 1789년 7월 14일, 파리의 민중이 이 감옥을 공격해 프랑스 혁명의 발단이 된 걸로 유명함.

그러게 200여 년래 프랑스 공화국의 국경절은 바로 그날, 7월 14일인 것이다.

디킨스(1812~1870)의 명작소설 《두 도시 이야기》를 각색한 할리우드의 흑백 발성 영화. 그 영화를 나는 1936년 여름, 상해 프랑스 조계에서 처음 관람했다.

파리의 남녀 시민들이 떼구름같이 몰려들어 아우성을 치며 바스티유의 성문을 짓부수는 광경. 그 공포적이고도 격동적인 광경에 경악, 나는 잠시간 넋을 놓았다. 그리고 그 충격적인 순간이 지나자 나는 온몸의 피가 일시에 끓어오르는 것을 느꼈다.

'오, 혁명이란 이런 거였구나!'

그때 나는 비록 햇내기였을망정 이미 직업 혁명가의 길을 걷고 있었다.

이와는 달리 역시 할리우드영화인 〈클레오파트라〉(흑백 발성)에 처음 접했을 때, 나는 바스티유 때와는 전혀 다른 충격에 전율감을 느꼈다.

로마 해군 함정들의 동력(추진력)은 양현(兩舷)에 지네발처럼 줄느런히 달려 있는 노. 그 노를 냉혹한 지휘관의 구령에 따라 기계적 동작으로 일사불란하게 젓고 있는 것은 해병이 아니라 거의 벌거벗다시피한 노예들. 한데 놀랍게도 그 건장한 노예들의 발목은 모조리 무지스러운 쇠사슬로 묶여져 있지를 않은가! 전투 중 배에 불이 나면 그들은 꼼짝없이 타 죽어야 하고 또 배가 침몰을 하면 역시 꼼짝없이 어복고혼(魚腹孤魂)으로 돼야 할 운명들이었다.

기구하게도 나는 훗날, 그 두 가지 경우를 다 겪어 봤다. 자원적으로(파리 시민들처럼) 적국을 습격도 해 보고, 또 강박에 못 이겨(쇠사슬에 묶인 노예들처럼) 원치 않는 징역살이도 지긋지긋할 만큼 해 봤으니까 말이다.

이집트의 피라미드들은 기원전 2500~기원전 1500년경에 왕족을 위해 만들어진 무덤들로써 그야말로 참혹한 노예 노동의 산물이다. 진 시황의 만리장성도 마찬가지. 이 역시 가혹한 노예 노동의 산물이다. 다만 전자가 미신적인 통치배의 사치를 위한 잔학 행위였음에 반해, 후자는 나라를 지키기 위한 노력 동원이었을 뿐.

한데 우리는 지난날 각가지 명목하에 사실상의 강제 동원을 너무 많이 당해 왔다. 그 대표적인 사례가 이른바 '대약진' 때의 '대련강철(大煉鋼鐵)'이다. 억대의 사람들이 되지도 않을 무슨 '강철을 뽑아내겠다'며 올리뛰고 내리뛰고 하던 일. 그 일을 한번 좀 냉정히 되새겨 보자. 그게 어디 성한 사람이 할 짓이었나.

나는 날마다 시내에서 십여 리 떨어진 구일본군 비행장으로 광석(철광석)을 깨러 다녔다. 하루 종일 메질을 하고 어슬녘에야 집으로 돌아왔다.

물론 목발을 짚고 뚜거덕뚜거덕 걸어서 다녀야 했는데 중도에서 오면가면 만나는 남녀 학생들이 나를 '반동 집단의 우두머리'라고 욕을 퍼부으며 돌을 던지는 데는 사람이 딱 죽을 지경이었다.

《조선어독본》에 실렸던 내 글들이 전부 파기 처분을 당한 데다가 연변극단의 알량한 '프롤레타리아 용사'들이 내가 반동 집단을 지휘하는 내용의 연극을 문화구락부에서 상연을 했던 까닭에 나는 특히 학생들 사이에 극악한 반동 문인으로 소문이 났다.

이때 시내에는 전기 공급을 아예 중단하고 전력을 몽땅 제련에다 돌린 까닭에 시민들의 생활은 흡사 원시시대로 되돌아가는 것 같았다. 석유램프 시대가 재래했기 때문이다. 그리고 잇달아서 성냥이라는 게 모든 상점의 매대들에서 자취를 감추어 버려 모두들 부시를 쳐서 불씨를 얻어야 했다.

'강철 고지 점령 작전'으로 그 넓디넓은 비행장이 불과 서너 주일 사이에 크고 작은 용광로들로 꽉 들어찬 제련 기지로 변했는데 당간부, 국가공무원들이 만든 용광로는 그래도 높이가 대여섯 미터쯤씩은 됐으나 중, 소학생들이 만든 것은 풍로식 꼬마 용광로로써 키가 1미터도 채 못 됐다.

하지만 그 수를 헤아릴 수 없이 많은 풍로식 용광로들이 크넓은 들판에 까마득하게 쫙 깔려 있는 광경은 참으로 경이로웠다.

학생들은 학업을 전폐하고 전문적으로 달라붙어 이 노릇을 했는데 그 풍로식들에서는 끝내 단 한 숟가락의 쇳물도 녹여 내지를 못하고 말았다. 하긴 성인들이 뽑아낸 쇳물도 거의 다 쓸모없는 폐강이었다.

철광석이 턱없이 모자라니까 쇠붙이란 쇠붙이는 다 긁어다 녹이는데 각 학교 운동장의 애매한 철봉들도 액난을 면치는 못했다.

우리 집은 반동의 집이라고 범강장달이 같은 녀석들이 무단히 들어와서 인사말 한마디 없이 멋대로 욕조를 뜯어가 버렸다.

《중국공산당 역사 대사전》에 따르면 이 시기 전문적으로 제련에 달라붙었던 사람의 총수(학생 제외)는 9천만 명이었단다.

완전히 발광이었다.

이상은 졸저 《최후의 분대장》 가운데의 한 단락이다.

그때 당시 누가 감히 한마디 "이건 순전한 미친 짓이다!" 외쳤어 봐라, 그놈의 뼈다귀가 남아났겠는가.

우리는 장기쪽이로소이다

전에 어떤 양반은 자신을 '나사못'이라 선언하는 것으로 크게 명성을 떨쳤었다. 지금도 그 '나사못 사상'은 드높이 떠받들려지고 있다. 그에 반해서 이 '장기쪽' 선언은 무슨 명성을 떨치기는 고사하고 당장 '모가지가 왔다 갔다 하잖을지' 염려스러운 상태. 그러니까 애초부터 북두칠성이 앵돌아졌다는 얘기인 것이다.

하지만 실상은 고정이 돼 있는 '나사못'이나 자꾸 옮겨 다녀야 하는 '장기쪽'이나 그 신세가 고달프기는 오십보백보, 거의 비슷하다.

1975년 5월, 문화궁전에서 나를 반혁명 현행범으로 공판할 때, 일사불란하게 '김학철 타도'를 외쳤던 방청자 1,300명. 그중에 정말 외치고 싶어서 외친 사람이 과연 몇이나 있었을까. 사람잡이에 피눈이 된 극소수의 '프롤레타리아 매질꾼'들을 제외하고는 아마 거개가 그저 '외쳐야 하나 보다'쯤 여기고 외쳤거나, 마지못해 외쳤을 것이다.

—외치지 않았다간 모가지가 왔다 갔다 할 판인데 누가 감히!

이와 같이 우리는 수십 년래 '동원'이 되는데 익숙해져 가지고 '사상 동원'에도 무조건 복종, '노력 동원'에도 무조건 복종, '사람잡이 동원'에도 무조건 복종—무어나 동원만 하면 무작정 받들어 모시는 게, 득돌같이 동원이 되는 게, 아예 습성화돼 버렸다. '무작정'이란 '좋고 나쁘기를 헤아림이 없이, 덮어놓고 또는 무턱대고'라는 뜻.

그러니 결과적으로 '우리는 장기쪽이로소이다' 선언을 한 거나 마찬가지가 돼 버렸다. 아무 때고 주인의 손이 옮겨 놓는 대로 순순히 고분고분 옮겨졌으니까 말이다. 우리는 언제까지 이렇게 장기쪽 노릇이나 하다가 저승사자를 따라가야 할 것인가.

A나라의 외무를 담당한 장관이 어느 미수교국을 처음 공식 방문해 가지고 뜻밖에 굉장한 예우를 받았다. 그가 귀국하자 기다리고 있던 기자들이 질문 공세를 들이댔다. 그 장관의 답변 가운데의 한마디가 나 이 '장기쪽 인생'의 가슴을 때렸다.

　"나는 거기서 완벽히 조종된 전체주의 국가의 의식을 보았다. 독재 자만이 10만 명을 똑같이 춤추게 할 수 있다."

　우리도 이젠 '장기쪽 인생'과 결별을 할 때가 된 것 같다.

2001년 1월

골라잡으시라

이 글의 제목을 처음에는 '손녀의 선물'이라 했다가 지우고, '닭살'이라 했다가 다시 지우고, '될뻔댁'이라 고쳤었다. 그런데 왠지 또 맞갖잖아 부욱 긋고 최종적으로 '썩은 넋에서도 풍경 소리는 울리는가'—굉장히 긴 산문체를 택했었다. 한데도 뭔가가 종시 흡족하지가 않아 '에라, 모르겠다!' 이 글의 제목을랑 독자분들께서 '아무거나 하나씩 적당히 골라잡으십시오' 하는 뜻에서 '골라잡으시라'로 결정을 한 터이다(그도 잠정으로).

우리 집 독재자도

불과 며칠 사이에 콩고에서는—독재자 카빌라 대통령이 경호원의 총탄에 맞아 죽고, 또 필리핀에서는—부패 타락한 에스트라다 대통령이 분노한 시위 군중에 의해 대통령궁에서 쫓겨났다. 그리고 같은 날 미국에서는 클린턴 대통령이 이임, 부시 대통령이 취임. 법적 절차를 밟아 평화롭게 정권 교체가 이루어졌다.

"에, 거참 잘됐다! 독재자들은 제때제때에 모가지를 잘라 버려얀다 니깐."

내가 무릎을 치며 쾌재를 부르니까 집사람이 듣고 맞장구를 치기를

"에, 거참 잘됐네. 이통에 우리 집 독재자도 제꺼덕 해치워얀다니 깐!"

'믿는 도끼에 발등을 찍혀도 유분수지!'

하지만 부하의 손에 죽은(믿는 도끼에 발등을 찍힌) 독재자가 어찌 카 빌라 하나뿐이랴. 고대 로마의 독재자 카이사르(기원전 100~기원전 44) 도 그 신임하는 부하 브루투스(기원전 85~기원전 42)의 칼에 거꾸러질 때 "브루투스, 너마저도……" 경악스레 부르짖지를 않았던가. 그 암살단 의 주모자가 바로 사랑하는 부하 브루투스였을 줄을, 독재자 카이사르 가 어찌 꿈인들 꾸었으랴.

암살 이야기는 너무 좀 살벌하니 말머리를 부드러운 데로 한번 좀 바꿔 보자.

우리 여덟 살짜리(세는나이) 손녀가 영어 과외, 피아노 과외를 벌써 3년째 받고 있다(유치원 때부터). 그놈의 과외인지 강습인지를 많이 받아 서 그런지 이 손녀가 어디서 주워듣고 오는 말이 많고도 많다. (나는 어 린아이의 교육을 너무 일찍 서두르는 것을 탐탁스레 여기지 않으나, 제 애비가 고집을 세우기에 가만 내버려두었다.)

이 조잘거리기 좋아하는 손녀가 생뚱하니 요전날, 버얼써부터 품어 온 포부인 양 '아름다운 계획'을 털어놓는 것이었다.

"할아버지, 나 공부 잘해서 이담에 미국 유학 가겠습니다."

"암, 그래야지."

"박사가 되면 돈 많이 벌어 갖고 오겠습니다."

"암 그래야지."

"그런데 할아버지, 올 때 어떤 선물을 사 오는 게 좋겠습니까."

"글쎄 뭐가 좋을까. 땅콩이 어떨까, 미국 땅콩……."

"그럼 내 미국 땅콩 가득 사 갖고 오겠습니다, 할머니께두."

"우리 손녀 덕에 할미, 할애비가 미국 땅콩 한번 실컷 먹어 보게 되 나 보다."

손녀가 잠시 말을 끊었다가, 아무래도 뭔가가 좀 미진한 모양으로 다시

"땅콩 말고 또 다른 거 뭐 없습니까, 더 좋은 선물……."

"글쎄…… 또 뭐가 좋을까."

"아주 좋은 집 하나(한 채) 선물하면 어떻겠습니까."

"집? 집도 좋지, 미국 집."

"그럼 미국 땅콩하고 미국 집, 그렇게 정하겠습니다."

"응, 그렇게 정해. 자 그럼 손가락……."

손가락을 걸어서 일단 확정을 한 뒤, 손녀가 왠지 고개를 갸우뚱 기울이고 잠시 또 생각을 해 보더니,

"하지만 그때 할머니, 할아버지가 다 돌아가셨으면 어떡합니까?"

아닌 게 아니라 가장 요긴한 현실적인 문제다.

손녀의 걱정스러운 얼굴 기색을 보고 내가 짐짓 믿음성 있게 위로를 했다.

"그런 건 염려 마, 지금은 백 살 사는 사람도 얼마든지 있으니까……."

"맞습니다. 지금은 백 살 사는 사람이 얼마든지 있으니까…… 그런

건 문제도 없습니다.”

손녀가 앵무새처럼 깜찍스레 되받아 뇌였다.

자, 이거 큰일 났다. 손녀가 미국 박사가 돼 가지고 선물을 사 오자면 앞으로 20년은 좋이 기다려야겠는데, 할애비 100여 살, 할미 90여 살을 살아 낸다는 재간이 있는가. 둘이 다 언제 어떻게 될지 모르게 가물가물들 하고 있는 판인데.

그러저나 세상 많이 변했다. 우리는 쉰 살이 이마에 와 닿을 때까지도 줄곧 미국이라면 하잘것없는 ‘종이호랑이’ 정도로밖에는 알고 있지를 않았으니까 말이다. 기껏해야 ‘진흙으로 빚은 무슨 두억시니’ 정도로밖에는 알고 있지를 않았으니까 말이다.

그런데 소학교 2학년짜리 입에서 ‘미국 가 박사가 돼 선물을 사 오겠다’는 소리가 나오다니. 그도 그렇게 수월스레. “엄마, 나 슈퍼(마켓)에 가. 뭐 부탁할 거 없어?” 하는 식으로 말이다.

하지만 까놓고 말이지 나는 애당초부터 ‘종이호랑이론’에는 코웃음을 쳤었다. '문화대혁명' 때 억울하게 맞아 죽은 시인 서헌(본명 서덕현(徐德憲)). 그 역시 나와 똑같은 견해를 갖고 있었다.

“미제가 사회주의의 주적임에는 틀림이 없다. 그러나 결코 ‘종이호랑이’는 아니다(20세기 50년대의 인식).”

사고력이 마비되지 않은 사람이라면 그런 황당지설에 현혹이 될 리가 없잖은가. 고래를 가리키며 ‘저건 고등어다’ 하는데 누가 속아 넘어갈 건가. 10톤 트럭을 가리키며 ‘저건 리어카다’ 하고 설설 길 것인가.

지금 그 ‘종이호랑이’ 미국에다 자식들을 국비생(관비생)으로 제일 많이 유학을 보낸 게 어떤 양반들인가. 지난날 가장 기세등등하게 ‘종이호랑이 타도’를 외쳐 댔던 바로 그 양반들이 아닌가. 그 양반들의 카

멜레온 찜쩌먹을 변신술(둔갑술)을 풀뿌리 인생들은 냉소적으로 지켜
보고 있다. 광대놀이를 구경하듯 구경들을 하고 있는 것이다.

닭살

숱한 잘못을 저질러서 백성을 도탄에 빠뜨린 인간을, 다만 그가 최고
권을 틀어쥐고 있다는 이유 하나만으로, 그가 보는 앞에서 또는 그의
귀에 들어가라고 '위대하신 무엇무엇', '영명하신 무엇무엇'…… 염불
외듯 욀 때, 사람들은 온몸에 닭살이 돋는다. 털을 뽑은 닭의 껍질처럼
도톨도톨한 것이 돋는 것이다. 너절한 인간들의 하는 짓거리가 보기에
하도 역겨워, 징그러울 지경일 때 조건반사로 나타나는 현상이다.

닭살이 돋아 가려워 죽을 지경이라도 우리는 드러내 놓고 북북 긁어
대지는 않는다. 불경죄를 범하면 큰일이니깐. 그래서 긁기는 긁더라도
그저 몰래 살금살금 긁는다. 오랜 '계급 투쟁' 가운데서 삶의 철리를
터득, 지혜들을 쌓았기 때문이다.

닭살이 돋는다고 철딱서니 없이 드러내 놓고 북북 긁다가 나는 그놈
의 공밥 신세를 져도 너무 오래 졌었다. 그래서 이젠 미립이 나 가지고
긁기는 긁더라도 살금살금 긁는 꾀, 살아남기 위한 꾀가 생겼다.

그러게 지금은 글을 써도 전처럼 그렇게 통쾌하게 외치는 식으로는
쓰지 않는다. 지금은 그저 '장마 도깨비 여울 건너가는 소리' 따위, '벙
어리 발등 앓는 소리' 따위…… 무슨 그런 분명찮은 소리만 이리저리
에둘러 가며 지껄거린다. 그렇다고 나를 '비겁하다'고 타박은 말아 주
시라. 아무리 하찮은 따라지목숨이라도 보전을 하는 데까지는 해 봐야

잖겠는가.

내가 복권이 돼 명예를 회복한 것은 1980년 12월도 마지막 갈 무렵. 생매장을 당했던 내가 뜻밖에 되살아나니까 신경이 몹시 쓰이는 분들이 계셨을 건 당연한 일. 뱀 설 죽인 격이 돼 버렸으니까 왜들 아니 그렇겠는가.

어지간히 다급해났던 모양으로 K시인(작고)이 자신의 시집 한 권을 부랴부랴 기증을 해 왔는데, 그 안표지에 분명히 적혀 있기를 "위대하신 작가 김학철 선생님께 삼가 바치나이다."

나 같은 사람은 골백번을 죽어도 '위대' 두 글자하고는 인연이 닿지를 않을 것이다. 길 가는 삼척동자더러 물어봐도 다 알 수 있는 일이다. 나더러 '위대한 선생님'이라고. 한번 드러내 놓고 불러 보라. 자고 있던 개가 다 웃지 않는가.

나는 닭살이 돋아 혼자 한참 킬킬 웃다가 그 징그러운 시집의 책뚜껑을 덮으면서 '가련한 인생' 되려 연민의 정 같은 것을 느꼈다. 아무튼 '때린 놈은 다리를 오그리고 자고 맞은 놈은 다리를 펴고 잔다'는 속담이 떠올려지는 대목이었다.

지난 세월 시도 때도 없이 외쳐 대던 '위대', '영명' 소리에 하도 혼이 나, 이젠 그놈의 소리만 들으면 대번에 알레르기(이상 반응, 과민 반응)를 일으킬 지경이다. 닭살이 돋도록 치켜세우는 건 사기죄 중에도 저질에 속하는 사기죄다.

될뻔댁

전에 우리 일가에 '될뻔댁'이란 별명으로 불리는 사람 하나가 있었다. 언제나 무슨 일이 잘 될 뻔하다가는 틀어지고, 또 잘 될 뻔하다가는 틀어지고…… 나이 40이 넘도록 뭐 하나 성사를 한 게 없었던 까닭에 자연히 붙여진 별명이었다.

얼굴 생김도 멀끔하고 허우대도 후리후리한 게 무슨 장(長) 자 한 자리쯤 꼭 얻어 할 것 같은데도, 팔자소관인지 그는 도무지 셈평이 펴이지를 않았다. 어른들의 뒷공론하는 소리도 나는 한두 번만 들은 게 아니다.

"뒤로 오는 호랑이는 속여도 앞으로 오는 팔자는 못 속인다니깐……."

애초부터 안 된다면 그래도 좀 괜찮았겠는데, 일이 거의 다 돼 가다가 갑작스레 비꾸러져 폭삭했으니, 사람이 속이야 탔을 테지만, 그럴 때마다 늘어놓는 그의 발명 또한 들어 볼 만했다. 핑계 없는 무덤이 어디 있으랴마는 그의 발명인즉 의례건 몽땅 외인(外因) 탓. 제 탓은 꼬물도 없기 마련이었다.

'될뻔댁' 이야기를 하다 보니 피뜩 떠오르는 게 또 하나 있다.

러시아의 핵잠수함 크루스크호가 침몰했을 때, 그 나라 해군 당국은 '외국 군함이 (고의로) 들이받았다'는 인상을 주기 위해 무척이나 애를 썼었다. 침몰한 원인은 해함(該艦)의 기관 자체에 결함이 있은 데다가 승조원의 조작 미숙까지 겹쳐 가지고 빚어진 게 뻔했다. 그런데도 자꾸 '외부로부터의 격돌'설을 내세우는 속셈은 무엇이었을까. 우리 그 '될뻔댁'의 '외인 탓'. 바로 그 '외인 탓'의 '번본(翻本)'이 아니고 또 뭐

였겠는가.

그 후 얼마 아니 해 이번엔 또 모스크바의 상징적 건설물의 하나인 텔레비전 송신탑에 화재가 났다. 그럼 이 화재의 원인은 또 뭐라고 둘러댈 건가.

모스크바 시민들의 익살맞은 비아냥거림을 한번 좀 들어 보자.

"아 이번 것도 외국에서 전파가 날아와 격돌을 한 게 틀림없잖아."

이야말로 언어 예술의 극치랄밖에.

풀뿌리 인생들은 눈이 멀고 귀도 먹어 아무런 사려 분별을 못 하는 줄 알았다간 큰코다친다는 걸 당국자들은 알고나 계신지 모르겠다.

'대약진'인가 뭔가로 국민 경제를 파탄시켜 수천만 명을 굶겨 죽여 놓고, 그 엄청난 책임을 모면해 보려고 '외국 전문가들이 철수한 탓'을 내리먹였던 그 치욕의 역사. 그 부끄러운 역사를 우리는 명심불망, 영원히 잊지 말아야 한다. 그래야만 잘못이 또다시 되풀이되지를 않을 거니까 말이다.

'철수설'도 그렇고 '격돌설'도 그렇다. 양자가 다 백성들을 얼러넘기려는 얕은꾀, 음흉한 꾀일 뿐. '천하의 까마귀는 다 검다'잖는가. 독재자의 심장은 으레 다 검기 마련인 것이다.

썩은 넋에서도

한국 시단의 거목, 미당 서정주. 그가 20세기 마지막 크리스마스 전야에 세상을 떴단다. 그의 첫 시집《화사집(花蛇集)》이 1941년 서울에서 나왔다니까, 나하고는 인연이 어지간히 멀었던 셈이다. 그때 나는 중국 태항산에서 총을 들고 뛰어다니며 일본군에게 '도량(跳梁)하는 공비(共匪)'라고 불렸었으니깐.

내가 서정주 시인에 대해 비교적 소상히 알게 된 것은 1992년 겨울, 한국의 여류작가 송우혜 씨를 통해서였다.

"그분은 한국 최고의 시인, 언어의 마법사예요. 그분의 시어는 그 한 글자 한 글자가 다 주옥이에요. 신의 목소리 그 자체라니까요."

이러한 절찬 끝에는 예기 못 한 천길 나락이 잇달렸다.

"하지만 일제 때는 친일 행위를 했구요. 리승만 독재 정권과는 단짝으로 지냈구요. 그리고 역대의 군사 독재 정권에 대해선 아부 아첨을 일삼았단 말입니다."

"누가요?"

"누군 누구겠어요. 미당 서정주 그분이 그랬지!"

세상에! 남사당도 아닐 테고, 정치 브로커도 아닐 테고, 도대체 뭐였었나. 고려대 교수 김화영, 그의 일가견을 한번 들어 보기로 하자.

—미당의 시력(詩歷) 60년은 곧 그 영광과 오욕을 아울러 한국 현대 시의 역사 그 자체가 됐다.

—사람들은 시인이 일제 말기, 자유당(리승만) 정권. 80년대 신군부 시절 등 위기를 통과하는 과정에서 보여 준 행적이 그의 시를 퇴색시켰다고 비난한다. 그 비판과 비난은 결코 근거 없는 것이 아니다. 그 객관적 오류를 잊거나 은폐해서는 안 된다.

—그러나 더욱 중요한 것은 미당의 시는 그 비난에도 불구하고, 그것들을 넘어설 만큼 충분히 위대하다는 점이다.

좀 알쏭달쏭하기는 하나 수긍이 되는 것 같기도 한 대목이다.

우리(프롤레타리아)식으로 반동분자 패호를 채워 가지고 끌고 다닐 수는 없는 노릇이잖은가. 무대에 올려 세워 놓고 일제히 '반동분자 타도'를 외쳐 댈 수도 없는 노릇이잖은가.

12월 25일, 미당의 빈소를 찾은 조객들 가운데는 전위 시인 고은도 들어 있었단다.

"미당의 수제자 대접을 받았지만 '문학 이념상의 차이'로 한동안 서먹한 관계를 가졌던 고은. 그는 심정을 묻는 주변 사람들의 질문에 심각한 표정으로 고개를 젓기만 했다."

취재에 나섰던 한 기자의 표현이다.

스승과 전혀 다른 길을 걸어 온 제자, 고은의 곤혹스러움을 바로 눈앞에 보는 것 같다.

나로서는 소신을 가지고 평가를 하기가 어려우나 하도 칭찬이 자자하니, 시험적으로 미당의 시 한 편을 소개해 본다. 독자들의 반응이 어떨지는 모르나 아무튼.

화사(花蛇)

사향 박하의 뒤안길이다.
아름다운 배암······
얼마나 커다란 슬픔으로 태어났기에, 저리도 징그러운 몸뚱아리냐

꽃대님 같다.

너의 할아버지가 이브를 꼬여내던 달변의 혓바닥이
소리 잃은 채 낼름거리는 붉은 아가리로

푸른 하늘이다.…… 물어뜯어라, 원통히 물어뜯어,

달아나거라. 저놈의 대가리!

돌팔매를 쏘면서, 쏘면서, 사향 방촛길 저놈의 뒤를 따르는 것은
우리 할아버지의 안해가 이브라서 그러는 게 아니라
석유 먹은 듯…… 석유 먹은 듯…… 가쁜 숨결이야

바늘에 꼬여 두를까 부다, 꽃대님보다도 아름다운 빛……

클레오파트라의 피 먹은 양 붉게 타오르는
고운 입술이다…… 스며라! 배암.

우리 순네는 스물 난 색시, 고양이같이 고운 입술…… 스며라, 배암!

썩은 넋에서도 풍경 소리는 울리는가?
　이 세상이 왜 이리도 뒤틀리고 배틀렸는지. 우렁이 속 같은지. 암만
해도 모르겠다.

2001년 2월

벽(癖)

'벽'이란 '고치기 어렵게 굳어 버린 버릇' 또는 '무엇을 너무 치우치게 즐기는 성벽'. 예컨대 '걸핏하면 남의 물건을 훔치려 드는 버릇'을 '도벽(盜癖)'이라 하는 따위.

"전에 우리 선생님이 산수에 벽이 있는 분이어서 많이 따라다녔소."

림꺽정이의 이 말대로라면 그의 선생님에게는 아마 초속(超俗)한 신선 같은 벽이 있었던 모양이다.

그러니까 벽에도 좋은 벽과 나쁜 벽이 병존한다는 얘기가 되겠다.

벽 백태(百態)

'문화대혁명' 기간 나는 연길시 공안국 간수소(유치장)에서, 자그만치 7년하고 또 4개월이라는, '기네스북(세계기록집)'적인 구류 기록을 세웠었다.

그러다나니 자연 별의별 정치범 친구, 잡범 친구들을 다 사귀었을밖에. 그러게 지금도 길거리에서 오다가다 만나면 반갑다고 두 손을 맞잡고, 동범(同犯) 시절을 떠올리며 한바탕씩 웃고 지껄이는 친구들이 종종 있다. '동범'이란 감옥 용어로서 '동창생'이나 '동료'에 해당하는 말.

당시 감방에는 하루 삼시 개구명 같은 식기구로 옥수수떡이 들어왔었다. 그럴 때마다 한 녀석이 바닥에 내려가 이를 받아 섬겨야 하는데, 대개는 젊고 팔팔한 녀석들이 그 역을 담당하게 됐었다. 한데 우리 감방의 그 녀석은 옥수수떡을 받아 섬길 적마다 신바람이 나 가지고 꼭 한마디씩 외쳐 대는 버릇이 있었다.

"하오추(好球)!"

축구 선수 출신인지라 옥수수떡이 축구공으로 보여서였는지도 모를 일이다. 이런 건 특이한 벽으로 분류, '구벽(球癖)'이라 이름하면 어떨지 모르겠다.

또 한 녀석은 자동차 운전수 출신. 이 녀석은 칫솔질을 한 뒤에는 반드시 칫솔의 털 부분을 실오래기로 동여매야만 직성이 풀리는 성미. 그럭하면 암만 오래 써도 털들이 와스스 헤벌어지지를 않는단다. 이런 건 그저 '좁쌀벽'으로 해 두는 게 무난하지 않을까.

'반혁명 현행범'으로 죄명이 확정이 돼 가지고 추리구 감옥으로 압송이 되고 보니, 나는 눈앞이 갑자기 탁 트이는 느낌이었다. 마치 우물 안에 갇혀 살던 개구리가 한번 멀리 뛰어, 장마당 한복판에 와 떨어지기라도 한 것 같았기 때문이다.

추리구 감옥은 온 세상의 '벽'이란 '벽'을 다 모아 놓은, 말하자면 '벽 박람회'. 우리 중대 120명 중에만도 별의별 '벽'들이 다 갖추어져 있었다.

'슬식벽(虱食癖)'—이 녀석은 이를 잡으면 얼른 입에 넣고 깨물어, 피만 빨아 먹고 껍질은 톡 뱉어 버리는 버릇이 있음.

'탈옥벽'—이 녀석은 자나 깨나 골똘히 생각하는 건 오직 하나, 탈옥. 일단 탈옥을 했다가도 번번이 도로 붙들려 와서는, 2년씩 가형(加刑)이 되는데도, 일편단심 오로지 탈옥. 그리하여 세월이 흐르면 흐를수록 그 형기는 길어지기만 하는 추세.

일전에 옛 동범 하나를 오랜만에 만났기에 한번 물어보았더니,

"그 녀석 장춘 감옥에 이감이 됐지요. 하지만 아직도 그 식이 장식이랍니다."

집념에 사로잡혀 헤어나지를 못하는 한 장기수의 처절한(몹시 처량한) 삶이랄밖에 없다.

"그 녀석 그러다간 감옥에서 늙어 죽는단 소리가 나잖겠나."

"대개 아마 그럴 겁니다."

—그놈의 벽치곤 참으로 무서운 벽이로다.

—하긴 그보다 더 지독한 벽들도 있을라네.

공권력벽

'반우파 투쟁' 때 사람잡이를 해 본 '프롤레타리아 용사'들. 그에 맛을 들인 '프롤레타리아 용사'들. 거기서 덕을 본 '프롤레타리아 용사'들. 그 한번 본 단맛을 두고두고 못 잊는 '프롤레타리아 용사'들. 자기 자신은 털끝 하나 상하지 않으면서도 생사람잡이를 깔끔하게 해제낄 수 있는 재미, 그 재미가 오매불망 잊혀지지를 않는 '프롤레타리아 용

사'들. 그 전형적인 인물이 바로 '4인방'의 말장(末將), 요문원(姚文元)이다.

"요봉자(姚蓬子, 30년대의 저명한 작가)의 아들 요문원. 그 요문원이가 2월 6일 자 〈문회보(文匯報)〉에 발표한 글, '교조와 원칙'을 읽어 보니까, 아주 잘 썼더라……."

전국 각 신문들에 일제히 게재가 된 이 강화를, 상해에서 읽어 본 요문원. 약관 24세의 요문원이 크낙한 영광에 휩싸여 감격에 몸을 부들부들 떤 것은 당연한 일일 터. 그로 인해 몸값이 갑자기 오른 요문원. 그는 불과 한 달도 채 못 되는 사이에 일약 상해 대표단 성원으로 승격, 중공 중앙 전국 선전공작 회의에 참석을 하게 된다.

3월 10일, 중남해(中南海)에서 상해 대표단을 접견할 때, 모택동은 또 한 번 요문원을 칭찬한다(그러니까 이번엔 아예 당면해서).

"리희범(李希凡), 왕몽(王蒙), 요문원, 이 세 청년 작가들 중 편면성이 가장 적은 건 역시 요문원이다."

최고 영수의 이 칭찬 앞에 풋내기 작가 요문원이 어찌 자신을, 갑자기 구름을 타고 오르는 용으로 착각을 하잖았을 건가. 뒷심이 든든해진 요문원은 자신만만, 6월 10일 자 〈문회보〉에 또 한방을 터뜨린다. 왈 '독보우감(讀報偶感)'.

이 '우감'도 예상대로 다시 한번 모택동의 대대적인 칭찬을 받는다. 그 '우감'이 '극좌'의 표본 같은 악문이었음은 이미 역사가 입증을 한 터. 하지만 당시 요문원은 기고만장해 가지고, 재화(才華) 있는 문인들을 노소 가리지 않고 닥치는 대로 물어 제꼈다. 그 피해자는 거의 부지기수.

이 효용(梟勇)한 '좌장(左將)' 요문원이 9년 후 '문화대혁명' 시기, 다시 '중앙문혁소조' 성원으로 발탁이 돼, 발광적으로 좌충우돌, 중국 천지를 아예 쑥대밭으로 만들어 놓는데, '한마지공(汗馬之功)'을 세운다. 그리고 끝내는 '4인방'의 넷째로 특별 법정에 끌려 나와, 20년의 중형을 선고받는다. 이러한 사실을 우리는 너무나 잘들 알고 있는 터이다.

공권력을 빌면(힘입으면) 자기 자신은 털끝 하나 다치지(상하지) 않고도 사람잡이를 깔끔하게 해 낼 수 있다는 데 요문원은 재미를 붙였던 것이다. 그게 아주 습성화가 돼 가지고 기회만 있으면 발작을 하고 또 발작을 하고 있던 것이다.

연전에 일본의 닛코(日光, 명승지)를 가 보니까, 여기저기 팻말들이 세워져 있었다.

―원숭이(야생)들에게 먹을 것을 주지 마시기 바랍니다.

"먹을 걸 주면 맛을 들여 가지고 자꾸들 따라오며 성가시게 굴거든요. 주다가 안 주면 약이 올라서 마구 대들어 행패를 부리기까지 한답니다."

이 점에 들어선 미물의 짐승이나 만물의 영장이나 별반 다를 게 없는 모양이다.

'반우파 투쟁' 때 깔끔하게 사람잡이를 하는데 맛을 들여 가지고, 무슨 일에나 공권력을 빌어(힘입어) 보려는 버릇, 걸핏하면 '고소'하는 버릇, 동족을 물어먹기 위해서는 당 기관과 행정 기관에 거짓 신고도 서슴지 않는 버릇, 무치(無恥)한 버릇, 비열한 버릇, 아예 상습이 돼 버린 버릇.

이런 천하의 못된 버르장머리들을 그저 간단히 이름해 '공권력벽'이란다면 너무 좀 관대한 거나 아닐는지.

2001년 5월

김학철 연보

1916년

11월 4일, 함경남도 원산에서 누룩 제조업자의 아들로 태어남, 당시 이름은 홍 성걸. (식민지 조선 함경남도 덕원군 현면 용동리, 현재 원산시 용동.)

1917년 (1세)

11월, 러시아사회주의 10월혁명 일어남.

1919년 (3세)

3월, 조선 3·1운동. 5월, 중국 5·4운동.

11월, 김원봉 길림성에서 의열단 조직.

1922년 (6세)

아버님 홍두표의 타계로 홀어머니 김상련(28세) 슬하에서 삼 남매가 자람. 여동 생 성선, 성자.

1924년 (8세)

4월, 원산제2공립보통학교 입학.

1929년 (13세)

1월, 원산총파업. 3월, 원산제2공립보통학교 졸업. 서울 외갓집(관훈동 69번지) 도움으로 서울 보성고등학교 입학.

11월 3일, 광주학생운동.

1931년 (15세)

9월, 중국 9·18사변. 일본, 중국 동북3성 점령.

1932년 (16세)

4월, 윤봉길 상해 홍구공원 의거에 큰 충격을 받음.

1934년 (18세)

서울 보성고등학교 졸업. 이상화의 〈빼앗긴 들에도 봄은 오는가〉와 입센의 《민중의 적》 영향으로 빼앗긴 땅을 총으로 찾으려 결심. 문학지 〈조선문단〉에 소설 한 편 써냈다가 퇴짜 맞음. 다시는 소설을 안 쓰기로 결심함.

1935년 (19세)

상해 임시정부를 찾아 중국 상해로 망명. 상해에서 심운(일명 심성운)에 포섭되어 의열단에 가입. 석정(본명 윤세주)의 영도 아래 반일 지하 테러 활동 종사. 상해에서 리경산(일명 리소민)과 친해짐.

7월, 조선민족혁명당 성립.

1936년 (20세)

조선민족혁명당 입당. 당시 조선민족혁명당 중앙 본부 소재지는 남경 화로강(花

露崗). 행동대 대장은 로철룡(일명 최성장), 대원으로는 서각, 라중민, 왕극강, 안창손, 김학철 등. 행동대는 상해에서 반일 테러 활동 전개. 조선민족혁명당 김원봉의 편지를 가지고 김구 선생을 만남. 화로강의 동료로는 반일 애국자 최성장, 반해량(리춘암), 로철룡, 문정일, 정율성, 로민, 김파, 서휘, 홍순관, 한청, 조서경, 리화림, 안창손, 라중민 등. 루쉰 선생을 몹시 숭배하여 리수산과 함께 여반로(呂班路) 루쉰 선생 저택 문앞까지 갔다가 용기 부족으로 돌아옴.

1937년 (21세)

7월, 중국 호북 강릉 중앙육군군관학교(황포군관학교, 교장 장개석) 입학. 당시의 교관으로는 김두봉(호 백연), 한빈(일명 왕지연), 석정, 왕웅(본명 김홍일), 리익성, 주세민. 김두봉, 한빈, 석정의 진보적 사상 영향으로 마르크스주의자가 됨. 동창생으로는 문정일, 리대성, 한청, 조서경, 홍순관, 리홍빈, 황재연, 요천택, 리상조 등.
7월 7일, 노구교사건 중일전쟁 발발.

1938년 (22세)

7월, 중앙육군군관학교 졸업하고 소위 참모로 국민당 군대에 배속.
10월, 무한에서 조선의용대(조선의용군의 전신, 총대장 김원봉) 창립, 창립 대원으로 제1지대 소속. 조선의용대 창립 대회에는 무한 팔로군 판사처 책임자 주은래와 국민혁명군사위원회 정치부 제3청 청장 곽말약 참석.
화북 항일 전장에서 분대장으로서 활약, 전우로는 김학무, 문명철, 문정일 등.

1939년 (23세)

상반년, 호남성 북부 일대에서 항일 무장 선전 활동 전개.
하반년, 호북성 제2지대로 옮겨 중국 국민당 제5전구와 서안 일대에서 교전.

1940년 (24세)

8월 29일, 중국공산당에 가입.

1941년 (25세)

연초, 조선의용대 제1지대원으로서 락양 일대에서 참전.

여름, 화북 팔로군 지역으로 들어가 조선의용군 화북 지대 제2분대 분대장으로 참전.

12월 12일, 하북성 원씨현 호가장 전투에서 일본군과 교전 중 부상, 포로가 됨.

태항산 시기 항전 일선에서 가사, 극본 등 창작. 김학철 작사, 류신 작곡 〈조선의용군 추도가〉, 김학철 극본, 최채 연출 〈등대〉 등.

1942년 (26세)

1월부터 4월까지 석가장 일본 총영사관에서 심문받음. 당시 '일본 국민'으로 10년 수감 판결, 죄명은 치안유지법 위반.

5월, 북경에서 열차로 부산까지, 부산에서 다시 배를 갈아타고 일본으로 연행. 일본 나가사키 형무소에 수감. 단지 전향서를 쓰지 않는다는 이유로 총상당한 다리를 치료받지 못함. 옥중에서 같이 수감된 송지영(KBS 전임 이사장)과 알게 됨.

1943년~1944년 (27세~28세)

일본 나가사키 감옥 수감.

1945년 (29세)

수감 3년 6개월 만에 왼쪽 다리 절단.

8월 15일, 일본 항복.

10월 9일, 맥아더사령부의 정치범 석방 명령으로 송지영 등과 함께 출옥. 송지
영과 함께 서울로 감. 송지영의 소개로 소설가 리무영을 알게 됨. 리무영은 김학
철의 문학 '계몽 스승'이 됨.

11월 1일, 조선독립동맹 서울시위원회 위원으로 좌익 정치 활동을 하면서 소설
창작 활동. 문학가동맹에서 조벽암, 리태준, 김남천, 리원조, 안희남 등을 일게 됨.

12월 1일, 처녀작 단편소설 〈지네〉를 서울 〈건설주보〉에 발표.

1946년 (30세)

서울서 창작 활동. 〈균렬〉(《신문학》 창간호), 〈남강도구〉(《조선주보》), 〈아아 호가장〉
(《신천지》), 〈야맹증〉(《문학비평》), 〈밤에 잡은 부로〉(《신천지》), 〈담뱃국〉(《문학》 창간호),
〈상혼〉(《상아탑》), 그 밖에 〈달걀(닭알)〉, 〈구멍 뚫린 맹원증〉 등 십여 편 단편소설
을 서울에서 발표.

11월, 좌익 탄압으로 부득이 월북.

1947년 (31세)

로동신문사 기자, 인민군 신문 주필로서 창작 활동.

경기도 인천시 부평 사람 김혜원(본명 김순복) 여사와 결혼.

단편소설 〈정치범 919〉, 〈선거 만세〉, 〈적구〉, 〈똘똘이〉, 〈꼼뮨의 아들〉 등을 신
문, 잡지에 발표. 중편소설 〈범람(氾濫)〉 조선문학예술총동맹기관지 〈문학예술〉
에 발표.

1948년 (32세)

2월, 외아들 김해양 출생, 인천 부평.

외금강휴양소 소장 맡음. 이때 김일성이 어린 김정일을 데리고 수차 찾아옴.

고골의 《검찰관》 번역 출판, 시나리오로 개편. 황철, 문예봉 등 연출 준비 완료, 전쟁으로 중단. 정율성과 합작하여 〈동해어부〉, 〈유격대전가〉 등 창작.

1950년 (34세)

6·25 한국전쟁 발발.

10월, 압록강을 건너 중국행, 국경에서 문정일의 도움을 받음.

1951년 (35세)

1월부터 중국 북경 중앙문학연구소(소장 정령)에서 연구원으로 창작 활동.

1952년 (36세)

10월, 주덕해, 최채의 초청으로 연변에 정착.

연변문학예술계연합회 주비위원회 주임으로 활동.

중편소설 《범람》(중문), 단편소설집 《군공메달》(중문) 인민문학출판사 출판. 루쉰 단편소설집 《풍파》 번역, 연변교육출판사 출판.

1953년 (37세)

6월, 연변문학예술계연합회 주임직 사퇴하고 전직 작가로 창작 활동.

단편소설집 《새집 드는 날》 연변교육출판사 출판. 정령 장편소설 《태양은 상건하를 비춘다》 번역. 루쉰 중편소설집 《아큐정전》 번역, 연변교육출판사 출판.

1954년 (38세)

장편소설 《해란강아 말하라》(상. 중. 하) 연변교육출판사 출판.

1955년 (39세)

루쉰 중편소설집《축복》번역, 연변교육출판사 출판.

1957년 (41세)

반동분자로 숙청당해 24년 동안 강제노동에 종사.

단편소설집《고민》북경민족출판사 출판. 중편소설《번영》연변교육출판사 출판.

1961년 (45세)

북경 소련대사관 진입 시도 사건.

1962년 (46세)

주립파 장편소설《산촌의 변혁》(상) 번역, 연변인민출판사 출판.

1964년 (48세)

주립파 장편소설《산촌의 변혁》(하) 번역, 연변인민출판사 출판.

1966년 (50세)

중국 문화대혁명 시작.

7월, 홍위병의 가택수색으로 개인숭배, 대약진을 비판한 장편소설《20세기의 신화》원고 발각, 몰수.

1967년 (51세)

12월부터《20세기의 신화》를 쓴 죄로 징역살이 10년.

연길 구치소(미결), 장춘 감옥, 추리구 감옥 감금, 복역.

1977년 (61세)

12월, 만기 출옥. 향후 3년간 반혁명 전과자로 실업.

1980년 (64세)

12월, 복권. 24년 만에 64세의 나이로 창작 활동 재개.

1983년 (67세)

전기문학《항전별곡》흑룡강조선민족출판사 출판.

1985년 (69세)

11월, 중국작가협회 연변 분회 부주석으로 당선.

《김학철단편소설집》료녕민족출판사 출판.

1986년 (70세)

중국작가협회 가입.

장편소설《격정시대》(상, 하) 료녕민족출판사 출간.

전기문학《항전별곡》한국 거름사 재판.

1987년 (71세)

《김학철작품집》연변인민출판사 출판.

1988년 (72세)

장편소설 《격정시대》(상, 중, 하), 《해란강아 말하라》(상, 하) 한국 풀빛사 재판.

1989년 (73세)

1월 29일, 중국공산당 당적 회복.

9월 22일~12월 18일, 월북 후 첫 서울 나들이. 12월, 부부 동반 일본 방문.

보고문학 《김일성의 비서실장 고봉기의 유서》 한국 천마사 출판. 단편소설집 《무명소졸》 한국 풀빛사 출판. 산문집 《태항산록》 한국 대륙연구소 출판.

1991년 (75세)

6월 21일~7월 3일, 서안 옛 전우 서휘, 강진세 등을 방문.

1993년 (77세)

5월~7월, 부부 동반 일본 방문.

1994년 (78세)

3월, KBS해외동포상(특별상) 수상. 2월~4월, 부부 동반 한국 방문.

산문집 《누구와 함께 지난날의 꿈을 이야기하랴》 한국 실천문학사 출판.

1995년 (79세)

자서전 《최후의 분대장》 한국 문학과지성사 출판.

1996년 (80세)

산문집 《나의 길》 북경민족출판사 출판. 장편소설 《20세기의 신화》 한국 창작과비평사 출판.

12월, 창작과비평사 초청으로 한국 방문 출판기념회 참석.

1998년 (82세)

4월, 장춘 〈장백산〉 잡지사 방문.

6월, 우리민족 서로돕기 운동본부 초청으로 서울 방문.

10월, 서울 보성고교 초청으로 한국 방문. '자랑스러운 보성인' 수상.

《무명소졸》 료녕민족출판사 재판. 〈김학철 문집〉 제1권 《태항산록》, 제2권

《격정시대》 연변인민출판사 출판.

1999년 (83세)

10월, 우리민족 서로돕기 운동본부 초청으로 서울 방문.

〈김학철 문집〉 제3권 《격정시대》, 제4권 《나의 길》 연변인민출판사 출판.

2000년 (84세)

5월, NHK 서울지사 초청으로 서울 방문.

2001년 (85세)

한국 밀양시 초청으로 한국 방문. 석정(윤세주 열사) 탄신 100주년 기념 국제학술

회 참석. 서울 적십자병원 입원.

2001년 9월 25일 오후 3시 39분, 연길시에서 타계. 유체는 화장하여 두만강에

뿌려짐. 일부는 우편함에 담아 동해바다로 보냄. 우편함에는 '원산 앞바다 行 김

학철(홍성걸)의 고향 가족, 친우 보내 드림'이라고 씀.

산문집 《우렁이 속 같은 세상》 한국 창작과비평사 출판.

2005년

8월 5일, '김학철·김사량 항일문학비' 중국 하북성 호가장 옛 전투장에 세움.

2006년

11월 4일, 중국 연변 도문시 장안촌 용가미원에 '김학철문학비' 건립.

장편소설《격정시대》(1·2·3) 한국 실천문학사 출판.

2007년

《김학철 평전》(김호웅, 김해양) 한국 실천문학사 출판.

2009년

중국 내몽골사범대학 내 중국소수민족문학관에 '김학철 동상' 건립.

2014년

중문〈김학철 문집〉제1집 출판.

2020년

일문〈김학철 선집〉제1집 출판.

2022년

《격정시대》(상, 하),《최후의 분대장》(〈김학철 문학 전집〉1~3권) 한국 보리출판사 출판. 이후〈김학철 문학 전집〉4권~12권(보리출판사) 순차로 출판 예정.

김학철 문학 전집 제 6권

사또님 말씀이야 늘 옳습지

2024년 9월 9일 1판 1쇄 펴냄

글쓴이 김학철
편집 김누리, 김성재, 이경희, 임현 | **디자인** 서채홍, 이종희
제작 심준엽 | **영업마케팅** 김현정, 심규완, 양병희 | **영업관리** 안명선
새사업부 조서연 | **경영지원실** 노명아 신종호, 차수민
인쇄와 제본 (주)상지사P&B

펴낸이 유문숙 | **펴낸 곳** (주)도서출판 보리 | **출판등록** 1991년 8월 6일 제9-279호
주소 (10881)경기도 파주시 직지길 492
전화 031-955-3535 | **전송** 031-950-9501
누리집 www.boribook.com | **전자우편** bori@boribook.com

보리는 나무 한 그루를 베어 낼 가치가 있는지 생각하며 책을 만듭니다.

ISBN 979-11-6314-376-5 04810
       979-11-6314-244-7 04810(세트)